# 我要逆风去

*Rising with the wind*

未再_著
WEIZAI WORKS

中国友谊出版公司

# CONTENTS

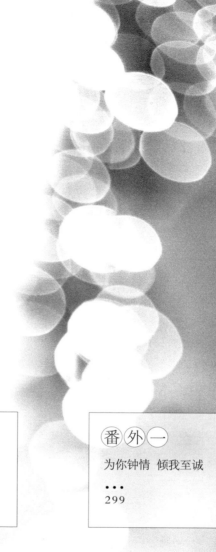

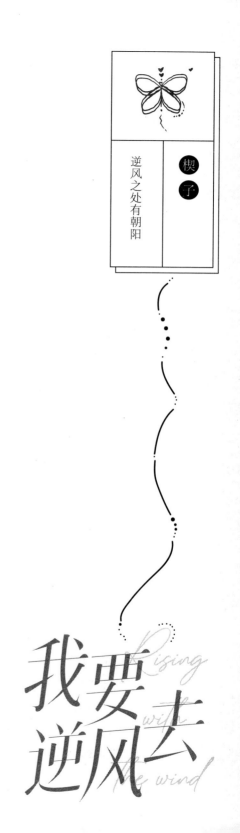

楔子

逆风之处有朝阳

我要逆风去

Rising with the wind

夜里很凉。当身上大汗淋漓的男人终于离开她的身体以后，江湖真切感受到了，这里的夜真的很凉。她打了一个酒嗝，虽然仍有些迷糊，但是因为刹那间失去了温暖的倚傍，有了片刻的警醒，头脑慢慢清醒起来。

　　为什么不能长醉不醒呢？江湖这时是这样想的。想着想着，她慢慢清醒了。

　　江湖翻了个身，背对着男人，深深呼吸。她才发现他们刚才没有开暖气，所以才会这么凉。

　　所以温暖是虚幻的，清醒以后，她还需面对冰冷的现实。

　　江湖想起来了，自己正处在山间的私家旅社中。明治时代无比奢华，但是旅社孤零零地矗立山间，还是显得凄冷。念及此，这一股冷意在她心底结成冰，自心底而起，荒凉到头，变作冰凉的眼泪，差一点儿落下来。

　　江湖分不清是后悔还是痛苦，也无暇去细细确认。

　　身边的男人慢慢发出均匀的呼吸，应该是睡沉了。室内又恢复了沉寂。

　　江湖微微抬起头，榻榻米的对面是一扇窗户，白色的窗帘在黑夜里让窗外隐约的山影更像是魑魅魍魉，莫名地吸引着她。她撑一下身子坐了起来，那一股心底的冷意又开始汇聚，催促她站起身。于是她便面对着窗户，站起来走了过去，轻轻拨开了窗帘，在插销上轻轻一摁，微微使力一推。窗户被整个打开，山间的风卷着白色窗帘，飘忽不定，如同脱离凡尘的孤寂白影。

　　外面原来没有魑魅魍魉，只有高高悬挂在夜空的月亮。远处是黑魆魆的山岳，闪烁的星子也许都掉落在山坳里了，留月亮孤身勉强支撑。

　　月亮也会感到凉意吧？江湖不禁用手臂环抱住自己，望着月亮发了一会儿怔，猝然放下双手，慢慢地扶向窗框。

　　伊豆的春天还藏在冬天的积雪里，被皑皑白雪覆住的连绵雪松林中间隐藏着峭壁，峭壁下传来溪流潺潺而动的声响。

　　现在天这么黑，初春残雪的光景是看不真切的，但江湖知道峭壁就在这扇窗下。她轻轻抚摩着窗棂，窗子的尺寸很合适，J国人的设计向来以人为本，那样的宽度和高度，足够让居于此间的客人有个远眺天城山的美好视角。

这个尺寸，也足够她做一个飞跃的姿势。

有位她唤"洪姨"的前辈，在刚才的酒会上说："许多J国人会选择在这里结束自己。葬身在美丽的溪谷，灵魂可以飞上天城山。也许天城山不像富士山那样拥有雪山女神，但是离天堂总是近一些。"

江湖听到了，没来由地就记住了这句话。

天城山上的汤岛温泉，终年烟雾袅绕，的确很像仙境，使得人人向往。在山崖美景繁盛处建了些温泉旅馆，最有名的汤本旅社也在此处。川端康成在那里写了《伊豆的舞女》，美好的故事不包含这里存在的险要。这一家私家旅社，就建在这么个险要的，但是能览尽天城山胜景的悬崖旁。

从这里跳下去，必定粉身碎骨，一生休矣，然后便可随波逐流，让灵魂飘荡到天堂。

江湖抓紧了窗棂，弓着腰，闭着眼睛，咬一咬牙，马上就能来去无牵挂了。只需要一瞬间，她在心里对自己说。

风很急，呼呼地刮到她的脸上，有点疼痛，但她顾不上，踮起脚，把膝盖搁在窗框上面。

突然，她的腰被一双有力的臂膀钩住，已经跪在窗框上的腿也被扯了下来。整个人像被人拖麻袋一样拖回了榻榻米上。

她刚才差一点儿忘记这个房间内还有一个男人，此刻这个男人正用双臂牢牢抱住她，箍得她快要透不过气来。

江湖尖叫："徐斯，你放开我！"

徐斯手臂和腿脚都很有力，按住她，就能让她无法动弹。他的声音很冷："你要是跳下去，我就是第一嫌疑人。"

江湖奋力挣扎，疯子一样甩着发，叫道："浑蛋，放手放手！"

徐斯当然没有放手，反而反剪她的双手，更大力地摁住她的双腿，吼道："你给我老实点。你莫名其妙跟着我进了房上了床，还想让我莫名其妙坐牢吗？"

江湖扭动身体，但徐斯是发了狠力的，他摁痛了她，让她不管怎么挣扎，都没办法挣脱他的束缚。她尖叫起来："你走开，我的事不要你管！"

徐斯冷笑："我可不想在J国坐牢！"

江湖停下挣扎的动作，也冷笑出声："我差点儿忘记了，你家就你一个男人，还没留后，死了多冤！"

这话激怒了徐斯，他腾出手来，捏紧她的下巴，捏得她很疼："说什么废话！你要死也别拉我做垫背！"

江湖突然号啕起来，忍了好久的眼泪最终还是没法真正忍住。泪水让她的面部痉挛且狰狞，让她的喉咙声嘶之后而力竭。

她的哭泣让徐斯猝不及防，黑暗里只看到她痛苦得皱成一团的面孔，幽幽月光一照，短发遮不住这丑态，看着更加令人触目惊心。他一贯厌弃女人的哭泣，自认鲜少会有女人哭得美。如今他更加确信这一点，眼前的江湖哭得惊心动魄、惨不忍睹。他心底的厌恶愈盛，但又不能放手。

窗子还开着，山风吹进来，幸亏能借用这一点凉意让自己保持冷静。徐斯决定此时坚决不能放手，必须杜绝其后可能会牵连到自己身上的任何负面新闻。

他有点儿后悔。

若非身体的冲动、心理的放松，以为他乡故知的好艳遇，暗中得意忘了形，又何来眼前的麻烦？当然，也可以怪江湖掩藏得太好，让他失去了警惕。

这件事情是怎么发生的呢？徐斯想。就在几个小时之前，一切都还是正常的。

他是在今天早些时候，主办方派车过来接他同婶婶洪蝶参加同J国企业家的联谊年会时，看到江湖的。

她给他的头一个印象是，这位昔日光鲜的国内服装业翘楚——自由麒集团董事长江旗胜的掌上明珠，怎么就憔悴成这个样子了？

不但人比他印象里的样子瘦了，头发也剪得细碎，简简单单一件白色翻领衬衫，衬衫外头套了一件黑色船领上衣，下头是同样黑色的呢裤。一点都没有春天的颜色。

这和徐斯记忆中的江湖有所出入。

在他的印象中，江湖是个带着娃娃相的娇憨女子，常年留一头打理得光泽夺目的大波浪长发，饱满的面孔上眉毛和眼睛都生得英气勃勃。她最喜欢向她的父亲时喜时嗔地嘟嘴撒娇。

他还记得同江湖第一次见面时的情形，也不过就在三年前。

那回他去自由麒集团总部寻江旗胜做商务洽谈，江旗胜正有个临时会议还未结束，请他在办公室外等候区等待片刻。

江湖突然就从江旗胜办公室里走了出来，对着徐斯就问："你姓徐？"

他点头。第一个感觉是眼前这女子穿得靓，一身天青色的前短后长束腰丝质上衣和黑色束脚丝质长裤，上衣在她的腰后头打了一个很漂亮的褶皱，拖了很飘逸的后摆下来。她又把长发扎成一条大辫子，荡在胸前。徐斯的目光从她长长的辫子往上走，就看到了她神气的大眼睛，刷了睫毛膏的长长的睫毛和细致的眼线，妆容精致得不得了，就是个充满了东方风情的活芭比娃娃。

这种女孩走在大街上，绝对是惹眼的。因此徐斯目不转睛正视了她。

女孩朝他眨眨眼睛，用一种亲切但又有些微颐指气使的口气吩咐："到对面的麦当劳买个套餐给我，费用找财务部报销。快快，我午饭没吃，快饿死了。"讲完一阵风地又回了江旗胜的办公室。

徐斯惊得目瞪口呆。

从小到大，他从没有被人如此随意使唤过，当然麦当劳他肯定是不会去的。

徐斯等到江旗胜开完了会，一同进了那间办公室。

江湖从办公室里另一个隔间走出来，先对江旗胜�’嘟嘴："爸，我可累死了，您别再关着我让我做这劳神的方案了，麻烦死了，我等会儿还要去上班呢！"

徐斯想，大小姐还上什么班？真是笑话。可是后来听说江湖倒真是另有份职业的，在从艺人经纪转型做公关的公司里做营销。

当时，江湖连珠炮一样讲完，才看到父亲身后的徐斯笑着瞅她，她狐疑地扫了他两眼。徐斯琢磨，她一定是把"我的麦当劳套餐呢"这句问句吞掉了。

江旗胜面对女儿一贯慈爱，对她在办公室里这样撒娇也不责怪。徐斯看得出这位慈父宠爱女儿的程度。

后来江旗胜介绍了徐斯给江湖，江湖暗地里吐了吐舌头，嘟哝了一句："我还以为是那姓徐的助理。"


如今眼前的江湖，同那时相比简直有着天壤之别。

但是，徐斯想，就冲江湖这一身搭配得天衣无缝价值不菲的行头，她依然拥有服装大王掌上明珠所无与伦比的气质和架势。

只是她的面色真不能算很好，甚至有几分呆滞，一直痴痴地望着车窗外。

有人对江湖说："江湖，你要节哀，让你爸爸的在天之灵放心。"

江湖木然地点了点头，道了声谢，这一路就再也没有多话。

在座人等都默然了。

江旗胜年前猝死于自己的办公桌前，早已是商圈内人人闻之色变的大新闻了。在座众人均同江旗胜或多或少有过接触，又同在商海浮沉，现在见他的孤女孱弱，不由得都起了恻隐之心。

还是洪蝶先把话题岔开了，说："这次的活动，你们公司做得相当不错。"

徐斯这才注意到江湖的身份不是被邀请的嘉宾，而是这次承办方的公司职员。

江湖听到洪蝶说的话，也是认得这位长辈的，她回过神来，勉力地笑了一笑，说："希望大家都能满意。"

在徐斯眼里，她做得足够好了，在父亲猝死、家遭巨变之后，依然保持住了良好的仪容、仪表、仪态。

然后，他就把目光从江湖身上移开了，而且还带着几分尴尬。因为在最近的一段日子里，很不巧地，他心里一直惦记着她家的产业。

这是一桩很重要的生意，在几个月前就成型了的。

事情是这样的。

江湖的父亲去世后，随之而至的便是自由麒集团对外宣布出售其下分块业务。一个服装帝国即刻土崩瓦解。

徐斯从一开始就对此事暗暗上了心。

虽然自家的徐风集团是国内饮料业的翘楚，但他一直主管的是家族企业的投资业务。因为金融风暴来袭，海外期货投资是要暂搁了，徐斯便把目光放到了国内的收购上。徐风集团的国内投资业务包括将有升值发展潜力的小型或破产企业买下，重新整合，再寻找合适的买家卖出套利。

这宗业务真的很需要费神和费眼光找合适的项目下手。偏偏就这么好彩，机会说来就来，就这个当口，自由麒倒了。

徐斯的商业原则从来以趋利为先，能不错过就绝不错过。

母亲方墨萍一直想要他回归集团经营的主业，自然一开头就对他这个收购计划不以为然。

姊姊洪蝶一般会帮他讲两句好话："徐斯有他的一套，先前我投资的沈贵的那起房地产项目，他看穿了沈贵他们寻来的建工集团不可靠，让我及时撤了资本走人。要不然这次南区倒楼事件里，我们也脱不了身。还是放手让徐斯试试吧。"

姊姊同母亲一样寡居多年，只因膝下无儿无女，待徐斯就如亲生子一般。她更是母亲胼手胝足打拼徐风天下的好帮手，母亲一贯很听得进她的建议。

婶婶这样一说，母亲就略加思考了一下，徐斯马上捡着了讲话的机会，说："我同自由麒集团的营销总监任冰颇熟，早对市场摸过底，现在正倡导三胎，童装市场形势大好。各种风投都会看好这个市场，现在有这样的机会，自由麒的童装牌子小红马的潜力很大，咱们正好趁低买下它再重新搞一下卖出去。"

他把话讲完，是很有信心母亲会允肯的。原因无他，这全赖徐家只得他这么一个继承人。徐斯自小到大，便有这么一份自由淡定的底气，故而，做人做事，更有魄力，也更有信心。

果不其然，母亲最后点了头，对他这个独养儿子有份本能的支持。

徐斯长长出了口气。他是个以效率为先的人，有了想法就会快速实践，见长辈通融，很想尽快落实下去。但恰逢 J 国方面邀请中国企业家前去 J 国开联谊年会。素来不喜抛头露面的母亲便令他同婶婶一起代表徐风集团出席。这个收购行动便暂时搁置下来。

只是让徐斯没有想到的是，会在这趟的 J 国之旅，与他正觊觎着的自由麒集团的千金大小姐江湖就这么狭路相逢了。


所以，他只看了一眼眼前已成孤女的江湖。

她很入他的眼。他闹不清自己到底是愧疚还是怜惜，总不能坦然面对她的眼睛，便也不同她招呼了，管自别开头看外头。天城山盘山公路还是平坦的，沿途风景虽残留冬色，但也颇为美妙。徐斯心头又松快起来。

目的地是在天城山山腰的一处山庄旅社，老早有红地毯铺到欧式围栏入口处，一派隆重景象。江湖引出这一车的嘉宾，沿红地毯走入旅社大堂。

这栋旅社是明治时期留下来的巴洛克风格建筑，矗立山间，气势磅礴，真是一处既可繁华，亦可清幽之地。

江湖引他们至正门口，便有衣冠楚楚的门童接应，大厅里不出意外一派衣香鬓影，觥筹交错，欣欣向荣。徐斯领了房卡，确认好房间，便信步踱到了后花园。

很不合时宜地，他看见江湖同一名男子站在花园深处讲话。巧合的是，男子身上的西服竟然同自己今天穿的是一个款式一个颜色。

徐斯远远站着，没有近前去，因为他看到江湖扬起手来。这是一个想打人的姿势。男子用手拂开了她的手，她颓然倒在地上。

不知这是一出怎样的戏码，但徐斯知道自己不该再继续看下去。他折返了回去。

宴会厅前热闹非凡，嘉宾们纷纷在签到板上签到留影，有两国媒体记者争相拍照。国内风头甚劲的电视剧小公主也莅临添彩，艳压现场。

徐斯在热闹的人群里寻到婶婶，婶婶讲："你的致辞准备得如何了？"

徐斯比了个 OK 的手势，弯起手臂，让婶婶将手伸进他的臂弯，一同步入灯火辉煌的宴会厅。

里头早已人头攒动，女士固然争奇斗艳，男士们也不遑多让，泰半清一色的笔挺西服，做工考究。

考究的人，不代表会讨论考究的话题。

徐斯不意外地听到纷纷议论中，有这么一段闲话："老江是晚节难保，金融投资决策失误，到头来平不了仓，一下心肌梗死了。这倒也没一了百了，转头他辛辛苦苦三十年打下的江山被瓜分……"

这厢的话题还未完，那厢的舞台灯光已经亮起来。往日的辉煌历史总是被今日新贵的神采遮盖，所有的话题都停了下来。

徐斯立了起来，向洪蝶婶婶欠身，又向表舅颔首致意，面带微笑地走上舞台。

台下人士衷心鼓掌。

这便是今日开始的新历史和新话题，尤其是徐风集团在年前以净利五十亿元力压同行的实力，使这位未来董事长身上镀上一层扎扎实实、不容置疑的耀目光环，以取代往日辉煌的前辈。

但徐斯绝不会摆出高傲的态度，他谦逊地微笑颔首，立刻博得在场前辈们的好感。

他先用英文说："今天由我来做这个致辞，我太汗颜了。在座两国的各位前辈的经验和贡献远胜于我这个晚辈，我只好说，我谨代表我们这些晚辈，一定接受先辈的教导，务必恪尽两国企业家前辈们赋予我们的社会职责，保持并继承各位前辈打造的令人尊敬的社会形象，严于律己，互相帮助，为寻求东亚地区经济之成长，付出自己的绵薄之力。"

徐斯讲完，又分别用中文和 J 国语言复述了一遍，自然掌声如雷。

只是他无意瞥见舞台一侧，有位女士抿一抿嘴，应该是有嘲讽的意思。

这是这天他第三次看见江湖，她站立在舞台边缘，把帽子摘了，一身黑白，被宴会厅内的姹紫嫣红、衣香鬓影几乎淹没。

徐斯走下舞台时，生出同江湖打个招呼的想法，不过恰巧被代表中方律师行业协会出席的发小莫北叫住了。

莫北是带着怀孕的太太莫向晚一同来的，很高兴他乡遇挚友，上来就玩笑道："演讲功力又精进了！"

徐斯对好友的恭维全部笑纳："多谢夸奖。"

有人拨开人群过来同莫向晚打招呼，正是身披小貂皮的电视剧小公主。两人好似很熟络，小公主人乖嘴甜给了莫太太不少惊喜。

徐斯从对面这个角度看过去，小公主标准的模特身材，皮肤白皙，尤其修长匀直的美腿，衬短裙更显优势。

莫向晚简单做了个介绍，原来她曾供职的文化公司是这位小公主的经纪公司。小公主很得体地转了个身，正面面对徐斯。

徐斯微笑。

小公主盘靓条顺，还有结实饱满的胸脯，再加神采奕奕的表情，显得格外有活力。这是演艺圈人士的"十八般武艺"，迅速和这里一干人等打成一片。

没来由地，徐斯又瞟了舞台那侧一眼。那边那位，用毫无生气的态度，指挥爵士乐队上台演奏。偶尔趁间隙，抬头向繁华忙闹的中心望一望。眉宇之间，很有些惆怅。

徐斯哂笑，小公主以为他在微笑。她说："徐先生，你好，我是齐思甜，以前为徐风的果奶做过广告。"

徐斯记忆力一向很好，说："这是我们十年前的产品。"

"所以让我赚了人生第一桶金，我很感谢。"

小公主有些意动，徐斯客随主便，他们寻了个机会，撇开了刚才的介绍人以及友人，拿好威士忌，走到一处角落。徐斯正好可以避开一些无聊的社交，这是再好不过的。于是他更加不介意说一些笑话，逗笑眼前做童星时就为徐风服务过的漂亮女子。

只是他没有想到，会在这么一个角落第四次看见江湖。江湖正优雅地从侍者端着的托盘上拿下一杯金黄的香槟，躲在离他不远的另一边角落里浅酌。

徐斯忽然想起刚才听到的三两句议论到她身上的闲言。议论归议论，现实是现实。实际情况是，确实没有人主动去同江湖打招呼。世易时移，就这么简单。即便她再摆足江旗胜千金的架势，也受不到这个交际圈内实在的关顾了，只得立在那一角落当壁花，猝然一瞧，颇有形影相吊的凄凉。

徐斯想，自己是想得太多了。可又忍不住再瞧她一瞧。

这娇气千金还是千金的态度，落落大方地沿着踢脚线踱步，姿态优雅得很。但也许有些心不在焉，迎面差点儿撞到一名男士。

江湖抬起头来，几乎立刻就把一双柳眉竖了起来。

徐斯站的这个角落，正好可以听到那名男士用悠闲的口吻问江湖："听说自由麒下头几个大牌子都待价而沽，江小姐是业内行家，如果我拍得一宗，是不是能请得动您过来坐镇？"

徐斯听了声音，才想起这名男士倒也不是陌生人，以前也打过交道的。

他的大名唤作张文善，其家族做服装行业的代理经销生意做得很大，让他有足够资本活跃于社交场，时不时闹一段绯闻抢占娱乐新闻版面。相比之下，徐斯虽然也会偶尔来一段花边，但是他对绯闻的使用则要谨慎得多。故而，人前人后的，姓张的往往喜欢同他别一别苗头。但徐斯从来不轻易与人为敌，总能轻巧避开这种尴尬。但他对张文善其人，心里还是有本账的。

这时徐斯见江湖被张文善拦住，张文善明显是来者不善。他又对江湖问出这样一个问题，分明是揭开他人疮疤再撒把盐。不过徐斯没有动，中间还同齐思甜讲了一个笑话。其实他在等着听江湖的回答。

江湖是这样答的："是的，张先生。这一起产业要找新的买主，不是件容易的事情。虽然现在生意不好做，有些东西都跌价了，不过还是要看具体环境的。在风口，的确猪都能飞上天，但是猪用的姿势、角度、办法，都是很关键的。能不能拍到，那就看张先生您的姿势、角度和办法了。"

江湖这一段话讲得抑扬顿挫，语速又极慢，因此十分清楚。她讲完以后，还拿手里的酒杯碰了一下张文善的酒杯，便迤迤然离开了。

落在徐斯眼中的张文善的那张脸，可就精彩了，眉毛、眼睛、鼻子都快挤到一处去了。

齐思甜"扑哧"一笑，把徐斯的神思拉了回来，见眼前小美女促狭的目光，想必，她也听到了。

齐思甜笑道："我想起一个八卦。"

徐斯愿闻其详。

"当年张先生想要追求江小姐，在江董事长面前下了不少功夫，江董事长同江小姐转述，江小姐大怒，说'我干吗要睬那个卖牛仔裤的'。"

徐斯笑起来："你知道的八卦真不少。"

齐思甜噘一噘嘴，这是江湖喜欢做的动作，齐思甜做出来也同样娇美。

她说："我和江小姐是老同学，她也当过我的老板，我给自由麒下头的休闲服牌子拍过大片。那天江小姐发火是在拍片的大仓库。"

徐斯想，在同学及下属面前发小姐脾气，太任性了。

齐思甜也许并不这么想，她的漂亮脸蛋上毫不隐藏地给予一个欣羡表情，说："江小姐自然有说这样话的身价和资格。"

徐斯承认得对面前的电视剧小公主刮目相看了。她讲完这个话，笑容甜美可爱，也确是个矜贵的小公主。他对齐思甜颔首微笑。正好舞曲响起来，便伸手邀请齐思甜共舞。

他轻轻巧巧转一个身，再往那边看去，江湖已经没有了踪迹。

灯光暗下来，今宵的快乐正式启动，饶是辉煌宴会厅内，也谁也看不清谁了。

一支舞曲结束，一些参会的企业代表开始发言。其中一个百货机构的代表，叫作高屹，也是一位风度翩翩、斯文俊秀的男士。

徐斯睐着这位男士，心想，他是不是刚才同江湖在后花园里讲话的那一个？

这位高屹是代表机构来宣布今年在中、J两国的商业计划的，吸引了不少人将他围住询问项目细节。

徐斯没有去凑这个热闹，继续同齐思甜闲聊。只是万事未必如愿，才聊不到一刻，他就被婶婶抓个正着，要带他去和企业家前辈们寒暄应酬。齐思甜这位惯会看人眼色的就速速撤退，留下徐斯无奈耸肩。

后来的两个小时，徐斯跟在婶婶身后做了应声虫敬酒徒，洋酒、茅台、清酒都灌了不少下去，头脑就开始昏沉。他暗暗瞥见无论喝多少酒，都能保持得体仪态的婶婶。她今日穿了一件V领深海蓝色低腰天鹅绒相拼双绉丝晚礼服，以匹配一身媲美白种人的皮肤。

徐斯曾在朋友们面前这样赞叹女性之美，说："要一身剥壳鸡蛋一样的皮肤，才叫精彩。"

现实中，周围身边的女性中，也只有婶婶能完美诠释这份精彩。

这位婶婶的美丽，已经跨越了年龄的界限，举手投足之间的风情不能用语言描绘一二。但凡男人站到她跟前去，就不得不被她吸引着带上一份男性的自觉。

她又是极会打扮自己的，选的这身礼服既配她的皮肤，也配她一头利落优雅的短发，还露出了她优美的颈脖和白玉一般的双臂，根本不屑佩戴任何首饰，就能走到哪里都带一团淡淡艳光。就在这现场，也能把小她一辈的江湖比得似壁花。

徐斯觉着自己喝多了，大脑不受自己指挥，便寻个机会退出了宴会厅。

他在一楼大堂坐了一会儿，醒了会儿酒，然后上了楼。

旅社最高一层也不过是五楼，电梯门开之后，一路铺着软软的地毯，谁走在上头都能悄无声息的。

徐斯是走到自己房间门口，把门卡插进卡槽的时候，才发现有人跟着他。

他转身，江湖跌跌撞撞地走过来，徐斯怕她跌倒，伸手扶了她一把。

这位千金一定喝了不少酒，徐斯被她迎面的酒气一熏，自己又昏沉了几分。

江湖整个人就软在了他的怀里，手无意识地攀住他的腰。

这太要命了。徐斯捉住她的手，但又没动。他不知道自己是想要她停止，还是想要她继续。

江湖歪歪地靠在他肩头，双颊酡红，醉眼迷离。

不过两个小时，她竟能醉成这样，不知喝了多少酒下去。

徐斯拍拍江湖的脸，她的脸蛋似苹果，还是熟透的、伸手可摘取的样子。他情不自禁就舔了舔自己的唇，方觉适才不停说话不停灌酒，嘴唇都干了。

江湖微微睁开了眼睛，不知道是不是看清楚眼前的人，不知道是不是清楚自己在干什么。她抬头凑到徐斯面前，她的唇贴牢了他的唇。

江湖有很漂亮丰满的嘴唇，徐斯吻上去，才知道不必口舌交缠，唇齿相依一样可以缠绵。可她偏偏探出了一点儿舌头，灵巧得像条蛇，似是无心的，但这勾引着实有力。

女人的舌头灵巧，像香滑的巧克力，真是丝般感受。除了那点儿酒气。

徐斯丹田之间有股气往上蹿了出来，有点点动情，也自认是乘人之危，他按住她的下巴，以便抬高她的唇。他就这样靠在自己的门前，接受这一番投怀送抱。撕扯纠缠之间推开门，两个人重重跌倒在门里的地毯上。

先是江湖懵懵懂懂爬了起来，一个趔趄靠在门上，又将门关上了。

门里是一个黑暗世界，看不清周围的一切。

徐斯跟着爬了起来，对面的那个女人伸手拽住了他的手。她在四下摸索，无法站牢，好不容易摸到他的手，便紧紧攥着，不放开。

黑暗里可以将欲望放大，徐斯清晰地感受到身体的真实反应，在酒精的催化下，正逐步吞没他的理智。

如果对面的女人理智一些，应当尽快离开。但是江湖贴了上来，揪住了他西服的前襟，仿佛想在黑暗里仔细瞧清楚。

徐斯握住她的手，承担她的重量，被她逼得步步后退，在要倒入榻榻米上的前一刻，他问："江小姐，你知道我是谁？"

江湖咕咕哝哝，口齿不清："徐——"

原来她知道。

徐斯又问："你知道你在干什么？"

这一次江湖把话讲清楚了："你觉得我漂亮吗？"她问罢，又抬头吻在了他的脖子上。

瞬间的激情可以燎原，而黑暗助长了激情，可以不问缘由地肆意燎原。徐斯渐渐让本能控制了意识。

江湖迷迷糊糊地问："这里是五楼？这里的窗子是不是能看到悬崖上的朝阳？"

徐斯胡乱应付，忙于应付本能。本能告诉他，江湖也有一身丝滑的好皮肤，正是娇生惯养出的出水芙蓉，该丰腴的地方一点儿都不含糊。酒香和女性的体香，如同海上的完美风暴，一波接一波地刺激着他的感官。

徐斯从不认为自己是个正人君子，他甚至在想也许这位失去父亲的孤儿需要抚慰，故而选择一种极端的方式来发泄。他胡乱地想着。

在混乱中，徐斯用残存的理智暂停自己的动作。他决定给江湖些许考虑的时间。不管她有多醉，她都有是否继续下去的主动权。但江湖没有动，她把脸埋在枕头里，让他没法看清楚她在那刻的表情。

其实和徐斯交缠在一起的那一刻，江湖就已丧失残存的些许清醒意识，她迷惘而混乱，无力分辨、无力反省，更无力抗拒，心中杂陈的百味被感官的本能驱散了。

或许这片刻的温暖是她在此时此刻正需要的。她是清醒地、自愿地、荒唐地在同他发生了这样的关系。那么，就先好好享受这一通迷乱的际遇吧，徐斯想。

整个过程中，徐斯流了汗，江湖似乎也流了不少的汗，脸上都是湿漉漉的，像被雨水打湿的苹果。

但是到了半夜，她让他差点儿成了嫌疑犯。她还一改先前的沉默和迷糊，变得伶牙俐齿、张牙舞爪，让他几乎束手无策。


徐斯按住江湖，看她气喘的胸脯渐渐平静，不再说话。

窗还开着，他转头看看窗子，再看看床上的女人，异常恼火。他一只手按住她，另一只手扯了毯子过来把她裹住，江湖随他折腾。但他仍旧不敢掉以轻心，又捞起自己先前随意丢弃在地上的皮带，把江湖连手带腰绑了个结结实实。

待他做完这一切，再抬头望向她，借着月光看到她竟然闭上了眼睛，脸蛋红扑扑的，真是正熟透的苹果，同刚才那婉转的模样一个样。这样一想，他既懊恼又愤怒，坐起来穿好裤子，又穿好衬衫。

这时候，门"咔嗒"一声，被打开了。门口有人低声问："徐斯，你在吗？你怎么把房卡插在外面？"这位半夜的不速之客竟是洪蝶姉姉，她话音刚落就"啪"的一下扭亮了灯，跟着走了进来，手里还捏着房卡。

徐斯堪堪才立定，被突如其来的声响和灯光炸了一个猝不及防，用手往眼睛上微微一挡。

洪蝶更是大吃一惊。

面前的地板上扔着女人的外衣、内衣，而女人则躺在徐斯的榻榻米上。面对眼前混乱的情状，她一眼就明白发生了什么。

洪蝶来得正是时候，也正不是时候。她又气又恼，伸手拽住徐斯拖到门外，将门先虚掩起来，而后目光严肃地盯牢他。

徐斯再度用手挡一挡长辈利剑一样的目光，解释："她刚才想要……"

洪蝶还是严肃地凝视他。

徐斯无奈放下手："我没强迫她，您别这样看着我。"

洪蝶恨铁不成钢一般摇摇头，推开他说："你去我的房间，收拾好你的衣服，还有你的鞋子。"

徐斯百口莫辩，也无处可辩，在长辈面前惭愧万分。确实是自己昏了头，色迷心窍，该当死罪。他回房将自己的物品很快收归好，再望一眼床上的江湖。虽然她被绑得结结实实，但似乎是真的睡着了，整个人蜷起来，像一条洁白的蚕。

这样她不会再去跳窗，徐斯一颗心荡一荡，再放下来。他差一点儿就要去体会 J 国的刑事流程和拘留所现状，想完这些，他已被洪蝶推出门外，那扇门在他面前重重关上。

这辈子，他是头一回这么狼狈。


江湖在半个小时后再度醒转过来，她躺在舒适的榻榻米上，一睁眼就能看见明亮的月亮正在当空。

月亮下面的也许是仙女，周身有淡淡光晕。那仙女真是美丽，从月光深处走过来，面容和月光一样皎洁。她心里没有来由地一暖，意识聚拢起来，终于认出来面前的仙女是徐风的副董事长洪蝶女士。

她记得还是父亲介绍她认识这位长辈的，让她唤她"洪姨"。江湖张了张嘴，没能把"洪姨"两个字叫出声来。

洪蝶俯身下来，用手轻轻抚拍她的面孔，就像一个慈爱的母亲在爱抚她的小女儿。她在催促她："起来泡汤，明天回国了就没有机会了。傻孩子，不要盹在这里。"

洪蝶的声音很好听，不是那种伶俐的嘹亮，是微微泛着沙，很醇厚，听到耳朵里，就能知道她的诚意。

江湖得到了关心，也有了力气，翻身坐起来，才发现被徐斯捆上的皮带不知何时解开了。洪蝶递来一套日式浴衣，江湖穿戴完整，跟着她一起走到一楼的温泉池。


此间的温泉由山上悬崖边的泉眼涌出流淌下来，旅社为了迎接这股清泉，把泉塘建在了山腰的悬崖边。游客临着悬崖那一边没有护栏，只有人工垒砌的圆润的带着火山红的山石几。

洪蝶倚靠在石几上，深深吸了一口气，讲："是不是发现这里的风景比徐斯房间的更好？"

江湖站在温泉里，没有坐下来，只是怔怔地看着远方的海面。星星点点的渔火在天海之间摇摇晃晃，就像她这时又开始摇晃的心。她木然地站着，也许想要用力看清楚远方，也许只是想站着。她并不知道要做什么。

洪蝶伸手托了她一把，扶着她安稳地坐进温泉里头。

很烫。江湖惊跳了一下，不过一秒钟后就适应了。

现在已经是后半夜了，这里的温泉开到夜里十点，她自工作交流守则上老早得知。而且这里的温泉属私家温泉，过了点未必肯为私人开放。刚才洪蝶同值班的管事用英语小声对答了一番，就顺利地领着她进来了。

这位长辈是好意的。江湖蜷起膝盖。

洪蝶转了个身，往热气浓重的地方靠了靠，说："我颈椎有毛病，老犯疼，泡泡温泉还真有些效果。"

江湖还是不说话。

洪蝶笑起来，说："第一次看见你这个小姑娘，我就知道是个倔脾气，真是个倔脾气。'节哀顺变'不是一个好词儿，我不跟你说，但是你也不要用'节哀顺变'来作践自己。"

江湖放开抱着膝盖的双手，又在温泉中伸直了腿，把整个身子拉得长长的，坚硬而有力。她直愣愣地看着洪蝶，瞪着她好一会儿，问："洪姨，您多大了？"

洪蝶笑起来，她的脸上有笑窝，笑起来不知道有多可亲。

"是不是觉得我年轻？"

江湖认同地点头。

她说："我像你这么大的时候，可不消沉，就算是我一个人。"

江湖盯着她。

眼前的女人，皮肤出奇地好，光滑洁净，让人没法一下猜测出她的真实年龄，让江湖一开头以为她是从月亮里出来的仙女。

现在她这样说话，但是面容淡静，绝没有流于外的任何喜怒哀乐。她只是把她的话，一句一句讲到江湖的心坎儿里去。

江湖就问她了："您像我这么大的时候，在做什么？"

洪蝶侧侧头，认真思考江湖的问题。

她说："我像你这么大的时候，也是一个人了。"

江湖把自己往温泉里埋了埋，反转个身，望着远处的渔火。

洪蝶说："这个角度好，看不见悬崖。"她顿一顿，加了一句，"你爸爸会放心的。"

江湖接着将整头整脸埋在温泉里。

洪蝶说："你那样做，会让徐斯坐牢的。"

江湖闭上眼睛。她是徐斯的家人，自然关心的是徐斯。

她听到洪蝶接着说："虽然只有他一个人的窗户开在悬崖边，你也不能糊里糊涂和他闹到床上去。听着，孩子，就算想不开，也要保留一颗绝对清明的心，不然你只是个糊涂鬼。"

江湖在温泉里睁开眼睛，一下就受不了，扑腾出来，她孩子气地迷糊地低嚷："我——只是想抱抱他的背影。"

"但你不欢喜徐斯啊！"

江湖摇头："我不知道干了什么。"

洪蝶靠近她："孩子，你需要睡个好觉。还有，你来到这里，在这么多人的面前，你就是代表你爸爸来的，不可以丢了你爸爸的面子。"

江湖一下扑腾出水面，坐到鹅卵石地上，用手捂住面孔痛哭出来，眼泪从她的手指缝流出来，她感到自己的眼泪和温泉一样烫起来，再一次灼热自己的心脏。

在啜泣声中，她听到洪蝶说："我爸爸去世的时候，我也像你这样哭过。但是他在世的时候，我一无所有；他离开的时候，我还是一无所有。"

江湖慢慢放下手，洪蝶正温柔地但是不含任何怜悯地望着她。她忍不住哽咽，忍不住断断续续地倾诉出声，她说："我爸爸是被我害死的。"

可是，让她没有想到的是，洪蝶紧接着慢悠悠地，用她微微沙哑的声音说："我爸爸也是被我害死的。"

江湖惊诧地抬头，用手胡乱地擦了擦眼泪，泪眼蒙眬地看着洪蝶。

洪蝶仰首看了看月亮。时间还早，不到黎明，这段时间足够叙述一段比较长的话。她问江湖："你愿不愿意听一个故事？"

江湖沉默，表示同意。

山风又急了一些，她们都感到冷，所以又将各自的身体放入温暖而安全的温泉之中。

洪蝶的故事，从一个比较久远的年代说起。江湖仔细聆听着她的声音和着温泉汩汩流淌的音韵。

故事的开端，发生在黑龙江漠河县的冬季，千里冰封，万里雪飘，风光蔚为壮观。

城市青年小荣因为一场车祸失去了高考机会，大难不死后认识了小虎，接着随小虎来到黑河附近谋生。黑河壮丽的风景曾让小荣兴高采烈，他宽慰自己应该知足。

但生活依然艰苦，尤其是伙食，他无论如何都没办法适应。他知道山林里时常会有些小兽，炙烤以后异常美味。小荣有些口才，说服小虎和一位姓高的同伴，三人夜里进山去捕捉野味。

山外是被冻成冰面的江，所以他们必须很小心，好在一直很顺利，这让他们胆子渐渐大了起来，追击猎物的范围越来越大，甚至扩到了江面上。

终于在这一天出了事。

他们追着一只狍子跑上了冰面，突然，冰面开裂，三个人都掉进了冰窟窿里去。

小荣沉到水里时想的是"一切都完了"。

一个十六岁的黑龙江丫头和她的父亲路过岸边，丫头的父亲懂点儿药理，人称洪老头，每隔一段时日就会去山里采药。丫头拖着父亲的手，走到了三个快要冻死的年轻人身边。

小荣醒过来时，看见丫头端着一碗面疙瘩汤在他的面前。

这是一个好看的姑娘，他想。

白皮肤，深眼窝，头发又黑又亮，辫尾还绑了喜儿绑过的红头绳，他又想。

丫头也在想，这是一个相貌体面的青年，这么斯文白皙。

就在丫头的家里，灰扑扑的土墙草顶之下，小荣吃完面疙瘩，擦净了嘴，不知从哪里掏出了一片树叶，吹了一曲"小小竹排江中游"（此曲名为《红星送我去战斗》）。丫头坐在红彤彤的烛火下，用城里买来的彩色纸头剪了许多蝴蝶，贴在灰白灰白的墙上。

小荣伤势好了以后，每个礼拜都会去丫头家。丫头会给他的面疙瘩汤里加很多酸辣粉，让小荣度过一个寒冷又暖心的冬季。

春天来临的时候，小荣的家乡邮了包裹过来，他拿了两瓶麻油、一罐味精、一瓶酸辣粉、一块药皂，用漂亮的粉色新毛巾一裹，送到了丫头家里。

他还递了一包大前门给洪老头，同洪老头在炕上聊到半夜。

丫头不停抚摩着粉色的新毛巾，心里想着，真是又软又漂亮。她把毛巾轻轻贴到脸上，一转头，就看到小荣的笑容。

她想，他笑起来可真好看。

之后的一段日子里，丫头发现父亲手头多了些西药，阿司匹林、青霉素，等等。全都是小荣弄来的，丫头不明所以。

因这些东西，丫头和父亲进了拘留所。洪老头在拘留所犯了旧疾，不久便病逝了。

丫头坐在拘留所冰冷的监牢内，特别想念小荣用树叶吹出的"小小竹排江中游"。

没过多久丫头被放出来了。父亲临终写了一张字条留给她，上面只有一句话——"好好过日子"。

她攥紧了字条，埋葬了父亲，然后直奔小荣的住所，却发现小荣不见了。


故事讲完，洪蝶说："再难也会过去，总是会过去的。人生不过如此。"

月亮往西面偏移，日子也不过如此。月亮将要被太阳替代，开始一段全新的历程。

江湖从温泉里站起身来，她拉起了洪蝶，说："洪姨，谢谢你。"

洪蝶同她携手，走出温泉，一阵山风迎面吹来。洪蝶说："你瞧，时间过得多快！又是新的一天。尽管有逆风，可是逆风之处有朝阳。"

江湖抬起头，果真迎风可见朝阳，一线一线的光在黑幕下探露出头，坠落的星子已经不见了。

春天应该很快就会来了。

我要逆风去　不管艰辛

一

我要逆风去

Ａ城的春天，比所有人预期的都要来得早。三月出头就有微微的热风扑面，人们从容脱去厚重的冬衣，轻装上阵。有了好的气候，才能告别一季残冬，重新站回起跑线，开始一年的序章。

　　在浦东郊区的南段，隔着主干道的两边，矗立着总计占地一千亩的巨大建筑群，气派非凡，尤其隔道两边主楼间还修了封闭式天桥，桥身挂着一排巨大的广告语——"我的城市，我的生活：自由麒"。

　　徐斯将他崭新的雷克萨斯驶停在马路一边，拿出手机打开财经新闻软件。经济版头条一排黑体大字，写着："自由麒集团拟于近日对外出售原自由麒旗下分块业务。"他丢开手机，打开车窗，探出头往这边的天桥上一张望，天桥上有若干工人正在作业，准备将广告牌缓缓放下来。

　　徐斯把车开入厂区，堪堪停好，就见到了熟人。他剑桥的师兄、在投资行业里很有些名气的景阳资本创始人梅绍望，正同他手底下那几位有名有姓的投资人，从鞋厂车间里走出来。

　　梅绍望见到徐斯并不太意外，撇下下属，特地上前和他打招呼："师弟啊，好久没见，难得在这里碰见了。听说你最近的投资动作跨行跨得厉害，果然啊果然。"

　　徐斯知道梅绍望话里藏的是什么话，也知道梅绍望虽然人颇有些世故圆滑，但其作风也算商业场上难得的光明磊落，便用玩笑口吻讲道："果然什么？我是来随便看看的，如果有合适的，也有可能顺手收一收。"

　　梅绍望拍了拍徐斯的肩膀，对他的潇洒坦诚倒有几分佩服的意思。

　　徐斯话锋一转："你呢？看中了自由麒哪块业务？"他说完，看向自由麒大厦外墙上贴着的那几个享誉国内的服装品牌商标。

　　梅绍望微微一笑，他也是聪明人，知道徐斯的直率话意之后会隐藏着什么，于是同样也不掩饰："自由麒旗下几个副牌，确实有收的价值，休闲女装、童装还有那个潮牌，是不是呀？特别是童装小红马，看好的人不少。"

徐斯看似无意地笑着瞟了梅绍望一眼："那你呢？对这些牌子也有兴趣吗？"

"我嘛——"梅绍望拖长了点音调，"不太适合做这些事。"

徐斯有点意外，他收敛了一下自己的态度，目光不再轻佻。

梅绍望继续说道："老江董在世的时候，和我也合作过一些投资业务，帮过我不少。"

徐斯对梅绍望颇有几分肃然起敬了。

梅绍望看向自由麒大厦门前纷至沓来的人群，叹了声气。

徐斯也一同望过去，却没有跟着叹气。

他被梅绍望揭穿的计划，是确实的，而且准备得很充分，也很有信心去完成它，故而才光明正大地承认下来。

这就是徐斯在公事上的一贯行事风格，动了心思，就势必要执行出一个结果来。正因为如此，他的自知之明，让他明白自己既然来了，就没有了为逝者叹息的资格。他来这里的目的，同面前这些人一样，都是因为自由麒集团的分拆出售计划在今日公布。

徐斯沉默下来，梅绍望却又追着问了一句："我听说，你还想要腾岳制鞋厂？"

这却让徐斯有些意外了，没想到梅绍望居然还洞悉了他的一盘大计划中额外的小计划。他这回野心勃勃想把自由麒集团的童装品牌用较为优惠的价格买下来，也预备着再购进一两家制衣厂、制鞋厂以备生产之需。

梅绍望口中提到的这家腾岳制鞋厂就是他计划购进的其中一家。他能知道这个消息，可见确实与江家有些老交情。

其实，腾岳制鞋厂在自由麒集团旗下的诸多资产中并不起眼。这家成立于二十世纪二十年代的老厂，生产的胶底鞋在二十来年前也曾红极一时。在外国品牌进入中国市场后，便渐渐没落下来，只能托赖接自由麒的订单和外贸订单来维持经营。如今自由麒大厦已倾，这家小厂自然就跟着支撑不住了，但胜在有厂房、设备这些家底，一帮工人的行业经验还是丰富的。

徐斯托中间人寻到鞋厂的裴厂长套了套话，没想到对方竟然十分愿意，徐斯自然顺水推舟了。

只是梅绍望特地一问，让徐斯好生疑惑，他反问："这小厂还有什么掌故吗？"

梅绍望讲道："这鞋厂以前的厂长是老江董的丈人，老江董就是从腾岳开始入这行的，现在的厂长就是他的小舅子裴志远。"

徐斯一呆，实在是没有想到无意间插手的鞋厂也会同江湖家族有着千丝万缕的关系，而他今日也约了腾岳的厂长在此地进一步洽谈。

这么一想，他的心里立刻生出一些道不明的别扭劲来。

也真是白日不能说人，他跟着梅绍望一路上了二弯，一拐弯，就在二楼会议室门外的等候区看到了江湖。

江湖坐在会议室外大型布展区的台阶上，她身后的布展区还有三五个木头模特身着去年自由麒的冬季新款。她坐在模特下首的阴暗角落里，蜷着腿，一动不动，目光放空。徐斯乍一眼看去，还以为那也是一个不会动的模特。

江湖身上穿着自由麒的春季新款露肩修身长绒衫。绒衫是黑色的，她的腿上裹着黑色的长丝袜，同样一双黑色的羊皮长靴盖过她的膝盖。一身着装虽然暗淡，但又很得宜。

从徐斯这边看过去，一动不动的江湖这个姿态很美。从她的额线到鼻尖到下巴，从她纤长的颈过渡到从圆领中袒露出的圆润的肩膀，以及修身的绒衫包裹着的身体，线条流畅得像是个假人。

梅绍望上前一步，唤了声："江小姐。"

江湖抬起头来。她的短发稍稍长长了些，盖住了额头，她下意识地用手拂了一拂，礼貌应道："梅总，你好。"

梅绍望走上前去，徐斯停留在原地没有动。

他还没修炼到无论经历怎样的风云变幻，都能不动声色的境界。那一夜的荒唐和惊变，是让他有一点尴尬的。尤其，他当时还打着她父亲公司的主意。往深层讲，他委实太欺负一个孤女了。

洪蝶姊姊当时严厉地警告他："这件事情你要快点儿忘记，不要对任何人提起，那有关人家小姑娘的清誉。"

徐斯不是不警醒的，他甚至自认确实做了一桩至大的丑事。他这般偷香窃玉的行径，同江湖之后那刚烈的态度对比，让他狠狠地羞愧了好一阵。

这实在是稀里糊涂地乘人之危，太不够光明磊落了。

徐斯甚至有考虑过，自己并无女友，他可以在江湖丧父这段时间，给予她一些情感上的补偿。

但江湖似乎并不这么想。

就在那夜惊魂后的次日清晨，徐斯走进旅馆大堂用早餐，远远看见江湖独自依窗而坐，面前放着台笔记本电脑。他走近一些，看见她登录的是中国的某门户网站，网页上偌大的标题很显眼——"服装大王江旗胜覆没实录"。

徐斯看过这篇报道。报道写得很详细，记者似乎从多方面了解了江旗胜过往的商业行为，将其猝死归结为两个原因：其一是江旗胜决策失误后，转而与房产商沈贵投资房地产，投资的经济房因施工方偷工减料而猝然塌方，相关人等自然免不了吃上官司；其二，便是江旗胜私人投资的利都百货股票因其收购计划失败而下挫，这一役让他的私人账户浮出水面不说，经济损失也十分惨重。

这两点都在点子上，和徐斯了解到的信息也基本一致。

不过，那时候，他在想，以江湖当下的精神状态不太适合看这样的报道。

果然，江湖的肩膀耸动了一下，徐斯下意识地走了过去，递上一张餐巾纸。

江湖回头一见是他，起立转头想走。

因为她的无礼过于明显，徐斯面色不由得沉了一沉，存着较劲的心，拉开她身边的椅子坐下来。

江湖脸色青白，或许也发觉自己的反应过度了。但她没有立时说话，或者她本就认为她与他，在那时那刻没有交流的必要。

徐斯见状心里一冷。

从江湖的态度到江湖的神情，他大致能猜测出她的心理。恐怕她当昨夜是一出荒诞剧，是她放纵自己堕入深渊的魔幻夜。白日一线光现，她就警醒了，准备把昨夜的一切擦除干净。这个念头，让徐斯不是那么舒服。

江湖大约是平复好了自己的心情，简短招呼道："我得回房了，失陪。"

下一刻，徐斯不自禁地握住她的手腕。

昨晚他曾经沿着她的手，钳住她的腰，让她没法动弹。她的反应，迷糊而热情。如今，她的反应居然是忍不住打了一个寒战。不过一夜，她对他的碰触，竟然本能地起了抵触，再加上这么个无视的厌恶态度，令徐斯心头无端起了一阵火。

他松开手，让自己的口吻尽量显得稀松平常些："昨晚我大意了，你……自己注意一些。"

果然，江湖咬咬牙，闭了闭眼睛。徐斯心里莫名地颤一颤，方觉自己的语气很有问题。纵然江旗胜已经身没，但至少在江湖上威名犹存，她江湖的千金身份依然存在。他用这样轻慢的口气和她对话，之于江旗胜的千金来讲，是过分了一点儿。

但徐斯话从口出，就从不会收口，更不会认错。

很快，江湖清了清嗓子，这样同他讲："出来玩的总是要承担一点儿责任的，这个道理我懂的，你放心。"讲完以后，她逃似的疾步走出此地。

徐斯愣了一两刻，看江湖走远。忽然手机响了起来，好听的女声传来："徐先生，你好。我是齐思甜。"

这么一个轻声细语的开场白之后，齐思甜用温柔又不失身份的、邀请又并非乞求的语调讲："我第一部电影要上映了，不知道你有没有空捧场？"

刚才有一点点儿错愕的徐斯，此时太需要有这个空去捧场了。他答："回国后我让秘书到你经纪人那边拿票。"

齐思甜讲："好的。"

这才是徐斯该得到的异性的态度。他不甘心地望着江湖离去的方向，这个女人，翻脸赛过翻书，反应永远出乎他的意料。

当然，徐斯很快地命令自己释怀。他自小生长在女性掌权家族，一直都能很好地发扬女士优先美德，既然江湖当无事发生，他徐斯也就成人之美吧。只不过心情被撩拨得反反复复，总有一层挥之不去的不是滋味。


尤其现下梅绍望唤了一声江湖，江湖的目光明明往这边扫过来了，她是看到了他的，但她就是能当成没有看到他。

徐斯不希望自己第二回自讨没趣，干脆就立定在原地，没有主动走上前去。

梅绍望往前走了几步，先看到展台对面的窗户没有关牢。虽然三月微暖，但令一个孤苦伶仃的女孩受这冷风，就太说不过去了。他先将窗户关牢了，待回过头来，江湖已经站了起来。

她说："梅总，多谢你今天还能过来。"

梅绍望关心道："你要注意身体。"

江湖欠了欠身，想要转身离去，梅绍望又叫住了她，招手让她过来低声嘱咐："你爸爸生前同沈贵在高尔夫球场赌过一场球，赢了沈贵五百万元。沈贵上周进牢里之前，已通知助理把支票转给你。"

江湖惨然地笑了笑，茫茫然问："爸爸怎么会赢沈叔叔这么多钱？"

梅绍望没有回答。

江湖便明白他的不便之处，也就不问了，只向他又欠了欠身，转身往另一头的江旗胜旧日的办公室走去。

看二人言谈之间确实熟稔，徐斯对梅绍望所说的江家掌故更上了点心，不免生出些心不甘情不愿的犹疑，开始觉得今日来凑此局是个错误的决定了。

江湖在父亲的办公室门外徘徊了许久，实在没有勇气踏入父亲去世的地方。

有人过来拍了拍她的肩膀，江湖转头，是在自由麒集团服务了二十年的财务总监岳杉，她同时亦打理着江旗胜的私人账户，同江氏父女关系很亲厚。

江湖看到岳杉，就像望见了亲人，迷迷糊糊孩子气地问她："岳阿姨，我爸爸走的时候，是不是没有痛苦？"

岳杉一向文雅和蔼的面孔上闪过一丝痛楚，用力抓紧了手上拿的文件。她是第一个发现江旗胜在办公室内气绝的人，她记得江旗胜最后的样子：他的上半身倒伏在办公桌上，侧脸贴着冰冷的桌面，皱紧着眉头，微张着双眼，夸张地张大了嘴，双手紧紧抓着胸前的衣襟，好像刚听到了一个让他不能控制自己情绪的消息。

这根本不像一贯意气风发、运筹帷幄的江旗胜。

岳杉一直没有将这一幕告诉江湖，她宽慰江湖："是的，你爸爸临终面容安详，就像在梦里过世。他没受什么苦。"

江湖的眼圈还是忍不住红了。

岳杉的眼圈也忍不住红了："我还有些事情同你说。"

她默默地看一眼江旗胜办公室的大门，转头把江湖领进了另一头的一间小会议室，把门关上锁住，再把自己随身拿的文件一一放在了江湖的面前，说："这是你爸爸生前存放在我这里的东西，所有的手续都办清了，我也确认了可以动用这部分财产，今天正好全部交还给你。这些是他在本地、北京、广州和 B 市以你的名义购买的房产；这些是他存在本地银行保险柜内的珠宝首饰；除此以外，你爸爸有海外股票投资，不过你也晓得这部分亏蚀厉害，而且上面在查。他个人的银行户口全部被冻结了，要做清偿工作。"

江湖一份一份拿过来看，一份一份都令她惊讶。她说："爸爸比我想象中有钱。他考虑得这么周到。"她把文件一一阅览完毕，问，"他亏了上百亿元，怎么可能还剩下这么多？"

岳杉伸出手来，她紧紧握住了江湖的手："这些问题你不要多想了，于你无益。"

江湖反握住岳杉的手，急促地发问："爸爸买的股票亏了，投资的楼房倒了，连累自由麒跟着瓦解了——可是，他可以想办法还的，虽然——虽然还是要去坐牢，但他是可以活着的，他为什么会支持不住，为什么会突然心肌梗死？"

只不过电光石火之间，她问完了，自己又哽住了。她侧头，玻璃窗上折射出她的容颜。

她分明看清楚了自己的惊恐。是一种盘旋在心底缓缓酝酿出来的惊恐，自天城山的那个下午开始生出的恐惧——她不敢再想。

岳杉并不知道江湖的心头有万千情绪，但见她神情悲戚，怕她又要伤心，轻轻拍她的后背，安抚说："他是个爱护女儿的父亲，他是个走在许多人前面的企业家。"她紧紧握住江湖的手，紧得江湖无法再思考下去，"这就够了，对你来说，够了。"

江湖茫然点头。不要想，不要想。她在心里这样安慰自己。

岳杉最后还是忍不住讲了一句："江湖，你要记牢，这条路是你爸爸自己选的，没的怨。"她讲完这句话，终于也忍不住氤氲了眼眶，只能低下头，忍了好一会儿，让眼角什么痕迹都没露出来。再抬起头来面对江湖时，还是那副和蔼模样："下半月有个晚报的慈善晚会，昨天发来了邀请函，希望你代表你爸爸去领这个慈善奖章。这是他的荣誉。"

江湖艰难地点了点头。

岳杉依然是不忍心，再三嘱咐："你未来的路还很长，要好好照顾自己，你爸爸才会放心。"

江湖黯然，在历经丧父之痛以后，学会自己照顾自己，是万不得已的无奈和悲戚。

岳杉打开会议室的门，自由麒的营销总监任冰正捧着箱子站在外头等着。这位业内人人称道的江旗胜的得意门生眼圈也微微泛着红，看到了江湖，说："江董生前的东西都在这里了。"

任冰和岳杉都坚持为江湖拿了东西送到停车场。江湖再三道了谢，也是因为父亲的葬礼正是任冰一手操办，帮衬了自己不少。她还关心地问道："你的去向定了吗？"

任冰迟疑了一会儿，才点点头。

江湖露出一个祝福的笑容："那就好，你们都会有新的开始。自由麒也会有新的选择。"

任冰跟着笑了笑："江湖，一切都会好的，一切都会过去的。"

确实，岳杉、任冰连同这边的自由麒厂房，如今已成为历史，属于父亲的时代已过去了，一切都过去了。江湖心中一痛。她打开车门正想上车，却无意中瞥见舅舅裴志远陪着徐斯走出了大门，让她心底这一痛转至大吃一惊。

舅舅裴志远要卖腾岳制鞋厂的消息，她从 J 国回 A 城时就听说了。这是父亲逝后江湖心头的另一宗剧痛。

这世间，只剩下江湖一人明白腾岳制鞋厂对江家、对父亲意味着什么。这是父亲事业的奠基石，是父亲对母亲的一份真情挚爱，绝不容玷污。腾岳的历史带给她的骄傲，甚至超过了曾经的自由麒带给她的荣誉和身价。

江湖曾几次三番寻舅舅磋商此事，她只有一个念头，腾岳是母亲和父亲仅剩的了，是属于裴、江两家的，舅舅不应该轻易卖掉工厂。但舅舅裴志远因为炒股亏蚀了本，铁了心要卖厂套利，嫌这外甥女麻烦，想出各种办法回避她。

江湖根本没想到会在此时此地遇见舅舅，而且他又是一副谄媚的情状跟着徐斯。这实在不能不把事情往她最不能接受的一个方向想。

而任冰为她揭晓了答案。他是犹豫了又犹豫，最终决定不再瞒着江湖，说："你舅舅打算把厂卖给徐风集团。"

江湖狠狠咬唇，拔腿箭步上前，高声唤道："舅舅。"

这一声叫得极不友好又极其尖厉，裴志远乍听到江湖如此无理的呼唤，脸上马上有些挂不住了。

徐斯察言观色，不知这对甥舅有何公案，但显然，他不想当替罪羊，赶紧同裴志远道别，寻到自己的车就钻了进去。裴志远见他要走，颇有几分焦急，想要撇下江湖跟上，却被江湖一把拉住。

江湖气急败坏地厉声问道："舅舅，你是打定主意要把腾岳卖给徐风？"

裴志远根本就是理直气壮兼气愤江湖坏他大事，出口也不算客气，讲："连自由麒都被卖光了，我小小腾岳又怎么了？你也晓得我每年做的那点代加工是自由麒的，还有一些外单，这回全部落空，我厂子几百来号工人也是要吃饭的。你捞着了遗产可以坐吃山空，不要闹出'何不食肉糜'的笑话到我厂子里一干民工弟兄头上。"

一句话就噎得江湖不知道说什么才好，她心头气本就不顺，被裴志远一顿抢白，更是气得脸色越发惨白。裴志远见外甥女这番模样，知道自己说的话过分了，把口气软下来："江湖，我谅解你关心家里的产业，但是你得面对现实，今时不同往日了。"他讲完后拍拍江湖的肩膀，像在哄一个孩子，哄完立即又四处去寻他的金主了。

江湖站在原地发了好一阵呆，只觉得自己刚才就是个傻蛋——她站在这座原本属于父亲的厂区里，却什么都干不了。她抬起头，看到自天桥上缓缓下降的自由麒广告牌。她听到岳杉在她身后担心地唤她，只能垂头丧气地摆摆手，那个广告牌被抽离了，她的心也跟着被抽离了。

眼前这一切，她都无能为力。

江湖开着车慢慢驶出了厂区，心底压抑的悲伤才奔涌出来，她猛地一闭眼，踩下油门，想要速速将这一切抛离，却又不知自己该驶向何方。

这时候临近下班高峰期，车辆渐渐多了起来，在这充满阻碍的路上，江湖的车速都被阻挡了，不得不开得拖拖拉拉，一程快一程慢的，她的心情也是一时气恼一时伤心，躁郁得无法释怀。好不容易过了江，前头路面才稍微通畅了些，江湖刚想加速，她前头有一辆雷克萨斯跑车，像是与她唱反调一样，速度竟然慢了下来，还拦着她的道。江湖一时心急，准备超车过去，谁知前头的雷克萨斯竟也突然改了道，又一下挡住了她的道。她一时闪避不及，往雷克萨斯的车尾灯上擦了过去。

两辆车都不得不同时急刹车停了下来。江湖心急火燎怒不可遏地下了车，冲过去，雷克萨斯驾驶位的车窗也跟着摇下来，竟是那个她一见就更加火冒三丈的熟人。

江湖立刻嚷了出来："徐斯，你给我滚出来！"

车里头坐的正是徐斯。

江湖站在他的面前，毫不掩饰她勃然的怒意，一边叫嚷着，一边抓在他的车门窗上，使劲儿将他往外拽。

徐斯先是一头雾水。刚才他只是想靠边停车接个电话，这个电话好像是刚才那位装厂长打过来的。他本来不想接，但是手机一直响，他听得心烦气躁，便决定停下车来接了这个电话。

他是看准了的，此段路正临近公交车站，允许车辆停靠，而且他还打了双闪灯。不论是技术上还是规则上，他都没有错。后头的红色保时捷是怎么擦上来的？这女人又是怎么突然出现的？他的脑筋还来不及转过来，这女人就用她粗鲁的动作和粗暴的态度，让他的神经也突突跳了起来。

在徐斯面前，这位江湖小姐不是将他彻底漠视就是对他歇斯底里，小姐脾气发得太过无理取闹了些？他自小到大，何曾受过别人这样的待遇？于是，徐斯也懒得摆出和颜悦色的神情，干脆就坐着不下车，微微把头一抬，轻慢地对江湖讲："打122吧，开单子，我的保险公司会处理的。"

江湖是头一回正视了徐斯，也是头一回把徐斯的面孔看得这么清楚。

徐斯有一张风流倜傥的脸，眉眼周正，不可谓长得不好。但是有一点，只要他想，他就能明明确确摆出一副气焰嚣张的神情。此刻，他就是这副神情。

徐斯坚持没有下车，只是从放在副驾座的包里掏出手机，拨了122，同那边通话。他有条不紊地说，发生了事故，有红色保时捷擦到了他的车尾，他的车在某路某段。

他根本懒得同她计较。

江湖瞪着态度轻忽的徐斯。她想，刚才舅舅就是要巴结他；她想，就是有人这么虎视眈眈落井下石……就是他，就是这些人……短短几秒钟，江湖想了很多，几乎是下意识地，她忍了半天的怒火，随着这些想法喷薄而出，终于抑制不住地发泄了出来。

她指着徐斯，提高了音量："你长没长眼睛啊？这叫什么态度？路上随便乱停车啊？你妈没教过你公德吗？算不算个男人啊？"说完，她抬脚就往他的车门上狠狠踹了上去。

江湖这一脚用狠了力气，踢出大大的一声"咚"。她还嫌不解恨，又补了一脚，接着再一脚。

车里的徐斯起先是被江湖突如其来的撒泼吓了一跳，待到她真踹到他的车门了，还连连踹了几下，也撑不住了，"噌"地打开车门走下来。江湖一脚没收住，重重踢到徐斯的腿上。

这一下还挺重，徐斯皱了眉头，心头火起，跺一下脚，冷笑："哟，力气还挺大的。违规超车你还有理了？说吧，想打架还是想耍无赖？哥哥我都奉陪！"他讲完还撸了一下袖子。

围观的路人见了，真怕这开跑车的男人当场揍了那开跑车的女人，有热心肠的赶忙过来拦徐斯一拦，讲："朋友，说归说，别动手，人家毕竟是小姑娘。"

那头的江湖握紧了拳，一副毫不惧怕随时想挥过去的架势。路人又劝："小姑娘火气不要这么大，你都快把人家车门踹出坑了，这可是一百来万元的车！"

交警来的时候，看到这一男一女两位当事人站在马路旁边冷冷对峙，谁都没说话。热心的路人不是正忙着劝解，就是在议论这两辆车理赔起来所费多少。交警经过一番检验，得出结论：车头车尾的碰撞不碍事，雷克萨斯的尾灯碎了，保时捷车头擦了点漆，开了单子嘱咐当事人寻保险公司理赔即可。本次事故应该由保时捷车主担全责。

这个结论一出来，雷克萨斯兄弟立马利落地上了车，绝尘而去。独留保时捷小姐留在原地，继续接受交警的质询。


江湖回到地处本市老洋房区的自家公寓楼下时，已经过了夜里九点。

刚才经历的一切很窝气，但又无可奈何。她被交警扣了驾照开了罚单当众教育了一通。周围有很多陌生人围观，她本该感到屈辱的，但是当街站着，热昏昏的头脑却逐渐冷却下来。她是不该当众自暴自弃的，既然在J国的悬崖边已经折返，就要好好保重自己。

江湖在停车库内停好了车，抱着纸箱子进了电梯上了楼，终于回到家里。

她扭亮灯，一眼便望见大门对面的父亲的房间，茶色的大门紧紧闭着。望了很久，还是没有勇气进入那个房间。

江湖只能把目光移开，她环视着室内。

母亲早逝，家中的一切都是父亲按他老派的品味置办的，雕花刻画的红木家具很硬，黑色的真皮沙发很冷。

原来有父女相依为命，江湖并不觉着家里又硬又冷。可是如今只得她孑然一身，环顾四周，不禁想，原来红木冰得像冰棍、黑色的沙发黑得像石头。幸而在客厅的电视柜上放着好几个相架，都是家庭照片和父亲创业以来获得的各类国家级、省级、市级奖状，这才显得稍微热闹了些。

江湖从父亲的纸箱子里翻出两个他一直放在办公室内的相架，加入到电视柜上的相架中，仔细端详着。

头一个相架里插了全家福照片，照片里的父母都还年轻，美丽的母亲一只手挽着包，另一只手挽着不过三四岁的江湖，父亲两手叉腰，英俊的面孔满是睥睨天下的神气。他们的身后是自由麒在市百一店里第一个专柜，当年自由麒的老员工们正在他们身后摆放货品。

另一个相架上是江湖与父亲的合影。照片里只有三四岁的小江湖，正张扬地坐在爸爸的脖子上，咧着嘴笑眯眯的，一双小手紧紧抱住父亲的脸颊。被江湖的小爪子挡住半张英俊面孔的父亲抓住她两条白嫩的小腿，向着镜头笑得畅意开怀。

父亲笑起来，总会露出一口整齐洁白的牙齿，令人望之亲切、倍生好感。江湖没有遗传到父亲一口漂亮的牙齿，但笑起来却有着同父亲一样的自负畅意。

父亲曾经讲："我给你取名字叫江湖，就是希望你带几分男人的豪气。"当时，江湖向父亲扮个鬼脸，搂着他的脖子笑着说："爸，原来你要我当男人婆啊？"父亲瞅着她，知道她在撒娇，刮刮她的鼻子，眉宇之间全是宠爱。

昔日情景宛在眼前，如今却只剩悲伤排山倒海。江湖抱着自己同父亲的合影，歪倒在沙发上，将身子蜷缩起来。


她又如这些日子以来一样，做了那个老长的梦。

梦中的自己不过是个七岁的小女孩，窝在父亲的怀里。梦中的男孩也不过才十二岁，被他妈妈牵着手局促地站着。

男孩仰头看着她，看着小小的她俯视着他的眼神，没有打招呼。

小女孩歪在父亲怀里，说："哦，你是我家保姆的拖油瓶啊！"

男孩仍是望着她，依旧一句话都不说。

父亲发了火，拍了小女孩的脑门，下手很重："丫头片子说什么浑话！要叫高屹哥哥，哥哥成绩好，以后做你的小老师。你要跟哥哥好好学习。"

小女孩的脑门很疼，把嘴巴一撇，哭了出来。边哭边用余光看着男孩。男孩垂下了眼睛，根本不去看她。

一会儿小女孩猛地摔了下来，一屁股坐在草坪上，地上很冷，头顶更冷，仿佛有人俯视着她。

她哭得一把鼻涕一把眼泪，她叫她嚷她撒泼。她声嘶力竭："你这个骗子！环宇金融要收购利都百货的消息，是你放给我爸爸的！你还去商业罪案调查科录口供！"

熟悉的声音在她耳畔响起来："你要不要听故事？"

她想，什么故事？她已经听过一个故事了，一个逆风之处有朝阳的故事，怎么又有故事了？

她仰起头，看到面前的人漠然地俯视着她。这副面貌熟悉又陌生，她害怕地揪住了自己前襟，她想起来了，原来在这天，在逆风之处有朝阳的故事之前，她还听了一个故事。

江湖捂住耳朵，但是对方的声音清晰地传了进来：

"二十多年前，江旗胜手头有指标，请我爸爸利用工作便利，为某集团从 B 市购买办公设备，把手头的汇率差价清洗成流通差价套利。这是一笔很大的买卖，我爸爸动心了，他们赚到了钱。但是天网恢恢疏而不漏，我爸爸被抓了起来。

"江旗胜变成证人，出庭指证了我爸爸和他单位的领导。我爸爸被判了死刑。"

江湖是自下而上地透心凉了起来，瑟瑟发抖，眼泪迸流，声嘶力竭地吼道："我是个笨蛋！笨蛋！还是我把你推荐给的爸爸！我害死了我爸爸！我害死了他！"

她不停地哭着、抽泣着，气都接不上来，又缩成了七岁大的女孩儿。

也不知是梦里还是梦外，江湖脸上冰了一片，一摸，触手都是泪。她终于醒了过来，在黑暗里，听到自己的心脏疯狂地跳动着。

江湖站起来进了卫生间，从镜子里看到自己苍白的面颊，背后一大片晃白的瓷砖，阴冷冷地覆盖在她的背后。她用冰凉的水抹了一把脸，脸颊瑟缩了一下，受不住冷。

她想了起来，那根本不是梦。

就在天城山旅社的花园里，高屹站在她的跟前，同她说出了这些话。这些话随即变成她心头的刺，深深扎进深处，在深处凝结出渗不出来的淋漓鲜血。

高屹——这么多个日日夜夜，她只要想到他的名字就会哑然失声，心疼得揪起来，却无法宣之于口。

江湖想得太疲倦了，懒懒地回了自己房间，躺上床，闭眼，入睡，复昏昏沉沉。

晨昏瞬息，世事浮沉。她希望自己能够睡到不知今夕是何夕，浑浑噩噩地把日子过下去。

偶有能清醒几分的日子，江湖就会跑去墓园，坐在父亲的碑前，从天亮待到天昏。

墓园很安静，仿佛是另一个世界。江湖坐在父亲的墓碑前，想，如果永远在这个世界里不再出来那该有多好。

于是，她每回从墓园走去入口停车场都会走得极慢，像是存心延长在这里停留的时间。一路上，她总是低头刷着手机，习惯性地翻着浏览器首页推荐的新闻，把网络大数据根据她的浏览习惯推送给她的大新闻小逸事都看完了，才堪堪走到自己的车前。打开车门一上车，刚才浏览的一切，在脑海中又全部清零。

这样周而复始的循环，持续了好一阵子，直到这天才戛然而止。

江湖在自己的车前，把刚才看过的最后一条新闻又看了好几遍，怕自己没有看进去一样，将内容读了出来："百货业坚信冬天已过去，春天即将到来！近日利都百货副总经理高屹接受财经媒体采访……高屹……副总经理……"

高屹？江湖模糊地想着，想着，骤然间握紧了手机，她手指快速滑动着手机屏，最后目光停留在一长串文字中间的人物照片上——那张熟悉又陌生的面孔，挂着那副冷冷的骄傲的旁若无人的熟悉表情。

他回来了，还代表市西新近要开业的百货公司接受了采访。

江湖无知无觉地上了车，在手机导航软件里，鬼使神差地把刚才看到的地址输了进去。


一路上，江湖敞着窗开车，什么都没有想，直到看到百货公司裙房的外围包了印着"即将开业"的大型灯箱布，那一片画面花红柳绿，就如春天般温暖。

江湖把车停在这缤纷的色彩旁，打开车门，穿堂风毫不留情地迎面吹来，吹得她打了个冷战。

她心头一悸，想，她怎么来了此地呢？难道想再见那个人一面吗？见了他又有什么意义呢？

江湖甩头，她不该如此，必须速速离去。只是转头的那一瞬间，她的目光就瞥到了她想着的那个身影。马路上的喧嚣瞬间消失了，安静得几乎麻痹了她的意识。

高屹从百货公司的正门走了出来，穿着剪裁合身的西服，换了新的发型。乍一眼看去，有点陌生。可那疏朗的眉目，还是旧时那样，颀长的身形，也如往日一般，她需仰着看他。

江湖想起了拼命想要忘记的天城山的那个傍晚，她也仰望着他。他过分地高，让她在他的面前，只顾仰望而忘却其他，最后一跤跌倒，全是她的咎由自取。他是从来都不会对她回头的，未曾有过。

江湖握紧了拳头，却连上前一步的勇气都没有。

高屹停在百货公司门口，他身后跟着走出来两名男子。一名比他还略高些，身上穿了扎眼的海蓝色长风衣。另一名矮一些，但一身挺括的西服让他看上去精神奕奕。

江湖的目光掠过了高屹，停在这两人身上，脑袋立即炸成了糨糊。

这三个人怎么会混在一起？她想。原来人与人的组合会这样滑稽！徐斯、高屹会聚在一道，还要加上个前自由麒集团营销总监任冰。

她瞧着他们，瞧徐斯，瞧高屹，瞧任冰，想要把他们瞧个清楚。他们怎么就能相处得那么泰然自若？

任冰一直在同高屹讲话，声音不大，江湖是听不到的。但是做营销的口才都很好，江湖相信他讲的话一定都是重点，因为高屹听得很认真，还时不时点个头。徐斯则是态度略微悠闲，偶尔插上一两句。他开口的时候，高屹才会跟着讲一两句。

一个可怕的念头在江湖的脑中轰然而出：就像上一次看到徐斯同舅舅一起自自由麒大楼里走出来一样，当时任冰还在她的身边，告诉她这是怎么一个情况。现在任冰在她的另一边，她不知道是怎么一个情况。

江湖的心直往下沉，驱使着她使出劲儿冲上前去，厉声唤了任冰一声。声浪有点高，那边三个男人都把头转了过来。

她是气势汹汹而来的。

任冰怔了一下，被突然出现的江湖吓到了，他看了看徐斯，这个细节立刻被江湖捕捉到。江湖把目光一转，一个眼风狠狠朝徐斯身上剜了过去。

徐斯却是撇一撇唇，满不在乎甚至是挑衅地回望着她。

就是这个徐斯，江湖想，这个人在这几个月到底干了些什么？他想买走腾岳，他还同父亲的旧人在一起。他们就在她的面前，镇定地谈笑风生，个个一副春风得意的样子。

她就差要发疯了，可是在胸中翻腾的怒意爆发到顶点时，她一眼瞥到了高屹，所有上火的情绪全部被临头浇灭。

高屹没有讲话、没有表情、没有动作，只是疑惑地看着她，仿佛她打搅到他了。那种不带丝毫责备的、疏离的，又隐隐陌生的眼神，她太熟悉了。他只要这样瞧她一眼，她就没有办法再理直气壮下去。

任冰进前一步，似乎想要解释一般唤了一声："江湖。"

江湖眼里却只有那个站在近处，却好像远在天边的高屹。她往后退了一步又一步。太难堪了，也太让她无地自容了。她转过头去，却正好对上了旁观人徐斯轻忽的目光。他正瞅着她，好像在看一个笑话。

这一切都够了，够了。江湖猛地扭头，不辨方向地向前狂奔。她只觉得自己傻，是真的傻，傻到主动跑到这边来，最后求得这么个自损尊严的场面。

江湖心内翻江倒海，眼前模糊一片。她以为她自悬崖回转，就是一段新生，原来不是的，她到现在都还不能新生。这个念头让她的步子慢了下来，让她贴紧人行道一边的墙根，仿佛想要借助这一片墙角，躲避世间的一切。

可是旁边的马路上车来人往，全是沸腾的市声，骚扰她的耳朵。就连夕阳的余光也欺进这个渺小的角落，让她在光天化日之下现形。这一切仿佛都在嘲笑她。

江湖立定，紧紧地捏着虎口，告诫自己："不可以再哭。"

循环了几次，泪终于止住。她喘着气想，高屹回来了，高屹还同那个徐斯混了一起，还有那个在父亲身边待了十多年的任冰。他们的日子很好，她的日子不应该更坏，不然她便不是江旗胜的女儿。

有人在她的身后轻轻拍了拍她的肩膀。

江湖回头，竟然是回国后便未曾再见的洪蝶。她慌忙又扭过头，掏出餐巾纸擦干脸上的残泪。

洪蝶温柔地微笑着等待着她将自己打理干净，才对她说："孩子，这么巧又碰到你，有没有空陪阿姨一道吃晚饭？"

江湖望着长辈真挚的笑脸，点了点头。


洪蝶把江湖领到附近一所本城闻名的洋房式高级社交会所，叫作 CEE CLUB。

江湖对此地并不陌生，父亲生前带她来此间赴过不少商务宴请。整个会所的规格和消费在城内虽属首屈一指，但尽管如此，一到营业时分，宾客仍是络绎不绝。

现在离正式营业还差半个钟点，会所内空空荡荡，一桌客人都没有，但在大堂值守的服务生，隔着门一见洪蝶二人，便恭敬地开门迎出来。

洪蝶对此间颇熟，与服务生招呼后，径直走进去择了一处幽静座位，携江湖坐下，问她："要点些什么吗？"

江湖摇摇头，洪蝶便做主点了菜，然后说："这里的鹅肝不错，我点了一份，不要怕胆固醇高。"说完，她把江湖打量了一番，女孩憔悴萎靡，看上去甚是可怜，她不禁又问，"好孩子，你怎么还在和自己过不去？"

江湖不由得窘迫，微微低了低头。

自 J 国回来，她一直感激洪蝶的那番扶持她于生死之间的言语安慰，所以此刻以这番不堪形态再见到这位长辈，她很是惭愧。江湖强扯出一个笑容，说："洪姨，让您见笑了，是我失态了。"

洪蝶颇有点怜惜眼前的女孩，她鼓励地拍拍她的手。

待服务生上了两杯极品香片后，洪蝶极坦诚地同江湖说："我们徐风集团很想收购自由麒的小红马和几家制衣、制鞋厂。"

江湖闻言一怔，抬起头来看向洪蝶。她在愕然之中又生出几分悚然，愕然的是，她没有料到洪蝶这么开门见山，仿佛知道她刚才经历的那番心理折磨是因何而生，而悚然的是，洪蝶短短一句话就让她瞬间回到现实。她没有想到徐斯的野心这么大，想要吃下的不仅仅是舅舅手中的一家腾岳制鞋厂，还有自由麒的一个子品牌。

大惊大怕大恸的情绪之后，任何不忿哀伤自怜都来不及再发作出来，她唯一的反应是瞠目结舌。

洪蝶伸手过来拍拍她的手背："我应该提前告诉你并致歉的。自由麒的营销总监任冰被徐斯招过去负责这些业务。"

她的开门见山和开诚布公丝毫不带骄傲抑或嘲讽的意思，表述的也都是正在发生的现实。江湖的心头翻江倒海好一阵，才慢慢凉了下去，最后想的是，那么刚才徐斯和高屹谈了什么？谈他拿下自由麒的新业务后一起合作吗？所以洪蝶也会出现在现场？

江湖忧伤而冷然地望向洪蝶，这位长辈正姿态优雅地喝茶。她刚才的口气又温和又坦然又歉然。他们是正当的商业交易，光明正大。既然如此，她就不可以应对失礼。

江湖把思绪厘清，用平和的语气说道："自由麒都四分五裂了，各自须寻各自门，市场经济自由买卖，也很正常的。"

她的瞬间黯然和从容面对，洪蝶都看在眼里，她想，眼前的女孩心思细腻，高傲之中不乏敏慧，便又增几分怜惜："我们点菜，让阿姨好好请你。"

菜一道一道上来，洪蝶很想安慰江湖，不停为她布菜，一边还介绍着菜肴活跃气氛："我最喜欢这里的厨师做的鹅肝，在澳大利亚吃过一回以后一直念念不忘。后来他被重金聘来了这里，正合了我的意。"

江湖低着头，装作认真品尝着这被重金聘回国的厨师料理的鹅肝，心思却全不在入口细腻丝滑的美味上。

眼前长辈的好意，不管是真心还是客气，不过是对她孤女身份的怜悯罢了。怜悯之后，她改变不了任何已经发生的事实。她能怎么办呢？

江湖味同嚼蜡一般，把口里的食物咽了下去，又喝了口红酒，心头热了点。她还在想，她能怎么办呢？

突然，但也毫不意外地，有一个念头从江湖脑海深处浮现出来，就像黑夜和大海相接的深处探头而出的一线光，刺眼的、跳跃的，让她的心头狂跳起来。她想，她知道该怎么办了。

这一瞬间的念头，让她的心脏快速跳动起来，几乎能够掩盖住她刚才猝发的全部的悲伤和绝望。江湖甚至为这一触之念而生出些许激动。在彼时彼刻，遇到洪蝶，是巧合，也是机遇。她想她要抓住这一线生机，放手试一试。

江湖几乎是急迫地开了口："那么，洪姨，我以后是不是能从你们这里把小红马再买回来？"

洪蝶闻言一愣，问："江湖，你知道这需要多少钱吗？买了以后还要多少钱用于日常的运营？"

当头就是一盆凉水泼下来，江湖也愣住了，这是她片刻之间真的没有考虑过的细节问题，她一时不知该如何回答。

洪蝶向她继续解释说："这对徐风投资来说，也不是个小项目，要调用一大笔资金，都是徐斯在全权负责。"她顿了顿，思考了一番，很是审慎地继续讲道，"但是，如果你真的想回购小红马，可以和徐斯沟通。"

江湖仔细听着，她沉默下来，让自己可以冷静地思考。

徐斯果真是这宗业务的主导人，所以他才会和任冰一起出现在高屹的百货公司门口，他们恐怕确实在谈合作。江湖仔细想着，洪蝶的话不无道理，是她没想周全。如果她要将这个想法付诸实际，是需要掂量自己的实力，考虑方方面面的现实，最起码要想好如何同徐斯来谈这宗交易。

这时，门外涌进了一群新客人，都是年轻人，有着朝气的面孔，可衣着样貌并不像平日来此间消费的商务客户。

洪蝶忽而笑道："这些小白领有魄力和勇气来这里感受一番，回头增加谈资和阅历也是好的，并没有什么丢脸。说不定找清了路子，努力努力，以后就是这里的常客了。"

一句话把江湖说得心头一暖。她望住洪蝶，她的笑容总能在适当的时候给予自己继续前行的勇气。

洪蝶说:"孩子,你别紧张。这件事情你可以回头好好想想,有什么洪姨能帮你的,一定会帮。"

江湖恢复了镇定,她把酒杯端起来,笑了一笑,对洪蝶讲:"洪姨,谢谢您的指教。"

洪蝶同她碰杯:"哪里,是洪姨要谢谢你陪我这老人家来这里吃鹅肝。"


同洪蝶短短的会晤,江湖不是没有收获的。自 CEE CLUB 一归家,她先洗了个热水澡,在热气的氤氲中,剥离了这段日子以来累积在自己身上失去至亲的悲伤枷锁。

她知道她必须继续向前行路。

只是这一晚,江湖又做了旧梦。梦境变得真实而熟悉,往事历历如老电影。

仍是高屹那张小小的、星眸剑眉的面孔。他看人的时候,眼波静定,如同平静大海掩盖全副心事。

她总是喜欢跟着他,当他是玩伴。但他总是冷冷的,不愿意搭理她。她寻衅向高妈妈告状:"高屹不睬我。"

不出意料地,高屹会挨一顿狠骂,然后他待她的态度依旧如此。

江湖总是想,这个人怎么天生性格就这么冷?

可是,就在母亲去世的那天——外间风声凛冽,大雨滂沱,她孤独地坐在黑暗里。一旁的夜灯发出微弱的光,把她小小的身影照在地面上,像座孤独的小山丘。

高屹走到她的身后,紧紧抓住了她的小手。江湖看到对面墙壁上两人的影子渐渐合在一起。

就是母亲去世的这晚,高屹掌心的温度让她温暖。

江湖这才暖起来。她低头看去,握着自己手的,原来不是高屹的掌心,而是父亲的大手。

父亲清隽的面孔上胡子拉碴,低头靠着她的面孔时,刺痛了她粉嫩的脸颊。

父亲一只手抱着她,另一只手拿着同母亲的结婚照。照片上的母亲,含情脉脉的面容那么温柔。

父亲喃喃:"志坚,如你所愿,腾岳发展得好好的。"

父亲没有走远,这句话就在江湖的耳朵边,她听了一个真真切切。她在想,志坚是谁?再一想,原来是母亲。

父亲又说："你走了，但我还活着。我活着，就有希望。"

江湖一个冷战醒了过来，身上盖的被子被踢到了床底下。

她干脆翻身下床，走进客厅里，把所有的壁灯吊灯打开，整个世界光亮起来。然后，她盘腿坐在放着家庭相片的电视柜前，看向那一帧帧的相片。

那里有父亲，也有母亲，还有小小年纪的她。那才是一个完整的家。后来缺少了母亲，她以为和父亲仍旧是一个完整的家。而如今，只剩一个她。

但是父亲和母亲都在相片里对着她微笑，仿佛就在她的身边。

她对自己喃喃："不能再这样下去了。"

江湖揉揉眼睛，坚定地站了起来，走进卫生间洗了一把热水脸，把脸洗得红通通的，再抬起头来，对着明亮的镜子，命令自己开口讲话。

过了一会儿——

她听见自己在说："你信不信有神？"

她听见自己在答："我就是神。"

江湖回到自己的房里，从抽屉里拿出了一张支票。这是一张她在前几日就收到的面值五百万元的支票。江湖生出了另一个念头，她是买不回小红马了，那么，倾她所有，她是不是能够把腾岳买回来呢？

然而，洪蝶是提醒了她，她有的是念头，却没有计划。

江湖走到电视柜前头，将那张一家三口的全家福抱在怀里，喃喃："爸爸、妈妈，至少我还能保留我们家最后一点记忆，对不对？我不应该让腾岳再丢到别人手里，对不对？"

她将全家福放在枕边，才又安心躺了下去。

二

明白人一生　必经晦暗

我要逆风去

Rising with the wind

一个念头一旦萌芽，一旦被牢牢种植进内心，江湖就知道自己不达目的是不能罢休的。

她先是把自己手头可以动用的资产清算了一遍，而后托人打听了一下徐斯到底花了多少钱买的腾岳，结果却让她颇为意外——徐斯竟然只出了区区五百万元就堂而皇之地拿下腾岳变成了大股东。

江湖不是不捶胸顿足的。

父亲在世的时候就讲过她这个舅舅"事事庸碌"，实在是没有讲错。如今看来，舅舅是真的急着脱手拿钱，再同他多说什么都无济于事。

江湖的目标只有一个——徐斯。

但也极为难堪。

这个男人，一路旁观了她最落魄、最荒唐的时刻；这个男人，还同她有了稀里糊涂的亲密接触；这个男人，甚至是瓜分她家业的那群人中的一分子。

可是，她要达成这个目标，要重新回到江家这片废墟上，就需要抛开尴尬、摒弃羞耻，就像洪蝶提示的，她得有魄力和勇气找清路子，说不定背水一战可以成功。

至于计划，此时刻不容缓，边战边做也不是不可以。

想完这些，江湖便整理好手头全部资料，致电徐风集团约见徐斯了。然而即刻她的首战即告失败。

徐斯的秘书接到电话，训练有素地答江湖："徐先生出差去了厦门，也许要一个星期。您方便的话，可以留下口讯。"

江湖咬着嘴唇想了想，讲："我姓江。"讲完又觉畏畏缩缩不够光明，她何必如此畏首畏尾？便又坦率补充，"我是自由麒的江湖，我想找徐先生谈谈关于与腾岳厂合作的事情。"

之所以这么开门见山，是江湖认为她同徐斯这般身份这般交集的人，应当无须额外的虚伪客套，把条件讲个清楚才是上算。可惜，不管她如何着急，在那几天里，徐斯没有任何回复。

江湖在反复焦躁的情绪之中着实煎熬了好一阵，最后出乎意料的是，见到徐斯竟然是在为父亲拿奖的慈善晚宴上。

徐斯是陪伴电视剧小公主齐思甜一块儿大驾光临的。江湖入场的时候，听到被众人围观的两人正回答记者们的问题。

"徐先生和齐思甜前一阵是不是一起旅游？"

徐斯只是站在齐思甜身边微笑，他同齐思甜保持不远不近的距离，看上去并不像情侣。

齐思甜对记者讲道："哪里啊！我是去厦门拍徐风的果 C 饮料的广告。"

记者又对着徐斯问："那么徐先生是以老板身份去探班？"

还是齐思甜答的："不知道我下次有没有这个荣幸。"

记者穷追不舍继续问："今天二位携手同来……"

这回原本优哉游哉立定在旁的徐斯把话筒接了过去，抢了记者的话，讲："今晚我们代表徐风集团新上市的新产品果 C 来给云南的贫困儿童加油鼓劲，希望略尽绵薄之力，让孩子们开学后能有崭新的校舍。"

这便是一出极好的广告，也是徐斯出镜的回报。

江湖签到完，既没有记者来叨扰，也没有熟人主动过来招呼。不过也好，她能安安静静隐在一边暗忖，老早听说徐风集团的果 C 比同行的同类饮料晚上市半年，所以这位年轻的企业话事人今次不惜亲自出镜宣传产品，算是因公闹绯闻。

徐风便是他徐斯的使命。同样地，腾岳亦是她江湖的使命。想起这点，联想起这些日子来被徐斯刻意回避的怠慢，怒意在江湖心头开始奔涌。

他用那副风流倜傥的模样，用俯视众生的轻薄目光看这些记者。也许，他也是用这样的态度，应对她的电话留言的。


江湖一直在角落里当壁花，徐斯是看在眼里的。

他老早知道今晚江湖会代表江旗胜列席晚宴，心想，也是该见一见她的时候了。

江湖留下来的口信，秘书 Jane 一字无误地传达了。在那之前，他在鼓浪屿的小别墅里，坐在支着草檐的廊下，一边钓着海蟹，一边喝着手里的罐装椰子水。

他手上的椰子水，是徐风集团研发部新研发的产品，这是第十四个配方调配出来的，他的脚边已经放了十三个喝空的易拉罐。他心想，如果第十四个配方味道还不正，他得糖尿病的概率又要提高了。

Jane 的工作汇报电话，正好让他有个借口，放下手里的椰子水。他一边听着 Jane 转述着江湖的留言，一边看着荡漾在脚下的碧蓝的海水。

听完电话，出乎徐斯自己意外的，他放下了钓竿，拨了个电话给任冰，询问有关腾岳的情况。

任冰把腾岳的信息汇报得十分完整，特别是厂长裴志远和江旗胜的关系。徐斯想，难怪江湖这么紧张，又揣测，她是不是想买厂？计划出多少钱呢？

徐斯念及此，笑了一下，这位踹了他车的娇气大小姐究竟会怎么做呢？她竟也终于有了有求于他的事情。

徐斯原本决定次日回复江湖一个口信，听听她的打算，他很好奇她的打算。可惜不巧，任冰从国外招聘来的童装设计师需要他亲自面试，他对此不会怠慢，当夜赶回来先处理了这宗公事。

他晾了她几天，不是存心的。但显然，江湖不会这么体谅人。

就在这一刻，徐斯觑到江湖板住的面孔，估量了一下她身上穿的窄身小礼服，确定她没办法做到穿这身衣服还能伸出腿一脚踹上来。

他本来是想主动同她打个招呼的，很可惜一进会场就被不少人逮住寒暄，有前辈有同辈，让他分身乏术，还得提防记者的暗中窥测。

江湖那边则是一直冷冷清清，生人固然毫不留意，熟人也不过是招呼一声便即告退。社交场合上的人们，当然会选择亲近更值得他们亲近的人物，毕竟时间有限。江湖很理解，以前的她也是如此。

她兀自找了个合适的角落，坐下来小憩。在这个位置，她能盯着徐斯。

徐斯的身边围拢着很多人，所以他很忙，周围环境没有空隙容她能近到他身旁，现在也不是去找他问话的好时机。江湖只能暂且先自顾自地喝着鸡尾酒。

好心的主办方联系人过来寻到江湖，同她说了很多感谢江旗胜董事长的话，江湖很高兴自己听着这些有关父亲的话而没有轻易生出泪意，能够风度很好地代替父亲收下这些好意。

一直到颁奖的时候，江湖终于重新站在了聚光灯下头，代替父亲最后讲一段企业家身份的话："作为一个企业家，应该承担社会责任。虽然我的父亲已经过世了，但是我相信他的善意会继续下去，我们将继续关注失学儿童的困境，并且施予援手。"

徐斯立在台下，眼里看着台上落落大方的江湖，耳朵却听见身边的齐思甜正同另一名女明星讲话。

那另一名女明星说："自由麒不是完蛋了吗？还有钱给这位大小姐捐款吗？她今天穿得好素淡，恐怕今时不同往日了吧！"

齐思甜讲："江小姐既然在这种场合讲了出来，必然是有她的方法做到的。"

她讲完以后，待江湖接受奖章时，衷心鼓掌。不知不觉地，徐斯跟着齐思甜一起鼓了掌。


台下如雷掌声之于江湖，不过是恍如隔世的凄惶。

当父亲还在世的时候，往大小场合一露面，立刻便有一群人围拢上来，声声"江董"不绝于耳。现如今，还是类似的场合类似的人，同样的掌声在她听来，却已经和手里的水晶奖牌一样冰冷，因为她知道，父亲当年的荣光已经绝不会惠及今日的她了。

江湖走下来时，看到徐斯为他身边的齐思甜欠了欠身。

下一个流程是齐思甜代表新电影的剧组为边远地区的失学儿童捐造希望小学，这一定是另一个焦点和高峰，记者们蜂拥到舞台前，宾客也翘首关注这位可人儿的表现。

齐思甜代表剧组发言，声音甜美，把场内注意力全部吸引过去。徐斯身边便留出了空位。江湖慢慢走到徐斯跟前。

徐斯一侧头，对她礼貌地笑了笑。他想，她终于还是过来了。

江湖也笑了笑："齐小姐的新片表现很出众，新的广告片一定借势大红，看来徐风今年的销售额值得期待。"

徐斯可真受不了这位娇小姐说的商务客套话，他也回复客套话："承你贵言，但愿如此。"

现在的徐斯是有礼貌的、有距离的、十分商务的，而且同她一样把客气话说得不算太诚恳。他是在等待她进入正题。江湖很明白，所以不计较，她抓住这个机会，抛出她的重点："徐先生，您看您什么时候有空，我想同您谈谈腾岳的事情。"

她这次用了敬语，让徐斯微微皱了眉头。

真的不太习惯她刻意的礼貌，不像她嚣张惯了的常态。不过徐斯挺想知道江湖要怎么同他谈，所以很爽快地答允下来："你可以和我秘书约明天的时间。"

江湖眉毛一挑，这样的话、这样的口气，以前只有她对旁人讲。如今受到徐斯这么一下怠慢，她几乎差点儿发作出来。

江湖的不满在心头回转两轮，硬生生压了下去："那么我们明天见。"

在江湖的眉毛下意识一挑的时候，徐斯就注意到了。他自来有识人见微的本事，当下就暗忖，看来无意又冒犯了这位大小姐，但见江湖只一瞬就把脾气压了下去，相比上一回在马路上的暴跳如雷，长进了不是一点半点。所以，他很自然地笑了出来，尽管他知道他的微笑在此时的江湖的眼里，同刚才下意识出口的话一样，容易让她生气，可他就是忍不住，而且颇为存心地加了一句："如果方便的话，可以把你的方案一起带过来。"

江湖隔了一会儿才自唇角扯出一抹也许算是笑容的表情来，答："那么我们明天见面聊。"

舞台上的齐思甜率众下台，江湖趁着人多背转过身，往吧台区走过去。酒保正将摇酒壶耍得上下翻飞，见到走过来的这位女士，便停下手，颇有些谨慎地问道："您要点什么吗？"

江湖撑了撑吧台冰冷乌黑的台面，不想台面居然是镜面的，让她看清楚了自己一脸咬牙切齿的怒容，难怪面前这位酒保都小心翼翼的。

"威士忌。"她说，很快又改口，"猕猴桃汁。"

酒保用最快速度榨了果汁，递到她的面前来。

酸甜的味道能舒缓神经，绿色的果汁能镇定视觉。江湖一口一口喝下去，借助外力要自己冷静。

是她有求于人，自当遵循他人的游戏规则，徐斯只是要她带着方案，没有说出更多让她胸闷的废话。在商言商，他的要求不算过分。江湖把这句话循环往复想了十几遍，等一杯猕猴桃汁喝光了，才又从光亮的镜面台面上看到自己的面部恢复了正常的表情。

她终于冷静下来。

酒保打了个响指，祝福她："晚安。"

江湖带着温和的笑容转过身，听到主办方的主持人宣布晚宴结束，感谢嘉宾的莅临。她便去衣帽间拿了外套再去地下车库拿车，驱车回家。

徐斯驱车回自己前一阵才置在浦东近郊的别墅。选择在这处暂居，完全是为了配合他最近开展的新业务。这里离几家新收购的制衣厂和制鞋厂相当近，很利于公事的开展。征程一旦开始，势必要全力以赴。这是他的习惯。

回到别墅里，徐斯把西服丢给了家政服务员，松开领带，走进书房，开了电脑，把任冰事先做好的关于腾岳的资料翻出来阅览了一遍。虽然资料是他早就看过的，但是他这回把当初任冰建议收购腾岳的意见看了一遍，任冰的意见很明确：腾岳有大批熟练工和老制鞋匠，制鞋经验可利用于童鞋的生产上。

徐斯敲了敲桌面，然后去吧台倒了一杯马丁尼，喝完这杯酒，一晒，真是糟糕啊！腾岳是个可以好好利用的工厂，他不是那么舍得卖给江湖。该怎么应付她呢？又转念猜测，依照江湖的性子，明天一定会很早来寻他。

想着，他不自知地笑了笑。

正如他所猜测的，江湖次日一大早就抵达了徐风集团的办公大楼。

江湖承认自己是着急了一点，她在早上九点一刻就打电话给徐斯的秘书，一接通便说自己十点准时到徐斯办公室见他，不容那位秘书有任何推诿的言辞，她便挂了电话。

江湖压根儿不想浪费时间了。

昨晚，徐斯那句要她拿方案，确实提到了点子上。

她根本就没准备方案，她原先只打过腹稿，自己会再注资腾岳超过五百万元，可以让徐风成为第二大股东，每年享受红利。腾岳只是一家经营困难的小厂，对徐风这么庞大的机构来说是可有可无的，徐斯应当成人之美。

现在这些计划似乎应付不了徐斯了，所以她连夜做了方案，按照她在父亲那里学来的知识和常识，用精美的图形表示未来的利润。她想，有值得期待的红利，徐风方面还有什么不可同意的呢？

只要徐斯同意了，她可以把他们一切过往纠葛扔到浦江里去，从此好好经营工厂，为徐风这位二股东赚取利益，以示诚意。直到江湖走进徐斯的办公室，她仍然是这么想的。


徐斯的办公室在这栋名为"徐风"的商务大厦的第二十八层，虽然处在离闹市中心一公里远的方位，但是仍可俯瞰闹市的繁忙。

徐风大厦是由徐风集团买地建造的，但徐风集团仅占了第二十到第二十八层，其余楼层均出租给其他实力雄厚的企业和事业单位。每年收租便够徐风好好进一笔大账了。这比自由麒集团每年缴纳巨额厂房租赁费又是另一种姿态。

徐斯所在的这二十八楼，绝对是他自己的山头，他合该称王。

江湖被 Jane 领入徐斯的办公室，入眼就看到在落地窗前，放着一道微型高尔夫球道。徐斯站在窗前，眼睛盯着弧形柚木办公桌上的电脑屏，手里握着高尔夫球杆。

徐斯击出的球刚好进洞，他利落地收起球杆，礼貌地做了个邀请的手势，请江湖落座。

江湖没有多说什么客套话，坐下后就把随身的笔记本电脑拿出来，切入正题。

徐斯一直在仔细听江湖讲述。

她口齿一贯伶俐，声音也很动听。当她用和善态度讲话的时候，还是挺吸引人的，尤其是她做的东西很专业，财务分析的角度很精准，表述得也很到位。

只是，这个计划不是徐斯想要的。

他花了半个小时，听江湖讲完，然后才开口说："江小姐，你的计划和我的预想还有一段距离。"

闻言，江湖按捺住自己立刻站起身的冲动，抿一抿唇，强迫自己镇定地继续听下去。

她不知道自己的眉毛已经拧起来了吗？徐斯望着对面的江湖想。

他预知到自己这句话讲出来以后，她会有多么大的反应。她的喜怒哀乐，从来都是形于外的，甚至她有时候都不能控制自己的情绪。不过目前，她只是怒目相视，已经算是有相当的进步了。

有进步就好。徐斯得以把自己的话题继续下去。他说："江小姐，徐风入股腾岳后，已经为腾岳谈下了北美的运动鞋加工合同，虽然金额并不算多，但是账期不错，年底给全厂三百名工人发年终奖不成问题，能让他们回家过个好年。"

徐斯把话讲得慢条斯理，他相信信息会全部抵达江湖的心中。他说完以后，定定地看着江湖。

江湖的牙关首先松了一松，蛾眉微蹙起来，很显然，他的话让她的心中动了计量。

这确实是江湖还没有考虑到的问题——腾岳是一个厂，还有三百名工人的生计要筹谋。

但是，江湖又想到了另一个问题，她问："你不打算生产腾岳鞋了？"

徐斯答得很简单也很犀利："腾岳鞋目前的销量没法保证工人正常拿工资。"他说完，伸手过来，为她关掉了笔记本。

光亮的屏幕瞬间黑暗下来，江湖的心也跟着灰了下来。

他说了一个太过光明正大又根本无法反驳的理由。心头的气，就这么一点一滴不由自己意志般地自行消除。她输了。

江湖一言不发地站起来，将笔记本装入自己的电脑包里，对徐斯轻声说："打搅了。"

徐斯很有风度地将她送到门口，徐斯的秘书又将她送到电梯门口。他一直目送江湖进入电梯，直到电梯门关上。

刚才这个情势之下，江湖没有吵闹，没有辩解，没有任何失礼的地方。诚然，她的姿态依旧是骄傲的，保持了江旗胜千金的涵养，但也真的开始识时务了。

江湖双脚踩进电梯里，摁下一楼的电梯键，电梯向下开始移动，她跟着坠入深渊，一直板直的肩膀终于塌了下来。

人在江湖，就需认清实力和势力。江湖紧紧抓着电脑包，狠狠闭上眼睛。徐斯赢得太漂亮，他的理由让她就算有滔天的愤怒都没有办法申诉，甚至是稍一开口争取，也纯属是她无理取闹。

江湖没有了任何的力气。这一辈子都不曾如此狼狈、如此气馁过。江旗胜千金，不过因为是江旗胜的女儿，才够格当"千金"，没有了江旗胜，她也不过是劲风之中东倒西歪的草芥。

电梯在第二十层停了一下，任冰走了进来。

不管怎么说，江湖对此时出现在徐风大厦的任冰，心头难免还是有抵触的，她没打算同他打招呼，倒是任冰带着和善的笑容诚恳地先开了口："江湖。"

江湖犹豫了一下，继续默不作声。

任冰却关切且直接地向江湖建议："腾岳的情况不太好，要想把这个牌子再打出来得费力气，还不一定成功。江湖，你不妨试试其他的投资。"

不能说任冰不算是真心提点，他能在父亲逝去之后，依旧主动来关心自己，算是有善意的了。江湖这样想着。但是，他是父亲的麾下大将，如今那些所作所为，算不算卖主求荣？江湖又这么转念，她便又无法心无芥蒂地摆出好脸色了。

但是，任冰的提点和徐斯表达的信息，无一不直指了幕后事实。江湖到底还是没忍住，问："徐斯压根儿没打算扶持腾岳品牌？只想让这厂子做他童装的加工厂？"

任冰点头，看上去并不打算隐瞒："江湖，请你谅解。"

江湖颓然地将背脊抵在电梯冰凉的镜子上，不再继续说话了。说什么呢？这么明显的成王败寇。

任冰特地送了江湖一程，直把她送出了徐风大厦，才折回第二十八层的徐斯办公室。

徐斯正对着电脑处理公事，问他："腾岳这牌子能不能再做起来？"

任冰答："难。但不是没可能，毕竟曾经是有口皆碑的牌子。"

"江湖能做起来吗？"

这个问题难答，任冰缄默片刻，才说："江湖从来没有在自由麒工作过，我不太清楚。"

徐斯笑着望着任冰，意有所指道："你觉得她会是郭芙还是郭襄？"

任冰心里一怔，他能听出来老板轻松的问话里有逼问的意思，他又缄默了片刻，才迂回地对他现任的"米饭班主"说了一段往事："她念初中的时候，学校开了缝纫课，她构思的作业是给自己五十六个芭比娃娃做五十六件民族服饰，创意很棒，但是她没有学好缝纫，却非要用工厂里的电动缝纫机。江董建议她只做一件，她不愿意，一个人在缝纫机前赌气踩了二十个钟头，还是做得一塌糊涂。后来是江董不忍心，找来三个女工赶了两天赶出来。"

徐斯点头："我知道了。"他摁下对讲机对外头的秘书吩咐："如果江小姐再来找我，代我推了。"

任冰问："你觉得江湖还会再找你？"

徐斯说："她赌气踩了二十个小时的缝纫机才达到目的，不是吗？何况我又不是江旗胜，没法给她找三个女工。"他耸一耸肩膀，"你前任老板的女儿，脾气很像小说里的郭芙，她现在需要的是冷静。"

任冰走出徐斯办公室的时候，只在想，果真英雄出少年，少年更无情。

江湖走出徐风大厦，一回首，那矗立闹市的恢宏建筑，将她眼前的阳光全部遮蔽了。艳阳天里，她身陷钢筋水泥的丛林里，被压成了一个芸芸众生中的小人物。

她第一次承认自己是个小人物，不再是陪伴在服装大王江旗胜身边，享用社会种种便利的有钱有势人士。

江湖又看一眼这大厦，只怕站在这大厦第二十八层上的那位男青年，比自己在这个社会上的作用更为重要一些。

她一边走一边不由得问出声："爸爸，我该怎么办？"问题在心头缠绕千百遍，没有答案。

路过麦当劳的时候，江湖进去买了一份汉堡套餐打包，她记得几年前她把徐斯当作父亲的助理，颐指气使地要求他去给自己买麦当劳的套餐。

现在一切都不一样了。

江湖提着套餐，回到自家小区附近的绿地里头，找了个面对阳光的石凳子坐下来。她想在大太阳底下，把自己混乱得要发霉的思路多晒一晒，理一理。

江湖一边吃着汉堡，一边在手机上打开各种新闻软件，浏览着今日世界上发生的大小新鲜事。她从社会新闻看到财经新闻，又看到了娱乐新闻。

娱乐新闻的重点推荐是关于齐思甜的：她的新片备选戛纳电影节，行业哗然，称为小成本艺术电影之荣光。报道里头提到很有意思的事情，讲齐思甜在这部电影里扮演一个二十世纪八十年代因为《少林寺》这部电影而热衷于中国功夫的平民女孩，平日穿的帆布鞋是二十世纪的老牌子"腾岳"。为了寻到八十年代款型的腾岳鞋，剧组还颇费了些周折。

在这则报道下头，还附加了一条信息。讲徐风集团为了表彰齐思甜为产品代言做出的努力，每卖出去一瓶果C，就向云南的失学儿童捐赠一分钱。同时徐风的负责人为了感谢齐思甜，将以齐思甜的名义在贫困山区建两所小学。

江湖把手里的汉堡慢慢吃完，再喝光可乐。她握着可乐纸杯，纸杯里残留的冰块，冷得手有点发胀。她的脑袋也在发涨。

徐斯对待她、对待齐思甜截然不同的两番商业行为，分明表明了她的失败。能为自己认为值得的生意豪掷千金的徐斯，是绝不会愿意把钱花在不看好的生意上的冷酷商人。

这才是真相：是自己的分量未达到徐斯心中的估量。他懂得玩归玩，生意归生意，这才是一个企业家真正的职业素养。

唯其如此，才越发显得自己是多么落魄和无力。江湖放下手机，伸出双手环抱住自己。虽然阳光洒在身上，但是她依旧感受到了扑面而来的风剑霜刀。

但她已经迈出了第一步，江湖咬着牙想，她必须走下去。她把手机重新拿起来，将齐思甜的新闻又看了一遍，脑海中忽然闪过一道模模糊糊的灵光。

徐斯是在三个月以后，在他的办公室内接到秘书 Jane 的请示，说那位自由麒的江小姐又来了。

他正在看母亲方墨萍发给他的电子邮件，让他好好考虑徐风的饮料的销量如何在华北地区更上一层楼，还告知他一段业内信息，华北一家同徐风规模差不多的饮料集团内部股东发生股权纷争，需要进一步关注。

不管他想与不想，母亲已经为他的接班做好了铺垫。案头上还有一摞集团管理层提交的各类报告，现今都需他过目批示方可呈报母亲。如果晚上那么一刻半刻，耽误了一线运营，那群倚老卖老的徐风老员工能叫上老半天。母亲知道后又要训他。

徐斯每日批阅报告就要花上好半日，实在头大如斗。在烦心的公务面前，他几乎都快忘了江湖那档子事。这时候听了 Jane 的请示，他认为自己并没有太多的时间由着这位千金小姐费口水游说，便讲："我的行程你最清楚。"

Jane 立刻领会意思："我代您婉拒江小姐。"

徐斯这天在办公室待到晚上十一点，才把全部报告批示好并邮件抄送给母亲。这才能嘘出口气，准备喝点甜酒放松放松。

他起身走到落地窗前，仿佛立在临空而建的空中楼阁之上，万物都臣服在自己的脚下，应该是意气风发的，而他却感觉自己站得岌岌可危。

旁人只当他这般家世出身，天生便有高人几头的威风。但人在高处，并不是要风得风、求仁得仁，亦有其奋斗的艰辛和刻苦。全球的经济大环境和私家的生意经营，稍有风吹草动，他都不得不殚精竭虑想方设法去处理。

徐斯将杯中酒喝完，放在桌上的手机振了一下，齐思甜发了一条短信给他，问："我已经收工从横店赶回了浦东新居，离你那儿挺近的，我存了两瓶罗曼尼康帝，一起喝一杯吗？"

这个妙人儿，对他主动邀请已有好几回。他是识情的人儿，自然知道对方存了什么意思，虽然不是每回都回应，但精神需要放松的时候，他不会拒绝这样合适的好意。

所以，徐斯这回准备回应一下。他一只手拿起衣架上的外套，一只手拿着手机给齐思甜回消息。

门外的秘书还在坚守，看他出了门想要离开的样子，赶忙立起来提醒："江小姐在等候区等您！"

徐斯皱眉，一时间手上的动作停了下来，给齐思甜的消息没有发出去，他就把手机揣进了裤兜。

Jane很为难也很无奈："我上午就跟江小姐讲过了，但她很坚持，下午亲自赶了过来。我原本想请示您，但是江小姐说不要打搅您，她可以等。"

徐斯有些愠怒，他走到这一层楼最外头的等候区。

徐风大厦的等候区的设计很出名，还是由当年念高中的徐斯一手主导，请了国内知名的漫画家为徐风集团的酸奶品牌专门设计的水果卡通形象，再把这些有趣的水果卡通形象制作成等候区的桌椅，既展示了亲民有趣的品牌形象，又塑造了企业轻松愉悦的工作氛围。

但是这种亲民有趣和轻松愉悦在办公楼内人都散去后，就荡然无存了。尤其在缤纷的色彩包围里，只有江湖一个人蜷在一把香蕉座椅上，她对面的苹果桌上放着她打开的笔记本电脑。她缩在一堆热烈鲜嫩又巨大的"水果"里，显得有那么点儿形影相吊。

徐斯走到江湖的身后，她浑然不知。他看到了她的电脑屏，她正专注地玩着《祖玛》。徐斯突然有点哭笑不得，他没有作声，只是瞅着江湖的屏幕，一只只和水果颜色一样鲜艳的弹珠毫无章法地落在游走的珠串上，不曾消掉任何一个颜色的珠串。

也许等到这个钟点，江湖自己也是无心恋战，胡乱地把这个游戏玩成死路一条。

徐斯自认得去提醒一下她，刚想敲敲那香蕉椅子背，江湖正好轻轻点击鼠标，又发射了一颗蓝色的弹珠。于是奇迹发生了——这颗蓝色的弹珠，简直就是一颗生命之珠，被江湖发射出去之后，迅速消掉了一串蓝色的珠串，当蓝色的珠串被消灭后，两头紫色的珠串又相接，再被消灭，以此类推，那整整一串看似快要被吞进金字塔洞口的珠子，一颗颗爆发了，烟花似的，在屏幕上绽放，一直到最后的胜利。

徐斯把手按在椅背上，看得有点目瞪口呆。

江湖等屏幕上的分值跳好了之后，才转过脸来。

徐斯想，三个月后的江湖，同三个月前又有了不一样。她的头发长了一些，顺到了耳朵后头，额前细碎的刘海，服帖地顺在她的眉毛上头，让她这张娇憨的面孔更加娇憨了。尤其是此时此刻。

她就是带着这样的娇憨，对着徐斯笑了一笑。

徐斯头一回发现，江湖原来有小虎牙，所以笑起来更像娃娃。这是在天城山的旅馆那晚都没发现的。

江湖半侧过身，抬头望着他打招呼："徐先生，您好。"她又抬腕看了一下手表，"十一点半了，明后天您有没有空？"

徐斯以为自己听错了，她居然没有闹着要他当场听她的合作方案，这样的话，她可能不会得逞。

徐斯存心微笑着说："如果你要约时间，和我秘书联系就行了，不必这样跑一次，多麻烦！"

江湖似乎是哂笑了一声，微不可察的，但徐斯知道她一定是哂笑了。她说："您贵人事忙，我跑一次是应该的，因为是我要打搅您。"她讲完关掉了电脑，又合上了笔记本。

徐斯才发觉自己竟能耐着心，看着她慢悠悠地把笔记本关上，放进了电脑包，慢悠悠地把搁在另一只橘子凳上的外套套好了，最后慢悠悠地站起来，转过头来，盯住了他，郑重地问他："那么明后天您几时有空？"

徐斯明明比江湖高了一个头都不止，看着眼前的江湖，怎么看都该是俯视的，可是怎会平白无故带了几分心烦气躁？

而江湖在等待他的答复。她没有任何骄纵的意思，满脸写着企盼，甚至可以说很有些真诚。

徐斯突然正色，讲："江小姐，我收购腾岳并不是兴之所至。"

江湖点头。

"所以，如果最后我还是不能满足你的愿望，我先在此表达我的歉意。"他又讲。

江湖再点头，然后说："徐先生，我想买回腾岳也不是兴之所至。"她伸出手来，"但我要感谢您的坦诚，感谢您在百忙之中抽出点儿时间给我。"

她一副娃娃面孔，纯真如孩童，仿佛半点儿污浊都没有。也不能怪江旗胜将她如珠如宝地捧在掌心呵护，她本该就应受到这样的保护。徐斯在心内对自己懊恼，江湖要是软弱下来做出请求的姿态，也许没有人能够拒绝。他伸出手同江湖的手握了一下，讲："明天十点半。"

可是江湖说："会不会太早？"

不能说娃娃面孔的人没有攻击性，而江湖本质还是那个大小姐，言语之间，忍不住还是会露一些攻击性出来，好胜对手一筹。

这才像是江湖。徐斯想，她还不是变色龙，所以他不该去做计较。他摇头："不会。"

这天夜里，徐斯回了自己在浦东的小别墅，淋了浴，出来发现手机上又有齐思甜发来的一条微信，问他今晚会不会过去。

徐斯回复了三个字："不来了。"

他在睡觉之前下载了古老的游戏《祖玛》，玩了半个小时，发觉江湖的那种玩法需要一些技巧。这晚，他没心思琢磨这些技巧。他把游戏关闭，入睡前，忽而起了兴趣，不知道这三个月江湖到底玩了什么把戏，做了什么准备。这么一想，他反而对明天的约见生出了不意外的期待。


这一夜，江湖睡得很不好。

很艰难很艰难，她才能在终于等到徐斯的时候，给他一个笑脸。这是她出生以后的第一次主动示弱，而且用了女性原始的本能。

徐斯根本不会知道，她心浮气躁地打着游戏，从下午两点等到夜里十一点半，几次想冲进他的办公室里，把笔记本砸到他的脑袋上。但是为了这三个月来所做的努力，她想，她需要忍受。忍受徐斯的秘书对她无情的拒绝，忍受自己必须厚着脸皮上门找人求人，忍受自己在别人的王国坐了近十个钟头，还必须面对别人下属的指指点点。

没有人能随随便便成功。某一首歌里这样唱道。父亲就非常喜欢这首歌。不随随便便地成功，必须要经历风雨。江湖是强迫自己终于等到徐斯出现，同时强迫自己等到徐斯以后，用那么云淡风轻的态度提议另约一个时间详谈。她知道徐斯是不可能在晚上十一点半还有精力听她把她的计划讲解完毕的，她知道她要达到目的必须妥协。

心浮气躁的江湖翻来覆去到半夜，干脆爬起来上了一会儿网。

她打开人气很高的一个论坛，在里头的子论坛首页飘着一篇帖子，标题很长很醒目——"你们小时候有没有暗恋过打篮球的男生？我的暗恋败给一双国产鞋"。帖子很红，有十几万的点击和上万的回帖，还被版主"加了精"。

江湖把帖子打开，楼主在主页写的帖子内容很长：从她的初中开始，她一直暗恋着穿腾岳鞋打篮球的男孩，总是偷偷观察着他的一举一动。她最大的心愿是想买一双进口球鞋给他，可是当她鼓起勇气买好了球鞋时，却发现另一个女孩送了一双新的腾岳鞋给男孩。

也许女孩的文笔很优美，也许这个故事让人为青春的遗憾共鸣了，一场网络怀旧被启动。有人贴了腾岳鞋的照片——洁白的鞋面，挺括的鞋侧，有两条几代人都熟悉的硬挺的弧线。一时间勾起好多人关于此鞋、关于初恋的回忆。

一篇帖子的火热程度超乎了发帖人的预料。

江湖也没有想到结果会这样火爆，她将做好的将要陈述给徐斯的PPT打开，看了一眼自己写在第一页的用微软雅黑这么端正的字体加粗的句子——"有些品牌的力量，超乎我们的想象，而我们一直没有完全相信它们。它们一直就在我们的身边，从未离开。"


次日，徐斯在自己的办公室里，听着江湖做的报告。江湖开场的第一句便是这样一句话。

徐斯问："你要给我说故事？"

"徐董事长。"江湖称呼道。

但江湖的这个称呼，真叫徐斯有些坐不住，仿佛眼前这个神采奕奕的女子，已经胜券在握了。他纠正说："你可以叫我徐斯。"

江湖微笑："我希望可以有机会称呼您为董事长。如果在腾岳这件事上您可以网开一面，我会感激之至。"

徐斯挑眉。她可真不客气，胜负未定，她就开始讲起了条件。这副架势仿佛江旗胜仍在世。他做了一个有请的手势，江湖开始讲述她的故事。

其实江湖的故事比任冰叙述给徐斯的版本更加详尽，而她讲故事的技巧也着实不赖，抑扬顿挫、很吸引人。但她的姿态却一直是严谨的，在讲述的时候，挺身半坐，正视对方，眼波冷然，虽然脸上一直带笑。

太职业化了。然，声音动听，清脆比黄莺。

徐斯有点享受她的声音，但是同时也在思考着，这个故事再动听，也与实际的企业经营毫无瓜葛。她的商业计划用了一个过分感情用事的开头。

等江湖终于讲完了历史，正好过去五分钟，不算太长。徐斯说："腾岳确实历史悠久。"

江湖仿佛早有预料："不过还没有到让你关注的地步，对不对？"她直视徐斯，"但是对消费者来说，只要还记得它，那么它就有价值。"

接着，江湖点击鼠标，掀起了她的第二篇章。

徐斯看到了江湖展示的那篇论坛的热帖。在江湖的讲解下，他很快明白这是场善意的炒作。

江湖将 PPT 往后翻了一页，停在一组数据图上，解释说："这篇帖子后面有版友找到了腾岳鞋在淘宝的卖家，就在帖子上论坛首页的那个礼拜内，这位卖家的销量比之前上升了百分之五十。只要没有被忘记，就有可能起死回生。"她下结论道，"腾岳是可以实现盈利的，它比建立一个新品牌的成本要低得多。"

徐斯不语。这就是冷静之后的江湖交过来的答卷，她思考的和做的都相当全面了，甚至她说服他的角度，在商业层面来看都很有说服力。可是，她没有考虑到的是——他根本不想做腾岳这桩制鞋生意。至少他在江湖进来向他做这份报告的时候，还是没有想过盘活腾岳这个品牌。在江湖的汇报结束的时候，他最终也没有下决定。

而江湖讲完最后一页 PPT 后，也没有追问徐斯的决定，她知道自己该如何粉墨下场。她从容地关闭了电脑，然后对徐斯讲："徐董事长，我对腾岳的营销方案有个全盘的规划，但是要晚几天才能同您沟通，我需要一些财务数据。"

却原来她还有下文，这成功吊住了他的胃口，徐斯很想看看她做的营销方案。但目前，他眉头紧蹙，她从进门到现在的一个小时内，把"董事长"和"您"两个敬称称了无数遍，听上去着实刺耳。

徐斯颇为烦躁地站起来。他一贯热性子，不管什么季节，总把空调调在恒定的二十五摄氏度上，这一间接待室就保持这样的室内温度，在此环境下，他的心内不应该有燥热的感觉。他对江湖说："江小姐，你很用心——"

江湖也跟着立了起来，抢过这个话头，说："所以我热诚希望我的方案可以得到您的支持。腾岳有一套很老的班子，有很好的技术工人，欠的只是管理和营销的东风。"她略略扬了扬头，"这句话是我爸爸生前同我讲过的。我个人微不足道，但是我爸爸在这一行内的眼光还是很有一些的。"

徐斯笑，带刺的玫瑰依旧带刺，玫瑰的尊严也不容玷辱。他能尊重。

江湖继续讲道："我希望约您下周的时间。"

徐斯明白江湖的策略，她在争取同他保持一定程度的接触频率。他想他不应当有所为难，尽管他还没有任何决定。徐斯顺手翻了一下台历，讲："下周恐怕有些困难。"

江湖说："没关系，我同您秘书保持联络。"

徐斯用手撑了撑台面，无奈微笑："你老是'您'来'您'去，我受之有愧。"

江湖垂首略略凝重，说："因为是我在求你。"

今日的江湖，不再趾高气扬，不再歇斯底里，她风度坦荡，让徐斯能够相信她已足以接受任何挑战和打击。

徐斯把手伸出来，对江湖讲："我会考虑你的方案。"

江湖也伸出手："希望我们能够合作愉快。"

徐斯请秘书Jane把江湖送了出去，便又处理下一段公事，看到任冰的报告，想到最近事务繁忙，还未同这班新下属开席叙情，便把Jane叫进来嘱咐："今晚七点在景阳春订一间包房，帮我定好任总等几位童装项目同事的时间。"

Jane一阵迟疑，想了想才汇报："恐怕任总会没时间。刚才送江小姐去电梯口的时候遇到任总，江小姐约任总晚上吃饭，巧了，也是景阳春。"又觑着老板似乎并没有生气的意思，就多加一句，"任总答应了。"

徐斯问："是景阳春哪一家店？"

Jane绝对是徐斯的好秘书，尽忠职守答道："茂名路上的那一家。"

徐斯又站回到落地窗前，往下看，心想，江湖应该已经走远了。好一个江湖，端的行事光明磊落，能当着他秘书的面约他的管理层吃饭。不自觉地，徐斯嗤笑了两声。她是根本不在乎他知道与否，或者明知道他一定会知道，却还要这样做。

这个江湖依然霸道。

徐斯把手机拿出来，拨了个电话给许久未联络的莫北，讲："今晚你不用当奶爸了吧？我请你吃饭，去景阳春。"

莫北说："我得请示一下。"

徐斯表示轻视："是男人吗？"

这是逼得哥们儿不得不答应赴约。他又电召另两位发小，结果都称忙推辞。最后到了饭店的酒席上，徐斯不住抱怨："一个个一结婚都成家庭妇男了。喝个酒都这么不痛快。"

莫北一贯好脾气，不同他多计较。两人边吃边聊，气氛惬意。莫北说起妻子莫向晚刚出月子，预备重新寻工作。徐斯隐约记得莫北的太太莫向晚曾与齐思甜在同一家经纪公司任职，担任的是经纪人工作，行内很有些名头，后来辞职在家待产。他不知怎的又想起一桩事，十分巧合的是，江湖应该也曾在这家公司任职，年初 J 国那场晚宴就是他们公司承办的。于是他对这个话题留意了一下，并且随口热心问一句："我也帮你太太留意留意好的工作机会，最好朝九晚四，早早回家对不对？"

莫北是看出徐斯戏谑的意思，笑笑同他干了一杯。两人海阔天空聊了不少闲话，只是过一阵，隔壁包间内杯盘把盏的声音过于响了一点点儿，打搅到这边的气氛。

那边似乎是在划拳，呼呼喝喝的，忽而又开始唱歌，唱的是五音不全的老歌，徐斯这里听到那边扯了两句，什么"在我生命里的每一分钟，和亲爱的朋友热情相拥——"

徐斯把服务生叫进来："去隔壁提醒一下，克制克制。"

服务生依言去了，那头清静了一会儿，可过了一会儿又闹了起来，碰杯声响不断，连莫北都皱眉了。服务生不好意思地解释："这是间大包房，用隔断隔成两间的，所以隔音效果差，真对不住。"

徐斯也就只能随他们了。


和莫北继续边吃边聊一阵，徐斯起身走出包房上了个厕所，从洗手间出来的时候，看见了江湖。她靠着包房外的墙根站着，紧紧闭着眼睛，脸上略带些寂寥的愁绪。

徐斯是走到她的跟前，才发现自己走了过来，而他和莫北的包房被他路过了。

江湖的脸蛋红扑扑的，胸口明显起伏着，明显带了酒意，这样的她周身一定很烫。徐斯知道，因为他见过一回这番模样的她，后来发生了什么，他此刻不好意思去细细回味。

也许是感觉到了面前站着人，江湖慢慢睁开了眼睛。她的眼瞳先是涣散的、迷惘的，而后慢慢回过神来，聚焦到眼前人身上，就如变脸一般，她的眼神立刻就冷了。她扯了一个同样冷的笑容，抬头迎向他，说："嗨，我怎么这么倒霉，上哪儿都能碰见你？"

她满身的酒气和略带厌恶的口气，让徐斯很不舒服。他不禁皱皱眉头，知道自己不应该和醉醺醺的她计较，于是便故作轻松地笑了一笑："早知道会在这里遇到你，我也不在这里办卡了。"

江湖勾了勾嘴唇，竟然也跟着笑了笑，露出她的小虎牙，格外可爱，加上她红扑扑的小脸蛋，好像摆在水果摊前最诱人的红富士，一口下去，一定是脆生生的。她说："徐斯——你——你好得意啊！"

她明明是醉态可掬地讲出这句话，却让徐斯生出一丝被刺到的痛感，他本能地往后退了一步。没想到江湖跟着往前进了一步，伸出手来。徐斯不知道她想要干什么，她的手在他的面前晃了几下，身体也跟着摇晃了两下。

徐斯略一迟疑，想，他该不该抓住她的手呢？但就上一次抓住她的手的后果来看，那并不是什么好果子。

这时旁边一间包房的门打开了，有人走出来唤了一声"江湖"，然后看到了徐斯，便没有近前，他后面唤的一声是"徐董"。出来的这位正是任冰，而他的包房就在徐斯的包房隔壁。

这倒是没出徐斯意料。他正想打个招呼，可还未转身，衣襟一下被身前的摇摇晃晃的醉鬼捉住了。小醉鬼在他还没有反应过来之际，将腰一弓，就对着他"哇"的一声呕吐出来。

任冰大吃一惊，待上前来，只见徐斯的名牌衬衣、西裤、皮鞋无一幸免都沾上了又酸又臭的呕吐物。而他的脸，因这猝不及防的意外瞬间扭曲得发了青。他头一个反应就是伸手要掰开江湖揪住他衣襟的手，可江湖不知怎的就是死死揪住不肯放，让一贯仪态翩翩的他低吼起来："你给我松手，松手，听到没有！"

这番一闹，两间包房内的其他人等都惊动了，纷纷赶了过来。

任冰的这间包房内的人士，徐斯大多都很面熟，均是自由麒的高层，什么财务总监、财务经理、采购总监、HR总监等，加上一个任冰，看来江湖是请这群自由麒元老吃散伙饭。元老们一见江湖的失态，也都失色，财务总监岳杉慌忙赶过来，同任冰一起七手八脚地把江湖从徐斯身上拉开了。

而徐斯一身的狼狈已经不能用语言来形容，他死死咬了咬牙根，额头青筋暴跳，双眼狠狠盯住伏在岳杉肩头似乎已然全醉过去的江湖。

那边的长辈忙不迭地为江湖向徐斯抱歉，服务生七手八脚赶来打扫现场，莫北过来拉了一下徐斯，讲："我刚才让店长去隔壁百货楼买衬衫了，我陪你去洗手间清理清理。"

徐斯恨恨地瞥了江湖一眼，她已经被岳杉扶进了他们那边的包房，整个人软软的无知无觉的，让他更觉可恨。

徐斯在洗手间简单清洗了一番，换下脏臭的衣衫，餐厅的经理也将买好的上衣、裤子送了来，尺寸正好，只能庆幸今日同来的是发小。

等徐斯整理干净回到包房，任冰已经等在那儿了，一副有话要讲的样子。莫北见状便先告辞了。

任冰叫了一壶茶，给他斟了一杯，问："徐董，你没事吧？"

徐斯只觉得身上还留着呕吐物的脏臭味道，一想起来自己也隐隐作呕。他冷冷地不情不愿地"嗯"了一声。

任冰道："江湖喝得多了点儿，今天都是看着她长大的叔伯阿姨大哥大姐，难免放肆了。"

徐斯冷着面孔问："以前江旗胜也放任她喝得这么没轻没重的？"

任冰附和地笑了笑，然后斟酌字句地半透露半询问："江湖今天说想重整腾岳，自由麒的财务岳总已经答应加入她的团队了。"

徐斯听笑了。这小醉鬼请这帮元老吃饭，果然是这意思。她竟然这么自信，已然开始招兵买马。徐斯在这极短的时间内，竟然想到如果他不如江湖的愿，她会如何？但答案来得也更快，她势必不屈不挠，再接再厉。

徐斯的心情平静下来，抬头看了眼正喝茶的任冰。就他这位下属透的信息，最后肯陪江湖冒险的旧人只有一个。这帮老狐狸，一个比一个懂得保住身价。他反问任冰："你觉得怎么样？"

任冰握着茶杯想了一想，才说："江湖毕竟是江董的女儿，只是年轻了点，不过因为年轻，才有更多可能。其他的老同事能看到她成长，也替故老板欣慰。"

徐斯端起茶杯喝了一口茶，入口冰凉，这才发现错拿了莫北的杯子。果真人走茶凉。他讲："江湖也有心了。"

这时候任冰的手机响起来，徐斯示意他接一下。

给任冰打电话的是岳杉，她说："我把江湖送回去了，徐先生那儿没什么事吧？"

任冰稍稍掩了手机说："没事，放心吧！"

"没影响就好。"岳杉把手机挂了，她扭头看着车后座歪在车窗口吹风的江湖，无奈道："你这丫头，何必跟人争这个闲气呢！"

江湖愣愣地趴在车窗口，风呼呼地吹着，她整张面孔都发了凉，才缩了回来："他们这种人，专门落井下石发'战争财'。今天任冰不是讲了，过几天这位徐斯先生就要去北京，趁他们的竞争对手出事情去享渔人之利了。"

岳杉叹息，明白她的恨来自感同身受，所以才会去恶作剧地报复徐斯。这就是江湖，有冤必申。她劝慰："但也不要借醉装疯，得罪了他，影响了腾岳的事情就不好了。"

江湖同岳杉在后视镜中相视一笑，她诚挚而感激地讲道："岳阿姨，谢谢您关心我，帮助我。爸爸讲过，您是可以信赖的朋友。这一次我要麻烦您了，本来您都可以退休了。"

岳杉在后视镜内，久久凝视了江湖一阵。

江湖认真专注的神情，是极像江旗胜的，尤其是请求别人帮助的时候，眼内仿佛有一线光芒透出，或许是希望之光。她（他）会让你以为，你对她（他）的帮助一定能抵达她（他）所期望的成功。于是，这样的帮助就会变得更加有价值更加有回报了。

岳杉说："我相信你会是个好老板。以后的路还很长，我们一起努力。"

岳杉今年已经五十三岁了，应当退休回去享清福了。江湖请她出山，用了眼泪攻势，还有父亲的旧语。

一切源自江湖午夜梦回，在父亲的旧照片中的新发现。父母在自由麒第一个专柜前的合影后方，有岳杉的半个身影。她剪了齐耳的短发，穿的确良的衬衫，手臂上戴着藏青色的袖套。闪光灯亮起来的时候，她的眼睛看向了父亲的背影，而眉间有淡淡哀愁。

这是一瞬间的永恒。江湖却在二十年后的现在才发现，竟然也电光石火，明白了这么多的旧人之中，能陪她于深渊处立起来的，也许只有岳杉。

江湖仰面瘫软下去，酒醉的脑壳逐渐在清醒。她想，她还是借了父亲的光。其实没有父亲，她真的什么都不是，可能连岳杉都不会在身边。但是，从今日起，她要站起来，保持轻健的身体和清醒的头脑，用事实来证明她的成与败，对与错。

江湖长长吐了一口气出来。

江湖在这天夜里睡得异常踏实，也许酒精帮助了睡眠，让她沾上了枕头就进入黑甜乡之中。

手机是在清晨五点多的时候响起来的，江湖翻个身，挣扎着醒过来，伸手够到了手机。不知道对方是在哪里打的电话，只听见背景音一片嘈杂，江湖迷迷糊糊习惯性地"喂"了一声。

对方先笑了一声，然后说："江湖，我在一个月后会回 A 城，到时我们进一步沟通。"

江湖的脑袋空白了几秒，人还在半梦半醒之间，她不能辨别出电话那头的是哪个人，于是就问了一声："哪位？"

对方也停顿了一两秒，才简洁地答："徐斯。"

江湖木讷地："哦。"

没有下文，对方挂机，空余一串"嘟嘟"声。

江湖翻身又睡了过去。这一觉一直到太阳高高挂起，她才真正清醒过来。她下床后第一个动作是翻了手机的来电显示，最后一个电话接自五点半，正是徐斯的来电。她才确定早上不是自己做的一个白日梦。

她回想了一下他说的话，才确定下来，他明确表明她的计划在他考虑的范畴内了。一颗一直悬浮跌宕的心安了下来。只是可气他在这种时间来电，不太厚道，她顺手把手机电话簿内徐斯的名字改成了"败类"二字。

不过，有这一个月足够江湖做很多事情。

江湖先去把工辞了，再同岳杉一块儿把父亲留下的几处物业抛售，这样加上先头的支票，流动资金更加充裕了。

她是最后才同舅舅把腾岳的事情从头到尾地沟通了一遍。裴志远压根儿不知江湖在腾岳上打了这么大的主意，竟然还基本搞定了徐斯。来龙去脉他没心思细究，只听还有增加投资的可能就让一贯缺钱的他无比欢迎了。

江湖则想，舅舅虽不成器，但好在想法一贯实惠，这是有利于她的行动的。

不过裴志远到底是江湖的舅舅，也有亲戚的体贴，提醒她说："你现在搞这么多花头，到最后人家不跟你玩儿了，小心吃力不讨好。"

长辈的顾虑，不是没有根据。徐斯在商业上头的行为，总让她有隐隐的不安。

就拿她最近看自媒体以及自己的耳目从徐风处得来的信息来看，她就看得很心惊。华北那家饮料集团的股权纷争终于闹上了媒体，而他们北方的市场也被徐风吞了三分之一。这是明面上的，暗面上头，这家集团的股票因为闹上台面的管理权纷争而直线下坠，自然有人会趁低吸纳，照江湖所知，幕后趁火打劫的绝对少不了徐斯。

她闻之是心惊胆战的。徐斯信息搜集之快，运筹帷幄之干练倒是其次，那份张狂的野心才是更令人恐惧的。这在这个月最后的几天，逐渐变成了她心底的隐忧。

徐斯在一个月后准时来找的她，也是在清晨时分，江湖睡得正熟，忽而手机铃声大作，惊得她一个鲤鱼打挺翻身起来。

手机蓝屏上，跳动着两个字——"败类"。

这次江湖醒来时就带着十二万分的警醒，她抚了抚胸口，深深吸了口气，才把手机接起来，一接通，口气就不怎么好，讲："徐老板，现在才五点半。"

徐斯在那头笑了，声音懒洋洋的，讲："我是昨晚回 A 城的，现在在佘山。这里山明水秀，我们正好沟通你的计划。"

江湖的眉毛又想要竖起来，山明水秀和沟通她的计划，根本成立不了因果关系。而他的语调透着的少年得意却掩饰不住，他在北方首战告捷，真以为是横扫千军的帝王，势必要人人臣服了。

这口气她差一点儿憋不住，可是，这口气在胸口来回滚了几圈，她还是咽了下去。不管他是不是帝王，总之是她要去求他的。她只好妥协，问："在哪里等您？"

徐斯把这个"您"受落下来，报了一个地址，果然是在佘山高尔夫别墅区，看来他一回 A 城就落脚在佘山的自家别墅，现在正等着她去"觐见"。

江湖问："几点？"

徐斯说："七点。"

江湖一看地图，由此地至佘山别墅区少说三十公里，他要求太过严苛。江湖刚想反驳，徐斯优哉游哉地加了一句："我对你的车有信心。"讲完以后就挂了电话。

江湖坐在床上生了好半天的气，才强迫自己去卫生间好好梳洗一番。

她在慢慢将内衣长筒袜小西装和套裙穿戴整齐的时候，忽而觉着，这样好像是临战的战士给自己裸露的身躯加了层层的盔甲，好面对外面严阵以待的敌人。她给自己打气，自己已经离开江旗胜王国给她垒筑的天空之城了，面对强敌环伺的现实，她要加倍用心、加倍艰辛，才能继续生存。

江湖出门的时候在镜子前给了自己一个相当像父亲的微笑。

好在出门早，往佘山方向的高架并不拥堵，一路很顺畅。

江湖希望今天的一切都能够很顺畅。

抵达目的地的时候，她记起自己曾来过此地。这里的别墅区在年前楼市低迷时挂牌，最低三千五百万元，最高一个亿。父亲带她来看过房，她最喜欢自带游泳池和小型高尔夫球道，上下三层坐北朝南可以看见朝阳升起的那几栋。当时父亲讲，等她结婚就送一栋做嫁妆。

言犹在耳，物在面前，却是人已逝去。

徐家的别墅正是坐北朝南最气派的那栋，所以不是很难找。她的车开到门前，家政服务员早就在门口等待，为她引路停车。待车停好，江湖跟着家政服务员正式走进徐家的别墅。

进门有个小小的花园，正是枝繁叶茂青翠时，分花拂叶进去之后，便是一座私人游泳池。在这还有些微春寒的清晨，有人在游泳池内矫若游龙，来回游了两圈，从水里湿淋淋地站了起来。

江湖是头一回在白天看到徐斯裸露的上身，按照他们这种人的修身习性，一定不会有赘肉，皮肤也一定会保养得宜。

她站在花丛之外，泳池之前，尴尬地把目光从他赤裸的上身移开，腹诽了一句："暴露狂。"

家政服务员拿了一条宽大的黑色丝绸浴袍替徐斯披好，徐斯自己动手扎好腰带，一路大步流星走过来。经过花园这边的矮树丛，飘飘然的浴袍下摆被树枝扯到，他也不以为意，倒是江湖为这件质地一流、裁剪出色、价值不菲的浴袍稍微心疼了一下。

徐斯走到她面前，用一个毫不掩饰的诧异表情说："没想到你竟然没有迟到。"

江湖不卑不亢答："很不好意思，我已经尽量赶了。不过现在看来，我得等您整理完毕。您慢慢来，我可以等。"

徐斯双手插在浴袍的口袋里，趁着早上七点的太阳光，把她仔细打量了一遍。她的气色很不错，衣着很职业，表情很严谨，语气很专业，唯一的美中不足就是说话仍有些夹枪带棒。他本来以为按照她大小姐的个性，起码会迟到一个钟点。

这点上，她是有劣迹的。

两年前，同他和江旗胜都有合作的沈贵办的一个房产商的聚会，江湖足足迟到了两个小时，一到场就对江旗胜撒娇要赖，借口路太远。当然，现场也不会有人怪罪这位千金的姗姗来迟。

正因为有这段往事的经验，徐斯才会在这么早去骚扰她之余，同时又笃笃悠悠游一个晨泳。结果却是如今的江湖面对再遥远的路程、再紧急的时间，都能够迅速准时赶到。这让徐斯大跌眼镜。

徐斯在打量江湖的时候，江湖也在打量徐斯，不禁心生气恼。这厮竟小看了人！他的态度分明就是料准了自己一定会迟到，所以才在这个时候肆无忌惮地游泳。这不能说他给予她十足的尊重，而且此刻他是穿着浴袍在自家别墅游泳池前面、前花园后面会见她这位异性。

太轻慢了，江湖想着，面容越发严肃起来。

徐斯根本不当一回事，解释道："有一批上等牛菲力和鹅肝昨晚到货，正好给端午节做个罗西尼粽子。今天邀了几个朋友一起来试试菜，你也是吃中行家，一块儿提点意见。"

江湖诧异了一下："试菜？"

徐斯笑答："CEE CLUB 下个月换菜单，希望朋友们捧场。"

江湖把他的话消化了一下，才反应过来，敢情 CEE CLUB 是他们家开的？

徐斯说："你也晓得开餐厅现金流来得快，往往可以解燃眉之急。我们没有实力做连锁，就开一家试试水。"

江湖想，这人言辞倒是谦虚，语气可半点儿没有谦虚的意思。她假假地笑一笑："这样特别的粽子倒是值得一尝。"

徐斯说："那么你等我三十分钟，我们可以在朋友们抵达之前，把你的计划讨论一番。"

江湖问："他们几点到？"

"下午一点。"

那么时间是足够的，但徐斯将时间压得也真够紧张的。

江湖不知怎的，生出一种想法，同徐斯的合作，压力会不小。


的确，在她坐到徐家别墅一楼的附加会议室内，同徐斯沟通营销计划的时候，切身体会到徐斯所施加的无形的压力。

徐家别墅在一楼的宴客厅旁边竟然附设了会议室，说明这栋别墅的作用就是商务的，就如他们开的 CEE CLUB 一般目的。这一家人在商言商的专业程度简直到了令人发指的地步。在这么个环境内洽谈合作，气氛不会比在徐风大厦内更轻松。

但一转念，这何尝不是反映出了徐斯的重视？江湖安心坐下来，拿出笔记本电脑。家政服务员送进来一壶茶，为她倒了一杯。然后安装好投影仪，调试正常之后，徐斯西装革履地进来了。

他坐在主人位，等家政服务员为自己倒了茶之后，示意江湖可以开始。

江湖清了清嗓子。

徐斯在之后的一个小时内，听到了一份出色的讲演报告。报告的框架清晰，巨细靡遗，把报告人的意志阐述得淋漓尽致。而且绝大部分内容，已经属于商业机密范畴，报告人完全可以保留。他没有想到江湖会一点点私货都不保留。

而江湖，用格外认真的神态，把她的计划、步骤，一条一条讲得很慢很清晰，她还用精确的财务公式测算出了成本和回报。

徐斯有点儿较量的心思了，看来这一个月自己做了很多事，江湖做得也不少。在今天，她把属于她江湖的王国的蓝图展现在他的面前，告诉他，她可以用什么方式帮助他赚钱。而他根据他的经验和眼光，判断下来的结果是，这样的方式也许真的可以赚钱，说不定会是很多很多钱。

在这个过程中，徐斯时而凝神细细思量，时而侧耳专注倾听，让江湖很满意他所表现出来的态度。这样的态度使得她更加充满了信心。在把一系列的计划陈述完毕后，她用最真诚的语气对着徐斯说："徐先生，我期待可以得到您的帮助。"

江湖从来不求人，徐斯是知道的。她以前也不需要求人，但是她现在在求他。

江湖从来不求人，她自己是知道的。但是她今天必须低头，因为这也许是她最后的机会。

徐斯用戏谑的态度，说出了他想说的一个关键："江小姐，我以为你会从上一次的散伙饭上拉几个人。"

他正中要害了。

江湖完美的计划需要合适的人选来完成，而这也是她面临的第一个难题。在这一个月中，江湖并不像徐斯那么所向披靡，她面临了第一轮的失败。有一个词叫"人走茶凉"，还有一句话叫"人不为己，天诛地灭"。这两句注定了徐斯的"以为"在江湖实施起来会产生的必然结局。

江湖隐忍着自己失败的暗伤，强自支撑着装个表面样子，略歪一歪头，睁大眼睛做无辜状，带娇嗔口吻摊手讲："可我喝醉了，错过了好时机。"

一时间，徐斯竟发觉自己很吃江湖装糊涂闹可爱的这一套，他笑着同她玩笑："是错过了好时机，喝多了会误事，也会坏事。"

都是聪明的人，一点即透便反击。

江湖于是在心内嘟囔，和他讲话真累。她坦率地说："我只能说，我想尽力调配资源，让他们人尽其才。"

徐斯扫了一眼江湖所谓的"人尽其才"。她在 PPT 页面上列出的团队中，只有岳杉是这行内响当当的人物，其他的——这让他怎么说呢？

可江湖是想好了说辞的，她一位位举荐出来：

"我的舅舅从业经验二十余年，资源丰富，未尝不能兼任 HR。腾岳的生产科长兼管销售是个老伙计，手艺很出名的，叫刘军，五十多岁了。刘军有个徒弟叫张盛，有把好手艺，特别是对鞋楦的研究。所以我想请个设计师过来一同和张盛做产品研发。"

她把设计师的简历也递了过来，一位是以前服务过自由麒的国内名师，还有一位是刚自米兰学成的海归。她给这两人开出的薪水当然不菲。

徐斯把手臂支到桌面上头，身子往前稍稍探了一探。他把眉毛挑高了，嘴唇微微撇着。他的表情证明了他的疑虑尚存。

没有关系，这些反应都在江湖的意料之中。如果要让凯旋、正得意的徐斯用心衡量，那就必须把条件讲清楚，让他去盘算。她管自继续说下去：

"刘军手里经销商资源算是比较丰富。张盛在二十五岁就拿了全市的劳模，技术是出名地出众。两位设计师有作品在这里，一位还参加过欧洲的比赛拿过奖。"

说完以后，江湖抿了抿唇。徐斯还是没有说话，这让她有些气急："总的来说，他们的行业经验总比外行丰富。"讲完随即后悔，她撇了一撇嘴，自己应该更沉着一些的，她开始惭愧自己的自制力还是差了些功夫。

徐斯把她的微表情都看在眼里，笑了起来："如果你是我的总经理，你需要为我负责，你的部门经理必须为你负责。你能完全信任他们吗？"

其实这个问题，在这一个月内，江湖反复问了自己不下百遍。腾岳鞋厂内的情况，她了解了个彻底。流程可以再造，但人心的确无法确知。她有她的不确定，也并不想隐瞒徐斯："在没有更合适的人选之前，用生不如用熟。"

徐斯把江湖面前的电脑拿到了自己的面前，再度将她的计划从头到尾看了一遍，一页一页，浏览的速度很慢。

这确实是一份相当出色的营销计划，对品牌的提炼和推广都很精准，传播模式也很新颖。这是一份他看了就会想做一做的计划。

江湖真不愧是服装大王江旗胜的女儿，从小浸淫在这个环境中，拥有得天独厚的伶俐和创造力，还有初生牛犊不畏虎的勇气。

徐斯在这一刻蓦地产生两个念头：他是把她请来参加自己的项目，还是直接把这份计划交给任冰参考？怀着这两个念头的他，一抬头触到了江湖的目光。

她目光盈盈，正正看牢他，告诉他，她需要他的帮助。

是的，江湖是全身心地传达着这个信息。诚然，她还是骄傲的，背脊挺得像陡峭山陵一样直。

徐斯想，她会很累。她这么累，他还生出这样的想法，是不是太卑鄙了一点？

江湖是真的很累。

在漫长的被拒绝和争取的过程中，这几个月仿佛就是她的一生。而命运的裁判就在面前。

她很口渴，连续说了这么长时间的话，没有顾得上喝水。在徐斯自己看报告的时候，她捧起了眼前的杯子。茶水虽冷，但茶香依旧。她知道是极好的碧螺春。青翠茶叶漂在茶水面，左漂右荡，寻不到可以落脚的地方。

她抿了一口，不够解渴，干脆一口气把茶水全部喝光了。茶叶终于尘埃落定。

徐斯换了个坐姿，应该把报告看完了。

江湖又清了清嗓子。

她在催促了。徐斯推开电脑，揉了揉眉心。这个性急的大小姐言必信，行必果，果必达，锲而不舍，竭尽全力。她在某些地方和自己很像，甚至可以匹敌。

如果这份计划真的让她放手去实施，她能做到什么程度？他想起来了，想起了她在天城山那夜赤身裸体的纵身一跳，是那般豁出去的坚定。那一跳已足够他胆战心惊的。

徐斯在有确切想法之前，已经把这个头点了下去。

看到徐斯终于点了头，江湖不禁心中松了劲。虽然还是笑着，甚至是笑容满面，可心中却刮起了苍凉的风，越来越冷。

几个月前，她同这个徐斯一样是天之骄子。只不过一天一夜的一个翻转，她的整个世界就被颠覆了，游戏规则不再掌握在自己手里。

她从来都不曾像现在这样，为了争取一个机会，付出十二万分的精力，赔上了几乎江旗胜千金所应该拥有的全部骄傲，苦口婆心，千般迁就。她就差双膝一软，跪到这个男人面前，请他高抬贵手兼慈悲散金了。

然则，一切都是她自寻来的烦恼。她也完全可以两手一抛，什么都不管不顾。但是，不能。因为她是江旗胜的女儿，背负着江旗胜和江湖的双重尊严，背负着自由麒和腾岳的双重记忆。她要挺住！

徐斯把这份充满诚意和智慧的报告关闭，并将江湖的电脑关上。他站了起来，伸出手，对江湖说："我对你做的腾岳复兴计划很有兴趣，希望我们合作愉快。"

江湖判断了三秒钟，才确定徐斯这一次给了她肯定的答复。那么，她应该迈开了全新的一步了？她一时愣了神，没有伸出手来。

徐斯当然注意到了，她总是用十万分的戒备来面对他。这很不利于他们以后的合作。他想。

在徐斯皱起眉头之前，江湖适时地把手放到了他的手心里。

她的敏锐就在这里，可以在他发脾气的临界点的瞬间出招化解。他便真的没脾气了。

江湖想，他是答应了，她不可以让他反悔。好汉应当抓住机遇，就像父亲总是说："我的成功源于一次次抓住了机遇。"她想着，便紧紧握住徐斯的手，主动摇了一摇。

这便算一锤定音了。

末了，徐斯说："徐风的法务部会联系你办理相关的手续，江小姐，接下去我们是不是应该去庆贺？"

既然沟通的结果是愉悦的，那么江湖也就客随主便了。


下午的活动准时举行，地点在徐家佘山别墅那间两百多平方米且设施齐全的厨房。

徐家别墅的每一个地点都有它们存在的价值。他们把什么都考虑到，什么都准备好，所以最后什么都能做到。江湖想。

列席的有城内知名的财经版记者和生活版记者，还有几位有名的食评家和美食博主。CEE CLUB 的主厨在宽敞洁净的厨房里现场制作口味独到的罗西尼粽子。

江湖驻足观赏了一会儿总厨娴熟的手艺，看着他轻巧地将牛菲力、鹅肝、鹌鹑蛋和综合菇同加了松露酒的进口大米一块儿包扎成形态精巧的粽子。她想，徐斯做一个小小副业的新品发布会都能这么用心思，这么先声夺人。她莫名气闷，伸手顺了一顺额头前的刘海，发觉出了一头汗，便悄悄退出了厨房。

厨房外是一片绿茵茵的草地，饮料柜被露天放着，随宾客自行取用。江湖想过去拿瓶啤酒解乏。

徐斯跟着走了出来，几个财经记者也跟着拥着他追着提问。大多是关于之前一个月徐风在华北战略布局的问题。徐斯回答得游刃有余兼风度翩翩，从记者们的表情就可以看出，这伙人很吃他的这一套美男计。谁说在社交圈里只有美女吃香？明明外形佳的男人更受欢迎。

但令江湖想不明白的是，徐斯的这个美食局，目的明明是既全他餐饮副业的产品广告需要，又全他集团近期市场动作的曝光需要，那又为何非要捉她前来凑热闹呢？

她只是念头稍动，下意识地朝徐斯那头张望了一下，就被他看到叫住了。他身边的记者也循声望来，江湖只好走过去。

徐斯对记者们说："接下去，我们会和腾岳有些合作。"

这帮记者基本上都认识江湖，也都知道自由麒的情况，听徐斯这么一说，吃惊之余立刻嗅出新闻点。

江湖也是吃惊的。她没有想到徐斯会当着记者的面直接宣布今早刚刚达成的意向，好像今天的结果也在他的意料之中似的。所以，这个局的第三个目的是，让他们合作的新事业有个小小的发布会？

天哪，这个男人一举三得把一个宴会利用了个彻底。他还能再精乖一点吗？但他给的这个机会太太太好了，也符合她计划内的某一个环节。江湖立刻抓住机会，向围拢过来的记者好好介绍一番"腾岳鞋"。

得以从记者的包围圈中脱身的徐斯自顾取了一瓶啤酒，站在大太阳底下饮了一个透心凉。他远远地瞧着江湖。江湖回答的尺度把握得不错，回答问题时的表情也控制得很好，眉目飞扬，合该是一位在聚光灯下引领风骚的人儿且兼不骄不躁，不露声色不透底线，把该答的问题答完以后，有技巧地转移了话题。

在记者们面前好好地做完这个意外的小型发布会后，江湖口干舌燥，准备去布菲台上取啤酒喝，却被徐斯眼明手快地递来一瓶徐风的果粒橙。

江湖对着徐斯瞪眼睛。

徐斯笑着说："酒后失言更会失态，要注意。而且你还得开车回去吧？"

江湖看在徐斯即将成为自己老板的分上，忍气吞声接了过来，转头同记者们聊起了丰田汽车最近闹出的召回问题汽车的话题。她讲："有熟人同我说，突然有一天看到这新闻，第二天逢人就被问一句，'今天你的车被召回了吗？'"

大家哄堂大笑，在一边旁听的徐斯一口啤酒都没喝下去。

他走进人群里，站到江湖身边，同大家讲："其实呢，丰田汽车从 2009 年开始，在中国的召回就有五次，规模最大的一次召回了近六十九万辆。当然，我们中国消费者的容错气度还是有的，'知错能改，善莫大焉'，对吧？"

江湖笑着总结一句："所以说盲目扩张最要不得，一步一个脚印才重要。"

一名记者举了酒杯，说："徐先生、江小姐，看来你们是最合拍的搭档。"大家笑着干杯。

徐斯举酒瓶时，侧头对身边的江湖耳语了一句："我的车还真没被丰田召回，多谢提醒啊！我等一会儿就给他们打投诉电话去。"

江湖也举起瓶子，同大家碰杯，把橙汁一饮而尽，不知为何，心情格外欢畅。

徐斯又在她耳旁轻语："还有，我不想再听到那声让我肉麻的'您'。"

江湖把头低下来，倒不是心虚自己先前的虚伪嘲讽的存心客套，而是下了决心，要同徐斯建立良好的合作关系，他会是一个很好的合作对象。所以，她要把天生的敌意收起来，更加职业化地面对这个男人。

父亲讲过一句老话："在商场没有永远的敌人，也没有永远的朋友。"她要同徐斯做朋友，而不是敌人。因此，她抬起头来说："那晚弄脏了你的衣服，真不好意思。"

徐斯只是微微笑了笑，根本没有在意。


活动不到傍晚就散了。江湖同记者们一块儿驱车回市里，徐斯也离开了别墅回浦东处理些公事，次日晚上还要飞北京继续处理华北的事务，一个月后才能回来。她才知道他也算马不停蹄地在工作了，心下有点儿佩服。

回到市区以后，江湖没有回家，而是去了久光一楼的专卖店选了一条纯白的休闲裤，又配了一件白色的 T 恤衫。这套衣服是她预备赔给徐斯的，买什么样的是她在回来的路上就想好的。徐斯在穿着上是个会花心思的人，他爱那些与众不同但又时髦低调的款式，所以这种低调的款式应该适合他。至于尺码，她略估算了一下就心中有数了。

江湖拎着包装袋从店内走出来时，看见了高屹。

高屹没有看见她，他站在百货公司前，同他身边的人讲着话，讲得很专注，所以没有注意到路上来往的其他人。

江湖走过一家名牌店时，存心别过头，佯装看着里头的橱窗。夕阳的余晖洒落下来，橱窗倒映出人行道上的人来人往。

江湖从橱窗内看到与自己擦肩而过的高挑女子的身影，猝然就把头转了过去。女子在奢华的名牌店门口路过，而她穿的不过是最普通的高领白毛衣和深棕色的长裙。她步履轻盈，仿佛微步行走在涟漪之间，背负着万丈夕阳光。

静安寺的钟声正好在此时响起来，敲到江湖的心间。她看着长裙女子走向高屹，把她的双手交给了他。

江湖的眼前泛起些许模糊，揉了揉眼睛，手里的包装袋和手提包"哗"地全部掉在地上，手提包的扣子没有扣紧，里头的手机钱包等三三两两的物件散落出来。她狼狈地蹲下来，七手八脚把东西捡起来，但总是捡了东边的丢了西边的，最后胡乱地把手机和包装袋一起抓到了手里提了起来，逃也似的离开此地。

从百货公司的停车库里拿了车，再开出车库，路面上很堵，路路不通，江湖的脑瓜"嗡嗡"作响。这时，被她随意丢在副驾座的手机响了起来。她接起电话，徐斯劈头就问："你找我？"

听着他没头没脑的话，江湖想，什么时候给他打电话了？一转念，难不成是刚才无意间摁到的？这原因就不太好讲了，只好捡现成的借口来做掩饰："上回的事情很抱歉，我买了一套衣服赔给你。"

也许她的态度转变太快，让徐斯大感意外，他笑了声："你费心了。"

接下来江湖就不知道该说点什么好，心里只是迷糊地想，如果今晚有个人说说话也好，不用一个人再胡思乱想，于是问："要不我今天给你吧？"话出口才觉冒失。

但是没想到徐斯竟然答道："如果你不忙的话，那当然没有问题。不过我今晚得和任冰开个会，那之前只有两个小时。"

江湖只觉得自己脑袋似糨糊，赶着自己上了架，说："你挑个你方便的地方吧，我请你吃晚饭。"

徐斯讲："得了，哪能让你又买衣服又请客，还是我请你吧！你在哪儿？"

江湖讲了下方位，徐斯便说："你先去餐厅排队吧，往静安寺朝南再过几条马路的桃江路。"

江湖想了想这位置："那家做 A 城菜的，还是他们隔壁的 J 国料理？这两家都不用排队吧？"

徐斯嗤笑："谁想吃这些？"然后报了一个江湖闻所未闻的餐馆名字，还催她，"快点啊，这时候等位得等死。"讲完就把手机挂了。

江湖没好气地挂了电话，一望路况，不住埋怨他这位大少爷有一百样的花样经让人烦恼。

他可真选了个好地方，完全和她折出来的方向反着来，这回她被堵在路中间，前不前后不后的。好不容易寻了路口折返回来，按照徐斯给的地址，一路寻过去，终于寻到他说的那条弄堂，从小小平房顶上破落灯箱显示的招牌确认了这地址，竟是一家小餐馆，还有个普通的名字叫"博记"。

江湖小心翼翼地把车停进弄堂里，小店没有保安帮着倒车，她的技术向来不好，就怕不小心擦了车。这份辛苦自然又记到了徐斯头上。

等下了车，江湖更傻眼了。"博记"门口密密匝匝围了两圈人，都是在等位的。她掂了一掂手里的纸袋，还是回头放回了车内。

再走到小店门口，江湖往里初初一探。小店真是小得离谱，才二十来平方米的亭子间，放着小方桌六七张。墙壁涂了简单的清漆，靠墙一排矮矮宽宽的窗户，窗台上搁着些盆花水壶。小小空间内，人声鼎沸，最大的优点不过是干净。她简直无法想象徐斯会选这个地方。

仅有的三四位服务员在内忙得晕头转向之余，总算还能兼顾到外头等位的客人，先来奉上了菜单。江湖翻开一看，菜单上头招牌菜才二三十元，竟没有超过五十元的大菜。她再度无法想象徐斯会选这个地方。

就在江湖排着队看菜单时，徐斯还算准时地抵达了。

他从弄堂里走进来时，只见江湖站在小店门口，身旁路灯照下一抹微光匀匀洒在她的身上，让他看清楚她脸上的妆容有点残了，显得整个人好生憔悴。怎么整个状态和上午都不一样了？当然，他心里是这样想的，但问是一定不会问的。

江湖一抬头，望见徐斯是自己走进来的，问道："你的车呢？"

徐斯反问："四个轮子的能比地铁快吗？"

江湖当即有了不算太好的预感："那等会儿？"

果然，徐斯答得理直气壮："当然是你送我回浦东呗，过了江就行。"

"徐老板，你行的。"

徐斯笑嘻嘻地问："想点什么菜？"

江湖也笑起来，露出小虎牙，有点不怀好意："你不会是因为要请客才这么省吧？"

徐斯没同她计较。

服务员来请他们入席了。留给他们的座位是小小的两人台面，一平方米都不到。两人相对坐下，距离一下拉近了不少，这里空间又逼仄，江湖一抬头都能把徐斯的眼睫毛看得清清楚楚。她稍稍有些不安，往后退了一退，牵动小小的椅子，引来后头座位上的客人的抗议。

可徐斯却坐得老自在了，如他这样的长手长脚蜷在小小椅子上应当是不舒服的，可他调整了一下角度，依然能坐出倜傥的姿态来，惹得邻座的女孩儿偷偷看了他好几眼。恐怕他是这里的常客了。

江湖趁他点菜的工夫问："你怎么晓得这么个地方？"

徐斯边同服务员点菜边说："以前我们集团老大楼就在附近，我常和一帮同事过来吃午饭。"

江湖想，这样的地方只有他的员工才可能带他过来，而他也肯过来，真算难得。她笑道："这里的客饭只要二十来块钱。"

徐斯抬眼睛望了她一眼，眼底似笑非笑："二十来块钱的客饭比两百来块钱的牛扒好吃，你会选哪样？"

江湖不惧，望着他的眼睛，也笑："CEE CLUB 的牛扒也要两百来块钱。"

徐斯自认胡搅蛮缠的本事差了江湖一大截，只摇摇头先管自点了沙姜鸡、烧鹅、烧猪腩肉、咸鱼鸡粒煮茄子煲、梅菜笋、剁椒蒸鲈鱼等几样菜加两碗白米饭。

菜上得很快，所以更加显得量实在惊人，摆了满满的一桌。江湖直纳闷，敢情中午实敦敦的罗西尼粽子没能让徐斯吃饱吗？

她先尝了尝沙姜鸡，特制的沙姜粒入口香脆，鸡肉滑爽细腻。再尝烧鹅，丰腴香脆。两道菜丝毫不输名潮州菜馆的水准。诸般滋味一过舌尖，江湖即刻明白徐斯为何会选这家餐厅。

徐斯把茄子煲的汁往白饭上一淋，埋头吃得正香，也没什么矜持，看上去同周围的白领男士无甚差别。看得江湖一怔。她从他的身上，仿佛又看到了另一个人的影子。

江湖又发了怔，徐斯看出来了，伸手在她眼前打了个响指，让她回神："我有几个月没来这里了，难得解一次馋。"

江湖莞尔："CEE 的大厨会不会很没成就感？让老板这么怀念小店的口味？"

徐斯一本正经地讲："老板二十年前脖子上挂钥匙的时候，就靠路边小店提供晚餐，才能挨到深夜爹妈回家。"

就这么一句话，听得江湖把手里的筷子搁了下来。

原来他们的童年是相似的。

曾几何时，她也是脖子上挂条钥匙，每晚找路边小店解决晚餐，再回家守着大门等待父亲回家。那时候是掰着手指头数钟点。后来高屹的妈妈来家里当了保姆，才把江湖从路边的小店里解放回家。

高屹的妈妈做得一手好菜，尤其是白斩鸡，堪与小绍兴一比。那鸡肉滑爽细腻，就像刚才吃的沙姜鸡。她做好了白斩鸡，从不准高屹先吃。她的规矩是江湖吃剩了，高屹才能吃。

小小的江湖是享受这样的特权享受得理所当然的，一直到高屹的妈妈去世。她突然在想，这位长辈到底是用怎样的心态，能这么尽心尽力地照顾她的呢？

徐斯不知道又触到江湖哪一条神经了，本想让她回神，没想到她更加神游物外。她这么阴晴不定的，前一刻兴高采烈，下一刻却意兴阑珊。这一份阴晴不定的大小姐脾气，他一贯看不惯，连带影响了自己心情，连胃口都比先前小了不少。

一顿饭从热闹吃到冷清，果然剩了不少菜没吃完。

江湖随着徐斯一起走出小店，他们的座位很快被后来的客人填上了。那是一对有说有笑的好朋友，气氛比他们俩刚才热络多了。

他们一起去拿车，这时候的弄堂里比刚才江湖停车的时候又多了好几辆车。徐斯一瞧，乐了："你的车还不是最贵的。"

可不，在江湖的车后头就是一辆奔驰，庞大的体积完全把路给挡了。她跺跺脚："开了辆奔驰来吃什么小潮州菜馆，旁边的桃江路才是正经。"

最后还是靠徐斯帮江湖把车倒了出来，他教训了她一句："怎么考的驾照？"

江湖没有作声，把搁在车里的纸袋递给了他。徐斯随手搁到车后座，客气道："破费了。"突然又问她，"你怎么知道我的衣服尺码的？"问出来又觉得问得不妥。

果然江湖语塞了半天，才口气生硬地讲："我随便买的，不合适的话可以去换。"

徐斯只是瞥了她一眼。

她尴尬的时候，会不自觉噘一噘嘴，双颊气鼓鼓的，让人看着好笑又可怜。

他很想揉揉她的发，这个念头一起，徐斯也觉得尴尬了，清了清喉咙打算讲点什么话打破这份尴尬，恰好江湖也同时开了口，两人都没听清对方在讲什么。

徐斯复问一句："你刚才说什么？"

江湖说："徐先生，希望你好好做小红马这个牌子，我爸爸生前一直看好童装市场的。"

前所未有地，徐斯萌生了无缘无故的心虚，由此而词穷，想了半天只能答上"我会的"三个干巴巴的客套字。

他想，她到底是清醒地明白了，不论是自由麒也好，小红马也罢，之于她而言俱已成灰。这个痛疮才是她坚持争取腾岳的动力，现在能够对着他这么个她完全有理由诉诸委屈和愤怒的人平静地讲出这些话，已经表明了她要重新开始的决心。难为她一介孤女承受这么多，锻造出这么一份气量。徐斯几乎要敬佩她。

刚才说出的话，夹带着多少翻滚的苦涩，江湖自己知道。她默默把头扭开，看向车窗外路侧的灯火。

这时车子上了南浦大桥，夜色下的浦江上传来模糊的鸣笛，听着呜呜咽咽。月亮如钩，挂在巍峨的桥塔之上。此景此情，真正是"月落乌啼霜满天"。

徐斯想着，没有再开口说话，他选择保持车内静谧气氛，是怕真的就霜满天上。

就这样一路无事地过了江，徐斯把车停在了地铁站口下了车，对江湖说了声谢谢。

看他提着纸袋离去，江湖才换回到驾驶位上，又往那头看一眼，徐斯已经进了地铁站。很难想象开惯跑车的徐斯会去坐地铁。江湖摇摇头，原路折返回去。


这时候地铁里的人依旧很多，徐斯已不太习惯同这么多人靠在一起，今晚是破例了。

任冰驱车在张江的地铁站口等着接他，在谈公事前，徐斯一反常态，近乎冒昧地问了他一句："我听说江旗胜管理风格非常霸道，自由麒的内部政令，事无巨细都要他本人首肯才能执行。他不是个让人摆布的人，怎么就投资失误了？"

徐斯所想的是，他认识的江旗胜是个性格强硬的商界前辈，如何竟失察失败至此？该是老姜更辣才对。

任冰叹了口气，这是真心诚意的，他对着他的现任老板惋惜着他的前任老板："楼市那桩事我不太清楚，但中环利都百货的那宗事情，也许是江董爱女心切了。"

徐斯心头沉了一沉。

接着任冰慎重地略一沉吟："高屹这个人——"

徐斯越发听不懂了。

任冰继续道："他的妈妈曾是江家的保姆，他和江湖青梅竹马一起长大，在我们看来，江董待他有如一家人。高屹任职中环利都的时候，江董开始买利都的股票，后来就出事了。"

原来是这样一个缘故。徐斯触手摸到放衣服的纸袋，若有所思。

任冰言尽于此，毕竟有其职业底线，对旧主家事不愿意多讲，只就事论事道："但不管怎么说吧，这小子做事还是可以的。现在成熟的百货公司很难找到合适的好铺位供我们做旗舰店，而他也想在招商方面多些亮点，大家也算合拍。"

徐斯便说："我们回去再把计划讨论讨论。"

这一晚又是通宵达旦的头脑风暴，次日上了飞机，徐斯抓紧时间补眠，隐隐约约听到坐在身边的姊姊同母亲讲腾岳的事情。

"腾岳未必不是一只潜力股。做江湖的这盘生意完全进可攻，退可守。如果厂子做好了，徐风自然受益，届时转手多份收益。做得不好了，江湖自己的投资，自负盈亏，卖了设备和牌子，我们的损失也能收回来，还能多收一队人才。"

虽然洪蝶讲出来的，正是徐斯对江湖这盘生意真正的看法，也是他最后决定同江湖合作的其中一个原因，可是乍听入耳内，还是觉着颇为惊心。徐斯暗中睁开眼睛瞅了姊姊好几眼。姊姊一如既往地光鲜靓丽，皮肤好得看不出年龄。这么一个丽人儿比年轻她几十岁的江湖还要风采翩然。尤其当断处，比男人更加坚决。

母亲方墨萍是思考了一会儿，才说："江旗胜如果不是心肌梗死，讲不定能渡过此劫，哪会给徐斯这种后生小辈捡了便宜？他的女儿我有印象，年轻人想做些事情，能互惠互利的话，助一把也不会费多大工夫。"

显然，母亲是同意了。徐斯继而又闭上眼睛，母亲被姊姊说服总是好事一桩，免了自己许多口舌。

他在北京的时候，A城方面关于腾岳事务的处理由集团法务部和财务部主持，他暗示任冰多多关注此事。任冰得令，不多问是非，尽责把一众情况向徐斯如实汇报。为江湖打头阵的正是跟随江湖进入腾岳的岳杉。她也真不愧是江旗胜身边的人，专业素养不容小觑，同徐风办理手续的便是她，而同时她还把腾岳的财务制度好好地清理了一番。

至于江湖，倒是还没有什么太大的动作。念及此，徐斯竟然开始期待看到江湖在腾岳会有怎样的一番表现了。

我要逆风去

*Rising*

*with*

*the wind*

徐斯回到 A 城的第二个礼拜，才得空亲自去了一趟腾岳。

成为腾岳的控股方以后，他还没有在厂内正式亮过相。一来，忙于徐风饮料在华北市场的事务和小红马项目的筹建；二来，他是有心的，想江湖一定也不太希望他过分干预腾岳的内政。这个女孩一定同她父亲一样有着霸道的管理风格，他并不想将自己和江湖的关系从之前的剑拔弩张，转变成另一种形式的剑拔弩张。

所以，他在这天去腾岳事先没有通知任何人，但是没想到正好亲眼看到了腾岳厂内一场小小的对峙。

在车间里，往日老在徐斯面前涎着脸的裴志远，当着乌泱泱一群工人的面沉着脸、头筋暴跳，厉声喝道："老刘，你在厂里做了这么多年，难道不知道规矩？吃完中午饭不好好休息，在这里斗地主像什么样子？"

刚走到车间门口的徐斯见状不动声色地停在车间门口旁观。

裴志远对面站的那个，正是他开口指责的人。那人一张油光水滑的胖脸，天生眯眯眼，像极了弥勒佛，所以看不出他是在笑，还是没笑。

江湖站在裴志远的身边，一身白 T 恤破洞牛仔裤，脚上一双腾岳的红线胶底鞋。徐斯第一眼看过去，差点儿把她当成了工厂里的打工妹。她正微微皱牢眉头盯着自己的舅舅。她身后站着个一脸惊惊惶惶的中年瘸子。

人全部到齐了。徐斯一个一个扫过去，对照裴志远刚才的话和江湖曾经的介绍，便知"弥勒佛"应该就是刘军，瘸子是刘军的徒弟张盛。

刘军用袖子揩一揩嘴，笑眯眯地讲："我的老厂长，这有啥大不了的？你还不是炒股票？你是大赌赌，我们就放松放松，不用这么上纲上线。再说，这不是给我们江总经理出难题吗！她不了解这里的情况，会误会大家的。"

几句话好像是笑言笑语，但没给裴志远留分毫面子，无怪乎气得他脸上青白一片。

江湖仍是什么话也不说。

裴志远指着刘军吼："你把之前的工资结了，明天不用来了。"

围观的工人哗然。

裴志远讲完后，背着手怒气冲冲地往车间另一个出口走了。剩下来的人只好全部看着江湖，刘军也看着江湖："江小姐，我在工厂干了二十年，裴厂长现在当人事部的老大了，不能就这样让我下岗吧？"他讲完便立刻得到了站在他那一边工人们的支持。

江湖终于开口讲话，非常轻声细语："刘叔，工人在工厂里斗地主影响是不好的，裴厂长的顾虑是对的。不过大家是需要放松放松，他也是一时气急了才讲出这样的话来，您也不要放在心头上去，我去同他讲讲。"

刘军勉为其难地"嗯"了一声，江湖趁机拍拍手说："大家先开工吧，赶了这批货，我们月底开一顿庆功宴。"

工人们倒是听她的话，一声令下各就各位。把工人们应付妥当的江湖一转头，看见杵在车间门口抱胸看戏的徐斯，她赶紧走到徐斯跟前，恭敬颔首："欢迎老板视察工作。"

徐斯用老板的神气扫一眼当着劳动着的工人的面，大大咧咧在工作间内坐下来喝茶的"胖弥勒佛"。

江湖说："到我办公室去吧！"

她的办公室就设在厂房后头的平房里。

腾岳的厂区同自由麒的厂区相比，简陋太多了。一间制鞋车间并车间后头一百多平方米的平房。平房分成四间，做工厂管理部门的办公室用。

江湖的办公室只有二十平方米，铺了原木地板，地板很亮，看来是新铺上的。门口放着深棕色的鞋垫，徐斯抬脚在垫子上擦了擦。

办公室的东面开了扇小窗，窗台上放了一盆仙人掌。这是房内唯一的植物。窗台下是一张宜家款的原木色写字台，比一般的写字台矮一些，因为要配办公椅。办公椅其实不是办公椅，而是家用的单人沙发椅，上头铺着软绵绵、毛茸茸的白色垫子，坐上去一定很舒服。

徐斯选择坐在舒服的椅子上，江湖只好转移到写字台对面的双人沙发上。

双人沙发是橘色的，可以分拆成沙发床的款式。沙发的左边叠放了三只水果色的三脚圆凳。右边立着一张小巧的原木色两用矮柜，既可以做茶几，也可以储物。徐斯忍不住问："这柜子里放了被子？"

江湖点头。看来她是做好了长期抗战的准备，他想。

江湖从写字台旁的书架上拿了一瓶屈臣氏的矿泉水递给徐斯，讲："我不喝咖啡不喝茶，只好怠慢了。"

那座书架同样是原木的，足有九层，上头五层放着书籍和 CD，下头三层放着些生活杂物和食品，什么牙刷、茶杯和矿泉水、面包、饼干、巧克力全部混在一块儿。最下头一层是个移门柜子，也许放的是江湖的换洗衣物？

徐斯没有问，他拧开瓶盖喝了口水，又望望包装，讲："推荐换徐风的纯净水。"

江湖从书架上拿了一小段油纸包着的法棍同一支铝管下来，铝管像是装牙膏的那种。她说："我中饭还没吃，不介意我先充充饥？"

徐斯请她自便。

江湖扭开了铝管，将铝管内的东西挤到法棍上，咬了很大一口。她吃东西的表情很可爱，鼓着腮帮子很坦率的样子，在他面前也丝毫没有掩饰。只是徐斯受不了她把牙膏状的东西涂到面包上，还吞咽得这么津津有味。他伸手把铝管从她手里抽了过来，原来是带莳萝的鱼子酱。他问："这玩意儿是配鸡蛋和薄脆饼的，有你这么吃的吗？"

江湖从容地解决掉手里的面包，才说："这样方便。"

徐斯瞟了一眼她手上法棍的油纸上的标识："离这里最近的一家门店在金桥吧？老法的棍子硬得可以砸人。"

江湖拍拍手，笑道："是在新天地的店里买的，总觉得那里的面包发得比其他分店更好些。"

徐斯也笑。江湖保持着她生活的品质。很好。她是在认真且开心地生活了。

江湖从文件夹内抽出了几份文件递给徐斯："这是最近的工作报告和财务报表。"

徐斯将鱼子酱放在手边，接过文件，一份份看下来。

这本来就是他今日来此地的目的，所以一定不会怠慢。重整腾岳后的管理工作和财务工作，她都处理得不错，也有很专业的人在帮她，他很放心。他把文件看完交还给她。

江湖没有打算隐瞒她目前遇到的首要问题，她说："这里有些老厂的陋习，一时半会儿改不了。刘军手底下一帮工人散漫惯了，老是午休时斗地主。"

徐斯问："你舅舅不会才知道吧？"

江湖没有作声，等于默认。徐斯终于明白为什么腾岳这么多年只能靠江旗胜的施舍来维持生计了。

这时有人敲了敲门，江湖应了一声："进来。"

瘸子张盛推开门，见江湖在待客，犹犹豫豫起来："我——"

江湖态度和蔼地招呼："进来吧，这位是徐风的徐先生。"

张盛怔了怔，才一瘸一拐地走进来，朝他鞠了一躬："董事长好。"然后就站着没敢说话。

江湖拆了一只圆凳请他坐下来，和气地说："别在意，刚才的事情老板已经看到了。我正要解释一下。"

徐斯莫名地望住江湖，因为她口气里除了和气，竟然还有几分无奈和委屈。天知道她怎么一下就委屈了。

显然张盛也看到了，他木讷的面孔上满是为难，迟疑又迟疑，才期期艾艾地对徐斯说："董事长，虽然工人们午休时斗斗地主，但他们做工还是很卖力的。"

这明明是在帮着江湖解释的腔调。但徐斯自问，自始至终，就这个问题，他没说过一句施压的话吧？他决定不发表意见，看看江湖到底在唱什么戏。

江湖接着张盛的话解释说："是这样的，上午我找张盛了解个别组长的情况，张盛讲了中午赌博的情况，结果舅舅正好路过听到了，今天中午去抓了个现行。"

徐斯配合江湖的解释点点头。

江湖继续讲："我们会处理好的。"

张盛闻言，嘴唇嗫嚅了一下。江湖看到了，鼓励道："你还有什么想讲的？有些情况是应该让老板知道的。"

张盛才为难地说："如果刘师傅不做了，有一大半人会跟着刘师傅走的。现在工人很难找，接下去那批给美国的鞋子就难办了。裴厂长现在——"他老实巴交地捶捶头，"都是我多嘴了。"

徐斯仍然没讲话，只瞟了一眼江湖。

江湖开口安慰张盛："不会的，他们不会怪你的。等我们新的绩效考核公式做好，大家多劳多得，提高效率交了美国的单子还有奖金。大家都会乐意的。我希望大家能明白我们财务和人事定的新制度是为了大家的福利，总之会越来越好的。这点老板是可以证明的。"

张盛听得连连点头。

只听江湖继续说："不过刘师傅在工厂里声望很高，会有些工人不理解我们现在做的，我们管得严是为了让他们多赚钱，如果他们能了解这点，哪里会怪你呢？我在这里当着老板的面跟你讲这番话，就等于立了军令状，一定会让大家跟厂子一起进步，一起赚钱的。"

江湖这番声情并茂的话把徐斯听得惊诧无比，把张盛听得心悦诚服。张盛挺了挺腰，讲："我晓得了。也许是大家还没能理解江小姐和裴厂长的苦心吧！"

等张盛又躬了躬身离去，徐斯才问江湖："原来是把我当背景板了啊？"

江湖笑："你是来得太及时了。"

原来事情是这样的。

这几年来，一直管生产和销售的刘军在腾岳狠积累了一股势力，大有和厂长裴志远分庭抗礼的势头。裴志远素来计短志短，对刘军一伙所作所为视而不见。

江湖正式上任后，刘军对她这位新老总没有正面耍横，但也不怎么放在眼里。岳杉请刘军配合做新的销售报表被顶了回来，江湖于是不再提原先计划内将刘军掌管的生产业务交由张盛来管理的想法了。

张盛这个人，因为自身的残疾一直很自卑。他虽然老实巴交的，人缘却很好，同刘军又有师徒之谊，许多工人与他很亲近。江湖有心有意地同他喝过好几次茶，很是虚心地请教了一番，当然也让张盛看到了她的诚意、本事和在腾岳上头的抱负。张盛确实是真心为工厂前途着想的人，认同了江湖以后，明里暗里总能提点几句。

这天他向江湖暗示工人们午休赌博很猖獗的时候，恰好被裴志远听到了。不知怎的这些日子裴志远对刘军一伙的气越来越大，逮住这个机会狠狠地发作了一回。

江湖这样一解释，徐斯就懂了。他把江湖打量了一遍，这个"不知怎的"到底是怎么回事，江湖没有加以注解，但裴志远怎么一下就长志气了，看来是另有文章的。他又把她打量了一遍，每次打量她都会有新发现，每次都能刮目相看。江湖的心计裴志远是远远比不上的，腾岳交到她手上，或许是得遇明主？

徐斯说："你这是欺负老实人，这回张盛不得不去工人中给你当宣传委员了。"他心想，何止是欺负，她一上任就把工厂里的陈年矛盾炒到白热化来方便自己行事。现下还"抖机灵"利用现成的机会，把他也当成道具耍了耍。

江湖见他手里的水喝完了，又递了一瓶给他，说："我舅舅这口气一定咽不下去，所以他可能会去几家老厂子挖人，可能有几家是老板你投资的，请多多包涵。"

徐斯刚扭开瓶盖，喝了一口水，才入口还没咽下去，就差点儿喷了出来。

江湖慢条斯理地说："当然，只要我工人不少一个，舅舅就不会成功挖到人的。"

徐斯把矿泉水瓶放下，他抓起刚才信手放在一边的鱼子酱。江湖吃东西看似豪迈，直接挤牙膏似的将鱼子酱涂到面包上。但实际上，她挤铝管的时候是由尾部慢慢一点一点往前挤压，这样可以保证铝管不会断裂，并且每一寸鱼子酱都不会被浪费。他把鱼子酱握在手里，问："怎么没见你的车？"

江湖说："工厂里有金杯车。"

徐斯把鱼子酱还给了江湖，是时候准备道别了。他晚上同齐思甜还有个饭局。徐风新饮料在北方销售势头喜人，齐思甜的广告功不可没，有其他广告商也看中了她，奉上千万元合约。齐思甜说好要请他吃饭，就选在 CEE CLUB。时间差不多了，虽然江湖的座椅很柔软，他还是令自己站了起来。

江湖起身送他离去，请来保安为他倒了车。


徐斯抵达 CEE CLUB 时，齐思甜还没到。主厨正好得这个空当请他品尝自己的全新创意菜——涂了鱼子酱的面包配三文鱼刺身，凹了一个别致矜贵的造型。口味也是别致的，徐斯尝了一口，问主厨创意心得。

主厨说："有一次看到江小姐这么吃东西得来的灵感。"

徐斯把叉子放了下来，笑问："她来找过你？"

主厨解释："江小姐是个挺有趣的人。她来找我让我介绍两个师傅去她的工厂做员工餐，一个月的薪水不低于星级宾馆。"

徐斯拿起餐巾擦了擦嘴，笑道："是挺有趣的。"

服务生领着齐思甜过来，他决定先享用这顿可口晚餐。

饭后，徐斯开车把齐思甜送回家，一路上懒得寻话题说话。还是齐思甜先开的口，说："我以为古北的酒吧会是好去处，譬如 MORE BEAUTIFUL。"

徐斯微笑："这几个月都在赶广告，不累？"

齐思甜歪一歪头："所以才需要放松放松。"

徐斯还是把车开到了齐思甜的公寓楼下。

下车后，齐思甜说："或者喝杯咖啡吧？从爱尔兰带回来的，味道比较特别。当地英国人开玩笑说要是进中国市场请我来代言。"

徐斯扶着齐思甜的腰，把她轻轻推到公寓楼内："现在已经九点了，这个点喝咖啡，明早就不用起了。"

齐思甜带着微笑挥手同他告别。

徐斯没有特别流连，又利落地坐回自己的车内，往过江隧道的方向开去。

齐思甜目送他的座驾离开，在楼底下站了好一阵。她在相熟的酒吧内准备了为徐斯庆功的小小仪式，现在看来是用不上了。她站在风口打了一个电话，向帮忙准备的朋友道歉。

当然，这一切徐斯都没有瞧见。他开了调频，新闻里正说着丰田的总裁向中国客户道歉，他这才想起来自己还开着这辆雷克萨斯，也许是该换一辆车了。

从隧道里出来，他往南边驶去，一定又会路过腾岳。那里有低低矮矮老旧的厂房、自由散漫成性的工人、目光短浅的厂长、嚣张跋扈的中层。全部都是江湖要解决好的问题。可她不久前还是个要人伺候的大小姐。

徐斯牵一牵唇角，笑起来。他把车向腾岳方向开去，掀起路面一片尘土。


江湖正窝在软绵绵的座椅里，抱着茶杯发呆。

办公室靠近外面八道大马路，马路上车来车往的嚣鸣和震动，时时会传进厂内。这能让人时刻保持警醒，没什么不好。

她需要警醒，因为她不踏实。是的，虽然同徐风签署了股权购买的合同，成了腾岳名正言顺的小股东，但她还是不踏实。腾岳终于摇摇晃晃地回到了她的手中，但她生怕一不小心，又把腾岳给搞丢了。

今日徐斯的突然造访，惊出她一身的冷汗。厂内管理的失调，被他看在眼里，不知道会产生怎样的想法。

江湖拿起手边的手机，手机屏上的新闻软件页面还亮着——电视剧小公主齐思甜晋升 D 市电影节热门电影的热门女主角，同时她的商务实力借徐风的新饮料的大卖，也被记者大肆吹捧了一番。徐斯和齐思甜合作的每条新闻都没有白白发布，投入和产出完全成正比。江湖苦笑。徐斯这个人处在任何情势下都要把握控制权。

想通这一点真叫她难受，她生活在世间二十余年，头一回求人求到把自己的命门奉送给别人捏着，太憋气了。然而，如果父亲站在徐斯的立场，恐怕也是如此作风吧？再然，换作自己站在徐斯的立场呢？江湖将心比心，平静下来。她对自己说："只不过是从原来的甲方换成了乙方而已。"

她把杯子里的白水喝完，振作精神，换了一身白色运动服，再换了一双腾岳的跑鞋，决定绕着工厂跑上一圈。

徐斯把车开到腾岳的对面才停下来，那边移动铁门紧闭，工厂在夜里停止运转。

他停在这里，拨了一个电话给浦东别墅里的家政服务员，嘱咐的事件很细碎，诸如放好洗澡水，做好宵夜，宵夜要阳春面加个荷包蛋，但是荷包蛋必须淋上龟甲万。讲完了，才准备再启动车子，这时，马路对面铁门旁的角门开了。

徐斯的手停在方向盘上，看到有人从里头跑了出来。工厂周边路灯间隔足有十米，灯光很微弱，徐斯眯着眼睛辨认了一下，才认出是谁——是穿了一身白衣，用发圈束住了刘海，露出额头的江湖。

徐斯勾起手肘，用食指抵着嘴唇，不自觉地笑了一笑。这么脏的路面，这么昏暗的路灯，她竟然出来夜奔？或许外头的空气十分好，或许是他的烟瘾犯了。徐斯这样说服自己打开车门，靠在车身上抽了一支烟，目送江湖绕到了工厂的另一头。

在一个月前离开 A 城的前一天，他带江湖去博记吃饭的那回，他看出来她的状态不好，虽然，当时的她刚刚说服他这个冤大头同意她入股腾岳和管理团队。在那天之前的江湖，还不是个很善于稳定情绪的人。但进入腾岳的江湖，却把状态调整好了。厂内形势尴尬躁乱，她淡定冷静地旁观着，然后把一颗一颗棋子立好，不疾不徐。腾岳能让孤雏重新振翅，也算他的一件功德。徐斯想着，吐了几个烟圈，掐灭了烟头，坐入车内。

江湖跑动的身影隐约出现在工厂的另一头，忽然就停住了。徐斯的目光跟着她一起停下来。工厂的角门在朦胧夜色里又悄悄被打开了，有人踩着一辆黄鱼车驶出来，后头还跟着一个人。江湖很快地闪到了徐斯看不到的角落内，而徐斯也本能地把车窗摇了起来。

他们俩都一动不动地注视着那辆黄鱼车，黄鱼车上满满当当装着很多麻袋，踩车的人不时弓腰，气喘吁吁，跟着的人帮忙推着车尾。两人一车慢慢消失在黑夜里。

江湖从角落里往外走了几步，但依然站在灯光的死角内，不仔细看不会看到她。但徐斯能分辨出那个影影绰绰的身影。

江湖虽然挪了几步，但很小心地隐藏着自己。她把眉头皱得很紧，她认出跟在黄鱼车后面的那个人是刘军，行迹如此鬼鬼祟祟，必定不会干什么好事。她握握拳，很恼火。在现在的她看来，徐斯不是首要难缠的人物，刘军才令人头大如斗。

这要怪她操之过急了。

前一个月初初上任，她满怀激情，充满希望，令岳杉做了好几套方案出来，被刘军三两下回票打回来。后来找刘军一同拜访腾岳的老经销商，他不出意外地又推三阻四。舅舅对此就当没看到。江湖因此气得一佛出世、二佛升天，换作从前的她，才不管其他，老早把这姓刘的叫到跟前狠狠训斥了。但是她拼命把脾气压了下去，这是她在现实跟前，又一次改了自己旧日的脾气。

但公事上头的刁难是一码事，如今刘军在深夜里推着装载可疑物品的黄鱼车偷偷摸摸则是另一码事了。江湖深深几个呼吸，命令自己先冷静。

她准备先回办公室，就在走进厂门前，她忽而就注意到了马路对面的那辆车。那应该是一辆雷克萨斯，银色的，卧在黑魆魆的夜里，像龟息的小兽。银色的小兽很快启动，在极短的时间内加速消失。

江湖回到办公室，拉开了沙发床重重躺下来。一转头，看到了徐斯上午坐过的椅子。她想她是没有看错的，八车道的马路尽管很宽，但足够她看清楚对面停的是徐斯的车。

是这位老板失态了。

江湖懒懒地从枕边拿出一个化妆镜自照，镜子中的自己眉目清隽，英气勃勃，同父亲年轻的时候很是相似。这是她一直以来的自信。从她的少女时代开始，就有男同学因为她的外貌抑或她的家世向她示好，追随着她，为她提供便利。而她，被宠惯了的个性，当然不会去拒绝。

只有一个人不会这么做——他既不会用目光追随她的身影，也不会放低身段迎合她的爱好。江湖黯然。既然他不会，纵有其他人会，又有什么用呢？

但是——她一骨碌儿坐起身，抬起手腕看了看手表，现在近十一点了，时间不早了，而徐斯在这个时间出现。

父亲讲过，揣摩别人的心思是个技能，学好了才能看形势摆身段，利用别人的心思以便自己行事。话是没有错的。江湖对着镜子笑了笑，露出小虎牙。小时候人人都说她是可爱的洋囡囡，讨人喜欢。讨人喜欢就能够讨到便宜。小时候的她可以，现在的她依然也可以。

江湖放回了镜子，拿起手机，最后看一眼新闻页面上齐思甜的照片。她把屏幕上的新闻软件关闭，将手机扔到一边。

只记当年青杏小，恰似同学少年时。没有想到，她们会以这样的方式再有联系。会不会有些难堪？这一问题江湖不再去想了，她站起来伸伸胳膊，决定先睡好觉，明天再同岳杉好好商议商议。


没有想到的是，打定主意和江湖在腾岳相依为命的岳杉也存着十二万分的警醒，一大早拿着设计稿件和供货合同急急地来找江湖。

岳杉说："这个牌子的设计师和打版师给的皮料使用尺寸是两尺，合同上签的也是两尺，但刘军购买皮料按照两尺二入货，对裁厂长报的是两尺一。他报给工厂的尾单数量与实际生产出的尾单数量配不上。"

江湖亲自把供货合同内的细则和设计稿件进行核对，愤怒到极点。

"这批货的尾单是裁厂长老关系经销商收的货，但刘军隐瞒的那批尾单数量就不清楚流落何方了。"岳杉又说。

江湖冷笑："看来舅舅一直不知道刘军瞒天过海，他怎么可以这么大意！"

"以前财务科的头头是刘军的亲戚，要隐瞒厂长，太简单了。"

"我原来希望他可以再为厂里出出力。"江湖叹气。

岳杉收好所有的文件。

江湖说："如果我现在辞退他，他会立刻带走一批熟练工。"

岳杉恨道："现在网络上名牌尾单利润可观，刘军获利多少可以想象得出来。这样的蛀虫手底下的人有样学样，能好到哪里去？"

江湖沉吟，细细看着岳杉。她本也是个雷厉风行的人物。只是——江湖说："若是我爸爸，立马就炒他鱿鱼了。"

听她提到她父亲，岳杉脸上无故地红了一红，继而叹气："今时不同往日，但也不能纵容。"

是的，江湖点点头："能留住熟练工，总好过在民工荒的时候招人。"她又怅然，"腾岳沦落至此，刘军和舅舅统统有责任。"

岳杉也怅然："是啊。"

"先把财务科的刘军那位远房亲戚辞退，杀鸡儆猴还是有其必要的。"江湖说。

真是孺子可教，岳杉感到欣慰。

江湖对岳杉撒了一个娇："岳阿姨，真幸运有你在我身边。"

岳杉面上又红了一红。江湖的姿态像是她的小女儿，何其可怜可爱。她想起江旗胜，又神伤。

江湖很快就签署好辞退令，交给裴志远。

裴志远阅后大怒："原来他们蛇鼠一窝这么久了！"

江湖看着舅舅轻轻摇头。怎么让她开口呢？腾岳深深的痼疾就在这里。刘军和舅舅都是谋尾单外快的人，看中蝇头小利而不思进取，何其可悲可叹。江湖故作无奈地对舅舅讲："可是一帮工人会跟着他走。"

裴志远只想刘军早走早好，最近三不五时就有工人来汇报刘军背着他的所作所为，暗地里编排他的无能，把他内心早窝的那团火终于烧旺，这时也该爆发了。江湖话音刚落，他就立刻拍桌："让他走。背着我捞了这么多。人怕什么，我觍着老脸去趟浙江，不怕弄不来几个人。"

江湖怯怯点头："舅舅，我们甥舅一道做事情不容易，外面的人都在打鬼主意，所以我们更要团结，好好做，不能让外人占我们的便宜。"

裴志远也有一丝长辈的护犊心，拍拍胸脯："好好，我知道你的心意，这样，我明天就去跑跑门路。"

江湖拿出几页文件，翻给裴志远，她说："舅舅你也别急，我和岳总暂时想了个办法。"

裴志远一看，心头一惊，再觑一眼娇娇弱弱的小外甥女。谁能知道她会想出这么有策略的招数？

这是一份财务部制定的绩效奖金发放条例，为奖励生产部和销售部，今年破例为这两个部门入职一年以上的老同事多发一份绩效奖金，但为了区别年底的双薪，绩效奖金计划在年后第一季度末再发。

江湖授意岳杉写这份报告的目的很明确，是为了应付刘军鼓动工人辞职。如今刘军之事败露，他能立马做的最大报复就是带一批同气连枝的工人另投下家，让腾岳人力全空，交不了外单的货。以他的资历和如今业内的用工荒这个大环境使然，是不愁找不到下一个东家的。

但江湖一改薪酬制度，整个情势就不一样了。那些跟随刘军的工人一定不肯白白放弃这份可以到手的利益而去摸不清底细的新厂重新打拼天下了。

这个小江湖是怎么想出这个招数的？裴志远想着，在这份报告上签字时，手不自禁就抖了一下。

徐斯再度用例行督导的借口去腾岳检查工作时，江湖把这份报告连同其他报告全部交给他。他单拿出这份报告看了个仔细。

整个过程中，徐斯看一眼报告，又看一眼江湖。

她可真会装，正用自责的态度做检讨："是我一开始把人力资源这一块儿想得太天真了，现在这样做只能算亡羊补牢。"

徐斯把报告放下。报告是份好报告，很有策略和气魄，也符合她当初许下的不会罔顾工人利益的诺言。能做到言出必行，是一个出色管理者的应有素质。

只是——徐斯揉揉太阳穴，不那么喜欢她装腔作势，他切入正题："接下来谁来管生产，谁又管销售？"

江湖立刻奉上解决方案："张盛是可以胜任生产部经理的，营销和销售只好我自己先来了。现在腾岳，也就是几个门市部和一些外地的体育用品商店的渠道而已。"

徐斯微笑："又做营销又做销售？"

"非常时期的办法。"

"如果还有工人跟着刘军走人呢？"

江湖恳切地望住徐斯："我舅舅也担心这个问题，因为这次代加工的产品质量很不错，美国人在同我们谈加单，但我想今年还是要让腾岳的新产品上马的。人手——确实是大问题。"

徐斯叩了叩太阳穴，发现自己被套进去了。这家伙是有伏笔和下文的，而且肯定会让他头疼。

江湖露个很为难的表情："我舅舅决定去浙江找一些熟练工。"

徐斯是个聪明人，立刻就明白了："会挖到我的墙脚？"

江湖倒有些理直气壮的意思："也不能这么说，在人力资源市场里公平竞争嘛！虽然和他们都一样受了徐风的融资，但我们希望能够通过努力，在利润上让您满意。"

"这么说起来，倒是为我着想？"徐斯冷笑。

江湖知道他生气了。她是了解过的，徐斯从不允许徐风投资的公司工厂之间存在恶性竞争而产生内耗。他是在明示他的底线。她此刻此行是在触他的底线。但是没有办法，那些工厂是自由麒的旧部，舅舅的旧关系在里头，无意中吃几次窝边草是免不了的，与其事发后难堪，不如提早向他报备。

她对他笑了笑，笑得怪无奈的。

徐斯又把报告拿起来迅速浏览了一遍。

江湖心内忐忑。他没有说话，一定是在心里揣测她，评估她，端看她是否有这个实力与虎谋皮。她想着想着，不自觉地自嘲地笑笑，自己被人这么称斤论两。

徐斯注意到了她唇角一闪而逝的笑，应该是她用来自我解嘲的。她有她的难处，好在她足够诚实，虽然这是不能被他认可的。他把报告递回给江湖，对于报告和她刚才的话都没给出意见，只是讲："这几个月我会抽空参加你们的高管会议。"

他的不合常理、不合常态的一句话炸开江湖的脑袋，她几乎嚷出来："什么？"

"人力成本增加这么多，管理层出现严重问题，新产品研发迟滞。"他立时列出来的三条理由足够腾岳受到他这位大股东的"特别关注"了。

江湖不能反驳："好吧，那是应该的。"

徐斯准备告别，同她握手，她的手白皙柔软，他差一点儿不愿意放开。


这之后过了两周，徐斯收到了江湖发来的新产品试样会议的邀请信，用下属口吻盛邀领导莅临指导暨参加高层会议。

徐斯如约去了腾岳。没有想到这一次腾岳工厂又变了个模样：保安在门岗内辛勤值班，专业地为他泊车至指定区域，白色横格线全画好了。江湖同她的管理层在会议室内等待徐斯莅临开会。会议室是从车间里辟出来的一块空间，用透明玻璃隔断，悬挂投影幕，竖立写字板，墙壁上贴着各个年代的人们穿腾岳鞋的照片。

徐斯走进来，同大家问好，他看到人群前头精神奕奕的江湖。她冲他微笑："老板早。"

室内只有她最精神最自然，其余人等如岳杉、裴志远、刘军都在暗暗观察他。他当仁不让地坐在主席位，泰然自若地旁听江湖开会。

江湖在会上宣布了两件事情：第一件是所有的尾单由财务部审计完毕才能销货，第二件是宣布"徐斯也首肯"的那份绩效考核新标准。

她很会自说自话，徐斯记得自己没对这份报告做过任何指示。她在占他风度好的便宜。

室内唯一被算计的刘军勃然变色，但是觑一眼不知根底的徐斯，也找不到适当的理由发作。

江湖乘机火上浇油："设计师下午会拿新的样鞋过来。"

刘军明显诧异，硬声硬气问："什么时候做新产品了？"

江湖和和气气地答："也不算新款，就是把我们厂老解放鞋的外观改良了一下，把鞋面的布料换了。昨天张盛上好胶底，就等设计师今天把新做的鞋垫送来成套了。"讲完又平心静气地望望张盛。

张盛极其坐立不安，被刘军当众瞪了一眼。

徐斯把一切看在眼内，心想，她这么光明正大地挑拨离间。

会议结束，江湖大方邀请徐斯去食堂吃午饭。

食堂也是她来了以后重修的，刷了墙壁，换了红桌白椅，就像腾岳鞋上的白底红线。处处都见心思。

午餐供应的食单写在食堂门口的黑板上，今天供应三份菜式——红烧小肉饭、青椒鸡片饭、水煮鱼配饭。甜辣俱有，兼顾到各地工人的口味。

江湖在食堂里笑嘻嘻地和工人们打招呼，有人叫她"老总"，有人叫她"大小姐"，她都一一回应。所有遇到徐斯的工人都称呼他"老板"。

江湖说："我们做了个企业简介，给大家分批培训过。"

徐斯问："也包括介绍了我？"

"他们来自全国各地，但是都喝过徐风的饮料，知道有徐风的支持，都很有信心。"

这算不算是拍他的马屁？

徐斯点了一份红烧小肉饭，还加了份水煮鱼，都是异常可口的。江湖只吃特制的色拉，加了三文鱼片。这是直到现在为止，她搞的唯一区别于工人们的特殊待遇。

江湖告诉他说："CEE CLUB 的主厨人真好，我想请他帮忙找个会做员工餐的厨师。他介绍的这位做本帮菜和淮扬菜都不错，还特地去学了川菜。"

徐斯讲："你开这么高的工资给他。"

"他要为几百个工人服务呢！"她说。

吃完午餐，厨师出来问同事们的意见，一身厨服洁白，好像从高级西餐厅走出来的。

设计师下午准时抵达，江湖招呼他们先同徐斯认识，然后在会议室里一起讨论设计师新出的鞋款。新的设计很像腾岳早年产的"工"字解放鞋，但是鞋型要俊俏得多。

江湖问："新的鞋垫已经换进去了？"

设计师点头。

徐斯问："鞋垫有什么特别的地方？"

设计师答："从权威机构买了个防臭防汗的试剂专利，不过要试好几个配比才能知道最佳效果。"他指指自己的脚，"我一路穿回来，正好省掉试效果的时间。"

江湖吩咐设计师把鞋子换下来，请张盛过来和设计师一起测试鞋子和鞋垫的气味和湿度。

毕竟有着女性的矜持和一点洁癖。

张盛和设计师把测试情况写在问卷上交给她，她认真阅了一遍，用笔画出重点，说："比上一次要好很多了。"

她把问卷递给徐斯，又嘱张盛叫来一名女工试穿女款，亲自为工人系好鞋带。女工的脸涨得通红，不习惯被老总这么服侍。她并不在意，接着自己也换上了样鞋。

徐斯把问卷看完还给她。上面所有的指数都已经写得非常详细了，她还要自己来试穿效果。

张盛和设计师讨论一张新的图纸："我昨天又想到个可以不用鞋垫的夏季款式，你看看可不可行。"

徐斯饶有兴趣地凑过来看。新设计上，鞋的侧面多了六处透气孔，鞋面图案根据透气孔的位置重新进行了设计，风格很独特。设计师给出意见，张盛认真听讲。他瘸了一条腿，但是对鞋子有出人意料的专注。

腾岳的人不是一无是处的。

徐斯把江湖叫到她的办公室："还没有处理刘军？"

江湖报告："我让财务先介入尾单的处理，操之过急会影响正常工作。"

就该如此，徐斯赞同。她现在做事情有章有法，不疾不徐，没有了在 J 国时的冲动莽撞，也没有前一阵在景阳春里醉酒呕吐的刁蛮任性。她到底有多少面？

徐斯发现自己开了小差。

等徐斯离开以后，岳杉来到江湖的办公室。

江湖问："今天清点成货数量的时候，刘军刁难了吗？"

岳杉说："他没什么立场反对财务部做这个核查。"她显然不是来谈公事的，问，"那位徐先生，他是什么意思？"

江湖答："他觉得我们工作开展得比较糟糕。"

岳杉深深看了江湖一眼："徐先生和女明星有绯闻。"

"我知道。"江湖说，"我想他的关心对我们工作的开展也会有点帮助。"

江湖的坦白让岳杉吃了一惊，她以为只是男方的有心追逐，没有想到还有女方的存心利用。她又念及江旗胜。这对父女行事何其相似，专会走"好风凭借力，送我上青云"的路子。

然而，江旗胜是江旗胜，江湖是江湖。岳杉对江旗胜是一往情深，而徐斯不见得会真心被江湖玩弄于股掌之间。岳杉很担忧，她说："任冰上一回跟我提过，徐风华北市场的新动作都是徐斯的部署。"

这个江湖也知道："他不是花架子，听说在徐风的生产部、营销部、研发部、销售部都混过很长时间。"

岳杉劝道："江湖，你如果不喜欢徐斯，下的功夫要把好度。这样的男人若是对你好的时候，一百样都好；要是翻了脸，对付你的手段就绝不是刘军那种段数了。"

江湖不是没有思考过这个负面的结果，但是她也清楚，人在市场，步步为营，盈亏需自负。她很感激岳杉对她的真心实意，抱抱岳杉的肩："至少腾岳可以最终得益对不？"

注意到徐斯对腾岳反常理特别关注的不止岳杉一个人，裴志远是在心里打了好几天小九九，才跑去试探江湖："哪里有这么办事的集团老总？老往小破厂转悠。"

江湖不接腔，只管笑笑。

裴志远以为她害羞，愈加肯定徐斯投给腾岳这么多钱是看在江湖的面子上的。

江湖根据舅舅的言行就能猜到他想了些什么有的没的，存心不去点破。让舅舅觉着有大好处而更加卖力干活，也算意外的收获了。

裴志远往江浙、珠三角跑了几趟，果真物色到一些不错的工人，等人数招募得差不多，江湖对刘军下手也就不客气了。

也活该刘军事败，自从他的亲信被江湖辞退，他就有了拉队走人的想法，临走之前心有不甘地想狠捞一票，正待机会。恰好有一批货加工完毕预备出仓，刘军叫了两个亲信趁月黑风高再一次动了尾单。不料才把货运出工厂，就有工人追赶出来，又是吵嚷又是拍照。

江湖好整以暇地跟在后头。

徐斯自任冰那儿知晓事件发生的始末，摇头："狠了点，也不给别人留余地备着日后江湖好再见。"

任冰颇为认同："刘军撂了点狠话。"

徐斯想，江湖小小得意，就忘记她已没有江旗胜在背后撑腰了。既然都做了，就让她听天由命吧。他走到窗前抽了支烟。

齐思甜打电话给他："我的新戏确定被提名了。"

徐斯想了一想，才记起齐思甜的电影处女作似乎被 D 市电影节组委会选了去，也许有机会拿奖。他衷心祝福："好运！"

齐思甜声音忽而哀怨："我们一个多月没有吃过晚饭了。"

徐斯有点嫌弃这样的哀怨，他没有答。

齐思甜马上知道逾矩了。她虽然一直制造着亲近他的机会，但他始终没有承认过他是她的男朋友，这样的哀怨只适合真正的情侣之间。她说："别太忙了，你注意身体。"

徐斯轻巧地把电话挂上。

过了一会儿，手机又响起来，有条微信进来。他看到屏幕上闪动的名字，无奈地想，不知道又发生了什么事故。果然，江湖发来的信息是："周末有空吗？有件事情需要您的帮助。"

他没有立即回复，下班赴了一个母亲主持的商务饭局，等席后人散了才拨了江湖的电话。这时已经是晚上十一点了，江湖没有睡觉，很快就把电话接起来。她叫他："老板。"

徐斯挑了一下眉："什么事？"

"请你吃饭。"

她哪里会主动请他吃饭？他笑。

"还有一群媒体朋友，你都认识的。"

果然。

她怕他不答应，还小心小意，轻声轻气地加了一句："请你赏光。"

徐斯答应的速度比自己心中拿捏的分寸更快："那起码也得是私房菜吧！"

江湖的声音很俏皮："遵命。"

徐斯不知道她是用怎样的表情来讲这两个字的，这一声"遵命"贴在他的耳际久久没有散去。


而江湖则是狠狠摁掉了电话。

很艰难很艰难才拨出这个号码，如非必要，她根本不愿用这样的语气向徐斯开这样的口。

这全要怪她鲁莽，棋差一着，未能周全全局，忽略了刘军这么多年同腾岳几个主要经销商建立的深厚关系。尤其这层关系并不是建立在腾岳鞋的市场表现上，而只是依靠了刘军的交际手腕。这样才更脆弱不堪，更易被破坏殆尽。

刘军当然没忘记在几家经销商面前好一阵挑唆，又因腾岳鞋的销量确实一向上不了台面，这些人不用顾刘军的老面子，就不客气地借各种理由退货。江湖应付着焦头烂额，跟着舅舅四处请客安抚恳求。

有个经销商透了个口风，犹如给了江湖一道晴天霹雳——那刘军离开腾岳后投奔的竟然是张文善。江湖这才晓得一向被自己鄙视的张文善真有些门路，傍了几个资金雄厚的合伙人托关系把自由麒运动系列这块业务吃了下来。现今招了刘军过去，正好报当初江湖掸他的一言之仇。

刘军更是仗势放话出来，谁要是接了腾岳的单子，就别想接自由麒的单子。口气虽夸大了，但也颇有些威力。虽然自由麒集团解体了，但自由麒品牌的市场影响力余威犹在，运动服更是一直热销。也不能怪经销商厚金主而薄她这个已无威势的落魄孤女。

这之于江湖，犹如一把刀子戳到心内。她把自己关在办公室内，差点儿抱着枕头又要痛哭一场。

什么叫作以子之矛攻子之盾？还有比这个更难堪、更无奈、更悲愤的局面吗？自由麒挟江旗胜之余威，仍可横行天下，而失去了父亲的江湖只是草芥，与腾岳一样被人视如敝屣。

裴志远焦躁起来，催着江湖："你还不去求求徐斯？要不然新鞋子到时候找谁帮我们卖去。"

江湖前前后后想了好多天，想了好多办法。人托人、势借势是现在面临的局势里绕不开的方法，与其取远，不如就近想办法。

这是她第二次无奈地低下头，想到去求徐斯来帮助自己。

心里虽然难过之至，但江氏荣光和自我尊严仍不可堕落，而市场守则，也应遵守。不可以白白让别人帮忙，她要教徐斯知道，请他帮忙是一种双赢，最终以商业盈利来实现。

江湖将自己先前做好的营销方案整理了一遍，调整了若干计划以应对目前颓势。约好了徐斯后，又把计划修改了好几遍。


终于挨至周六。

江湖没有去美容院，只简单地自己动手打理了一下，脸上只上了一层粉底，没有刷睫毛，只上了淡淡的大地色眼影，没有扑散粉，选的口红也是雅致低调的橘色。她将头发全部平顺服帖地拢在耳后。选了一套套装，上身是白色窄领中袖衬衫，腰部系上宽宽的蛇皮腰带，下身是一条黑色的 A 字裙。脚上当然是再普通不过的黑色高跟鞋。

在出门之前，江湖拿了一副黑框的平光眼镜戴上，照了照镜子，不张扬，不显山，不出风头，很适合今晚的场合。

她满意地对着镜子笑了笑，笑起来却很好看，像父亲。

这餐饭定在当年杜月笙公馆里一家叫大山鳍的 J 国料理店。这家店在媒体圈很有些口碑，不但因为好吃和贵，还因为规矩特别大——只做晚市，需预定，只能点老板指定的套餐。

来这里吃顿饭必定会成为友朋社交的谈资，对喜欢社交的媒体人更是如此，这就是她选择此间的根据。

江湖把车开入料理店对面的地产大厦地下车库，停好车出来，身边缓缓开过一辆白色黑篷的兰博基尼，车身流线必然是精彩的，她艳羡地看了好几眼。

她从前撒娇撒痴要父亲买一辆兰博基尼送给她。父亲乐呵呵先讲了两个笑话，然后正色讲："百来万元的跑车可抵一家小型厂一年的销售额，开着太炫耀了，国内这样的路况开着更加没必要，连我都只开别克。"

兰博基尼在隔着她车的旁边找好了位置，停稳了。车门一开，下来的是徐斯。他着一身黑色西服，沉稳又不失庄重。

江湖突然想起一些脱口秀段子，不由得笑出了声，问："你怎么没开敞篷？"

徐斯看她的巧笑倩兮，就晓得她又有俏皮话要嘲他两三句，便顺了她的意思讲："今晚既没星星又没月亮，开敞篷干吗？"

他迟她半步，和她一起走出去，在她身后把她的打扮看清楚。大小姐今天穿着异常低调，改行要当修女了？

江湖眨一下眼睛："想起两个笑话。有个乡镇厂的厂长买了辆兰博基尼敞篷车，和太太开着去逛马路，不巧半路上下了雨，结果呢，他们的工人看到兰博基尼又开回来了，敞篷却没有关上，厂长太太就在车里撑了把天堂伞。"

徐斯随和地笑笑，说："我没带天堂伞，不过还好，我试车的时候第一个学的就是怎么开关这个敞篷。"他想，她不刺他几句大约心里是不会舒服的，但又很想成全她这番小快乐，于是又问，"第二个笑话呢？"

江湖便又说："前几年金融风暴，迪拜有很多人破产，有人缴不起私家车的相关税费，就把兰博基尼丢在马路上再去报失。生财有道的人把车子捡了回去，锯成两半，当废铁运回国，然后再拼装起来，一点点痕迹都不露，继续卖给富人。"

他们从地下车库走到地面上，凉风习习，徐斯发觉自己嘴角上扬。他在她的面前，真不能太过高调，那总能激起她的好胜心。徐斯把食指摆在唇前，做了个噤声的姿势："难得托人把车从迪拜运了回来，你要是声张出去，明天海关得办我走私罪了。"

江湖笑得很快活。徐斯有男人适当的大度和幽默感，还有灵敏的反应能力。他并不是笑话里徒有虚表的富人。她把实际的想法告诉他："今天和媒体人吃饭，是想借他们的喉舌，把腾岳的新动作和新实力呐喊一下。"

徐斯问："原来的计划提前了？"

他记性很好，还记得她当初的方案里写好的媒体推广计划，也记得她原订计划中的执行时间没有这么早。但是，计划赶不上变化。她为了应对当下的窘境，是不得不拉徐斯出来狐假虎威。他一向是媒体关注的对象，同记者们私交又好，近日又得势得很。所以她才需要让媒体为她来壮一壮声势，告诉世人腾岳是徐斯投资的新事业，让那些跟红顶白的人见到风好转个舵。

想到这里，江湖流露一丝谢意，又半藏几分真心，讲："是的，不得已把计划提前了。要麻烦老板了。"

徐斯可以体会江湖感谢的意思，她现在有难处，但又不肯全盘吐露，还以为在他的面前能隐藏几分，可是眉宇之间的微愁出卖了她。这样子真教人怜惜，徐斯差一点儿把手抚上她的脸颊。

幸亏已到餐厅门口。

进入包厢，徐斯又看似不经意地瞥一眼江湖今日的打扮。

这个女孩，能把细节也做得这么有心机。心机绝不是贬义，有时候细节才是决定成败的关键。包房里的媒体人都已经到了，俱为本城有名有姓的女主编、美女记者和美女博主。这群媒体女强人对穿着打扮都很有一套，也大多有着姣好的面貌和身材。她们来凑局吃饭，也多多少少存了斗靓的心思。

所以江湖让位，让自己低调下来，做鲜亮颜色后头的幕布。

徐斯知道她为什么请的全是女人，恐怕这也是今日自己被请来列席的原因之一。美女们一见他，都热情地过来打招呼，一时半会儿倒把江湖冷落下来。徐斯同众人寒暄，心思却流连在江湖身上。她正把一位近五十岁的娱乐媒体老总唤作"姐姐"。那位女士平素同洪蝶平辈论交。

穿日式厨服的服务生送上第一贯鲔鱼寿司。徐斯坦然往江湖身边的空位坐下。鱼肉很新鲜，醋饭微温，入口即化。身边的江湖同他人谈起米兰秋季新装。

第二贯是鲭鱼寿司，非常有嚼劲。

江湖用闲聊口吻告诉大家同徐斯这边的合作内容。

与洪姨平辈论交的长辈诧异，问徐斯："徐斯，你不是投资了童装吗？"

徐斯在寿司上淋了些酱油，说："遇到更好的项目当然不能错过。"

第三贯是黄鳍鱼寿司，第四贯是鱿鱼寿司。在席的一位主编不爱黄鳍鱼，江湖把自己的鱿鱼寿司换给了她。

他们一边吃一边聊。

主编在做选题，叫作"潮人新时尚"。

江湖说："我们正准备做个鞋子的手绘大赛，就在大学里组织比赛，会有奖品和奖金。"

徐斯微笑："这个活动还能兼做慈善，捐助贫困生，学生会的人和校领导会比较起劲。"他亲自为那位主编斟满清酒。

主编面上红了一红。席间有人抢先声称是个不错的主意。

第五贯上来的是新鲜的甜虾，色泽艳丽，大家叫好。

有记者建议："说起来，最近送选 D 市电影节的那部电影是用了腾岳鞋做道具的，你们何不找他们一起宣传？"

江湖好笑地望望徐斯，他当作没看见。因为正好接下来的第六贯是他喜欢的海胆，甜润且不腻，这样的甜，应该可以称为清甜吧？

她略带嘲讽的戏谑笑容也有一种清甜。

一餐完毕，徐斯拍手，大家跟着他鼓掌，算作这顿饭的喝彩。谦恭的主厨听见了，赶忙进来向宾客们问好。

徐斯用日语向他表达感谢，来宾们都表示满意。

确实都会满意。江湖是落魄千金，蒙尘明珠，令人不禁恻然。而力撑她的是最近风头正劲的徐风集团第二代年轻企业家，手上资源不知凡几，也许往后更有想不到的好处。谁不怜惜江湖？谁又不想结交徐斯？不管雪中送炭也好，锦上添花也罢，大家心里都有数。总之，会大力地为腾岳好好捧个场。

饭局结束的时候，有几家媒体已经决定为腾岳做一期专题，介绍老牌子的历史，当然也会介绍老牌子得到新兴集团强而有力的支持。

徐斯看着江湖笑容满面地一一送走那些媒体人。她虽在求人，但态度始终不卑不亢。她做得很好。

他的手机冷不防响了起来，便走到一边接电话，江湖没有离开，她站在离他不远处的空地上，仰着头看向东面天空。

那边是杜月笙的老公馆，现在改成了宾馆，也许正在办婚宴，往天空砰砰放着七彩绚烂的烟花。夜空里没有星星也没有月亮，一时烟花搅动了黑夜的寂寞，铺上炽烈的碎色，终于让沉寂已久的黑夜热闹起来。

徐斯讲完电话，回到江湖身边，说："一起走走吗？"他想，她应当是有话要同他说，才会这么客客气气等在一旁。

江湖笑笑，跟着徐斯走到林荫道上。路灯把他们的影子拉得很长，徐斯走得很慢，一直在等江湖开口讲话。

江湖其实只是想向他汇报工作："我把腾岳的品牌预热提前了一段时间，接下来会策划个手绘比赛。"

公式化的口吻让徐斯烦躁，他想，她连他的背景连同他的男色全部利用了一把，却还要藏着掖着不肯承认。他微微冷笑，说："行了，工作上头的事情八小时内再谈吧。"

江湖住口了，不是不尴尬的，她察觉到他不太愉悦。

他们走到东湖宾馆的门口，里头果然是在办婚宴。大草地上支了白棚，拉了彩灯，爵士乐队正在演奏《夜上海》，新郎新娘同来宾们在一起跳舞。草坪另一边是那栋久经风霜的老建筑，如今依然气派。

徐斯说："杜月笙有句名言。"他转头看向江湖，"'不要怕被别人利用，人家利用你说明你还有用'。"

江湖心中一震，看到他目光里有点傲然的气势。她避开他的目光，望向草坪上热舞的人们，想了又想，才讲："杜先生是老上海最好的管理者，讲的话是很有道理的。他还有一句话——'做人有三碗面最难吃——体面，场面，情面'，多无奈的一句话。但也是要看人怎么来做。我爸爸还对我讲过他的另一句话——'头等人，有本事，没脾气；二等人，有本事，有脾气；末等人，没本事，大脾气'。"讲完以后她把头转过来对徐斯微笑。

徐斯也微笑道："你真能奉承人。"他把手伸出来，邀请她，"我们也去跳舞。"

江湖指指自己的衣服："就这样的衣服？"又指指里面的人们，"我们又不认得他们。"

徐斯一副不把谁放在眼内的表情，说："没有什么不可以的。这么多宾客，他们哪里会发现多了两个不速之客？"

那边的爵士乐队把曲子换成一支圆舞曲，旋律圆满，诱使人们的双脚不由自主地踏起舞步。

江湖心里也是喜欢冒险的。徐斯已先往宾馆里走去，没有保安拦他，她怎么能不随其后？那是不能落后的。

他们很容易就混到人群里头，徐斯把手伸出来，江湖把手放在他的掌心，他的另一只手轻轻搭在她腰间的皮带上。江湖的身体颤了一下，微抬起头，看到徐斯正俯下头。射灯余光正从他后头打过来，他的眉目都好像被洒上光辉，脸颊轮廓更加清晰明朗，英俊得飞扬跋扈。

江湖微微一凛，这样一副聪明面孔，绝对不会有一副笨肚肠，也许他已洞察她的本意，因而开始生气。

徐斯也看住江湖。她仰起小脸，就是那副稍带迷糊又显然精明的样子。头发已不服帖了，散散乱乱地垂在她的肩头，只有一身的衣着还保持着严谨正气，或者说是道貌岸然。就是这道貌岸然，才在那夜之后，形成他们之间的无形之墙。也因为这道貌岸然，竟能变作强大磁场，让他情不自禁地走近。

徐斯想要看清楚她。但江湖总在他的目光进逼的时候，慌忙转开视线，只看脚下步伐，有意地拉开与他的距离。但他们是靠得如此近，都能感受到对方的呼吸。

从那夜后，再也没有靠得如此近了。这么清醒缠绵，状态暧昧。徐斯想得心随神外。

他的确是位舞池高手，江湖想，她自己修习过这样的舞步，都不能在他的舞步中做到主导，只能小心翼翼跟随着他，被动地转出一个又一个圆。

她从来没有想过，自己在初中就学了华尔兹，最后是陪另一个人跳舞。人生之路充满了岔路。她失神了。

这模样落在徐斯眼内，他却在忖，她是不是终于有一点点儿女孩的害羞了？她低着头，只管看脚步，是在怕面对他吗？徐斯将下巴悄悄附到江湖的头侧，看着她白皙细腻的脖颈。草坪上，他们的影子渐渐合一。他慢慢收紧手臂。

江湖立刻醒觉，一时心慌，一步踏错，重重踩了徐斯一脚。两人猝然停了下来。徐斯把眉毛一蹙，将她揽紧，俯下身，气势迫人。

江湖只觉得心脏要跳到嗓子口，紧紧盯着他，生怕他大少爷脾气说发作就发作，当场做出什么出格的事情。

就是这种戒备，这种道貌岸然，让她同J国的那一夜判若两人。徐斯差一点儿冷笑出声。一个人怎么装这么多面？他问她："你这么慌干什么？"

江湖低语："踩到你真不好意思。"

徐斯说："江湖，你还真是虚伪，心理活动这么多也不怕累？"

他还是讲破了，这样倒也不用继续装腔作势了。江湖扬起头，用一副坦然的态度讲："不如说是客气。老板，也许我的方式方法不会很好，但是究其根本，能得到最好的商业收益总是好的。是不是这样的道理？我是给你打工的。"

在生意场上，他会认可江湖，这样的合作伙伴能够携手共进，共谋利益。但他此时不太想当商人。他抱紧她的腰，她的腰肢微微一颤。

江湖还是害怕的。他的目光逼迫着她，让她清楚知道她刚才说的话有多刺激他。

她就像拨乱线团的猫，弄了一爪子的线，现在无所适从了，对他的下一步行动担惊受怕。

江湖将眼睛闭牢，算了，与其让他占掉先机，不如自己先下手为强，也好拔高一筹。她踮了踮脚，轻轻在徐斯的脸颊上亲了一亲。

她的唇很软，贴在他的面颊上停留的时间很短。温暖一闪即逝。徐斯一震，继而一怔。

她把眼睛睁开，颔首微笑："谢谢你照顾我，也谢谢你的宽容。"

她这么轻轻易易地把他想做的事情主动做了。徐斯无奈又自嘲地笑了笑："我是够宽容你的。"

她却说："我会为你给予的宽容回报相应的收益。"

"你知道我刚才想做什么？"

江湖抿了抿唇："如果你做了的话，也许我会当场给你一耳光，我们俩都会暴露在这个不合时宜的场合，丧失了体面。我刚才讲过，杜先生说过'体面'不好吃。"

"这么说，是你帮我保存了'体面'？"

在徐斯眼里，这个厚脸皮的丫头竟然还"厚颜无耻"地点了点头。他心头起了无名的微怒，重重推开了她，转身自行离去。他没有看到留在原地的江湖是重重呼出了一口气。

这一晚，徐斯心绪烦躁，懒得再跑一长段路回自己的小别墅，干脆回了离此处不远的老洋房区内的徐家老宅过夜。

也许因为长期未在老宅过夜，对自己从小睡到大的床铺认了生，徐斯这一夜辗转反侧，睡得不怎么舒坦。到了后半夜，他静思而后，不得不承认，他是因为心有不甘而起的心烦气躁。

及至天蒙蒙亮，徐斯就利索地起了床，同在老宅的母亲和婶婶尚未起身，他蹑手蹑脚地出了门，没有惊动长辈们。

初晨的太阳温吞吞的，如同他昨晚辗转反侧之后的情绪。一股气憋在心口，那个难受。

他一路过了江，把车开进了腾岳的厂区内，才惊觉自己此举过分无聊。今日是星期天，谁知道江湖会不会在厂里！

保安正在交班，见了他忙不迭地打招呼，他摇下车窗问："江小姐在不在？"

夜班保安讲："在的。"

很好，那就没有白跑一趟。徐斯下车，把车钥匙丢给保安泊车，他径直走到江湖的办公室门前。

徐斯敲了很久的门，江湖才一副睡眼惺忪的模样来开门，但衣服穿齐整了，头发也顺过了。看得出来她一直很注意在工厂内的个人形象。

江湖一开门，见是徐斯就先吃了一惊，残留的惺忪睡意立刻跑了个精光，她第一个反应就是关门。

徐斯动作灵敏反应迅速，用手挡住了门，一扳，一侧身就进了房间，然后用力把门甩上。

江湖往后退了两步。一大清早，她的反应有些迟钝，思维也不清晰。她还没明白这个大少爷为什么这时候出现，只结结巴巴道："你——你——"

徐斯一个箭步走过去，一只手抱住她的腰，一只手托住她后脑勺儿，对住她的唇吻了下去。

江湖一动也不能动。

昨夜回到工厂，她就一直在想，自己给徐斯的那个吻，做得过火了。一时间乱掉章法的争锋好胜，想夺取徐斯的主动权，想避开徐斯的正面交锋，想争徐风一筹。但也许后果会很严重。这正如J国那夜，她太懊悔自己这种不能自控的情绪让自己做出特别荒唐的行为。

滥用暧昧，有违初衷。有违初衷，也许会遭到谴责。她竟然在这条暗道上越走越偏。她什么时候才能像父亲一样，将所有的情势都掌握在自己的手中？

她料想得到徐斯不会善罢甘休，只是没有想到他会这么快，快到在次日的一大早就行动了，他疾风一样出现在她的房间里，什么都不说就吻住了她。

虽然他的吻带着清晨微凉的舒服的气息，也仅止于触碰了她的唇，但仍是骇到了她。江湖紧紧闭着双唇，睁大了眼睛，谨慎地盯牢徐斯。有些事情的后果不是自己能够掌握的，当年如此，现今也是如此。

徐斯感受到了江湖身体在颤抖，她的唇甚至也在发抖，她没有他想象中胆子那么大。任性的大小姐，她所有的心机和任性，都有一定的心力承担的范围。

终于，徐斯还是不忍心，他放开了江湖。眼前的人，算不上是花容失色，但也基本接近这个状态了。他往后退了一步，与她拉开一米的距离。是他失态了。这是不应该的失态。今早他不应该出现在这里，做他平日绝对不会做的事情。

江湖气息很急促，胸脯也跟着不住起伏。

他们两人都让事情失控在自己的手中。

而江湖说："徐先生，对不起。"

是他吻了她，但她对他说"对不起"。徐斯只觉得好笑。那么，江湖自己先承受不住，预备摊牌了？

她果真垂下眼睑，看都不敢看他，低声说道："如果我做了什么让您误会的事情，我想这都是我的错。"

一股浊气就这么从徐斯的心底腾腾升起来。他原来是准备要自省自己失态了、唐突了、发了神经了，但她有必要做出个把他们之间发生的一切当成错误全部自己承担的罪人姿态吗？

徐斯忍不住冷笑了一声，干脆寻了那张舒适的办公椅坐下来，跷起了二郎腿。他说："江湖，说什么傻话呢！你不是早就看出来我喜欢你吗？说真的，我的确是想追你。"

江湖把眼睛抬起来，好像在思索，也许在思索要说怎样的话来跟他周旋。他们这样真不像一早就发生过亲密关系且刚刚还亲吻过的男女。他已经不会给她机会就此糊弄过去了。

徐斯接着讲道："既然已经说开了，再装腔作势也没什么必要。你考虑考虑。"

他讲完，立起身来，不管还在发愣的江湖，管自开门走了出去。


早晨的太阳完全升了起来，徐斯将车再开回大马路的时候，遇到了早高峰的堵车，正好方便他打一个电话。他对齐思甜讲："我应该都没什么空去你的饭局了，你和徐风的合作很愉快，我一直都很感谢你对徐风的支持。"

齐思甜半天没有答话。徐斯摁掉了电话。

很快齐思甜的电话回了过来，她说："多谢你照顾了，好的，再见。"

齐思甜已经确定自己多日以来的精心接近，全部化为了泡影。但其实她和徐斯从未有过什么好聚，徐斯虽然没有拒绝但也没有承诺，如今的拒绝，只能说明一个原因。齐思甜知道自己出局了，为了不让最后的结局更难堪，只好选择退到安全的位置上。

挂掉齐思甜的电话，徐斯只是在想，今日之后，江湖又会做什么选择呢？

他回到家里，母亲已经起床，正同姆姆一起吃早餐。桌上放着莲子银耳羹，徐斯给自己盛了一碗。

洪蝶奇问："昨晚回来睡觉了？这一大早又去了哪里？"

徐斯答："跑步。"

洪蝶给他加了一碗白粥并油条，说："胡扯，这外头就是商业街，哪有地儿让你跑步？"

徐斯嬉皮笑脸地说："我开车去中央绿地跑的。"

方墨萍睨他一眼："听说你又换了车？"

徐斯预备听训。

方墨萍没有拿正眼瞧儿子："一个人的身份不是用车来表现的，当年你爸爸踩黄鱼车出身，如今谁又能小瞧了他？只有那些不三不四、没轻没重的二流子才会把钱撒在车上，开到大马路上去招摇。现在公司做大了，就更要矜持，要稳重。"

徐斯没有想到母亲和那江湖丫头会英雄所见略同，笑道："妈说得都对。"

家政服务员进来送信件，有一封请柬，用大红的信封装着，是给洪蝶的。洪蝶随手放在一边，也没拆开。

等到了办公室里，徐斯发现自己的案头也放了一个大红信封，同早上洪蝶收到的那个一样。Jane说："利都百货高总寄来的。"

他拆开信封，是一封结婚请柬，新郎的署名是高屹，新娘署名海澜。

徐斯把任冰唤来办公室，问他："高屹的婚宴请柬收到了吗？"

任冰果然是收到的，他以为老板不想列席，便答："我买好贺礼，附上赠言吧！"

徐斯说："高屹做得倒是很周到，连我姊姊都请了，也没见他们聊过几次。新娘子你认识吗？"

任冰知无不言："高屹的母亲过世后，应该没什么亲人了，这回请了不少商界的朋友，搞得很热闹。新娘是他的高中英语老师。"

徐斯十分意外，他完全可以想象得到其中一定有着千丝万缕的故事，但是他忍住不再追根问底。他只是想，江湖认不认得这个新娘呢？

他决定亲自出席高屹的婚宴。于公于私，都似乎有这个必要。但是，高屹会不会也请了江湖呢？


江湖得知高屹结婚的事情，还是从齐思甜那儿听说的。

她准备同齐思甜谈一个合作。这一步棋，对腾岳极为重要。

那日在大山鳍，建议江湖为腾岳鞋找D市电影节参赛影片合作的那位记者，和江湖是英雄所见略同。一开始江湖就是这么计划好的。她预备在国内先借媒体用怀旧风把腾岳的概念炒热，用手绘比赛来推出腾岳的新品吸引眼球，然后搭一搭齐思甜那部可能获奖的片子，将腾岳鞋同中国功夫挂个钩，从国外炒到国内来。而且最最巧合的是，D市电影节期间，在D市有个国际鞋业展览会，简直就是天时地利了。

如今就差人和，这需要齐思甜的配合。

江湖先是请岳杉出马同齐思甜方面洽谈，被打了回票。

从初中开始，江湖就知道齐思甜是一等难缠的角色。她若是求你办事，必定千好万好；若是反之，则效果也相反。当年自由麒如日中天的时候，齐思甜为了争取到拍一支自由麒的广告没少在江湖身上下功夫。当然，她现在也有权利拒绝收入并不是十分丰厚的广告代言。

这些人情冷暖，这段日子以来，江湖是尝遍了。

不过齐思甜很懂人情世故，打了个电话同江湖打招呼。她说："老同学，经纪人对我的代言管得严。"

江湖讲："没关系，可以理解。"

齐思甜问："什么时候见面聊聊？好几回和你在一个场合内碰头，总没空说上话。"

江湖只是苦笑。也许是因果循环。在父亲在世的时候，是她从来不主动与这帮别有用心的同学攀交情，到如今，轮到她自己别有用心要和别人攀附交情，也是同样这般地难。不是没有一点点的自怨自艾。

齐思甜又说："也许很快就有机会了，听说海老师和高屹要结婚了，你会不会参加婚宴？"

江湖当下没有愣很长时间，她客客气气说道："哦，是吗？大概会去吧，看我的时间。"

挂了电话，江湖却愣了很长时间。

她坐在办公桌前，怔怔地看着窗台很久，窗台上的仙人掌已经长了老大一圈，针叶繁盛。

她从来不养植物，念初中时上生物课，老师布置的养花作业，她选择最不用费心的仙人掌。她把种着仙人掌的花盆放在鞋柜上，高屹每个礼拜会来家里给她辅导功课，顺便从江旗胜手里领取家教报酬。他进门时习惯用一只手撑着鞋柜，用另一只手换鞋。

江湖想用仙人掌来扎他的手。因为他总是不理她。

多幼稚的恶作剧！当年的小江湖都会暗暗骂自己天真无聊。

发这一阵呆，已到晚上七点半了。岳杉每天七点半下班，下班之前会来找江湖聊聊。今日她同样准时来了，手里拿了一沓资料，随手放到了江湖的办公桌上。

两人交流了一阵公事，岳杉把所有报告都讲完，才递出一份资料："这是利都百货五楼运动城的专柜租赁合同。高屹手底下的人送过来的。"

江湖猝然一惊，早已平静的思潮开始翻涌。

岳杉说："他给了个五楼最好的位置，价格也很公道，很符合你计划里的直营店发展的策略。签与不签，你看着办吧！"

江湖很唐突地问岳杉："如果是爸爸，他会不会签？"

岳杉想也不想："你爸爸讲过，人在市场上，就算被对方插过两刀，只要有生意可做，仍然可以合作。虽然他去廉政公署指证过你爸爸，但这份合同我研究过，没有太大问题。"

但是，这是让江湖会痛彻心扉的取舍，她说："可是，高屹他——"有太多话难以启齿了，忽而眼内蓄满了泪，嚷，"我不想——签。"

岳杉眼前的江湖，又回到几个月前那副迷惘又痛不欲生的模样。这是最令她心痛的，会让她感同身受。她难过地闭上眼睛，再度睁开眼睛的时候，看到江湖放在书架上的镜子，倒映出自己的面容：两鬓微斑，面染沧桑，的确是不年轻了。几番沧海浮沉的苍老身躯，愿意重拾斗志，站到这个女孩的身后，是因为从她的背影看到了另一个背影。

岳杉以为可以再次见证另一个王国的建立。但江湖毕竟年轻，她有她父亲的心机，但却又有更多年轻的羁绊，那些无谓的羁绊，在江旗胜曾面临的困境面前不值一提的羁绊。这些羁绊让她糊涂，让她软弱，让她痛苦到无法保持清明的头脑。

于是，岳杉说："傻孩子，你怎么还把高屹看成你爸爸的对手？你太不了解你爸爸了，以他的见识和手段，怎么可能败在籍籍无名的小辈手里？凭他高屹，就算让你爸爸那些投资失误了，那又能怎样？江旗胜就算是做错了，也是有本事扭亏为盈的。"她握住江湖的手，"你别小看了你爸爸。"

江湖在这一刻仿佛又回到痛苦的当初，怎么都解不了的心结狠狠捆住了她的心脏，让她呼吸都很困难。她只是拼命摇头，现时现刻没有办法做其他的思考。

岳杉感到很累。她露出疲惫的神态，站了起来准备离开。女孩还陷在痛苦深渊里无法自拔，她以为她有着江旗胜的刚强。

但岳杉站起来那刻，江湖立时察觉到了。脑中保留的一段清明，让她知道不能让岳杉在此时离开她，然后再用另一种态度来猜度她。几乎是下意识地，也是别有用心地，她在岳杉还没走出这间房间时及时开口："岳阿姨，我知道我自己很蠢，总是想着这些。可是，很多事情你都不知道。这个世界上最悲惨的事，不是你站在我面前，却不知道我爱你，而是你做了足够让我痛恨的事情，我却没有足够的理由去恨你。"

她的语气极为悲戚，让岳杉不禁站住了。

江湖用纸巾把眼泪擦干。她想，她很久没有完整地去想一想，那段往事到底是怎么一回事，但是她愿意把这段往事向岳杉倾诉。

十四岁之前的江湖，一直以为高屹的生活中只有自己和高妈妈两个女性，她有足够的时间霸占高屹的全部时间。

当然，这是在高屹和海澜重逢之前。

江湖还记得海澜当时是师范学院的大学生，派到学校来实习。报到的那天，穿了朴素的一身白，清清秀秀的。她当时给江湖的班级上视听课，放的片子是《肖申克的救赎》。她把片子内的经典英语台词一句句写到黑板上，在同学们陌生的单词上标上了音标。

视听课是两节课连着上，中间休息的时候，江湖看见高屹站在教室门口。她以为高屹是来寻她的，刚想站起走向高屹，却看到海澜走了出去，过了好一会儿才进来。

平静就这么被打破了。

江湖知道高屹和海澜有关联，是在酒吧的门口。

父亲有时候会带她参加饭局，见识商务场面。这天的饭局气氛很热烈，后来又去了酒吧加节目。江湖非要跟着去见识，一贯宠爱她任她予取予求的父亲就把她带上了。只要跟着父亲，她江湖去哪里都是通行无阻的。

海澜出现在酒吧中央舞台，她穿着白色长裙，抱着一把吉他，声音像缓缓溪淌，婉转悠扬。

回家的时候，江湖趴在爸爸的车后座，往后看的时候，瞧见了高屹。他靠在酒吧对面的墙壁上，看到海澜走了出来，敏捷地穿过马路，仿佛生怕慢了一步。

江湖的心骤然一紧。

海澜代初三年级的英语兴趣班和自习课，她很年轻，看起来顶多像高中生的样子，所以很有亲和力，许多学生都喜欢她。

有个同学的母亲是师范学院的老师，她知道一些关于海澜的情况，譬如海澜是北方小镇考来本地，家里只有一个重病的母亲。

齐思甜叹："海老师很自强不息啊！"

江湖不屑地想，自强不息个鬼。

她回到家里，把仙人掌放在鞋柜上，再打开电视机，心安理得地开始看《还珠格格》。高屹会在这天来给她补习。她已经升上初三了，对学习总还是漫不经心的。

高屹当作没有看到她在鞋柜上放的那盆仙人掌，他一如既往地公事公办地督促她背化学元素表。

江湖挑衅地讲："我知道你这样的年纪叛逆，但是不能叛逆得太离谱了。"

高屹轻轻一笑："你还是顾好自己的中考吧！"

江湖愤愤而又有些忧伤。

有人说，女孩的心思男孩你别猜，江湖却觉得男孩的心思女孩怎么猜都猜不准。高屹在学校里从来不会理她，别的同学都不知道他们的关系。她只能在课余偷偷注意高屹的一举一动。

江湖有次放学后，在离学校很远的路口看到高屹和海澜。她跟着他们鬼鬼祟祟走过几条马路，到了西区一段荒废的铁轨上。

高屹和海澜，一人沿着一条轨道走独木桥。海澜手舞翩跹，朴素的白裙子在夕阳的余晖下划下美好的痕迹。

这一幕太深刻了，江湖久久难忘，也久久愤懑。

在学校篮球赛那天，高屹带领他们班队拿了高中组冠军。江湖兴冲冲去小卖部买了一罐可乐，她想高屹一定会口渴，但是走近高屹没有两步，她看到了海澜……

海澜穿了一件雪白的衬衫，和高屹的运动背心颜色很相配。她在人群里给高屹递过去一块擦汗的毛巾，那模样带着春天的温柔。

江湖突然不甘心了，她在人群里大声叫着："高屹，高屹。"

也许高屹没有听到，也许高屹不想理她，他从人群里走了出去。江湖拼命地拨开阻碍她的人群，可是不小心被人绊了一跤，她手里的可乐先落了地，易拉罐摔爆了，可乐喷了她一身。从此以后她再也不想喝可乐了。


填报志愿时，高屹似乎同高妈妈闹了些意见。江湖总能听到他们母子之间的小声争执。

有一天高屹出门上学，眉毛上贴了一块创可贴，看见江湖，理也不理她。但是江湖一把拽住了他，笑嘻嘻地问："被揍了啊？"她想要伸手摸摸他脸上的创可贴，被他一转头给避开了。

"你就幸灾乐祸吧！"高屹冷冷地说。

"讨厌。"但江湖还是很想和他说说话，问他，"喂，你要考哪个大学？我爸说你可以考一本里那些和国外学院合作的金融经济科，那才前途无量。学费嘛，我们家公司有助学基金的。"

高屹冷笑了一下，江湖看了出来，心内生出了些畏惧，不敢再和他讲话了。

高屹填的高考志愿是北方的一所大学。这出乎所有人的意料，按照他的成绩，他可以考上远比这所大学好得多的大学。他和班主任相持不下，于是高妈妈就被叫到了学校。

江湖都看到了，她想，她知道怎么回事儿。

她在学校里到处找海澜，终于在学校的花坛截住了她，她身边围着好几个同学，齐思甜也在其中。可江湖不管，气冲冲说："喂，你有空吗？"

海澜看过来，她应该不太记得江湖，但也不喜欢她这么无礼的口气，问："什么事情？同学。"

江湖说："我在那边等你。"她往前走了几步。

海澜让其他同学散了。

江湖确认了一下四下无人，先哼了一声，说："你能劝劝高屹吗？"

海澜沉默了。

江湖冷笑："高屹都高三了，你想毁了他的前途吗？他干吗要考回那种地方去？他本来就是那种地方来的，那种乡下地方有什么好去的。"

海澜平静地说："小同学，你说得很对。谢谢你的提醒。"

江湖那时候只是"小同学"而已。她倍感挫折。


高妈妈在学校里当着老师的面给了高屹一巴掌，这件事情被江旗胜知道了，他语重心长地对高屹讲："你妈打你，是要你分清形势。"

高屹在江旗胜的面前，从不会低头，但也从不会多说话。

有了父亲的插手，江湖更加有底气，她想，高屹在高妈妈和父亲的双重压力下一定会屈服。

这些弯弯绕绕的心思，就是当时的江湖最大的心计了。

而海澜，也许领会了江湖的意思，开始回避高屹。

江湖挺得意，为的是她头一回可以操纵别人的行动。

但高屹还是千方百计想要找海澜讲话，他的行为当然被观察敏锐的学生发现了。

江湖听到齐思甜绘声绘色讲着高屹和海澜子虚乌有的事情，立刻对她嚷："你无聊不无聊，整天说三道四，神经病。"

齐思甜愣住。她性情温顺，长得又很漂亮，一直是公认的初中部校花，同学们都喜欢她。只有江湖会这么蛮横地当众不给她任何面子。而江湖丝毫没意识到。

对江湖来说，那个初夏太闷热了，重重莫名的心事压住了她，让她总翻来覆去地不踏实。

在那个周日的傍晚，江湖睡了个不踏实的午觉醒过来，身上有个地方坠坠地痛，还有些温热的、湿漉漉的感觉，就像这燥热的天气。她一骨碌儿坐起来，看见身下的席子染了一片红色。她不免惊慌，但是她竟能迅速镇定下来。

高妈妈是个细心的保姆，早就为她准备了一些青春期女生应该有的东西。江湖从衣柜里翻出了卫生巾。换了干净的睡裙后，她又打了一桶水，将席子擦干净。她打了电话给附近的星级酒店叫了晚餐外卖。

这样一折腾，她再也没有睡意了，这时已是晚上七点半。从未有完整双休日的父亲还没有回家，而高妈妈也在这日请了假。这段时间，高妈妈不知什么原因经常请假。

用完晚餐，江湖百无聊赖，不知是什么情绪的驱使，让她悄悄摸去了高家的亭子间。

这天的月亮不亮，乌云很多。她刚刚走到高家门口，高妈妈突然把门打开，看到她在外面，十分意外，问："江湖，你怎么来了？高屹呢？今天星期天他不是该去给你补课吗？"

江湖脑袋里轰的一声，瞬间愤怒到了极点。这个高屹，想必是去见海澜了，还非要扯着她说谎。她不管三七二十一，抓着高妈妈就把关于高屹和海澜的那些捕风捉影的事全部说了出来。

等江湖全部讲完，高妈妈焦虑地说："原来是这样，原来是这样。不行，这样不行，我得找他去。"她一边讲一边要往外走去。

江湖没料到高妈妈反应这么大，她害怕了，说："高妈妈，你等高屹回来再说吧！"

高妈妈甩开江湖的手："等他回来？他这么晚都没回来，不行，我不能不管。"最后她还是匆匆走了出去，连门都忘了关。

江湖帮她把门带上，她按着坠疼的小腹追了高妈妈一小段路，可是高妈妈脚步飞快，一会儿就不见了踪影。她急得直跺脚，又没有其他办法，只能回到高家门口等着。

过了一会儿，高屹一个人回来了，看见了她，皱眉说："这么晚待在这里做什么？我送你回家。"

江湖问："你又去找海澜了？"

高屹掏出钥匙开门："懒得跟你说。"

他还是这副态度，不把她放在眼里，江湖又气又恨，赌气讲："是啊，你懒得跟我说，所以你妈妈去找你了。"

高屹一愣，推开了门，先叫了一声"妈妈"，当然无人回应。他急了，声音也大了，问："江湖，你跟我妈说什么了？"

江湖瞪着眼睛嚷："你这么凶干吗？你觉得你做得很对吗？"

她见高屹要追出去，存心挡了他一挡，被他着急一推，重重摔在地上。她哪里受过这样的委屈，于是哭出来："你还推我！你还推我！"

高屹没法，把她扶起来，说："你别闹了，我妈都不知道去了哪里！"

江湖只觉得手掌痛得要命，只觉得心里没有来由地沉甸甸的。高妈妈还不回来，她不知道会发生什么，心里一害怕，甩开高屹自己跑回了家。

这一夜她睡了醒醒了又睡过去，早上被父亲叫醒。父亲说："高屹妈妈出车祸了。"

江湖茫然地张开嘴，却发不出任何声音，她咽了咽喉咙，很疼也很干涩。

高屹临近高考的时候，办了母亲的葬礼，没有参加高考。葬礼很简单，参加的人也不多，人都是江旗胜出面请来的。

江湖一直红着眼睛躲在父亲的身后，没敢看高屹。

他瘦了，脸上生出了胡楂子。送了母亲的遗体去火化回来后，他盯着江湖。江湖很难形容那时候他看她的眼神，她当时抽泣着，根本不敢过去。还是江旗胜推了推女儿："过去安慰安慰高屹。"她才一步三回头地走了过去。

高屹很心平气和地对她说："那晚我是去和海澜告别的，她准备回家乡的中学任教。我妈最大的心愿是希望我考上这里的大学，我不会辜负她。"

他的声音很凉，让江湖的心不住地抖，又悔又怕，她流眼泪辩解："是你没有早说！"她跑回父亲身边，想，这不是她的错，都是那个海澜的错。

回家路上，她忍不住把事情全部告诉了父亲。父亲当时没有说什么，只是后来把高屹叫到跟前问："你接下来怎么打算？"

高屹说："我不会辜负妈妈对我的期望。"

江湖向岳杉这般道来，虽然强忍不再哽咽，但神色愈加哀伤，说到最后把头低垂下来。

岳杉是头一回听说江家的这段隐事，知道之后，更不忍心让江湖自揭年少疮疤。她拍拍她的手，想要给予安慰。

江湖握紧了岳杉的手，继续讲了下去。

"从小到大，高屹都不怎么喜欢跟我说话，可是我就是喜欢跟着他，搅和他的那些事情。后来我交男朋友，总是把男朋友跟他比，每个都谈不长。高屹大学毕业后进了利都做招商，一直在外地工作。他没再跟我们联系过，我也不敢和他多联系。

"后来，我们公司和利都百货合作，我又见到了高屹，他管着招商的事儿，我磨着我爸和他多合作，多提点他。可是，可是，后来爸爸事发，他去举报——"江湖突然噤声，就差那么一点点儿把那段更惊心动魄的往事，也是父亲的丑事吐露，她不能让岳杉晓得，她低下头，"我今天才知道高屹和海澜结婚了。有时候我想，我就像《神雕侠侣》里的郭芙，砍了杨过一臂，可也成全了他。我欠他的，他欠我的——也没有办法算了。"

岳杉久久无言，看着江湖，女孩抬头望窗外，视线停在无边的黑幕之中，好像找不到归去的方向。她的眼圈也红了起来，她唯一能劝慰江湖的是："我一直认为高屹是迫于公司内部的压力去举报，现在还是这么认为。他没资格也没实力扳倒你爸爸。"她的心软弱下来，"是我不好，挑起你的心事，你爸在天之灵会怪我的。江湖，一切都过去了，你现在做得很好。"

江湖发觉岳杉又回到她的身边，她不是孤独的，而岳杉的姿态是保护的。她轻轻靠在岳杉肩头，摇头："岳阿姨，爸爸不在了，我经历的一切都不是委屈，而是人生有因果，没有办法的。爸爸这么强大，最后还是倒了，我常常害怕。"

"怕什么？"

"我怕江湖险恶，人情冷暖。徐斯，还有那个张文善，他们挖了一个个坑给我跳。"

"你可以不理这些去国外的。"

"爸爸十六岁就一个人上山下乡，三十六岁的时候，他建了自由麒。"

岳杉心想，她到底还是江旗胜的女儿，她有这一份自觉，那么她就可以放心了，这个女孩会不断进步，直到成功。


江湖在夜里又没能睡着。

无数秘密和无数细节在她的心头展露呈现。而她想念父亲，想起天城山那晚的噩梦。父亲，父亲到底藏了多少秘密？他到底知道不知道高屹的心思？

江湖抱住枕头，喃喃自语："爸爸，你到底有多少想法，是我不知道的？"她在沙发床上辗转几回，又看到窗台上仙人掌的影子，刺得眼睛发痛。

在次日清晨醒来时，江湖身心俱疲，好像又回到几个月前一样。她一边整理着沙发床，一边对自己说，这样不行，这不是她把一切向岳杉坦诚的目的。

将房间和心整理妥当，江湖振作了精神，驱车去附近找个恒温游泳池游个泳，把身心安抚下来。满面的容光又回来了，清醒的头脑也恢复了，再驱车回去办公时她已是精神奕奕的状态。

她在回程中遇到红灯停下来时，看到路边有辆拖车拖走了一辆老式别克，徐斯就站在路边，穿一身白，手里还握着一瓶水。那套衣服是她买的，穿在他身上正合身，也符合他的气质。

江湖正想摇下车窗同徐斯打招呼。这时路边蹿出一个民工，走路摇摇晃晃，似乎喝了酒。民工走到她的车前，突然对着她的车窗吐了一口浓痰，又摇摇晃晃地走到对面去了。

她被这瞬间的变故惊住了，只呆呆望着车窗上滑落下来的浓痰，感觉作呕。

徐斯当然也看到了她，他走过来扭开水瓶，把里头的水统统倒在车窗上，然后示意江湖开门。江湖竟然瞬间就明白了他想干什么，她把纸巾盒递了出去，徐斯抽出几抽纸巾，从容地把车窗抹干净。

江湖由衷地讲："谢谢你。"

徐斯晃了晃手里徐风蒸馏水的空瓶子，笑："幸亏我带了水。"他不客气地走到另一边，打开车门坐了进来。

江湖说："为了表示感谢，我会把工厂里的饮用水全部换成'徐风'的。"

徐斯关上车门："那倒是要换成我谢谢你了。"

江湖想起他们最近一次的对话，很有一点不好意思和不知所措，只好找别的话题化解："你怎么在这里？"

徐斯说："我最近住在附近。"

果然是狡兔三窟的有钱少爷。她想。

徐斯解释道："老爷的别克车，一开上大路就抛锚了，车子刚被拖走，就看见你在这儿。"

江湖笑起来："你开的车怎么不是被丰田召回的就是一上路就抛锚的？"

徐斯对她的揶揄应当不做解释的，可仍答了句："谢谢，那是我妈的车。"

江湖点点头："老一辈的品位真够一致的。"原来是这么一回事，她越想越好笑，握着方向盘的手也禁不住跟着颤起来。

这样看着十分危险。徐斯不满道："哪能这么开车？"

江湖也觉得笑得过分了，收敛起来，说："去哪儿？我送你。"

徐斯把手背在脑后："去佘山。"

"什么？"江湖惊叫，"这里到佘山？"

徐斯说："是的，我十二点要在那儿跟大人们开个会，十分紧急而且重要。"

江湖看了一眼放在车前座的卡通小圆钟，合理建议："这里很难叫到出租车，这样吧，我送你到张江地铁站。"

"你不知道本市地铁在上班高峰能挤死蚊子啊？"

她叫："我早上还要开会呢！"

"告诉他们推迟到下午或明天。"

"凭什么？"

徐斯笑："你少安毋躁。"

江湖心内一转，安静下来。

徐斯知道她识趣了，便说："我妈今天约了几个重要人物过来聚餐，其中有两位两个月后领队去 D 市参加一个东亚区域经济合作的专家研讨会。"

接下来的话，徐斯就不用讲透了，江湖真是太承他的情了。她马上说："那么那个鞋业的展览，领导们会去参观？"

"那是 J 国方面安排的行程之一。"

江湖自然有点羞赧，但又有点小受鼓舞。徐斯母亲邀请的重要客人，如果能够亲自到腾岳的展位做一些慰问，自然会有不可估量的其他价值。而徐斯为她想到了。她自动自发地就把车往高架的方向转过去。

徐斯笑："所以我正要到你工厂找你说这事。"

江湖说："那真要谢谢你了。"

"江湖，是不是觉得和我谈恋爱好处还是挺多的？"

江湖不知道怎么答。徐斯真的明刀明枪同她周旋了，她又乱了章法。先前暧昧周旋，不过是想着利用他的喜欢，取得一些方便，再争取回报给他商业上的实际利益。她同他，就可以两不相欠了。但，这只是她一厢情愿的计划。现在把一切都说破了，接受了他的好处，迎接了他的追求，那么，她同齐思甜的做法又有什么区别？

江湖的笑容渐渐隐去，自己谋篇布局的功力如此逊色，才会导致现今的尴尬场面。她不知道如何是好。

徐斯扭头看向窗外。

此时上了大桥，浦江面一片迷蒙，对岸的城市也在迷雾之中，看不清那边的真相。而他身边的真相顶简单：她小心谨慎地利用着他的喜欢，可又不情愿真的付出什么。这是个矛盾的女人。

也许江湖并不知道，她的父亲江旗胜在最初认识徐斯的时候，曾有意撮合他们。

这是一件很久以前的事了，久到徐斯都不记得有这回事。还是那日饭桌上，婶婶同母亲讲起地产商沈贵因楼房倒塌那事被判了二十年，他才蓦然回忆起来。

那时由他代表徐风和江旗胜及沈贵一起合作那个房地产项目，江旗胜称赞过他的果决干练，有意无意介绍过江湖的情况。

他偶尔同混时尚圈的熟人闲聊，说起了自由麒的江小姐，对方讲了一件逸事："江小姐大学刚毕业那会儿交了个在时尚杂志当主编的男朋友，这男的之前谈过女朋友，和江小姐交往期间，还和一模特藕断丝连。江小姐知道后发了火，拍着桌子说'既然想傍我就摆出傍我的态度'，回头就把男的甩了，那之后自由麒的广告再也没有上过本杂志。"

光是江湖说的这一句话就让徐斯敬谢不敏了，他委婉地对江旗胜表达了拒绝的意思。江旗胜当然不会高兴，但很快徐斯发现那个项目的问题，退出了他们的合作，也就没有进一步交集的可能了。

现在想起来，不是不能理解江湖的矛盾。江旗胜的千金何曾落魄到要去傍别人？江湖内心的百感交集乃至挣扎，徐斯竟然能揣摩得透。

车子上了高架后，两人没有再说话，江湖打了一个电话吩咐岳杉和舅舅把会议改到下午。

岳杉多问了一句江湖现在人在何处，江湖如实答了，岳杉说："徐斯有心了。"当然是有弦外之音的，也许还有提醒。

江湖说："我心里有数。"

徐斯侧头看了一眼江湖，等她挂了电话，才问："你心里有什么数？"

江湖想了想："怎么和老板相处的数。"

徐斯把手搭在她的座椅上，人倾过来，好像是贴在她耳边讲话似的，似笑非笑说："江湖，追女孩子就要摆出追女孩子最有诚意的态度，你觉得我的态度怎么样？"

她最怕的就是他这种似是而非的调情态度，会让她感到压力很大。于是她坦白地说："我觉得压力很大。"

一句话逗得徐斯哈哈大笑。


一路气氛尚算轻松地抵达佘山的徐家别墅，但也是过了十点了。

徐家别墅的花园内正在开茶叙，花园内放了好几套古朴的藤桌藤椅，洪蝶坐在最显眼的那桌旁，他们家请的几位上宾就坐在洪蝶的身边。一行人有说有笑，看上去很熟络，是经常打交道的样子。洪蝶见徐斯和江湖进来，向他们招手。

徐斯对长辈们玩笑说："我们来抢鞋业老板们的先。"

原来是这样。江湖大为汗颜。同业们都已经想到要来争取这些领导所能给予的支持，而她这么后知后觉。她大大方方跟上去，同长辈们问好，被洪蝶拉到身边坐下来，徐斯坐到他们对面。

领导里有一位江旗胜在世时的熟人，有若干个月没有见过江湖，此时见她气色不错，比前一阵胖了，也恢复了往昔的明艳，颇为感慨，问了问她的现状，说："老江在天有灵会欣慰。"

江湖没有红眼睛，也没有哽咽，她说："我现在才知道爸爸以前有多难。"

洪蝶笑道："你爸爸是你的榜样。"

徐斯唤家政服务员再加两只杯子，还为自己和江湖要了早餐，但江湖托词已用过早餐。这样的场合正好讲话，要是吃起东西来，就难免让话题的长度和深度打折扣。他也就不勉强，等茶杯送上来，亲自为她添了茶，推到她的面前。

洪蝶怪异地看了他们一眼。江湖低着头当作没有看见，只答复长辈的问话："自由麒是我面前的丰碑，我只希望可以做到爸爸做的一二，也许就算是成功了。"她对着大家微笑，"也要多谢长辈们的关怀和提携。"

话说得很得体，能让长辈明白这是什么意思。领导们点了点头，洪蝶又问了问腾岳的情况，问得很仔细，江湖也答得得体而清楚。接着，那位同江旗胜熟稔的领导又讲了些江旗胜的成功往事鼓励江湖。江湖的眼角还是忍不住湿了，她用喝茶来掩饰，抬起头来，又是满眼笑意。

徐斯坐在她的对面，正拿着卷着油条的蛋饼狼吞虎咽。这桌子上只有他一个能旁若无人无须关注他人印象地举食大嚼，真是幸福人生。

洪蝶笑着对徐斯说："你这老板当得真是轻松！"

徐斯已经解决了他的早餐，正悠闲地喝茶，边说："不轻松，什么都要操心。"

江湖到底是没忍住斜他一眼，徐斯只是望着她微笑。

其他客人陆续到访，都是鞋业的同行。徐家花园里那些藤椅原来就是做这些准备。江湖看天色不早，起身告辞，徐斯把她送到花园门口。

江湖颇为庆幸，也很感激。她向徐斯道别时说："老板，多谢你。"

家政服务员跟了过来，手里提着装着保温饭盒的环保袋。徐斯接过来递给江湖："回车上吃点东西，一路开回市区时间不短。"

江湖怔了怔，才接了过来。等家政服务员走远了，她示意徐斯同她走远几步。

这时的江湖矜持拘谨了，她手里提着沉甸甸的环保袋，心情很复杂。她对徐斯说："徐斯，如果我之前做了些什么说了些什么，我想先说句抱歉，也许是我自己想的做的太偏门了，这样不好。"

这是她头一回这么郑重地叫他的名字，却是为了道歉。徐斯觉得实在好笑，他报之以没有笑意的微笑，说："江湖，怎么这样敢做不敢当？"

江湖叹道："您就当我敢做不敢当好了。"

徐斯没有想到江湖也会用这么无奈的口气说出这么无赖的话，愣了半晌，他突然问了一句："江湖，在J国的时候你又算什么意思呢？"

江湖冷不防听到徐斯旧事重提，心里没有丝毫准备，也不知道该对他讲什么，最后只好呆视着他。

她手足无措的模样，娃娃一般的无辜，让他也没有办法再讲什么。能讲什么呢？他脱口问这一句已是失态——徐斯有点气急败坏了。

而江湖似乎是反应过来了，唇动了动。她在想，这样的事情，女方都不去介怀，他这样身家这样性格的人又何必耿耿于怀？真是头疼。遇上这位徐斯先生，连讲一句话都要费脑细胞。她自小到大，何曾为了和一个人相处花这许多的心思，反复斟酌、反复筹谋、反复思量、反复量力而行。

但徐斯似乎是不预备听她的回复了，他摆摆手讲："得了得了，你先回去吧！"

江湖如释重负地转身，几乎想马上光速逃回自己的车里。

徐斯在她要走的时候又叫了她一声，然后说："江湖，公是公，私是私，你有你的意思，我有我的想法。不如我们从头来过。"

江湖往后一退，差一点儿被石头绊倒，绊脚的石头令人气恼，她忍不住了，回他一句："《春光乍泄》是男同片。"

徐斯笑起来，潇洒地转身回去了。

江湖回到车里，先把保温饭盒拿出来，打开盖子，是热乎乎的燕窝瑶柱粥，熬了很久，味道很香。盖子的夹层上还插着小勺，饭盒底下垫着一包湿纸巾。非常周到。

她小心吃了一口粥，粥米香糯，瑶柱鲜美，香口又暖胃。她一口气吃了个精光。

回程路上，江湖把车开得很慢。

自父亲失势猝死再到她苦苦挣扎的今日，已经很久没有男人主动追求她了。

以前的江湖，一直知道自己招人喜欢，不管是因为外貌还是家世。有喜欢她的人招了她的喜欢，她就会尝试着交往，有喜欢她的人不招她的喜欢，她也会放任暧昧，享受一些便利。这在以前，她并没有觉得有任何不妥，也不会放什么心思进去。

感情之于她是谈不拢了就散，从来不会是什么额外的负担。进退，是在她的取舍之间。她想，徐斯对待感情，应该也是同样的。可他为何——江湖是想了一想，又想了一想，她判断不出徐斯到底是真心抑或假意，是一时兴起，还是会认真对待。想到最后，她索性不再去想，把心一横，加快车速。兵来将挡水来土掩，就随他去吧！


回到腾岳之后，江湖把每周的部门例会开了。会后她收到上回宴请的主编微信发来的几条链接，腾岳的报道在他们的几个平台口均已发布。

裴志远向江湖邀功："亏我一直盯着，好几个经销商松口了，答应咱们继续入货。"

江湖说："舅舅辛苦了。"

裴志远走后，岳杉才讲："《一周时尚》的报道相当详细啊！不但讲到了徐风，还把你外公老厂长是烈士子女的往事都报了。"

她笑："他们主编很捧场，最近帮我做了不少宣传。瞧，经销商都松口了。我想在他们几个媒体账号投几次广告。"

岳杉点头，说："最近营销工作陆续增加，又是广告又是比赛又是展览的，经销商那里还得盯着，靠着你舅舅可不行。"

江湖呼的一声："原来我真的三头六臂，能做这么多的事情。"

"是，你是哪吒转世。"

江湖叹气："真是哪吒转世倒也好了，还有齐思甜小姐需要公关，我下周约了她。"

岳杉问："非她不可？"

"她的片子很有希望在 D 市电影节拿奖，又恰好用到我们的鞋，是个绝好的机会。"

"为什么不直接找导演或者男主角？"

"找了导演就得供着一个剧组，何况导演哪儿来的疯狂粉丝一起炒作。男主角是新人，人气比不过齐小姐。"

这便是岳杉所不能了解的工作范畴了，她说："我建议你尽快招一个营销经理。"


岳杉的建议正是江湖最近考虑的内容，也是江湖在刘军辞职后，在人力资源工作上的首要之务。她寻了在猎头公司任职的一位旧同学帮忙，对方同她闲聊几句，无意中讲到了高屹的婚礼。

"没想到高屹和海澜真的会在一起，这是咱们最近最大的新闻了。"

江湖轻咳一声："没有想到你们都这么八卦。"

"因为大家没有想到以前的优等生高屹会和海澜修成正果啊！"

江湖没怎么搭腔就挂了电话。

有人轻轻敲了敲门，保安抱着一件足有半米高的植物站在门外，脸都被挡住大半。江湖眼前一亮，那花儿鲜红的花瓣向外卷开，极大极艳，阔大的绿叶根本掩不住花儿近乎嚣张的嫣然姿态，远远一看，更像团热烈的火焰。

保安报告道："刚才有人来送给您的，您看放哪儿？"

江湖见保安抱得费力，忙指着书架的角落让他放好。保安按照江湖的指示安放妥当，好事多嘴一句显摆："江小姐，这令箭荷花倒是值不了多少钱，但这个紫砂花盆可值了老钱了。"

江湖问："刚才你讲这是什么花？令箭荷花？"

保安介绍道："这叫令箭荷花，花又多又大，长得快，又漂亮，一般养花人家都会养来布置阳台。但是栽到这花盆里就不一样了，这可是四方侧角千筒紫砂盆，又这么大只，看成色也是件古物了。"他说完便将一张卡片交到江湖手里。

江湖接了过来，笑道："您是行家。"

保安憨憨又得意道："平时爱侍弄些花花草草。"讲完就退了出去。

江湖展开卡片，不过是洁白的一张卡纸，正面写了两个龙飞凤舞的大字——"徐斯"。好一个徐斯，如此光明正大。江湖捏着卡片哭笑不得，这么大盆的花，一下就把她的小小办公室变局促了。

这时，手机适时响起来，"败类"两字闪动。江湖接起来就说："我办公室没有阳台可以布置。"

徐斯在那头讲："就放着呗，和你的仙人掌做个伴，听说这花也是仙人掌科的。"

原来如此，江湖又望一眼自己窗台上的小小仙人掌，在这间屋子内毫无疑义地被艳丽无比的同科花友令箭荷花压过了风头。而保安也说了，这花并不贵，自然就不能退。她只好讲："那谢谢你啊！"又想，也亏徐斯这位花花公子想得出来，旁人送百合送鸢尾送剑兰送马蹄莲，他一出手一盆令人匪夷所思出其不意的令箭荷花，太叫人措手不及。

徐斯在那头答道："行啊，既然想谢我，就请我吃饭吧！"

江湖愕然，哪有人这么不客气的，而他也太太太不客气了一点，她也不气弱不回避，把语气加重了一点点："徐老板！"

徐斯好像笑了起来："江总，有什么指示？"

江湖没好气："您都指示了，吃饭呗！"

"怎么，不乐意啊？"

真不能同徐斯在话题上兜圈子，才一两下又把自己兜成了下风，江湖无声地咒了声"算你狠"。

徐斯不逗她了，说："今天请你去 CEE CLUB 试菜。"

江湖望望火热的令箭荷花，又望望台历上的日程表，今晚左右无闲事，就答应了。况且也巧，她下午同齐思甜约在 CEE CLUB 附近，正好顺路。

江湖又望了望令箭荷花，心里无端升起一阵尴尬。

齐思甜这天的气色不是很好，戴着墨镜，脸色苍白得近乎透明，但人还是美人。

江湖候了她二十分钟，她不算迟到得太离谱，且一到便抱歉道："早上从成都回来，飞机晚点了，晚上还要飞B市。最近商演太多，总没空赴你的约。"

"这么辛苦。"江湖附和着客气。

齐思甜坐好，微笑，每个角度都完美无缺。她说："工作需要。"然后开门见山，"经纪人在帮我谈一个国际名牌，所以现在不太能接新的广告。"

江湖也微笑地注视着她。这么得体的一个拒绝的理由。她把准备好的计划书放到齐思甜的面前，讲："没关系，我不需要你帮忙拍广告片，只是小小地亮相一下。也许目前我这边开价不会比国际大牌更有吸引力，但是合作期间，每售出一双鞋都可以给一定比例提成。"

齐思甜用双手接过来，认真翻阅了一遍，认真回答江湖："我回家再看看。"她突然问，"高屹的婚礼，你会不会去？"

这问题是突兀的，但江湖是有准备的，而且她也不想回避了："他没有给我请柬，不请自去是冒昧的。"

她已经太久没有和齐思甜打交道了，几次社交场合的相遇，双方也只当不认得对方，如今坐在一起叙旧，双方心内是各有各的计较的。她有心理准备，齐思甜也会有她的分寸，她是聪明人，她的有的放矢会在不得罪对方的范围内。

江湖暂且听了下去。

齐思甜说："我到现在还记得很清楚，有一次我一个人在舞蹈房跳舞扭伤了腿，当时门还关着，叫天天不应叫地地不灵，海老师正好进来，背着我去的医务室。她对我说，吃一点苦，坚持到底，没有什么的。她毕业以后回老家教书，我一直和她有些联系，现在看她能有个好结果，真为她高兴。"

江湖有一段相反的回忆。

当年跳的那一段舞是为学校艺术节排练的节目，齐思甜是编舞的，江湖和好几个女同学都是被选中的舞蹈演员，但是她嫌累嫌麻烦，很不配合齐思甜，中途还把同学们叫出去吃冰激凌。齐思甜没有去，但其他同学都陪着江湖去了，舞蹈室里只剩下齐思甜一个人。

原来她后来摔跤了，还是海澜背着她去的医务室。这些她都不知道。谁说往日之水不可留？往日分明总是鞭笞着今日。

江湖抬腕看表，然后站起来："我还有事情，这个事情还是请你考虑考虑，我们会好好运作这个品牌。"

齐思甜当然会讲："我一定会考虑的。"她指指那边，"我的经纪人来了。"

果真有名女士走近过来，一边走一边讲电话，走过来时挂上电话，同齐思甜讲了一句："向晚说要找时间同我们聚聚呢！"

她们要讲私事了，是不适宜有外人在场的。江湖欠了欠身，同她们道别。


江湖是到了 CEE CLUB 的门口，才骇然发觉玻璃门上倒映的自己一脸晦气，一身暗色服饰，仪容仪表显然糟糕得很，暗忖，怎么一天就把自己折腾得这么惨？

徐斯见到她毫不掩饰地皱起眉头。

这是有原因的，徐斯原来还请了莫北夫妻一同用餐。对方夫妇衣着都很得体，尤其莫北的妻子莫向晚，面貌姣好，衣衫光鲜，笑容恬静，在现场仅有两位女性的情况下，把江湖比得灰头土脸。

莫北的手一直挽在妻子腰间，让江湖一见便知这位靓丽女士生活在幸福家庭中。而她，孤零零漂泊江湖，灰头土脸自当正常，这徐斯有什么好皱眉头的？她没好气地对徐斯低声讲："今天很忙很赶。"

徐斯笑了，说："你来捧场就是给我面子了。"

听得江湖恨不得咬掉自己的舌头，多嘴多舌必是下风下场，她须谨记。

徐斯将江湖作为自己的朋友介绍给莫北夫妇，仿佛这是一场平常的友人聚会。只是江湖有一点不自在，这是她认识的第一位徐斯的朋友，可他为什么要把自己的朋友同她约在一块儿？

徐斯当然是不会解释的，领着他们一行人直接进厨房看总厨操作。

江湖站在一边不怎么讲话，听那莫北同徐斯说："你算得真精，和同行西餐厅联合进货，食材成本降低不少了吧？"

徐斯笑道："是不少。"

江湖暗自咋舌，此人精力真真充沛，连家族旗下小小餐厅都能管理得有模有样，不能不叹服。

但也叹息。

自从接手腾岳以来，她恨不能自己有三头六臂来处理各宗事务，还是屡屡力有不逮。一碰到烦心事，多操点心思，脸上倦容立现。多不公平，同在职场内，女性同男性在体力和精力上的差别就是这样明显。

江湖找了个机会悄悄去卫生间洗了把脸，拿出随身的化妆包，重新化了一个淡妆。在收起口红的时候，有人推门进来，正是莫向晚。

对方友善地说："现在精神了很多。"

江湖朝她微笑点头，她从一开始就觉着这位女士不但面善，连名字都有些耳熟。

用餐时，徐斯一句话就解开了她的疑惑："说起来，你和向晚还是前后脚的同事，为同一个老板服务过。"他还特地详细补充了一句，"那时候你的前老板做的是经纪公司，向晚是他们的经纪总监。她离职以后，你们公司倒转型成纯公关公司了。"

江湖忽然就醍醐灌顶了。

她暗忖，自己的前老板曾经开的确是艺人经纪公司，莫向晚又是管理艺人的，同那些明星必有些私交。于是一念通，百念融，她心存感激地望一眼徐斯，这厮但笑不语，席间没有再提及什么。

用餐结束之后，徐斯先将急于回家看顾孩子的莫北夫妇送走，江湖没有跟着一块儿走，而是在店内找了个角落坐下来候着徐斯。

她想，这顿饭吃下来，她再不明白徐斯的意思，就太过迟钝了。但这个意思他们都不便说破，而她是承情的，徐斯也是周到的，他把一切都安排在最得体的范围内。

江湖颇有些坐立不安。

徐斯是同莫北说了一阵话才道了别，折回店内。

江湖坐在暗处，人却在沙发上辗转，身板还是硬直，一刻都不能放松。所以她才会这么累。徐斯想着，问吧台要了一杯热柠檬水，走过去放在江湖面前，说："向晚离职以后，因为结婚生子就没有继续找工作。现在他们的孩子已经三个月大了，所以她有意物色新的发展机会。她的情况你可以具体了解一下。"

江湖捧起透明水杯，喝了一口，讲："我知道了。"

徐斯又说："她的工作业绩是标青的，对媒体公关圈很熟悉，人才难得。"

江湖笑起来："连老板都说'人才难得'，那一定是很难得的。谢谢你的晚餐和你的花。"

徐斯也笑："那你就抓紧吧！"

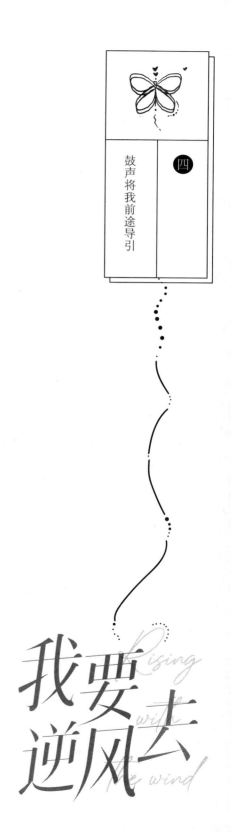

我要逆风去

Rising with the wind

江湖很容易就从旧同事那里得全莫向晚的资料，当她的履历放在自己面前时，她想，徐斯既然想帮人，用的方法必定是最合适的。

莫女士在原公司任职时间超过五年，工作业绩斐然，在娱乐圈和媒体圈都有口碑。无论哪个方面，都符合江湖的需要，尤其齐思甜能迅速晋升一线女星，全赖莫向晚力排众议为她接了一部历史正剧。

岳杉对此颇有微词，说："防人之心不可无。在资本市场摸爬滚打过的岂会是善类？更不会是食草动物。徐风投资的一些企业，听说都有徐斯的心腹。"

江湖久久无言。岳杉所言极是，连怜爱自己的父亲都不是善类，认识徐斯至今，通观他的所作所为，他又岂会是耶？

她望着那盆长得风姿绰约的令箭荷花，这花开得嚣张跋扈，压倒室内一切颜色，让窗台上的小小仙人掌暗淡无光。她请了那位懂花的保安来看顾这盆令箭荷花，保安尽心尽责，把这花养得很好。

紫砂花盆的上头用小篆刻着一句话，字体线条极细，花盆成色又暗，她一开始没有注意，后来还是保安提醒了她。小篆她是看不懂的，于是临摹下来请教懂行的朋友，对方告诉她上头写的是："得清闲尽快活，日月似掸梭过，富贵比花开落。"

江湖失笑暗忖，真是附庸风雅的富贵公子。

然则细想，确有其道理。富贵比花开落，人生不正是如此吗？只是清闲快活，又从哪里来呢？

她托保安去询问了一下紫砂花盆的价格，其价值在江湖心中估算的范围内，徐斯的张弛，没有逾越她的底线。他是高明的对手。

江湖掐了一小片令箭荷花的绿叶子，在掌心揉碎，还是决定把莫向晚聘请过来。

她抱抱岳杉的肩说："我知道岳阿姨永远都会为我好，我会当心的。"

岳杉见江湖已有决定，也就不再多言。

江湖把莫向晚的简历传给做猎头的同学，对方诧异："你不是要我出面帮你请这位吧？"

江湖说："老同学，我照付你中介费，算你业绩。"

对方笑："这是所为何来呢？"

江湖讲："这个人原来在娱乐行业很有名，你找她的时候放一点风声。虽然腾岳是个没落的老牌子，可是为了寻发展，还是希望能出好的薪酬和福利延聘一些人才的。"

对方自然醒悟："我懂你意思，你放心吧！"

江湖笑，忽而问了对方一声："明天是不是高屹的婚礼？"

对方答："是的。"


江湖在回程中去恒隆广场转了一圈，她选了一对玫瑰K金钻石腕表，在店内要了卡片写好祝福语，又填了一张送货登记单，把高屹办公楼的地址填了上去。

专柜的小姐认得她是江旗胜的千金，很热情地讲："江小姐同江董事长的眼光一样好，去年我们的玫瑰K金系列还没有面世的时候，江董事长就来订过一只玫瑰K金的手镯。"

江湖听闻这句话，不禁停下手中的笔，问："我爸爸把手镯买下来了吗？"

"江董事长很满意这款设计，我们一到货就送过去了。"

"送到哪里了？"江湖问。

"自由麒的办公室啊。"

江湖划了卡，驾了车就去了外滩的银行。父亲在那边以她的名义租了一个保险柜存放家中的金银首饰，她在岳杉那边领了相关的证件和密码，但一直没有去看过。一来，她不愿意动这里的不动产，且当作自己的一重备用资产；二来，她也怕睹物思人更难以自拔。

这回打开保险柜，江湖倒也少了几分唏嘘，因为有正事要思索。

保险柜里头的金银首饰大多都是熟悉的，有外公和母亲留下来的，也有父亲这些年买给她的，她一一检视下来，果然没有那只手镯。

在去年那段时间，她记得父亲身边没有任何红颜知己出现，他正踌躇满志于自由麒的再发展事务。但是，他买的这只手镯不是送给自己，那又会到了哪里去呢？

江湖从银行里出来，在对面的滨江大道上徘徊了很久。浦江面波涛平静，看上去从未起过风起云涌的急风骤浪一般。她靠在浦江畔的栏杆上发了很久的呆。

还是徐斯打来的电话惊醒了她。他问："你不在公司？"

江湖答："在外头呢。"

"我看了你们的会议记录，下个礼拜就要开始做手绘大赛了？"

"是的，老板。欢迎您的莅临。"

徐斯笑了："算你识趣。"

江湖想了一想，又说："谢谢你的花盆，可以当我的年终大红包了。"

"这就谢了？你要求也太低了。"

"我的要求很低很低，但求完成今年销售指标，换年底老板几句夸奖。"

徐斯笑她："说这句话也不牙酸。"又问，"明天周末有什么安排？"

江湖理了理被江风吹乱的头发："在家睡觉，我现在急需补眠，最好睡足二十四个小时。"

徐斯讲："江湖，你倒是挺会给我软钉子的。"

江湖立刻发誓："绝对没有，我说真心话。"

"得了吧你！"他挂了电话。

软钉子一多，大少爷一定会憋气，这是必然的。远则不敬，近则不安，暧昧更是不宜再用，没有窗户纸的两边亮堂堂。江湖揉揉眼睛，决定真的回家睡觉。


意料之中地，江湖仍是整夜未能成眠。

一闭上眼睛，她就看到了当年的那对人儿，在夕阳下的轨道边。印象深刻至此，也无非是——江湖闭着眼睛狠狠地想，一直想到把自己心底的那段奢想挖出来，也终于挖了出来——高屹牵住的那个人为什么不是她呢？是的，高屹牵住的那个人从来都不是她。

至大的清醒，就是把愤懑的不甘心和盘托出成为一段悲伤、嗟叹、怀疑、悔恨掺杂成的怅惘，然后慢慢再沉淀到心底。这些都过去了，江湖告诉自己，现在的她，唯一重要的是以自己的能量重新建立自己。

但是，江湖又犹疑了，她每一次的进步，每一个阶段的进阶，都赢得了那个叫作徐斯的男人的关注。有了这重特别的关注，她处处都能如虎添翼。她突然害怕起来，这是一番艳遇，于她，于他。他可以继续艳遇，但她是玩不起的。

她怎么能在一夜想到这么多人这么多事？江湖翻个身，逼迫自己入睡。翌日，她需要早起，还需要面对她的那段不甘心。

江湖最终还是骗了徐斯，这个周末，她没有大睡二十四小时。她记下了高屹结婚的酒店，还是决定去看一看。

也许确实真的只是去看看，但现在还有了更充足的理由——她买的礼物下周会送到高屹的办公桌上，并且她决定把那个柜台签下来。

江湖驱车赶到酒店，酒店旁边正好有一家 PAUL 的分店。江湖进去叫了一杯咖啡，拿着手机坐了一个上午加一个下午，吃了一份商务餐，把手机上新闻软件里发布的今日发生的一切看了个遍。

傍晚时分，江湖从 PAUL 内走出来，走到对面的展览中心门前。

那边绿树掩映，行人熙攘，展览中心在做婚庆博览会，一对一对的情人进进出出，甜蜜好似连体婴。只有她一个人孤零零地站在没有人看到的角落，还碰上了不作美的天公刮了风飘下雨。而不巧的是她没有带伞，只得狼狈地侧身往展览中心大门口的传达室门檐处靠了靠。

对面酒店的入口陆续有车开了进去，车头绑着花球的婚车终于出现，在酒店保安的指挥下开进了酒店区。路线蜿蜒，好像在画一个句号。

也许这就是一切的一个句点。

这个句点之前，有伤心，也有伤亡，伤害在不知不觉中如同利刃，迁及两代。至此，也该结束了。

江湖看着下车的人儿被花伞簇拥住，她下意识就踮了踮脚，只能模模糊糊看见新娘着一身曳地的白色婚纱的背影。

有人在江湖头顶撑了一把黑伞，遮住越来越细密的雨丝。她回过头来。徐斯穿着她送给他的那套白衣白裤，笑吟吟地站在她的面前。

黑的伞，白的人，在这阴沉的天气中，这么触目。江湖不自觉红了脸。

徐斯偏说："你难道来婚博会踩点？"

她只好厚着脸皮编着他绝对不会信的词儿："是啊，不是要去 J 国参加鞋博会吗！"

"这么用功？这样不行，好像我这个当老板的太苛刻了，双休日都让我们江总这么奔波。"

江湖答得很调皮也很无奈："我现在除了奔波，也没别的事儿好干。"

而徐斯只是凝望着她。

江湖尴尬了，因为徐斯沉默了。也许他觉得她太虚伪了，也许他觉得她的话题很无聊。

徐斯说："江湖，我送你的花盆，还有一个同款的，上头也写了一句话。"

江湖脸上画了一个问号。

"想人生待则么？贵比我高些个，富比我松些个。呵呵笑我，我笑呵呵。"

江湖"呵呵"一笑，说："要到'呵呵笑我，我笑呵呵'的境界，那得去喝酒。"

徐斯俯身向前："喝酒能让你快活？"

江湖用力点头。

但是徐斯说："酒入愁肠愁更愁，喝酒的女人往往不明智。"

江湖忽而有些激动："是啊，所以那时候我才发了神经，吃了亏。"

徐斯却说："你是吃了亏，有些东西勉强不来，又何必搭上自己去吃亏。"

江湖猝然握紧拳头，同徐斯辩道："什么叫作搭上自己？不是让你讨了便宜了吗？你还这么多废话！"

徐斯另一只手突然就把江湖的腰揽住，两人一下紧紧贴在一起，也成了亲密的连体婴。

这便是江湖时不时还是会发作出来的小脾气，她发脾气的时候，眼睛会格外黑白分明，尤其此时，还闪烁着晶莹泪光，差一点点儿就要坠落下来。徐斯不忍再刺激她了，他轻轻说："你确实需要好好睡二十四小时，不要胡思乱想，不要给自己找不痛快。"

也就这么一句话，江湖竟然愣了，不知为何趁势紧紧抱住了徐斯。自己一直忍着的泪，最后在他的怀中彻底释放了出来。

这应当是一个结束，可是之前的过程这么惨烈：高屹父亲的亡故、高妈妈的车祸、自己父亲的骤然离世、她同高屹之间分不清的债权债务关系、父亲离世后自己的艰辛困苦……

她竟然在抱着这个男人哭泣的时候想了这么多的事情。

然而，当她抱着徐斯的时候，却令他感受到了一丝异性的接触带来的震颤。

这变化快得徐斯连想遮掩的时间都没有。这完完全全是平生头一回，他只觉得自己此时此刻异常狼狈，可是又不愿意稍离半分。

江湖也感觉到了，而他没有说，也没有动。而她？此刻的她，太需要一个依傍，让自己松懈，供自己肆意发泄。她能不能将这份明显的尴尬无视，先用这个坚实的胸膛，安慰自己飘萍自伤的心？

不管是无视还是有心，江湖靠着徐斯的胸膛直到哭累了之后，才稍稍退开了身子，想要结束这个拥抱。但徐斯的手没有松开。

身后有人过来兜售："先生，小姐，我们是瑞金宾馆里的花园别墅，适合办非常浪漫的室外婚礼，还送婚房，婚房送两天哦！"

江湖慌乱地扭头避开陌生人用手擦干泪，只听见徐斯对对方讲："我们对别墅婚礼没兴趣，对对面的酒店婚礼兴趣比较大。"

对方讪讪离去，于是她终于能"扑哧"一声笑了出来，问："原来你也是来参加婚宴的。"

徐斯说："溅了一腿泥，婚礼应该是参加不了了。"

她望望他的白裤子，裤脚被溅了不少泥水，确实有碍观瞻。看到他的裤子，又想到他的反应，江湖开始尴尬。

徐斯叹口气，终于把欲望压制。

江湖是没有想到，她之于徐斯，竟然能有这样大的影响。接下来她该怎么做？她在进退之间犹豫。她的手，还无力地抵在徐斯胸前。

徐斯望住江湖。他的胸前有湿意，是她刚才落下的泪，他知道。她的发长了一些，她有意垂下头，让她的发把她的容颜遮掩，不让人轻易窥透，他也知道。她越是如此，他越想要了然她的一切。

可是，他看到她把鼻头哭得红红的，嘴唇更像是雨后的樱桃一样有着湿漉漉的吸引，他刚起的念头又没了，他的心乱了，什么都不想问了。他只知道她的气息在吸引着他，她的气息有着法式全麦面包独有的质朴而饱满的甜香。他很久没有吃面包了，原来这样的香气对他会有一种致命的吸引。他想他是不是去让 CEE CLUB 的总厨专门为他做一道类似的菜肴……

这一阵子，徐斯的脑海中闪过的想法很多，在他反应过来之前，已经吻在了江湖的唇上。如同他记忆中的一样，仔细回味之后，他不愿意就此放开。

江湖一开始是错愕的，本能地想要往后退，但是被徐斯抱得死死的，两人又再度紧紧贴在一起。路人都以为这是一对甜蜜的正准备婚礼的小情人在雨中情不自禁拥吻。

徐斯的气息张狂而霸道，如同一场猝不及防的骤雨。渐渐地，江湖不想避雨了，或许真的是情不自禁，至少她不是一人独留此地。世间一切不能皆如她意，人、事、物，太多太多的是她没有办法把握的。然后，她的肩膀软弱下来，心里想着，就这样吧。

徐斯的唇终于能拂开江湖的唇，把全部情绪倾泻。不知道过了多久，他才终于放开了她。

"江湖！"他轻声唤了一声，语调却有点重，是非要她回答一声的态度。

江湖靠在他的身上。

她讲不出话来，也不知道该怎么讲。她下意识地又在脑子里转着给刚才的失态一个解释的念头了。

但她还来不及开口，徐斯先开了口："江湖，你就别费脑子给我捣糨糊了。"

他已经熟练地掌握了堵她话的技巧。徐斯就是这样的人，在儿女私情上也一定要握有主动权。他的话不多，但一定会让她徒呼奈何。

如果这是一场恋爱的开始，她完全不可能再有以往所有交往之中的任何优势。

的确很难去适应。

没有想到徐斯突然又加了一句："你何必事事都去计较都去算计，累不累？"

江湖无奈地垂头，不想看向这个男人。看着他就像看着以前的自己——占着自出娘胎就无往而不利的优势，有着形于外且毫不遮掩的精明，对任何人任何事都能摆出与生俱来的犀利，但这犀利又有一种自然天成的坦荡。

她对着这面镜子无法自掩，只得说："徐老板，原来你是这么追求女孩子的。"

徐斯好笑地瞅着她："那么你来教教我，怎么追比较合适？"他虽放开了她，但还是攥着她的手，把她牢牢拉在自己的伞下，说，"你别老摆这种压力很大的样子，好像我正干着什么伤天害理的事情。"

"哪有哪有？徐老板好心给我送阳伞，我感激不尽。"江湖赶忙辩解。

徐斯冷眼看她，也只有这江湖，才能同他亲吻以后，还能把脑瓜转一个飞速，真话、假话、场面话句句都能现场编造出来。他不免气馁，所以冷笑："净说反话来煞风景。"

煞的是什么风景？忆及刚才的风景，江湖蓦然面红。她期期艾艾说："你该去参加婚礼了，我要回家吃饭睡觉了。"讲完挣了挣手。

徐斯没有放开她的手，说："吃什么饭？我还没吃晚饭呢，现在人都酒过三巡了，我去了也没的吃了。"

结果是江湖又被徐斯强制带到博记陪吃了一顿晚饭。

他今天没有开车，又是坐了她的车，让她当了司机，在驶进桃江路附近的窄弄堂里，他把她叫了下来，帮她倒了车。江湖撑着徐斯的伞，在一旁看着，突然想起来以前同父亲一起出去的时候，都是父亲来帮自己倒车。她有刹那的失神。

这天博记的客人不是很多，他们仍选了上回坐过的那张小台子。她并不是很饿，反而徐斯饿得很，叫了一大堆菜，都是上回叫过的。

江湖问他：“你就这么喜欢这小店？”

徐斯讲：“这里虽然做的是潮州菜，但就是有种老弄堂小饭店的感觉。”

她没有想到徐斯这号人物也有这样的念想，只是想，若是以前的自己，应该不会有徐斯这般的闲情光临这样的小店。如今情势不同，心境也不一样，她能够放低一切，来细细体味。

江湖点点头，吃一口梅菜笋，笋干味道十足，甜咸适口，一下就把她的胃口打开。所以说，是她不曾见识过很多美好事物。她一声不吭只管吃东西。

徐斯的心情应当不错，叫了一碗皮蛋瘦肉粥，吃得很香甜，看来是真饿了。他还说：“这里的老板就在周围一圈儿开店，也不开到别的地方去，也不开多了，在合适的地方做合适的事，算不算聪明的选择？”

他的话中有话，江湖莞尔。她说：“是啊，就因为这里周围都是大店、贵店，才显出小店多么珍贵是不是？”

徐斯俨然一副教训的口吻：“还是挺有悟性的。”

不知算夸还是算讽刺。江湖狠狠瞪他，他只当没有看到，自顾自又叫了一碗饭，胃口是真的很不错。

饭后自然又是江湖开车送徐斯回浦东的小别墅，一路上她忍不住抱怨：“你怎么出门都不开车？”

徐斯却很坦然：“今天有任冰的顺风车，何必在酒店车库里多占个车位？”

江湖腹诽不已。但是她也头一回知道他在浦东的小别墅原来离腾岳的工厂不远，她还在别墅区的会所里游过泳。徐斯是个能安排生活和享受生活的人，她想。

江湖把徐斯一路送到别墅门口，正要催他下车，他却俯身过来，让她本能往后退了一退。黑暗里，他的眼睛却很亮，认真专注地看她，逼得她不得不直视他，却看不透他眼底的意思。

目的已经达到，徐斯微笑，他打开车门下了车，道了一声相当轻飘飘的"晚安"。江湖忍不住在他身后握着拳头挥了挥。

她回到工厂里的小办公室，令箭荷花坐镇一角，着眼处是打眼的红红绿绿一片。她蹲在这株植物旁边，深深吸口气。空气格外清新，她的心底已经没有悒郁。她应当像这株植物一样蓬勃。江湖仰面躺倒在床上，先忘记一切，睡一个香甜的觉。

这样也就把这一天度过了，一切都会过去的。她毕竟要过好以后的每一天。

千头万绪的事情纷至沓来——首先是腾岳鞋的手绘大赛经过媒体的宣传，不出江湖意料地吸引了大量来稿，她每日阅稿就要费上许多时间。

岳杉特意把每日寻江湖签署文件的例行时间推后，不过这天来寻江湖时，她正在车间里指挥模特试鞋子。

请来的模特是大脚女孩，穿四十二码的鞋。女孩试穿的时候很是羞涩，江湖开开心心同她讲着笑话，让张盛专心改好鞋版型。

岳杉好奇地问："你哪里找来的模特？"

江湖避开女孩，拿出一张图纸递给岳杉，画上是一双白底腾岳鞋，鞋帮子上画了色彩艳丽造型别致的如意，如意的形状跟着鞋的流线走，古风和运动的碰撞，效果异常出彩。她解释道："她是美院的学生，这幅参赛作品，设计师和我都觉得很不错，就约她过来聊聊，想让她再画两幅。看到她的脚，我倒是有了新主意，叫张盛改一款女用大码鞋，设计师按照她的图纸做了手绘，看看是不是能让她的脚看上去小巧一些。"

岳杉笑："你主意倒是挺多，请人来聊手绘竟然改起了鞋样子。"又想，江湖太像江旗胜，一颗脑袋瓜里想好主意立刻就去执行，她提醒说，"不要忘记你今天约了那位莫女士。"

江湖拍拍额头："哎，我最近在想从市区过来上班太远了。我们是不是也要包个班车方便接送住在中环内的同事呢？"

岳杉赞同："这是可以立马办的好建议，只怕人力成本又要增加了。"

江湖说："有时候必要支出的成本，最后总有利润回来的。"

张盛把鞋子改好，女孩穿在脚上，喜滋滋地在镜子前面比了又比，鞋型完美地修饰了脚掌的大小，如意又很出彩。江湖取来干净的白色运动服让女孩换上，装备齐全之后，她问女孩："能不能在运动服上做手绘？"

女孩答："当然可以。"

她说："那么这套衣服交给你了，希望你可以画出好作品。"

回头她对岳杉讲："联系一下高屹，我想在利都的中庭做手绘决赛，还想谈一下他们的中庭挂幅广告。价格方面希望可以多点折扣。"

岳杉满意地点头，江湖能走出来，用理智指挥行动，让她放心。

江湖看看日历，她的礼物应该已经送到高屹的手里，也许他正度蜜月，但是没有关系，总有一天他会亲手收到，她想他总会卖她一些面子的。这是她的笃定。她喝了口茶，去卫生间洗了把脸，换上一套职业装，在办公室内静候她的面试对象。

对方准时抵达，也穿了一身职业套装，妆容淡雅，态度从容，看来也很重视这个面试。

在莫向晚抵达之前，江湖同猎头同学打了一通电话，同学办事很利索，已和莫向晚沟通过了。所以莫向晚对江湖的这次约见心里有数，也能明白江湖的意思，所以她对江湖的第一句话就是："江小姐，您太隆重了。"

看来也是开门见山的性格，对上江湖的胃口，她谦逊地笑道："不不，我们公司以前从来没有市场营销部，第一回组班子，是很重视的。我们公司的情况现在是百废待兴，薪酬方面也许没有太大竞争力，但是如果年底利润允许，会拨出百分之十给管理层做分红，虽然少了一点，但是我有信心这个比例会逐年递增。我的目标是把鞋子卖到海外去，不是代加工，是我们自己的牌子。"

也许莫向晚没有想到江湖会把话说得这样直接也这样完整，笑道："江小姐太爽快了，竟然什么都不问我。"

江湖说："我相信以前行业内的口碑，胜过我问千百个问题。现在你的情况是已婚已育，这样的员工许多公司都会欢迎的，对吧？"

"我被你一说好像已经是最佳员工。"

"我的员工都是最佳员工。"江湖说。

于是也就水到渠成，如同她想象的一样容易，莫向晚是个很易沟通的对象，也很有职业素养。她亲自把莫向晚送了出去，讲："我真诚希望你能尽快上班，我们有一大堆营销活动要做，我已经快应付不来了。"

莫向晚答："我下周就可以来上班。"又好意轻声提醒，"江小姐晚上可以用一点金霉素眼膏。"

江湖挠了挠右眼皮，才发现眼睛发涩，因一大早忙到现在，竟没有感觉，现在确有发肿迹象，只好无奈地讲："最近真是太忙了，这下恐怕要好多天没法见人了。我让保安帮你叫车。"

莫向晚有些羞赧："我先生开车送我来的，现在在下面等我。"

于是她把莫向晚送到厂区停车位处，握手告别。

厂区内果然停了一辆陌生的宝马，有两位男士站在车旁聊天，都是江湖认识的。其中一位一见莫向晚就抬手打了声招呼，另一位则径直往江湖这边走过来。不是徐斯是谁？

江湖的右眼皮又痒起来，她又挠了一挠。徐斯已经走到面前来，江湖下意识地用手往脸上一挡，把脸撇开。

徐斯笑道："干吗？见不得人吗？"他伸手扳开她的手，目光往她脸上停留片刻，又笑起来，"你看了什么不该看的东西？"

江湖甩开他的手，那头莫向晚已经上了车，同她的先生向这头伸手道别。江湖也挥手道别，目送他们驶离，才转身对徐斯讲："是啊，看到别人夫妻恩爱家庭幸福，我很羡慕，不可以吗？"

徐斯斜斜睨她一眼："原来这世界上也有让你羡慕的东西。"


徐斯不是头一回参加腾岳的会议了，会议一贯是江湖式的简洁明了，不会有扯皮和废话。一直到会议快结束时，裴志远才颇有些嗫嚅地邀功："江湖啊，我今晚还得陪着那几个经销商大爷。"

徐斯不动声色地看一眼江湖，据他所知自从刘军走后，腾岳的销售工作是她亲自管着，何时又让她舅舅插了一手？

只见江湖转头对岳杉讲："那些经理都挺辛苦的，也支持了我们这么多，是该好好犒劳犒劳他们。"

岳杉对裴志远讲："等一下我把预支款送过来。"裴志远自然脸上乐开花。

徐斯心头定下来，这个女孩很会保护好自己。生意场上，声色犬马的公关作用她是知道的，但也知道如何安排合适的人做这件合适的事，让自己不用身陷图圄。

会议结束以后，他把江湖叫住。

江湖问他："老板还有什么指示？"

徐斯没有什么指示，只是把会上那些他听得不甚明白的地方一一问了一遍。

他来参加会议的用心，江湖是忖度出一二的。他对她有些心思没错，但也不会仅仅如此。徐斯想做什么，必然会事先做足功课。他这些月已经观摩参观了无数陈衣厂和服饰公司，更不消说对自己投资产业查得那个紧。江湖想，在他面前看来是不要想有什么商业机密了，他盯得这么紧。所以问题她一一解释清楚，末了问："老板，可以吗？"

徐斯说："解释得很详细，是个好员工。"

江湖站起来想送客了，但贵客不动，往她脸上仔细瞧了瞧，说："你得去医院了。"

确实是得去医院了，这一场会议下来，江湖一开始就在强自支撑，但轮番两个小时的动脑费心，让她的眼皮益发沉重，右眼完全睁不开。

徐斯心内不免内疚没提早注意她的身体，他说："你的车钥匙呢？我送你去市医院。"

这次又是他开着她的车，一起回了市内。两人一路上没怎么说话，因为江湖的眼皮作痛，喉咙也跟着一起痛，头脑昏沉，竟在车上睡着了。

徐斯一边开车，一边转头望一眼江湖。她把座位往后调了一调，整个人气息奄奄，面孔没有朝着他。她这么爱漂亮，前头她同他讲话的时候，就一直垂着头，不想让他望见她的挫样，上了车便一扭头，也是朝着车窗外的。

生了病还这么倔强。

他把车开到离江家最近的甲级医院，把车往医院的停车场内停稳了才唤了声江湖，没想到江湖真的睡了过去。他凑近，发现她双颊通红，伸手探了探她的额头，触手极烫，于是伸手推醒了她。

江湖迷迷糊糊的，打了几个喷嚏，有些不甚清醒。她不清醒的样子反而比平常要可爱得多，傻傻地问他："现在几点了？"

徐斯答："快八点了。"

他像领个孩子一样领着她去挂了急诊的号。这家医院内的病人总是很多，再晚的急诊也有大堆的人排着队。

江湖发了高烧，扁桃体跟着并发炎症，又患上了麦粒肿，医生开了药，问她是想打针还是吊水。江湖颇为难地犹豫扭捏。原来她这么大一个人还怕打针。

徐斯在旁哂笑。他对医生说："还是吊水吧。"

之后他又领着她去了注射室，那边更是人头攒动，有老人有孩子，喧闹声很大。江湖却不以为意，寻个角落的空位坐下来，唤护士过来帮忙。

徐斯趁着这个当口出去买了份外卖，提回来时还是热气腾腾的。

江湖已经吊了水，正一个人缩着肩膀靠在椅子上闭目养神。徐斯在她身边坐下来，她睁了睁眼睛，右眼还是很难睁开，她只得放弃，继续闭着眼睛。

徐斯说："别动。饿了吗？要不要我喂你？"

江湖陷在黑暗里，神思恍恍惚惚，记忆忽近忽远。

这一番情形好生相似，在她很小很小的时候，也是这样突然地病了，父亲抱着她半夜上医院，她窝在父亲的怀里，又哭又闹，父亲哄着她，问她想吃什么。她弱弱地答想喝粥，后来不知道父亲在大半夜使的什么法子，弄出了一碗白粥，还是加了糖的，一勺一勺喂她喝下去。

于是江湖闭着眼睛点了点头。身边的这个人应该是打开了什么罐子，甜蜜的糯香扑鼻而来。

他说："张嘴。"

江湖乖乖把嘴张开。

那一口粥如同记忆中的一样香糯而甜软，温柔地抚慰着她，连喉咙里那火烧火燎的痛都减轻了许多。这样的温柔轻轻牵动了她的某一处神经，内心深处酸不可抑，她哽咽着低低唤了一声："爸爸。"

徐斯的手停了一停，见她舔了舔唇，心内被轻轻一拨，不动声息地一口一口喂她喝完。

江湖闭着眼睛，小心吞咽，她只是在想，也许父亲就在身边，就这样呵护她。也许一切一切的孤单和凄凉都快过去了，待她睁开眼睛，又回到从前，重新回到父亲的羽翼下，她不再是一个莽撞得四处碰壁的孤鬼了。她这样渴望着，情不自禁地紧紧靠向了身边的人，仿佛他是她身边唯一可握牢的依靠。

徐斯把手上的保温杯放在一旁，轻轻将臂膀抵在了江湖的脸下，让她靠得舒服一些。江湖马上就捉住他的手臂紧紧抱住，整个人伏了上来，然后就再也没有动了。仿佛维持着这么一个姿势，可以让她安稳和安全。

徐斯伸出另一只手轻轻拍抚她的背，问："江湖，你爸爸平时怎么叫你的？"

江湖瓮声瓮气答："小时候他都叫我小蝴蝶，后来就一直叫我江湖。"

徐斯没有再说话，问护士要了一张毯子给江湖盖好。她伏在身边，真像一只栖息花间的小蝴蝶，被风雨扑打得气息奄奄，需要安静地休养。徐斯一直用手一下一下轻拍着她，让她知道身边始终有人。

江湖在凌晨的时候醒了过来，右眼仍没法睁开，她勉力地睁开左眼环顾四周。点滴瓶内只剩下不多的药水，她的身上盖着毯子，身边的男人正端正坐着看报纸。

徐斯的侧影原来有几分像父亲，永远能用最轩昂的姿势适应各种场合，从不会失礼。

江湖想要揉揉眼睛看清楚，手被徐斯捉住："别乱摸，你睡着的时候给你涂了药膏。"他叫来护士为江湖拔了针头，又扶着她站起来，柔声问她："送你回家？"

江湖头脑仍昏沉，可坚持说："回浦东吧，明早还有个会。"

徐斯说："得了吧，三更半夜你还让我开车过大桥，我可累死了。"

她抬头，眯着眼睛看他，果然一脸倦容，便不太好意思了，说："我家就在隔壁一条马路的小区。"


徐斯大致记得江家的方向，好几年前江旗胜在家中宴请过他和一干生意伙伴，只是那时候江湖也许忙着学业和富家千金们都热衷的各种公关活动，没有拨冗列席。

再次来到这间大屋子，他头一个感觉是大得有点空荡荡了。他那一回来时，这里宴请了极多宾客，反而让屋子有些拥挤。现在只他同江湖两人，一开门便是扑面的清冷气息，远不如江湖在厂里的小办公室紧凑温馨。

难怪她经常不回家。

江湖靠在门口换了鞋，又靠在鞋柜旁喘口气，才想起徐斯还站在门外。他陪了她这么大半夜，他又没有开车出来。她不是不会领情的，只好为难地讲："要不你也在我家将就一夜？"

徐斯已经推门进来了。

他可真是不会客气。江湖无奈，拿了钥匙开了父亲的房门，找了一套睡衣给他："我爸爸没你这么高，将就着穿吧！"

徐斯看着她又把江旗胜的房门锁上了，知道那里是她的心伤，她这么不愿睹物思人。他接过睡衣，移开目光，看到了电视柜上的江家照片，说："你和你爸爸很像。"

原来他看到了那张全家福。江湖把相架拿过来，捧在掌心，很稚气地讲："人人都说我长得像爸爸。"她又问他，"你呢？我见过你妈妈，你不太像她，你应该也长得像你爸爸。"

徐斯说："是啊，可我都快要忘了我爸长什么样子，他去世的时候我才五岁。"

她又问他："你爸会不会让你骑在他脖子上？"

徐斯想了想，摇摇头："真不记得了。"

江湖得意地讲："我爸会，我七岁的时候还能坐他脖子上。"

她得意的样子像是吃到甜蜜糖果的小女孩，那股子娇憨又回来了。虽然她的眼睛肿着，甚至半张脸都肿着，徐斯却觉得此时的江湖更加稚气而可爱。他不愿再多想，把江湖手里的相架抽出来，说："你早点休息吧，我很能自便。"

江湖还是坚持洗了澡，重新上了药才上床睡觉，睡觉前喝了一杯纯净水，加了两片柠檬。她依旧是她，稍稍恢复，便有她的规律，很自律。

徐斯想，他也需要自律。

他晚上睡在江家客厅的沙发上，江旗胜的睡衣并不是很合身，有些紧绷，正如他的心。其实他可以将她送抵之后很绅士风度地道别，但是他没有，而是选择睡在江家的沙发上，穿着江旗胜的睡衣，身上盖着江湖亲手拿出来的毯子。他的心内微微荡一荡，又刹住。此情此景，若稍有绮念，似有对不住屋内逝去的长辈之嫌。

终于，徐斯把心情平静下来，去除绮念，静如碧波。只是碧波深处，深如黑夜，他自己也探询不到的一处还在微动——江湖就睡在隔壁的房内，睡过今夜，她的病情应该会有些好转，明日她还要准时去挂点滴，明早他得提醒她一下。

他翻个身，放稳自己的身体，告诉自己，把这一觉睡好，不要再胡思乱想。


江湖第二天一直睡到日上三竿才起的床，这是她的家，她恍惚以为父亲仍在，穿着睡衣，蓬着头发，睡眼惺忪地眯着右眼就走出房门。

徐斯大大咧咧地坐在客厅的沙发上，看着手机。

江湖把哈欠打了一半，蓦然见他好整以暇，才想起昨夜的一切，不期然扭捏起来，收手回来顺顺头发。

此时的江湖带些初醒的邋遢，睡衣不是很整齐，头发也很乱，眼睛仍肿着。徐斯全部收在眼底，但是只当什么都没看见，道了一声"早安"，然后放下手机说："灶台上有白粥，桌上有配菜。"又问，"今天还要上班？"

江湖知道自己一副病鬼样子不宜见人，可是却一早就要面对他。但也没有办法回避，她只好讪讪说："不去了，我在家里和他们连线交流。"

年轻的女孩，总能倒下又爬起来，继续生气勃勃，很快就会恢复。徐斯微笑。他走到她的面前，点一点她的额头："有松有弛，这样很好。"

江湖用手捂着额头。

徐斯惋惜摇头："就是可惜眼睛肿得像旺仔小馒头。"他在她想要踢他之前，拥抱住她，"省省你的力气，好好养病。"

江湖停住不动了，任由他来拥抱。

她不想承认，昨晚他的拥抱就如同父亲的拥抱，她恍惚过一二刻，思念如浪潮般汹涌，无法抵抗，于是想要占有更多以便怀念更多。

江湖的心软弱下来。怎么会是徐斯？怎么竟然会是他？他这样志在必得的追求姿态，并不能让她舒服。可是他的拥抱温暖，又让她太想栖息。

江湖闭上了眼睛。也许是她寂寞了太久，才会这样软弱。她没有再挣脱徐斯的拥抱。

这是场暧昧的游戏，它有一个不堪的冲动开始，不安的过于互相揣测的过程，还有一个不明的甚至可能会潜藏危险的结果。但是，也罢也罢，江湖把手轻轻环在徐斯的腰上。她想，闭目塞听吧，这一刻的宁馨多么教她留恋。


徐斯叫了出租车把她送去医院才回公司办公，临走时叮嘱："把午饭送到医院还是你家？"

江湖的心上不期然就会起一些感动，想，徐斯是体贴的，只要他愿意对别人好，会做得比谁都周到。她答："送到我家吧。"抬腕看一眼手表，"大约四个小时以后。"

他想俯身亲吻她，但是江湖把头一扭。

她脸红了。徐斯笑，就随她心意，不再过分亲昵。他送她进了注射室才离开。

江湖望一眼徐斯的背影，忽有一种难为情由心内升起，细细一想，既难受又好受，让她有点无所适从。这是从来没有过的感觉，既想快快摆脱，又想分辨清楚，却又害怕分辨清楚。

一时半刻，她竟然有点百感交集。

在输液的过程中，江湖同岳杉等人通了电话，交代好公事。岳杉听说她病了，十分焦急，江湖反而安慰了这位长辈一番。

也许此时自己身边真正关心自己的长辈也唯有岳杉。江湖挂好电话，无声叹息，爸爸，其实我们都欠了岳阿姨的情分。

到底有多爱，才会如此爱屋及乌？江湖想，也许自己一辈子都无法体会。

但是，江湖所想不到的是，她在离开医院时，竟然看见了本该在度蜜月的高屹。

就在医院的大堂里，有医生推着一辆轮椅从某个监察室内出来，轮椅上头坐着一个女人，开口唤了高屹一声。那竟然是海澜，而此刻她一身病服，戴着口罩。

江湖惊骇莫名，怔在当场。

有人自江湖身后走出来："你病了？"

江湖转头，来人高挑的个子，戴着墨镜，淡妆，态度从容。她说："来吊水，你呢？"

齐思甜说："我来探病。"

江湖顺眼又看向那边，高屹已从大夫手里接过轮椅，把海澜推去医院的花园处。她便了然。

齐思甜问："要不要一起喝杯茶？"

江湖想了想，建议："我家楼下有家茶楼很隐蔽，环境和茶叶都不错。"

齐思甜笑："我知道，那里有很安静的包厢。江湖，你有时候思路快得让人忌妒。"

江湖也笑："我忘记戴墨镜了。"

齐思甜自己开了车来，竟是很普通的沃尔沃，一点都不起眼。江湖自然刮目相看——齐思甜此人，张扬的时刻很张扬，低调的时刻又极低调，很会拿捏分寸。这样的人在市场上不红，才奇怪。

然而，她略一深想，就会不自在。她想起的是这位旧日同学同徐斯的前尘往事。世事便是这般巧合，就在这天早晨，在大太阳底下，她同齐思甜狭路又相逢，还彼此给了一个笑脸，如今更要促膝长谈，坦陈一部分的真实。

江湖上的恩怨原本就不是黑白分明，江湖劝慰自己不应拘泥过多，找来这许多的不自在。

她们抵达茶楼。江旗胜父女是这里的常客，老板一向亲自接待，今日看到更有娇客，便把最优雅、最隐蔽的包房贡献出来。

江湖叫了一壶龙井，对齐思甜说："我内火有点盛，只好下这个主张了，你不介意吧？"

齐思甜迤迤然道："我一贯随便的。"

江湖笑问："你是不是有什么话想跟我说？"

齐思甜答："如果我不跟你说，估计你也会去问其他的同学，我想既然遇到了，就和你聊聊吧！"

江湖为齐思甜斟了杯茶："有心了。"她清了清嗓子，"海老师怎么了？"

齐思甜抿一口茶，才说："我也是在婚礼上才知道了一些故事。唉——"她幽幽叹了口气，"海老师和高屹，他们很小的时候就认识了。"

江湖往后靠了一靠，她有一点点震动。这是她从来不知道的往事。

齐思甜慢悠悠地把往事继续讲下去。

"他们两人原来是邻居，从小一块儿长大，也就是我们常说的青梅竹马吧！高屹初中的时候来 A 城，过了几年，海老师考到这里的师范大学。海老师家里的境况不太好，她的妈妈当时得了乳腺癌，正在 A 城治病。她的爸爸遗弃了她们母女，所有的担子就都落在海老师肩膀上了。后来海老师来了我们学校实习，和高屹重逢了。"

自从重重打击之后，江湖的精神没有丝毫的松懈，总是防着那些意外。但有些意外总是在她不能防备的刹那压迫到她的心，她的五内仿佛被狠狠震了一下，说不清楚是酸还是痛。可她仍平平静静地问齐思甜："后来呢？"

齐思甜反客为主悠悠然地给她沏茶，才继续讲："不知道怎么回事，高屹在他的妈妈去世以后就没有再和海老师联系了。海老师为了给妈妈治病，去深圳做销售赚钱，这么拖延了几年，她的妈妈去世了，再后来她就回家乡去教书了，当了希望小学的老师。我们一直在通信，一直到这回高屹回头找她，我才知道这些隐情。"

江湖完全没有办法把齐思甜泡的茶喝下去，那茶叶格外苦涩，根本就是难以下咽。她问："她——不会得的也是乳腺癌？"

齐思甜也把杯子放了下来，神色凝重："有的人生来幸运，有的人的生活却充满了不幸。人活在这个世界上，难免犯错，有的人付出的代价大些，有的人则小些。老天未必公平。"

江湖惨然一笑："是的，老天未必公平。"

齐思甜说道："海老师也得了乳腺癌，大约是遗传的关系。她是这么温柔的一个人，上天对她可真不公平。"

江湖心潮起伏，但绝不会对齐思甜外露。

齐思甜把往事娓娓道来，这些许经历填补了她所不知道的空白，别人的世界别人的痛苦，她忽而能够融会贯通，然后推己及人，好一阵地痛不可抑。

但此时切切不可失态，江湖拼命告诫自己。

她抬起头来，把齐思甜打量了一遍。眼前的齐思甜神色谨然，无悲无喜。她在荧幕上总是演骄傲的公主抑或大呼小叫的千金，但在现实里，她一丝不苟，动了声色都能泰然处之，说任何话，摆任何态度，都张弛有度，有因有由。

江湖把激荡的心缓缓平复下来，把游离于外的思绪一把一把捉回来，把注意力集中起来，直接而坦率地说："我很难过，这些都是我没有想到的。谢谢你把一切告诉了我，在这个世界上，受苦受难的不单单是我们自己。有时候是我太自私了。"

齐思甜微微一怔。

这是她所意想不到的江湖的回答。江湖没有激动，没有闪躲，只用普普通通的语气说出这样谦虚反省的话，让她抓不住任何话柄，也摸不透她的情绪。她蹙紧眉头。

齐思甜是个甜美女子，蹙眉更添三分西子捧心的娇娆。江湖望住她，观察她，一时想岔了，她在想，自己的形象着实差齐思甜不少，徐斯心里到底在想什么东西？

江湖甩一甩头，她不该把念头放到徐斯身上了，她要应付的是眼前的齐思甜。齐思甜讲出这番话的目的，江湖一念即明，女人，也许最过不了的是自己这一关。

江湖倾身又为齐思甜添了茶，齐思甜没有作声。江湖说："很多事情我们都没有办法把握和控制，我很遗憾。只希望从今开始，大家都能求仁得仁。我还是很有诚心希望同你合作的。"

齐思甜半张了一张口，是骇异的、惊诧的，根本没有想到的，半晌她才喃喃："江湖，你是怪物吗？这时候你还在跟我谈合作？"

江湖垂下眼睑，不露神色："我一直以来都很有这个诚意，不然我也不会请你喝茶。"

"你简直——简直——"齐思甜哽了半天，找不出任何合适的说辞，最后只好冷笑，"我算是认得你的狠了。莫向晚来找过我了，她帮过我一个大忙，情面上头我是不会不讲道义的。"

一听此言，江湖先是惊讶。她没想到还未到任的莫向晚的效率竟然这么高，而且动作又如此精准。如若背后没有他人授意，实在是不可能的。但这也是件再好不过的巧事，怨不得齐思甜会如此这般气急败坏了。

天赐的机会和机缘的把柄江湖不会不紧紧抓住，她微微一笑，用茶杯碰了碰齐思甜的茶杯："那么，期待我们的良好合作。"

齐思甜轻轻冷哼："你，你同他，还真是天生的一对。就是不知道最后谁坑了谁。"

她果然什么都知道了，这江湖上头狠打海摔惯的人，谁又是省油的灯呢？江湖反而释然下来，她讲："我明白的。我有时候想起，以前你们这帮旧同学总是说我像郭芙，郭芙还是好命的，起码最后遇到的是人好心好的耶律齐。但不是个个都像她这么好命。"

齐思甜站起身来。也罢也罢，棋逢对手不过如此。江湖用坦诚当作武器，到底技高一筹。此厢里的这番话已让她无心再多争辩，最后只得是愿赌服输。她向江湖道别。

江湖末了讲："我会让我们的律师同你的经纪人具体谈谈细节。"

齐思甜点点头。

这是她至大的优点，永远不会和现实利益过不去。其实，江湖想，自己也是如此。

她转回家中，一楼的物业管理员叫住了她，笑容满面地讲："江小姐，有人给你送来一份外卖。"

外卖是用隔热袋装好的，包装得很仔细，隔热袋上头有"CEE"三个字母。她带回家打开隔热袋，一阵甜香扑鼻，里面装的是燕窝粥和清火的凉拌菜蔬，分量正好。

她打开了电视机，把粥和菜慢慢地吃完，随后发了条微信给徐斯：午饭很可口，谢谢你。

徐斯过了一个多小时才回的微信，只有三个字——不客气。

或许病来真如山倒，江湖这一场病生了足有一个多星期，每日都需去医院吊水。岳杉同裴志远都表示想要上门来照顾她几天，都被她给婉拒了。这些天早午晚三餐日日有人送上门来，她被照顾得很好。

徐斯并不是每天都来探望她，一天隔一天的，总是拣晚上六七点过来，来之前给她发一条微信，晚上一起吃顿晚饭，说一会儿闲话，大多谈的是公事，譬如手绘比赛，譬如即将到来的鞋博会。过了九点半，他就会告辞，很有分寸。

前两天，江湖的眼皮还肿着，不怎么愿意面对徐斯，他只当没有看见。既然他当了睁眼瞎，她再处处计较，那便是狭量了。

直到江湖的眼皮消了肿，徐斯才放心取笑了一句："恭喜你终于不用当金鱼了。"

江湖拿了镜子一照，眼皮消肿以后还留着红痕，依旧有碍观瞻，便没有好气地讲："嗯，连眼影都不用涂了。"

徐斯说："你还挺能自嘲。"

这天他吃完了饭，没有坐多久就告辞了。过了一会儿，岳杉登门来探望江湖，一进来便问："我在你们家大楼门口看见了徐斯。"

江湖给岳杉倒了杯茶，又切了点水果。岳杉把这一周公事上头林林总总的文件拿出来请她过目签署。她在浏览文件的时候，岳杉一直望着她。

江湖心里是知道的。她把所有的文件都签完后，抬头对岳杉讲："我可能会和徐斯谈恋爱。"

岳杉重重叹了口气。

江湖捏着签字笔，在手指尖转动，默然了一会儿，又说："我以前也谈过几次恋爱的，感觉没了，不能在一起了，就分开了。顺其自然吧。"

岳杉无奈："你用这样的心态去谈恋爱，是谈不好恋爱的。"

江湖停下转笔的动作，用手撑着下巴，又想一阵，才说："我觉得有个人陪在身边做伴的感觉，还是很好的。"

岳杉说："我知道。"她怎么又能不理解呢？一个孤女单身行走会有多么寂寞和无助？她想她应当理解江湖，可是——她仍说，"你爸爸会担心的。"

是的，江湖明白。父亲去了，而她活着，无论多辛苦，都要走下去，好好的，不辱江旗胜的声誉。她软软地靠在了沙发上，闭上了眼睛。

岳杉微一侧头，看见了电视柜上江家的全家福。年轻的江旗胜有着她最熟悉的意气风发的模样。可是，江旗胜已经不在了，不能再庇护他的女儿一路太平。不管是不怀好意的天罗地网，还是真正可以借力的好风青云，都需要江湖自己计算和把握。岳杉但愿自己是杞人忧天了，她望着江旗胜的相片，心中默默祈祷："江湖站起来不容易，如果她要再遇到什么艰难险阻，你要保佑她面临的不是一个令人粉身碎骨的深渊。"

江湖睁开眼睛，就看见岳杉脸上露出的忧虑。她也转头看向父亲的照片，在心内默念："爸爸，我不知道这样的选择是对还是错，是坚强还是软弱，您要保佑我一直有勇气走下去！"

照片内的江旗胜，眼神炯炯，仿佛正看着眼前的两个女人，想要给予她们一些勇气。岳杉和江湖都命令自己一定要这样想。

江湖把疗程内的点滴吊完后，眼皮上的肿基本都消了，烧也退了，就是脸颊苍白，看着一脸大病初愈的弱相。

她去医院配最后一个疗程的药时，情不自禁地就去了两腺科的病房。

江湖承认自己还是放不开。其实早几天她见护士推着海澜下楼做检查，就鬼使神差地跟了上去，看清楚了她住哪个病区。

今次她先在病区内徘徊了几步，区域服务台的护士见状上前询问，她便问道："有没有一位叫海澜的病人？住几号房？"

护士问："您是？"

江湖便自称是病人的朋友，想要询问病人的病情。护士为她查了一下，基于职业道德，并没有透露得很详细，只是说这几天这位病人要做一个卵巢去除的手术，最好不要频繁探望，以免病人术前劳累。

江湖没有听懂这是什么意思，回到家里上网收邮件的时候，顺手查了查资料。然后，她坐在电脑前发了半天的愣，原来世间的苦痛，远超过她所能想象的范围，令人不堪重负。

江湖在那几天情绪极度消沉。徐斯来陪她吃晚饭时，两人都沉默着用餐。他见她抑郁寡欢，也就没有逗她多说话。他心里是很清楚的，江湖对他的追求一直不太积极，总摆出一副可有可无的态度，次数太多，时间一长，他不是没有一点意兴阑珊。

徐斯想起同婶婶洪蝶前一阵的一段对话。

洪蝶特特问他："听说你往腾岳跑得勤。"

徐斯答："工作而已。"

洪蝶卷起手里的卷宗，敲到他的肩膀上："你有什么心思，婶婶我会不知道？"

徐斯抱拳，油嘴滑舌地遮掩："小的道行浅，还是您高明。"

但这套对洪蝶没用，她开门见山问："你以前换女朋友，只要不是太离谱，你妈和我都不愿管这种事儿。但这次——你是不是真想追江湖？"

徐斯只好坦率地说："我是挺喜欢她的。"

"她可不是你以前交往的那些类型。"

徐斯承认："这几个月她的表现，已经证明了她不是，不是吗？"

洪蝶点头："你以前交过的那些女朋友，分手也就分手了，但江湖——如果你们俩能成，我们长辈是很高兴的，如果不能成——"

徐斯把洪蝶的话截过来："婶婶，您想的是不是太多了？"

洪蝶原先笑意盈盈的面孔板了起来，说："你得好好尊重这个小姑娘，要是她觉得自己被亏欠了，是会向你讨要回去的。"

徐斯当时皱皱眉，讲："您真够夸张的。"

洪蝶说："内心坚忍的人，最受不得背叛和亏待，一码归一码，会分得清清楚楚，态度难免就会锐利了。江旗胜做事情从不吃亏，他女儿也是。"

江湖坚忍，徐斯相信。这几个月腾岳的起色已经足以证明一切。

江湖锐利，他也相信。

就拿最近一宗事来说：他推荐给腾岳任市场营销经理的莫向晚尚未正式任职，便经他的暗示，先同齐思甜交流了一番，而后齐思甜的经纪人就找了岳杉谈代言合同细节。江湖那几天在养病，但并不妨碍她批示了一张付款凭证，由岳杉转递一份花红给莫向晚，用的理由是绩效奖金。

莫向晚十分意外，同丈夫说了。后来莫北对徐斯开玩笑："你给我太太介绍的新老板在管理上讲究雷厉风行，赏罚分明啊！"

徐斯心底一触。江湖此举，虽然稍显幼稚和冲动，但她刀锋一样迅捷而锐利的行事风格已露端倪。徐斯坦白地承认自己并不喜爱她这样的风格，加上她对他的追求总是不冷不热，让他更觉有一股浊气存在心底——从不曾如此费劲地同一个女孩周旋一段感情，尤其是他竟然不知道自己是不是有万分的把握。

这样一想，徐斯心里也就凉了一凉。这几天他在江家用餐基本上饭后即告辞，少了兴致停留片刻和江湖逗趣了。

这天徐斯一离开，江湖也稍稍修整了一番，跟着出了门。她又驱车去了医院，赶着探病的钟点。

海澜住在住院部大楼八层的两腺科病区的单人病房，环境十分幽静，没什么医院特有的消毒水气味。高屹已经有把她照顾妥当的实力了。

江湖屏着息慢慢地接近那边的病房区，带着怯怯的、不可名状的心情。她不知道自己为什么会再来到这里，或者只是想——看一看他们？

有一个护士从海澜的病房内疾步走出来，在门口同里头的人讲："等一等，我去拿针剂。"她走得太匆忙，忘记随手把门关上。

江湖偷偷靠在门沿，往里看去。

高屹背对着门外俯身在海澜的病床前，江湖只能看见海澜的一只手紧紧抠着高屹的背，她的手枯似柳枝，好像轻轻一碰就会脆断。她正急促地喘息着，应该在承受着莫大的痛苦。可就是这样痛苦着的海澜，还是断断续续地、微弱地推拒着高屹："你走，我这副死样子很难看。"

高屹什么都没有说。他这样的性格，在这个时候，肯定不会说什么话，也绝对不会走。江湖看见他慢慢地抱紧了海澜。她挨尽多少痛苦，他就给予多少力量，两人都拼尽了全力。

也许这便是不离不弃。江湖想，她可能永远都不会懂。

江湖心中疼痛难忍，转过头去，远处有医生跟着捧着注射盘的护士一齐匆匆过来，她把头一低，回避着来人，也回避着此刻的自己，跟跟跄跄一路跑到楼下，冲到医院外头。

外头明空朗月，夜色很美。江湖逼着自己仰着头，月亮可能太亮，照见白日寻不到的心灵沟壑，月亮也可能太凉，冰冷地敷在面上，让自己不住地眼酸。不知是为自己，还是为海澜和高屹，江湖的眼中还是落下了泪。她在冷冷夜色里静立片刻，才缓缓将泪拭干，去停车场把自己的车开了出来。

江湖将车驶出医院大门时，路边有车在打灯鸣笛。她摇下车窗往后看，是一辆普普通通的别克商务车。别克的车窗摇下来，徐斯探出头对着她"喂"了一声，讲："要不要上高架往江那头开一圈来回？"

江湖说："我从来不飙车，而且也没人开着别克请别人一起飙车的。"

徐斯"扑哧"一笑："谁说要跟你飙车了？我只是觉得两岸霓虹辉煌，夜景无限美好，请你一起夜游 A 城。"

江湖不禁笑了出来，答一声："好。"


A 城的夜色很美，从浦西到浦东，霓虹点缀在浦江两岸，把浦江衬成一条黑夜里生辉的玉带，所以这座永不落幕的不夜城一直很热闹。

江湖把车窗完全打开，但却没有把车开得很快。她只是用适中的速度，让自己一边开着车，一边看清浦江两岸的美妙江景，也能让夜风像温柔的纱一样抚摩到自己脸上，把泪意擦去，还她明亮双目。

徐斯的车不疾不徐地跟在江湖的车后面。江湖的车速不快，所以他更猜不明白她现在的心情。这让他有点无奈，弹一弹方向盘，只想嘲笑自己。

从江湖家里出来后，他去车库取车，没想到老爷车油门熄火。他很恼火，刚想给拖车公司打电话，就看见江湖匆匆跑进车库，一会儿就把她的车开了出来。恰恰这个时候，他这辆老爷车意外发动起来了。

他不是故意跟着江湖去了她吊水的医院，他仅仅好奇而已，不知道大小姐三更半夜会去看什么夜景。

徐斯跟着江湖把车开到医院，开进了医院的停车场，跟着她一起下了车，跟着她进了病房区，他才想起来任冰提过一回，高屹新婚的太太正在住院，似乎就是这家医院。

实际上，徐斯对那次婚礼的印象深刻得很。

那日的宾客不少，主婚人是高屹任职的那间百货公司的董事长。J国人谦逊和气，坦言婚礼是自己能送给得力员工最好的礼物，所以一定要承办。

徐斯也听说过坊间的一些秘闻，在去年中环利都百货物业被澳洲环宇金融以购股及物业换股形式收购案中，高屹提前向公司分部和总部的管理层预警，请他们聘用审计公司对澳洲的金融公司的物业进行审计。虽然为时已晚，但他冷静出色的表现，被总部董事会要员记在心里。后来总部拟向中国大陆投资，头一个考虑到的人选就是高屹。

徐斯不是没有联想过，江旗胜在这桩收购案中栽的跟头会不会同高屹有关。他起码对江旗胜有个见死不救的责任。然则，江湖中人，商界浮沉，自当明了功名利禄之中将要承担的风险。既然下了赌注，就要承担结果。这是徐斯一贯深以为然的，根本无所谓对错。

更何况对象是江旗胜。徐斯当时想到江旗胜，心里头仍旧凛冽了一番。江旗胜叱咤江湖这么多年，类似的手腕早已耍得出神入化，败在其手上的也不计其数，这一份能耐和能量就不是常人所具备的了。谁又比谁更清白呢？

徐斯是在高屹的婚礼上想到了这个关键，他问随他同来的洪蝶："江湖的爸爸也是老江湖了，当年怎么就没看出来澳洲公司的物业会有问题？"

洪蝶堪堪才同高屹的上司寒暄完毕，对徐斯轻声讲："我后来听熟人讲，那几栋澳洲楼盘被国内一家大型企业看中要买下来当澳洲分公司的厂房，这个消息是属实的。但是当时澳洲的公司要拿去当作换股的抵押，所以大企业才没得手。当时这个利好消息一出，谁都认为这项投资铁板钉钉，换股收购后，百货公司的股票必得更上一层楼。谁知道出了这样的岔子呢！但对那家大企业来讲，倒是因祸得福了。"

徐斯又默想，江旗胜也许真的老了，才会在阴沟里翻了船。

他站在宴会厅的落地玻璃窗前喝酒，冷眼旁观。这场婚礼的流程很简单，主婚人致辞，新人致辞，然后新娘就出于身体原因退场了，留下新郎一个人招待宾客。而新郎新娘都没有什么亲人到场，让这场婚礼在热闹之余，越发凄凉。

齐思甜也来参加了婚礼，同旧同学聊得很热络，最后才好像看到了他，对他轻巧地笑了笑，拿着杯子过来同他干杯。她说："高屹能给他的新娘子的也许只有这场婚礼了，仪式是一种尊重。"

徐斯对别人的故事没有多少兴趣，百无聊赖地挑一下眉，齐思甜知道他的意思，她永远知道自己什么时候该退下。徐斯安安静静地旁观着这些和他无关的一切，一直到一眼瞥到落地窗外、马路对面的江湖。

江湖有一种看不破红尘的执拗，总会驱使她做一些傻事。徐斯想了想，把酒杯放下，下了楼走到对面去。


现在，徐斯还是在想，江湖总是用这种执拗和自己过不去。那也无非是——得不到的东西是最好的。任性的孩子都有这毛病。徐斯撇唇自嘲地笑了笑。

他跟着她很有默契地一起在浦东滨江大道的停车场找了车位停下来。这里有辽阔的绿地，清新的空气，是欣赏两岸霓虹夜景的最佳观景点。

他们都很会选地方。

徐斯下车关门时江湖也在锁车，她对他吆喝："买几罐啤酒？"

江风徐徐，很是凉爽。徐斯略一眺望，两岸新旧建筑巍峨参差，江面上三两船舶缓缓驶过，发出悠长的鸣笛。七八行人嬉笑走过，前头还跑了一条哈士奇，人同狗都是悠闲的。

徐斯认为江湖出了一个好主意，问她："要几罐？"

江湖耸肩："越多越好。"

徐斯说："你等等。"他指了指不远处面对江面的公共座椅，"你坐那儿。"

这话根本就是命令，江湖瞪了他一眼，然后慢吞吞地走过去坐了下来。

徐斯在滨江大道附近没找到便利店，于是就近找了间会所酒店买了四罐啤酒，看到酒店内供应港式小食，便又捎带了份鸭下巴。

回到江湖身边时，她正用手逗着陌生路人牵的哈士奇。哈士奇跟着她摇摆的手左右跳腾，江湖"咯咯"笑得正欢。一人一狗，就像两个孩子在嬉闹。

徐斯远远站了一会儿，等江湖同哈士奇闹够了，狗主人牵走了哈士奇，他才走回她的身旁，把啤酒丢给她。

江湖拉开啤酒拉环，猛喝了两口。

徐斯递上鸭下巴，江湖笑纳："正是我所爱也。"

两人相对坐下，江湖赤手拿了鸭下巴大快朵颐。

徐斯觉着好笑，好好地同她跑到这处吹江风、喝啤酒、吃鸭下巴。江湖两手并用，口齿用在吃食上明显也是伶俐而敏捷的，把骨头啃得干干净净。

她也不怕脏不怕邋遢。徐斯想。但她吃得他很升起一种食欲，便也脱下西服放在一边，卷起了衬衫袖子，同她一块儿把鸭下巴风云残卷。

等徐斯想起来拿啤酒时，发现江湖已经喝掉了三罐。

她拿起第四罐啤酒，正要拉开啤酒拉环，他用手搭在她的手上，阻止了她的这个动作。他说："别再喝了，你一喝多，就会做傻事。"

这里虽然有辽阔的绿地，但是路灯疏落，不能照亮所有的角落。他们坐在一处暗处，虽然看得见两岸璀璨霓虹，却望不清对方的眉眼。江湖不知道徐斯是什么表情，但他搭在她手上的手掌很热。

江湖没有抽开："你放心，我不会再吐你一身。"她有微微挑衅的意味，也有微微挑逗的意思。

徐斯笑："不错，功夫到家了，真让人不能小觑。"

江湖答："那是。"她终于把拉环拔开，啤酒的泡沫溅到他的手背上，还有她的手背上。他们都毫不在意。江湖仰头灌了一口，然后用双手捧住啤酒罐，对着夜空说话："徐斯，你相信吗，要是我想谈恋爱，全 A 城的男人可以从浦西排到浦东。"

徐斯在周围摸了一圈，无奈地发现一罐啤酒都不剩了，他摊手："我相信，我哪能不相信？"

江湖又猛喝好几口，再把脸贴在啤酒罐上。脸颊有点发烫，她感觉到了。她的酒量并不是很好，她自己是清楚的，在她微微醉时，又是她最清醒不过的时刻。她对着夜空怔怔："徐斯，怎么你总是会在这种时候出现？"

徐斯说："是我不合时宜了。"

"也得谢谢你。"江湖忽而笑了笑，颇自嘲地，"还陪过我一夜。"

徐斯先一怔，冷冷地悄无声息地"哼"了一声，继而，又没来由地不好意思起来了。

江湖并没有注意他的态度，只管自摇摇头："但那不怪你，是我自己不好。我是个很不好的人。"

终于，徐斯忍不住腾出手来，抱了抱她的肩膀。他问她："你是不是想说什么？"

江湖转头认真地问他："你知道我为什么总是要去看高屹吗？明着看，暗着看。"

徐斯静默地看着她。

江湖说："那是因为我对不起他，人这辈子不能对不起别人，否则就一辈子抬不起头来。"

这并不是一个好的话头，徐斯想要阻止："江湖。"

江湖将易拉罐内的啤酒全部喝完，她把易拉罐捏紧，仿佛下了什么决心。在这撩人夜色里，她心内的梦魇被唤醒，那遥远记忆中锁住的疑点，像蛇一样蜿蜒地爬到心头，开始啃噬她的良知。她又问一遍："你知道为什么吗？"

徐斯掐了一掐江湖的肩，说："不是很想知道。"

江湖先是慢慢摇头，接着是拼命摇头。什么都阻止不了她了，她急于倾诉，为那些陈年的负担找一个可吐露的方向。

"我爸爸有一辆和你现在开的很像的车，有一天晚上发生了一起很严重的车祸，我爸爸第二天就换了车。"

短短一句话，江湖的口气跌跌撞撞，仿佛讲了几个世纪。而徐斯心内一触，他不愿意再听下去，及时打断她："行了，江湖，你没喝几口就醉了。"

江湖甩开徐斯的手，往事历历，战栗阵阵。在她记忆深处被埋葬的影像，时隐时现，向她的良知挑战。她以为自己会忘记，然而不能。

她继续往下说："其实，是我，是我看到高妈妈给爸爸整理文件，所有的文件都要拿到路边的小店去复印。但我知道那是没用的。爸爸怎么会把重要的东西放在家里。可是——可是——"她狠狠地捏紧啤酒罐，"有一天放学，我看到她从我家鬼鬼祟祟地走出来，走过了好几条马路，在路边公用电话亭打电话，她很低声地说话，但是我听到了，她说她要举报江旗胜。我很害怕，我叫了出租车，跑到爸爸的工厂里。"

江湖举手，把易拉罐远远地扔进浦江里。她扭头望住徐斯，眼睛亮得可怕："你这么聪明，你猜得到这两件事情的关系吗？"

徐斯伸出手来，摊平，遮住了江湖的眼睛，他说："你醉了，还把罐子丢到浦江里，这比吐在我身上还要糟糕。我不该让你喝酒的，吃一顿鸭下巴就行了。"

江湖伸手握住他的指尖，但却并没有推开他的手。她喃喃："我醉了吗？"

"是的，你醉了。小醉鬼才老干傻事说醉话。"

江湖握住徐斯的手，轻轻把他的手移下来，她跟着倒伏下来，卧在他的膝头。她说："是的，我大概是真的醉了。"

徐斯调整了一下坐姿，让江湖枕在自己的膝头，伸手捞起西服盖在她的身上。他说："你眯一会儿，醒醒酒，等酒精散了我送你回去。"

江湖翻个身，徐斯的呼吸就像浦江的微浪，这般宁静的起伏让她的心情渐渐平复下来。船舶的鸣笛渐渐地远了，四周忽然寂静极了，她闹不清身在何处了。她嘟囔了一句："徐斯，你真是好精。"

徐斯摩挲着她的发，她的发留长了，披散在他的腿上，温顺有如黑缎。


江湖睡足了两个钟头，才迷迷糊糊地醒过来，醒来时身上披着徐斯的外套，他用手护着她的头脖，防着风大吹到她。他见她醒来，便开着她的车把她送回了家。江湖一路迷迷糊糊地任他安排，进家门时，她都忘记了同他道谢，就关上了门。

徐斯还以为会有晚安吻，可见是自作多情了。他无奈地叫出租车回了浦东的小别墅。清晨起个大早，发现外头下起了暴雨，他又叫了出租车去滨江大道的停车场拿了车。来回折腾，丝毫不嫌弃烦琐，竟还情不自禁把车一路开到了腾岳厂门口。

在厂门口的停车带上，徐斯愣了好一阵，不禁咬牙切齿地骂了自己一声"蠢货"。待要离开时，眼尖看到莫北的车竟然也停在厂门口。他摁两声喇叭，打一个手势，示意莫北开车跟着他去附近的会所喝早茶。

两人在会所坐下后，徐斯必然抢先揶揄几句："雨天管接管送，二十四孝老公。"

莫北笑着抱怨："你介绍的好工作，让我每天回家都得做家务。"

徐斯抱歉："最近他们是很忙，新产品要上市吧！"

莫北瞅着他还是笑，徐斯耸肩。

莫北说："我明白的。"

徐斯问："明白什么？"

莫北说："这种问题你自己去考虑。什么时候该做什么事情，你身体的荷尔蒙会告诉你。"

徐斯嗤笑："行了行了，大律师整天故弄玄虚地做分析。"

徐斯态度一贯聊赖，莫北已经习惯，但徐斯不是个习惯回避问题的人，刚才明显是在回避。莫北微笑道："我已经结婚了，有些道理比你懂得多一些。而且我也一向比你想得少一些，想得少一些未必不好。"

徐斯只喝茶，不讲话。

发小年前新婚，夫妻感情如胶似漆，过上了单纯的家庭生活。他以前觉着这实在是芸芸众生中男女最普通至极的生活，现下却微觉忌妒。他想，被江湖这小孤女搅和得自己不明不白患得患失的情绪极重。

同莫北的这顿早餐，徐斯把自己的情绪吃了个乱上加乱。

而江湖这一天都没有给他电话。

昨晚她还睡在他的膝头，睡熟时，一手环住他的腰。她馨甜的气息让他在那两个小时里如坐针毡，却又不得不做足正人君子。

他知道她还是放纵了，对他讲出那样的秘密。她清醒以后，一定会后悔自己的一时口快。

徐斯冷笑，心内蹿起了点点凉意。江旗胜的黑白曲直就好像无底深渊，底下阴风阵阵，不知深有几许。有些问题，他越想越胆战。江旗胜会是怎样一个心狠手辣的人？可他毕竟已经故去了，自己是想得太多了。在江湖，江旗胜已成心底的一道伤口，一重怀念。


徐斯回集团总部开了几个会，随后召来任冰询问小红马项目的进展。任冰把一切安排得很好，只是营销方案还需要再商榷。

徐斯还没有着手同海外投资公司具体联系这个项目，他想待有了万全的把握后再行动。

任冰表示赞同，这位上司不是个妄自尊大，冲动行事的人。他说："我研究了江湖的方案，她做得很全面。媒体预热周期很长，每个周期都有主题，配合推出来的新产品。同时在经销商那头下了功夫，等从鞋博会回来，问他们拿货的就要挤破头了。"

徐斯说："她慢慢了解市场，也慢慢让市场接受，有这个耐心，很不错。"

一开始慢一点，慢慢知道彼此需求，也未必不好。他想。

等任冰退出后，徐斯吩咐 Jane 推了晚上和同业联络感情的饭局，提前一个小时下了班。

他忍不住又去了腾岳。

江湖正在厂房内看手绘展的展板设计样稿，展会公司的工作人员恭恭敬敬站在她的面前听训。

她说："我的主题要中国红，要鲜艳，要闪，要商场内所有的人一望即知。不要这么雅致和矜持。老牌子一次爆发，需要有激烈的情怀。这一次手绘的第一名也是用红色做主色。"

她又对莫向晚讲："我同意用'快闪'方式开场，足够吸引商场内看客，人山人海那是最好不过，一定要有电视台和视频网站的拍摄，各路记者和行业意见领袖务必全部到场。还要有年轻人自己拍摄，然后放到社交媒体上去传播。"

徐斯在她身后开口："如果江总还有预算，还可以现场资助贫困大学生，学校领导就会捧场，以后团购少不了。"

江湖说："已经安排了。"

她早已将徐斯的有效建议付诸行动。

莫向晚拍拍手，让大家各就各位。

徐斯伸手指示："去你办公室谈。"

江湖跟在他身后进了办公室。

他随意地坐到她的办公桌上，看着她面色镇定地走进来，对他微微颔首说："老板，有什么指示？"

真是好定力，果然把昨晚的失态当作过眼云烟了。徐斯失笑："我想没有一个男人听到女朋友叫自己老板，会觉得顺耳。"

江湖脸上抽了一下，这位风流公子就这么把自己的身份落实了。也好，他除了谈情谈公事，没有谈隐情，连一点点的暗示都没有。

想起这一点，江湖心中还是有些微后悔的，昨晚是自己大意了。

探过高屹和海澜，她心内波涛又掀起百丈巨浪。有一种情绪急于宣泄，把心内重重负担袒露。只在那片刻，她下意识中把徐斯当成个好的听客。这一份笃定来得太突然了，虽然她已做好心理准备同他谈一场天时地利人和的恋爱，也调整出自己所认为的最合适的进退尺度来周旋，包括身体的，言行的。

可是，她从没有防备过自己会对徐斯倾诉最隐秘的隐痛。也许她下意识地认为他一向懂得取舍和进退之间的把握？向他宣泄是安全的，是可以万无一失的？总之，她就是一时不察地，把自己的心结聊给他听了。

徐斯听了以后会怎么想呢？江湖今早不住地琢磨，也许他被江氏父女的这些复杂往事搅得知难而退也讲不定。但，他现在又来了，他说他想追求她，似乎到此时此刻也没有改变这个主意。而此时此刻的他的行动也证明了，他确实是个安全的听客。

江湖又意乱纷纷了，眼前的徐斯就这么三分正经三分不正经半真半假地望着她。

徐斯抬腕看了看手表，讲："六点半了。"他站起来，走到她的面前，亲密地抱了抱她的腰，"现在你我都下班了，你可以陪你男朋友吃顿晚饭吗？我觉得水煮鱼不错。"他在她的面颊上亲了亲。

江湖没有回避，侧了头，正好看到徐斯身后的令箭荷花，霸占室内一角，火红花朵挡住了窗台上的仙人掌。她把脸仰起来，让自己坦然接受他的亲吻。


如徐斯所愿，最后两人一齐去了食堂。正是晚饭时刻，食堂里很热闹，工人们一边吃饭一边聊天。裴志远正指挥着手底下的助理在食堂一角高一米宽三米的大板报上张贴优秀员工的照片和事迹。

徐斯饶有兴趣地在旁看了半天，江湖解释："上个月开始评选优秀员工，根据工作绩效和出勤率，每半年一次，有加奖金。"

裴志远笑眯眯地说："重奖之下，必有勇夫，现在赶订单和我们自己的产品，那效率叫一个高。"

江湖轻蹙双眉，但不刻意让旁人察觉。徐斯察觉到了。她依旧直率，欣赏与鄙弃黑白分明，只是现在懂得把不屑掩藏起来，明白与人面子的重要。

裴志远凑过来同徐斯随意聊了两句，徐斯打了个哈哈。

莫向晚同市场营销部的同事和设计师一起走进来时，江湖真心地微笑说："怎么还不下班？早点回去吧，你儿子也要吃晚饭。"

莫向晚笑道："有他爸爸带着。我和几位再核一下活动流程，明天要和公关公司开会，也要提前知会媒体。"她对徐斯点头打了招呼，并没有过来凑这头的热闹。

江湖去厨房吩咐了晚餐餐点，出来同徐斯坐到一处，她说："莫向晚是个很负责的市场专才，帮了我很多。"

徐斯说："你付工资，员工尽力，这很正常。"

"现在一个岗位要招聘到合适的人，并且这个人能尽力去干，其实很难。"

"就像找对象？"

"……"江湖没继续接他的话题。

这顿晚餐她又只吃色拉和面包，用她喜欢的怪异搭配。不过细心的厨师给她炖了一盅鸡汤。徐斯心想，她的员工都是真心为她解决问题的，因为她也花了心思对待她的员工。

江湖的确花了很多心思。

工友们因为住在工厂后的职工宿舍，都把食堂当作休憩玩乐场所，吃完饭，有人把食堂前方的投影幕拉下来，投影幕一旁放了一台卡拉OK机。

徐斯看在眼内，道："设施倒是很全。"

江湖笑了，还笑得挺得意，她倒是一点儿也不谦虚。徐斯知道瞧着她的时候，自己也在笑。

七点左右，有吃完饭的工人把卡拉OK机打开，开始唱歌，都是极俗的口水歌，唱得也不算好听，但是每个上去唱歌的工人都很大方自然、兴致勃勃，并不会因为作为老板的江湖和徐斯在场而扭捏。可见这样的氛围不是一朝一夕所培养的表面功夫，江湖的落力更在她的行动上，她会在每一位工友唱完后都热烈鼓掌，徐斯跟着她一起鼓掌。

在江湖把面包吃完后，有个中年女工友恰好唱完歌，过来邀请江湖也唱一曲。裴志远看到了，喝了一声："搞什么啊？真要开联欢会啊？"

江湖不以为忤，反而笑着对她的舅舅说："下班了嘛，大家一起轻松轻松。"她笑吟吟地走到食堂前头，拿起了话筒。

徐斯不知道她会选唱什么歌，但她最后竟选了凤凰传奇的《自由飞翔》。这倒是出乎他的意料，他认为以她的兴趣，不应该会爱听这样的歌曲。但是前奏过后，她不用看屏幕就能把口水歌流利地唱出来，而且唱得很不错，将高亢的歌曲演绎出准确的高亢，让工友们不由自主地为她打出激越励志的节拍。

这一切，都有她的心机在里面。

以前的江湖，绝对不会花这些心机，因为有江旗胜捧她做深坐城堡内就能呼风唤雨的公主，轻而易举就能得到一切。如今，公主失掉了城堡，不得不拿起武器，亲自披荆斩棘，这样才能闯出生天。

徐斯想到这里，江湖正唱到"在你的心上，自由地飞翔，灿烂的星光，永恒地徜徉"，他不能再想得更多，他只看到窗外的夜空星光灿烂，窗内的佳人光彩照人，有什么正照耀在他的心头上，像烟花盛放，如芳香进驻。于是这样的口水歌也变成了妙音，牵引着他同身边的普通工人们有一模一样的心情，都真心喜欢这样的歌词这样的旋律，而且因为听到江湖为他们演唱感到由衷快乐。

这便是江湖要的效果吧？于他，于工人们。徐斯不由自主地跟着工人们一起为她热烈鼓掌。


同江湖一起吃完了饭，徐斯又建议去她的办公室再坐会儿。

江湖不好拒绝。她没忘记他正在追求她，每每这个时刻，她还是有点本能地不太自在，情愿讲公事而不要谈感情。她找话题向徐斯汇报："齐思甜和我们的合同已经签好，两个月后我们飞 D 市，手绘比赛之后的营销活动可以开始了。"

徐斯只是笑着瞅她，让她有一种被洞穿的窘迫。

他并不答她，转身翻了翻她放在书架上的 CD，最上头一张是奥莉维亚·纽顿－约翰的 *One Woman's Live Journey*（《一个女人的生活之旅》）。他想，这才像江湖真正爱听的音乐。

江湖挡住他的手，嘟哝："别乱翻我的东西。"

徐斯顺势把手放在了江湖的腰间。她的腰很软，他知道。并不久远的记忆一直提醒着他。

江湖一时间不敢出声。她在片刻之间思前想后，选择望着眼前的这个男人，接受他接下来的行动。

徐斯俯下身来，吻住江湖，深深地唇舌交缠。还不够接近她，他想，所以用手温柔地抚触她的身体，感受她的心跳，并且停留在那里，轻轻包裹住她心脏跳动的地方。

江湖忍不住伸出手来，握住了他的那只手。推开他，还是不推开他？她的手在犹豫。最终，她还是没有推开他。

她的犹豫，让他结束了那个吻。他应当生气的，可是并没有。他只是对自己气馁，不甘心地吻了吻她的耳垂，在她的耳边说："One Woman's Live Journey。你的心跳一点都没乱，我反而想让你喝点酒了。"

徐斯的前后两句话没有任何因果关系，江湖听得愣住，不知他是为何意。

徐斯松开了她，还是把书架上那张碟抽了出来，说："借给我听几天。"

她可能说"不"吗？江湖默允。他这样的人，向来要风得风要雨得雨，怎可接受拒绝？

徐斯把碟放兜里，说："就知道你不愿意。"

"……"

她无语的表情很可爱，欲辩又止，明明心存不满，表面还得硬装着大度，像个任性孩子努力要扮作大人的成熟。徐斯忍不住又亲了亲她，江湖下意识低头要躲，他就顺势吻到她的额头上，对她说："你是真心觉得我烦你，是吧？"

徐斯走后不短的一段时间里，江湖都戳在原地，出不得声。好半晌，望望窗台上的仙人掌，再望望书架旁的令箭荷花，心里乱糟糟的理不出头绪。


那之后的好一阵子，徐斯没有再找江湖，也没有给她打电话。但江湖的心头不由自主地愈加乱糟糟起来，或许因为徐斯那日临走前的最后一句话，也或许只是因为新产品上市路演活动临近了，这是她事业上重要的战役，她渴望成功，但也不是不害怕失败。

岳杉看出了江湖的患得患失，但她只是以为最近江湖的工作压力大，于是鼓励她说："就算失败了，也不一定就是坏事，起码可以积累经验，重新来过，只要有信心就永远不缺下次机会。"

江湖勉力点头，但在手绘比赛路演的前夜，还是失眠了。她不断地从客厅的沙发上到卧室的床铺间辗转，逼迫自己尽快入睡，但是不得其法。最后，她竟然鬼使神差地拨了个电话给徐斯。这时是夜里十二点。

铃声响了很久，徐斯也许睡着了。江湖刚想放弃，那头接通了。他的声音很沙哑，显然刚从睡梦中醒过来，问她："睡不着？"

江湖点头，一想，他又看不到，就"嗯"了一声。

徐斯说："别紧张，你会成功。"

她怯怯问他："徐斯，你做过这么多项目，能不能说个成功的案例给我听听？"

徐斯想了想："当年徐风第一次做果乳，在杭州请了鼓乐队巡街，晚报上刊登广告说现场派送，后来现场被挤爆了，第二天经销商为了拿货踏破门槛。"

她笑："太当年了，不像是你做的。"

"是我爸做的。"

她不语。

他说："二十年前，别人都以为这样的手笔是发疯。"

"也许我们没办法超越他们。"

这样的想法徐斯偶尔会有。

"他们有一种——我们不会有的信仰。"她说。

这样的想法徐斯偶尔也有。他说："他们遇到的困难远远超过我们的想象，但他们成功了。相信你的爸爸，你会成功。"

江湖闭上眼睛。相信爸爸。她一直都相信，然而，她又害怕这样的相信，一直害怕着。

徐斯说："有一句歌词——'时光洗礼，唯有风采会留下'。他们留下的风采足够我们学习，这就够了。其他的你无能为力。"

江湖躺在床上，身体软弱下来——"其他的，你无能为力"——徐斯知道她的无能为力。原来有一个人知道她明白她，并不是件太坏的事。

徐斯接着又和江湖说了许多话，都是闲聊，说起了他的父亲。他对父亲的印象并不深刻，也许是因为父亲去世得早，隐约只记得些许片段。

她总能从他口中的父亲，联想到自己的父亲，她说："小时候我喜欢坐在爸爸的肩膀上，他带我去人民公园玩儿，那儿离我家很近，他总带我去，几乎每个礼拜都带我去。他带我去的时候就把我放在肩头。好奇怪，我怎么记得这么牢？那时候我才三四岁。他把我抛得很高，又能很稳地接住我——"

她的声音低沉得如同梦呓，再讲下去就伤感了，徐斯于是结束话题，说："你累了，快睡吧！活动在十二点开始？"

不知为何，徐斯能记住这个时间，竟让江湖心头莫名一暖。她答："是的。"她转头看床头柜上的闹钟，时间不早了，为了明天，她无论如何需要迫使自己快快入睡，便同徐斯道晚安，挂了电话。

她只是道晚安，没有更亲昵的道别语。但徐斯却握着手机好一会儿才缓缓放下来。

不知道江湖同以往的男友是如何交流的，这么啬于给予甜言蜜语。是天生缺少女性温柔？他想，应该不是。当年洋娃娃一般的江湖也只对江旗胜一个撒娇撒痴，如今父亲不在，她再难有小女儿情态，该是合情合理的。

所以，徐斯就给自己找了个合情合理的理由，让自己安心入睡。

一觉到天亮，徐斯被手机铃声闹醒，这时才九点。徐斯拿起手机，方想起来，这不是电话而是昨晚设的闹钟。他哂笑下床，极快地打理好自己，驱车去新近开业的利都百货。

百货大楼在双休日的早晨一开市就涌入不少人，大楼中庭人流如织，把早一日搭建好的腾岳活动的舞台淹没。走近几步，挤入人群才能望清画面火红的展板。莫向晚正同邀请来做活动的主持人对流程，对方正是因最近球赛解说而人气提升了一把的体育节目的年轻帅气网络男主播。

莫向晚看见徐斯，抽空过来打招呼。徐斯说："这位人气主播最近档期很紧，你们竟然请得动。"

莫向晚笑道："江湖几个月前就定了他，那时候他报价低，人气还没现在这么高。托了最近球赛的福。"

徐斯点头，又看到岳杉同裴志远在展台后头同商场负责人聊着什么，唯独不见江湖，便问："江湖呢？"

莫向晚看看表："哟，都十点半了，江总还没到。"她去找岳杉寻人，显然岳杉那边的人也不知道江湖的去向，一下子所有人都慌乱起来。

徐斯掏出手机，给江湖拨电话，她那边总是占线。他发了一条微信给她，问："你是不是在人民公园？"

过了一刻来钟，江湖才回复他，只有一个字"是"。

岳杉急匆匆过来抱歉道："江总十一点半会准时列席。"

徐斯笑了笑："我知道。"


这里离人民公园并不是很远，徐斯叫了出租车过去不过用了十来分钟。公园早已改建成公共绿地，绿树荫荫一片，在闹市的中央格外清凉，附设各样各形供游客歇脚的台阶石椅，让都市里繁忙的人们可以悠闲地坐在上面或阅读或闲聊或发呆。

徐斯游目四周，拨了电话给江湖，问她："我已经到人民公园了，你还在？"

江湖显然一愣，方说："你在哪里？"

徐斯同样问："你在哪里？"

她答："绿地中央的游乐场。"

徐斯的目光停在了绿地中央最热闹的地方，一定睛，就在攒动的人海里找到了她。

他很难形容这样的一个她。

江湖用黑色的皮筋把及肩的发扎了起来，扎得紧紧的一簇，一身普通的白色恤衫，旧旧的破洞牛仔裤，只有脚上一双手绘如意图案的腾岳鞋最扎眼。

这样的平凡，落在人海里是会不见的。可他一眼就看到了她。她把双肩包背在胸前，双手交握紧紧抱着，正仰头看摇摆起伏的离心力游乐器。游乐器上的人们被抛向空中，尖叫声此起彼伏。她蹙着眉，一脸不知是渴望还是羡慕，不知是坚毅还是担忧的表情复杂到难以形容。

他走到她的身边："是不是想玩那个？"

江湖孩子似的吸吸鼻子："我在想一个人买票玩有点傻，正好你陪我玩？"

徐斯望一眼被抛到最高点的人们，在心里估计出他们离地面的高度，坚决地摇了摇头。

江湖"咯咯"笑起来，恍然大悟："原来你怕高？"

徐斯把她抱在胸前的双肩包提了过来："是，我怕高，所以你还是靠自己上去吧！"

江湖朝徐斯吐了吐舌头，一蹦一跳地去买票了。她在上游乐器之前，朝徐斯摆了个胜利的手势，孩子一样，天真到无以复加。这样的她，也是娃娃，虽然普通，但是可爱无比。

徐斯提着江湖的双肩包，站在人群里仰头看着她在游乐器上坐好，自己系牢了安全带，双手握紧了安全柄，慢慢地被抛向空中。她今日扎头发用的皮筋不够牢固，才在空中甩了两三下，就松了，她的头发四散下来被劲风吹乱，让她整个人看上去疯疯癫癫的很没形象。可她才不管，甩出双腿，尽情尖叫，好像想要尽力拥抱天空。

徐斯后悔没带相机，他尽力在游乐器疾速的甩动中寻找她在哪里。她一会儿到左边，一会儿到右边，下坠，上升，左摇，右摆。她始终笑着，大笑着，乐得快活。

从游乐器下来的时候，江湖连头发都没来得及扎好，就蹦了出来。她叫他："徐斯，徐斯。"仿佛呼唤同伴。

徐斯招招手，江湖看到了他，她跑回到他的身边，接过他手里的双肩包，像学生一样，熟稔地背好。徐斯像个老父亲一样帮她把肩带顺好。

江湖抬起头来，就往徐斯的唇上亲了亲。这动作完全下意识，她愣住了，回心一想，有点羞赧。

徐斯也愕住了，但立刻，他知道自己更不想错过。他拉住她的手，往树荫处避去，还未等她完全反应过来，他已倾身吻下来，仿佛他已等待许久，只候这一刻的缺口把积聚的情感倾泻。

唇舌的缠绵，呼吸的交融，把江湖仅剩的意识夺走。罢、罢、罢！她不想再有意识，只留本能，闭上双目，就在这个男人的怀里，享受这样激越的情海带来的战栗，整个人都是热烈的，被旺盛的生命力充盈。

江湖从不知道一个吻还有这样的威力。

徐斯忘情地与江湖亲吻，霸道的口齿相触，唇舌交缠，只想能一举搅动到她最深处的灵魂。她靠在他的怀里，已经是心甘情愿沾染他的气息了。他体会到了，所以更加急迫，伸手抱紧她的身躯，很快发现她的牛仔裤和 T 恤之间露出方寸肌肤。他抚摩到那处，那处的温暖光滑差一点儿让他失控。

徐斯的手被江湖握住，她阻止了他。徐斯知道自己差一点儿擦枪走火，于是恋恋不舍地结束了这个吻。

江湖慢慢张开了眼睛。眼前男人的眼中含情，深深地凝望让自己不觉也动情，就好像刚才坐在离心力游乐器上头的感觉，眩晕而不真实。

怎样的牵扯才让她与他的缘分一日重过一日，一直走到今天？她无法回避了，她问自己，是否应该就此坦然接受这段缘分？但她又有点害怕，就怕一个趔趄，一不小心在这段情海里摔得粉身碎骨，而她绝不能再倒下了。

徐斯不知道江湖在想些什么，她脸上分明还留着三分春色，眼神却在闪烁游移，这表明她的心神并不安宁。就在同他忘情亲吻之后，她的心神仍旧不安宁。徐斯在心内对自己哂笑，在这样时刻，会和他一样分神去想很多想法的，也就江湖一个。

他揉揉江湖乱糟糟的头发，讲："你的发布会就要开始了，老总迟到的话，那影响得多坏？"

江湖才如梦初醒："呀！"差点把最重要的事情忘记了，她马上开始自责，说，"我马上就去。"

徐斯牵住她的手，不容她甩脱，说："去那边叫车方便。"


回到商场正好十一点半，商场地下一层有美食广场，这时候客流更比早上多了一倍，大多是途经一楼中庭，去地下一层寻地方吃午餐的。

徐斯立刻明白江湖选择这个时间开幕的原因了，正是借这个时段商场底楼餐饮区人气旺盛的天时地利人和。又转念，女孩玲珑的心思用在感情上，也许会更添可爱。

他不方便再牵着江湖的手，于是跟在她身后走进了商场。

就在这个时刻，一楼中央舞台旁的音箱忽而发出奇怪的噪声，路人捂着耳朵面面相觑，不知发生了何事。

江湖忽然转头对徐斯说："别动！"把徐斯吓了一跳。

他不明所以，但见她保持那样扭头的姿势，一脸俏皮表情，双手插在裤袋里，头微微歪着，就这么静立在面前。

徐斯不知道她在干什么，正想发问，又见商场内不少路人像江湖一样静止了。有的人保持着打手机的姿势；有的人保持着蹲下系鞋带的姿势；有的人正把巧克力咬了一半就一动不动了；还有情侣互相拥抱着静立，形同相思树。商场内足足有一小半的人变成了"雕塑"，好像一瞬间时间停止了。

有许多同徐斯一样莫名其妙的路人行走在这些"雕塑"之间指指点点，好奇观望，有心思活跃的路人立刻加入"雕塑"的行列，于是商场内的"雕塑"越来越多，把商场外过路的人们也吸引了进来。

徐斯对站在他对面扮作"雕塑"的江湖说："原来你搞快闪和行为艺术。"

江湖微笑，并不说话，只朝着他眨了眨眼睛。

于是他也没有动。

时间静止下来，江湖站在人山人海中，和徐斯只有一臂的距离。

她一个人，却要搅动人山人海的新浪潮，一人执帆破浪。

人山人海中，徐斯只望牢江湖一个。她很快就会回过头去，进入人山人海，他一不留神，也许就捉不住她。此刻他只能紧紧盯牢她。

徐斯的注视让江湖颇有些无所适从。她的唇上分明还留着他的温度，热烫的，正如他此刻的眼神，也是热烫的，看久了恐怕真的会在心头留下印子。

这便是徐斯这段日子以来，在她心中种下的蛊吧？她以为不会沉沦进去，可最后还是沉沦了进去。

江湖移开了目光。

在百货公司二楼的楼梯上，有人默默站在那里，自高处往下，正看着她。江湖移动的目光，停在那人的身上。

人生岂无憾然？她与那人，隔着人山人海，从来不曾站在一处过，自己曾有的情感不过是水中月镜中花，梦中的自我安慰。她虽然站在他的低处，但不应该就此再也抬不起头来。

是的，正是如此，就算站在他的低处，她仍要抬起她骄傲的头颅，尤其不能在他面前失败。江湖挺起了胸脯。

激荡的音乐响起来，年轻帅气的网红主播突然吊着威亚从天而降，稳稳落在高高的舞台上。路人欢呼起来，近来晚上最主要的休闲活动就是看这位人气主播的现场直播演说，难得逛街也会遇见他，当然愿意多逗留一阵。

人气主播一落到舞台上，音乐立刻欢快起来，他对着天空打了一个响指，所有的"雕塑"一瞬间活了过来，迅速聚拢到舞台前，排好有序的队形，突然音乐又变成熟悉的二十世纪八十年代广播体操的旋律。

徐斯看得饶有兴致，他没想到一个开场竟然暗藏这么多的玄机。

巨大的投影幕上出现了二十世纪八九十年代的孩子穿着腾岳白球鞋做广播体操的身影，视频经过剪辑，让所有人都看清楚那些孩子的脚上大多穿着款式最老的腾岳鞋。舞台下的人们跟着舞台上的主持人一起随着旋律做起了大家记忆中久违的广播体操，现场视频投影到投影幕上，每个人的脚上都着一双腾岳鞋，有老款也有新款。

江湖也在其中，徐斯抱胸站在圈外。

这么个别开生面的开场，他完全意想不到。他想起昨晚同她说过的那个关于父亲卖果乳的典故。大场面需要大气魄，还要有运筹帷幄的胆量。

第一次展现气魄的江湖，其实动作不够娴熟，应该没多少时间训练，不过好在能跟上节奏，动作没有出什么大纰漏。而且如她所料，一曲结束，表演广播操的演员完成任务散入人群，但真正的消费者们已经被活动吸引，围拢上来看个究竟。

江湖退到一边擦汗，她知道徐斯就站在她的身边，她对他说："这就是一个开始，以后会越来越好的。"

徐斯看着江湖自信的微笑，她这个微笑应该是给自己的。于是他也笑道："是的，这是一个开始。"而后朝工作区的腾岳员工拍了拍手，"晚上庆功会我请，大家不要迟到。"

那边的员工欢呼起来。

江湖又转了个头，不着痕迹地再往二楼那处偷偷瞧去，那人已不在了。她便将头转回来，佯装着甩甩头发，问徐斯："你决定在哪里为我们庆功？"

徐斯说："肥水不流外人田。"

江湖看着他，他的弦外之音是在表示根本无所谓她的下属会不会因此猜测他们是否在恋爱。

她想起他的上一桩绯闻，他当时根本无所谓那些狗仔队是不是当他和齐思甜真的有暧昧，反正时过境迁，只要徐斯仍有这个地位，有了新的一段境遇，旧的总会被人忘却。江湖心底又不好受起来，也许她是在忌妒他对任何人和事的游刃有余？

江湖命令自己不做多想。不管怎么说，至少今日她成功了，于她才是当下最重要的。

快闪环节一结束，跟着就是现场手绘比赛和颁奖，参赛作品件件精彩，完全符合当下年轻人求新求异的品味，围观的媒体记者和博主们手里的相机闪光灯亮个不停。主持人一通知今日的手绘鞋对折销售，马上就有顾客蜂拥到腾岳在楼上运动城的柜台去。而大学领导现场感谢企业对贫困学生的帮助，让媒体记者又有许多新料可写：老牌子焕发新光彩，还不忘记回馈社会，等等。

江湖抚着心口，她的努力得到很好的回报，让她似乎再次摸到了撬动地球的那支杠杆。她乐得飞飞的，在记者们面前眉飞色舞地介绍着以前属于外公、属于父亲，现在属于她的腾岳。

当江湖应付完采访，再想起徐斯时，已经不见了他的人影，他只是发了一条微信到她的手机上，告诉她晚上庆功会就在 CEE CLUB，而时间定得很体贴——在百货公司关门以后。

他怎么知道她一定要待到今晚结业，清算好当日收获以后才得放心？想到这一层的江湖，心底柔软的地方被触碰到。她命令自己不要深想。


晚上收工的时候，腾岳团队所有人脸上都闪着兴奋的光彩，难掩收获的喜悦。岳杉同专柜经理一齐计算完当日营业额，向江湖报喜："自由麒当年第一个柜台第一天就赚了两千元，那个年代的两千元是什么概念，和我们今天的销售额二十万元差不多！"

江湖拿纸巾印干脸上的汗，她的脸蛋红扑扑的，是忙出来的，也是开心出来的："大家都记得腾岳，这对我们来说太好了。"

腾岳众人七嘴八舌互相道贺，开始期待午夜场的庆功宴。老板承诺的大餐，没有人会轻易忘记。江湖叫了大巴护送当日所有工作人员去 CEE CLUB。

她没有和大家坐同一辆车，而是去女厕洗了把脸，这时才发现今天换了双肩包，忘记带化妆包了。她望一眼镜子内素面朝天的自己，一想，这样的自己，徐斯也不是没有见过，他不会介意的。

江湖甩甩头，走出商场叫了一辆出租车抵达庆功现场。

CEE CLUB 内已经清场，只接待腾岳的员工。大堂四周布置了吃喝自取的自助布菲台，中央布置成跳迪斯科的舞场，同往日那高贵端庄的环境大相径庭。

江湖一进场，大家立刻起立鼓掌，跟着一起来助兴的主持人正在舞台中央准备高歌一曲，看到江湖，便立即邀请她上来说两句。

江湖并不推辞，三步并作两步跑上来，接过话筒说："让我说两句我就说两句，说得不好大家不要见笑。"

她说得很俏皮，大家都笑了。

"今天很感谢各位，以后也要拜托各位了。"她向众人鞠躬，九十度，十分郑重。

所有人先是一怔，而后岳杉带头鼓掌，江湖把话筒还给主持人。她看到徐斯站在最角落的那处，坐在那只当日粘着她大腿皮肤的古董皮制沙发上，手里举着香槟杯朝她颔首。

她走到徐斯跟前坐下来，和他保持了起码半臂的距离。

徐斯叫来服务员，为江湖拿了一杯鸡尾酒，两人碰杯。江湖抿一口压了一压心头没有来由的心浮气躁，她尽量保持随和自然的笑容，也想随意讲两句玩笑话，可是开口却是软绵绵地唤他："徐斯——"

徐斯笑着问："大小姐还满意吗？"

她终于想到了一句俏皮话："要是我说不满意，那就是太挑剔了。"

"那是，如果这样还要被挑剔，那一定不是我的问题。"

江湖很想把手里那杯喝了剩一半的鸡尾酒泼过去。

而徐斯只是专注地看着她。她没有化妆，眉眼轮廓都很淡，鼻梁上还有隐约的雀斑，但她的神态却生动极了。她一开心就会有不自觉的俏皮，脸上也像镀了层光辉，有多吸引人，她自己肯定是不知道的。

徐斯想起第一次看到江湖的素颜时，她在他的身体底下，脸上本来就淡薄的脂粉被眼泪冲刷得一塌糊涂，在枕头上一辗转，擦了一个干净。他亲上去时，已经没有脂粉的味道，只有一股似有若无的麦香。

徐斯知道此刻不应该想到其时其景，他们甚至还隔着半臂的距离，她的恤衫牛仔裤把她包裹得一点遐想也不留给旁人。他别转过头，不去看她。

江湖不知道徐斯在这片刻心内转了多少念头，她有太多的感慨想要倾诉给他："我才知道爸爸为什么这么拼命工作，原来工作带来的快乐难以用语言来表达。"

徐斯突然闷声不响地拉过她的手，阻止了她继续讲这些他在此刻没什么兴趣的话题。

江湖果然闭嘴了，她不知道他会干什么。这时候灯光全暗了，只留一束照着主持人，他站在舞台中央唱起一支深情款款的老情歌。江湖侧耳倾听了一阵，才辨别出是张国荣的《侬本多情》。

他唱：情爱就好像一串梦，梦醒了一切亦空。

徐斯的唇印在了她的手指上，微微的暖热的触感，江湖心中跟着微微一荡。

他呢喃："One Woman's Live Journey."

江湖便不能缩回自己的手。

他的手抚上她的脸，她唤他："徐斯。"

江湖没有继续说下去，因为徐斯接着就拥抱住了她。他的体温透过他的衬衣传递到她的身上，他的心跳她亦感受得到。江湖犹豫了片刻，缓缓地伸出了双手，抱牢了徐斯的腰，又缓缓地把头靠到了他的肩膀上。

如果这是一场梦，如果梦醒了一切都落空，那她也应有这个权利，乘机在这个梦里好好休息。江湖闭了闭眼睛，身体在软化，心也在软化，最艰难的时刻应该是过去了。她自嘲地想，全赖这个男人，让自己不至于这么孤单地经历这些日子以来的一切。

江湖自我安慰地自以为是悄无声息地喟叹了一声，而徐斯听到了，他知道她的心中又开始生出百转千折的念头了，于是双臂加了点力气揽紧她。

他在她的耳边说："大小姐，是不是让你喝点酒，你才能专心和我谈情说爱？"

江湖方又放软身体，顺势倾倒在这个男人的怀抱里，在这半迷蒙半缭乱的间刻，无人注意的光景，还是任由自己沉迷进这一刻吧！

她的放松是如此艰难，她总是用一万分的敏感强自支撑应对万事，怎么就会这么倔强？徐斯想着，心疼不禁自心内深处而来，于是在她的发上吻了吻，说："小蝴蝶，你需要好好睡一觉。"

江湖微笑着喃喃："谁说不是呢？"

一定要好好睡一觉，说不定能够梦到父亲，她就可以告诉父亲，自己已在风浪中找回位置，而后乘风破浪，勇往直前。而且——她可能真的找到了一个可信且可赖的伴侣……

这是一个还算不错的开始，江湖相信自己能够一步步走下去的。

也正如江湖所预期的，腾岳因为一个别开生面的新店新品发布活动吸引了极多的媒体和顾客关注，她的市场营销经理莫向晚又是顶善于和媒体打交道的一个人，把媒体推广资源运用得恰如其分，老牌新生的腾岳鞋的销售额开始一路飙红。

江湖趁热打铁，不计前嫌地同往日拒绝她的那些经销商又重新一一沟通。他们对市场的反应感到意外，但有好的机会赚钱，总是不会放弃的，于是都开始尝试性地加了订单数量。

初战告捷令江湖大受鼓舞，拨空亲往柜台当售货员同顾客交流，也好观摩百货楼中庭中其他品牌举办的活动以增经验。

那日开幕以后，江湖没有再遇见高屹。但她也没有过于介怀，只是淡淡地想着，他们之间的那些往事经过时间的洗礼，应该会渐渐退去。

莫向晚在做工作报告时告诉她一些信息："我听这里的高总说，正向有关部门申请在地下一层加个地铁口，新线路一年后就通车了，到时候人流会更集中。"

江湖则想，按照高屹的性格，他在事业上是会力争上游的。自从百货公司开业后，招商的项目固然件件精彩，中庭的路演更是没有停歇过，三不五时的酬宾时尚活动，早吸引住这个城市里年轻的顾客群。就在这个周末，商厦顶楼的一个大型儿童职场体验乐园就要开幕，同时开幕的还有小红马儿童时尚馆。

江湖在前几日收到小红马儿童时尚馆的开幕请柬，邀请人是小红马童装有限公司总经理任冰。接到请柬的那一刻，说没有一点鼻酸，那是不可能的。

自自由麒分崩离析，江湖刻意不去关注任何关于自由麒的信息，包括了徐斯收购的自由麒旗下童装品牌小红马。

那是一场惨败，不能有任何怨言，在商言商，愿赌服输。可是，再度看到这熟悉的标志，江湖又念及父亲。现在的江湖已经不是江旗胜在世时的江湖，代代才人，新旧交替，谁都不能阻挡时代奔流向前。

故此，这个开幕典礼，江湖无论如何是要去的。

小红马开幕那天徐斯并未在场，是任冰热情接待了她。在现场，她还遇到了不少同行和媒体。如今的她已能自如地同他们谈笑风生，把场面话说得流畅自然。

也许是有人提前打过招呼，现场媒体无一向小红马旧东家江湖提任何相关问题。反而任冰在做介绍的时候，再三肯定江旗胜当年为品牌的缔造所做出的贡献，现场来宾也频频鼓掌赞同。

这令江湖得了些许宽慰。她也深知父亲在世的时候，尚来不及在童装领域大刀阔斧地发展。只这一年间，徐斯同任冰却做得很像一个样子。

这间小红马儿童时尚馆绝不是平平常常的童装柜台，营业面积同隔壁的儿童职场体验乐园几乎平分了整个顶层，里头设了翻斗乐、亲子教室和摄影室。一楼的中庭做的路演就是顶层旗舰店的微缩版，现场开了两场课程，教年轻的父母如何辨别童装面料和如何利用家中旧衣物给孩子做简单的夏装和围兜。

手笔也是不凡，江湖很得一些灵感。

任冰特特同她解释："江董在世的时候，就说过还没有一流的品牌拿下童装市场的大份额，很有做头。而且体验营销和网络营销会是这个市场的两个趋势，我们在天猫的旗舰店也是今天开业。"

江湖说："再次看到小红马有这样的气势，爸爸也会欣慰。"

任冰讲："毕竟是从自由麒分出来的，不能堕了江董当年的名号。"

他说得诚恳，又有道理又有情分。江湖又见现场的媒体和同行或多或少都因小红马的今日，牵念到自由麒的往日，竟都似乎不知道徐斯才是幕后的大老板，在心酸之余掠过一丝安慰。

这只为两个字——"尊重"。

在瓜分自由麒的众多人众多企业中，唯有徐斯给出了这份尊重。

然则心酸还是不减的，往日辉煌俱已成灰，逝者已矣。

江湖默默走到走廊上，居高临下地扫过琳琅满目的各品牌专卖店，忽而瞥到顶层另一边办公区域的大门被推开，高屹护送一着杏色职业套装的中年女士走了出来。两人站定在那头，遥望这里的剪彩仪式。

江湖倚靠到圆柱旁，把自己藏了起来。她狐疑地想着，洪蝶代表徐家和物业方的代表高屹有所交流，那应当是再正常不过的事情。

但是就刚才对高屹的短暂一瞥，江湖发现他越发清瘦，显得穿着的西服空荡荡的。她忍不住又偷瞥一眼，洪蝶不知何时已经离去，只剩高屹独一人站在高处，仿佛神游太虚，不知看向何处。

江湖离开利都百货后，驱车去了海澜住的那家医院。

也是凑巧，一踏入住院楼，就看见护士用轮椅把海澜从电梯里推了出来。江湖一路跟了过去，原来是护士送海澜到化验室做什么检查，化验室外还有一两个重症病人需排队，海澜排在末尾。

在护士走开时，江湖不禁走前两步，海澜正巧转过头来。这是江湖头一回正眼瞧见病重的海澜，她已经是憔悴得不成形了，只剩眉眼的温婉一如当初。她望见了江湖，微笑颔首，好像只是向一个陌生人打招呼。

她完完全全地不认得自己了？江湖惊骇地想。

这时，海澜开口了："小姐，麻烦你让一让。"

江湖站着没动，海澜又唤了一声："那位小姐，后面有人要过来。"

江湖方恍然回神，原来身后有坐轮椅的病人要借路。她半回过身，很抱歉地说："真不好意思。"

病人同海澜一同对她说："没关系。"

那位病人似同海澜相熟，问海澜："今天又看到你的学生来看你，没有想到大明星这么念旧。"

江湖知道她们谈论的是谁，只听到海澜讲："小齐是个很有心的女孩。"

很快就轮到了海澜，她被护士推了进去，门合上时，江湖似失重一样怅然若失地转身走了出去。

原来时时刻刻、心心念念记牢的一切，在别人的世界里，也不过是一场过眼而逝的云烟。原来她带去的伤痛和不堪，是已经统统被遗忘的。原来她是无足轻重的，却经常贸然地自以为是地打搅别人的人生。

手机响了起来，把江湖从失重的世界里拉出来。电话是徐斯打来的，问她："今天忙不忙？晚上一起吃饭？"

江湖把骤然侵袭的失落稍一整理，回归到现实，她急迫地问徐斯："今天又去哪一家餐馆？"

徐斯的声音很愉悦，说："在哪儿呢？我来接你。"


徐斯是打定主意正儿八经地同江湖把这场恋爱谈起来。他调整了自己的时间，也逼迫着江湖调整了时间，来共赴这场迟迟才正式揭幕的恋爱。

江湖在徐斯不动声色的安排下，不得不把每日晚饭时间留出来，同他一块儿把浦东区内各大小风味餐馆吃了个遍，不拘由谁来结款买单，江湖若要抢着付，徐斯也随她的便。晚饭后，他们或听音乐会或去酒吧放松，也是随兴所至的。

这些酣畅而随意的约会安排，江湖很乐意接受。

徐斯也再没有往她的办公室内送花，却更多地关注她的日常生活。他发现她每周会回一次江家老宅，手脚笨拙地做一些清洁工作，但总不尽如她意。故此，徐斯请了一位钟点工为江家老房每周定期做打扫，清洁完毕，再为江家养上几盆花，放在阳台和客厅的角落，还有江湖房内的窗台上，让偌大的房间不再寂寞。

江湖头一回看到钟点工把花盆搬进来时，问道："都是什么花？"

钟点工指点道："竹节海棠，就是我们常说的秋海棠，不是什么稀罕的花，就是花朵漂亮，看着好像蝴蝶，热闹得很。"

江湖脸上一烫。又是蝴蝶，又是热闹，都是属于她的凡间温情，太能让人动心了，她怎么体会不出徐斯的意思？她望向父亲的相片，父亲对着她微笑。

徐斯会在周末择一日到江家，从 CEE CLUB 叫一份大餐送过来，两人份刚刚好的。同江湖盘腿坐在地毯上，像野餐一样铺开报纸，摆开盘盏，把投影仪和投影幕打开，看一部原声老港片。

早年的香港片不是枪战片就是喜剧片，总能让人单纯地紧张或快乐。江湖常常因为周星驰式的夸张幽默笑得前仰后合。她对徐斯说："以前我爸不在家，我一个人无聊就不停看他的片子，看好多遍也不会看厌。"

徐斯有相同的经历，不免戚戚焉："我小时候看坏了三台录像机。"

"于是接着就养花了？"

"我外公爱好养花，又喜欢教育我们爱护绿化。"

"这么怡情养性？难怪难怪——"

徐斯慢悠悠地喝着啤酒，眼里看着江湖满脸的促狭劲儿，想着，她时而的简单正好配她洋娃娃一般的单纯眉眼。

江湖随手捞过徐斯喝空了放一边的啤酒瓶。她是近来才发现他实际上挑嘴得很。譬如这啤酒，口味比一般啤酒更苦涩清冽。

徐斯正咕嘟喝了一口啤酒，趁她不注意捉住她吻了一下。在口齿交缠之间，她体味到那啤酒特殊的清香，不禁舔了舔唇。徐斯就为她也倒了啤酒，有一口没一口地敬她，最后江湖微微醺醉，歪在沙发上小酣。

徐斯坐在沙发另一头看她，她在家里一向素面朝天，眉眼清清淡淡的，此时因小醉而双颊酡红，像扑了层胭脂。

沙发旁的茶几上就放着一盆竹节海棠，花姿亭亭，如蝶展翅欲飞。徐斯望了一会儿江湖，又望了一会儿海棠，终于明白什么叫"淡极始知花更艳"。他找来一条毛毯替她盖好，独自一人把片子看完，把啤酒喝光。

江湖醒来时，徐斯不知何时也小睡过去，就枕在她的脚边，手边还放着瓶啤酒。她把毯子盖到他身上，倾在他的身前。毯子很柔软也很温暖，这是江湖自父亲去世后，头一回感觉出家里重新又有了暖暖的人气。

她托腮坐在徐斯跟前望牢他发呆，他不知怎的就醒了，慢慢睁开眼睛直起身子。他们离得很近。他看着她，她也看着他，鼻尖和嘴唇几近摩擦，而她没有往后退，定定地望进他的眼底。

她在想，他在想什么？一个男人对一个女人的欲望如何纾解？她已不会再回避他的触碰和他的怀抱。这是在她的家里，他就如她的家一样，让她产生了一种莫名安全的宁馨之感。尽管她仍不能准确地从他的眼底看透他。

徐斯伸出手，拂过江湖的发。她的眉，她的眼，她的鼻尖，她的唇。他琢磨着，她正在想什么呢？她对他已不再逃脱和应付，但，是否真的能就此坦陈彼此，不再计算得失？

怎么说呢？徐斯曾经也以为，情感之间计算得失，是再自然不过的事情，给予和获取本该成正比，他以前都是以此作为支付感情的情场标准。可是，他现在不太想要这个标准了。

徐斯叹了口气，摸不清自己毫无逻辑地想什么。他倾身过去，往江湖的脸颊上亲了亲。她的脸蛋暖烘烘的，似烧熟的剥壳鸡蛋，他几乎忍不住想要吮上一吮，但是又不能保证吮一吮之后会发生什么。幸亏江湖懂得及时用手隔开他。

江湖说："我们下个星期就要去 J 国了。"

徐斯搔搔她的发尾："带不带家属去？"

江湖脸上一红，嶄起嘴，每回她被他的肉麻情话堵得无言以对，就会用这个表情过渡。他亲到她的嘴唇上，只一下，接着在她耳边说："把头发留长吧，还是像以前那样的波浪卷。"

"那已经不合适我了，我都已经老了，徐老板。"

"你这不是拐着弯骂我？"他掰着她的指节，放到唇边，颇加了些力道地咬了一口。

江湖吃痛，收了回来，徐斯不让，又轻轻吻到她的手指上。

五

诚恳相交往 怀着爱和恕

我要逆风去
*Rising with the wind*

J国相关行业协会准时将D市国际鞋展的布展流程发至中国的承办单位，江湖在第一时间同对方取得联系，把通知拿到手里。而且时间也正好，D市电影节的宣传已然传至中国，正合她意，她希望届时能热闹非凡。

　　莫向晚同江湖讲道："齐思甜希望她穿的鞋子更加特别一些。"

　　江湖拿出一款手绘功夫鞋："张盛赶出来的样品，配合他们的功夫电影做的功夫鞋，我们的设计师亲自做的手绘，防臭又防汗。"

　　这一款鞋绝对复古又型款小巧，手工绣了"功夫"字样纤巧灵秀，穿在女士脚上不会太过粗犷，又能修整脚形。

　　岳杉问："哪些人同行？"

　　莫向晚把现场人员名单交给岳杉，有十个武校的学生和纺院模特班学生。

　　江湖道："一起过去的工作人员能减则减，向晚、张盛和两位设计师与我同行，翻译就在当地请了，那边有不少中国留学生。岳阿姨留下来主持大局。"

　　莫向晚在预订酒店时，江湖又补充了一句："就订池袋的太阳城王子酒店，给演员们订景观房，工作人员住特价房，再同国内的旅行社联系个旅游套餐，就在展览结束后第二天。他们都是学生，拿的薪水低，用旅行补偿补偿。费用应该在我们的预算内。"

　　岳杉看在眼里，江湖的大气初显端倪，越来越像样了。


　　在去D市之前，徐斯没有再和江湖约会，他们都能体谅和配合对方的忙碌。

　　临去D市那夜，徐斯同江湖通电话："祝贺马到功成。"

　　江湖答："承老板贵言。"

　　他们又聊了些公事和私事。江湖一边聊一边想，又要去J国了，她不意外地想起他们在J国曾发生过的荒唐事。那夜之后的经过和发展，出乎了自己的预料，颠覆了自己二十多年的全部生活。她在感情上头计算，得失之间感慨。

徐斯说："我会想你。"

情话脱口而出如此自然，江湖有一瞬而生的不好意思，不知如何回答。

徐斯在电话这头无奈地想，到底是女孩，会害羞，也幸亏还会害羞。她再如何在商场、在人生场上步步为营，也还是个娇惯的女孩，在情感上并不善于游刃有余地步步为营。

然而，为此颠颠倒倒的却是从来都能步步为营的自己。徐斯挂上电话，又在想，是真的挂上电话后就开始想念她。不知江湖是否同此心？这样的想法让他心中一悸，连忙收敛心神，不让自己再心慌。

江湖不知道徐斯这些颠颠倒倒的思想，将 D 市的展览做到最好的念头在第二天就侵占了她的整个心。

不过，仍旧有唯一的不安定。在飞机上，江湖问莫向晚："齐思甜是不是把我的方案都看完了？"

莫向晚答："她有点疑虑，送的礼物能不能讨芳汀女士喜欢。"

江湖是考虑过的，她说："只要她在电影节获奖名单揭晓后把礼物送给芳汀女士就好。一来不算在事前讨好卖乖，二来这样分量的礼物也够不上讨好卖乖的嫌疑。我想她的公关能力应该没有太大问题。"

莫向晚说："芳汀是法国老牌演技派，她心里一直敬畏，所以更怕会冒犯了影后。"

江湖解释道："芳汀很喜欢李小龙的功夫片，这次很看好齐思甜的那部和中国功夫有关的片子。而且——"她俏皮地笑笑，"我们运气很好，芳汀是大码脚，所以她一定会喜欢我们的鞋。"

莫向晚见她成竹在胸，也很高兴，但时而会神不在焉。

江湖问："想念孩子？"

莫向晚点头："还没有离开他们半个月这么长时间。"

江湖忽而黯然，想起小时候父亲一出差就是老长一段时间，她每天都找条板凳靠在阳台上，站在上头翘首以盼。她决定往后不再让莫向晚频繁出差。

下了飞机，入住酒店，一切工作按部就班开始执行。展台搭建需要两天，江湖接来翻译，亲自督场指挥，帮忙搬运货品，嘱腿脚不灵便的张盛组织演员的排练。忙碌的搭建工作之余，她抽空和场内的几位国内外同行交换了名片。

开幕那天的清晨九点半，天气晴朗，文化会馆挂出祝贺的条幅，迎风猎猎，各国媒体济济一堂。江湖准备就绪了。

J国相关行业协会的代表做了开幕词，翻译对江湖说："他们说欢迎来自中国的贵宾参观。"

语毕，中国的贵宾陆续出来。江湖一眼就望见人群中在徐家别墅做过客的那几位长辈，这几位长辈还不是领队，他们毕恭毕敬地陪同着一位着深色西服的领导，现场的海内外记者们紧紧跟着他们，镁光灯闪个没完。

江湖吩咐张盛："等一下不要紧张。"

张盛点头："一早就练习了好几遍，不会紧张。"

半个小时后，中国的展商用舞狮开场，腾岳的展台中心一处透明的手工作坊内一切准备就绪——张盛穿着藏青色的工作服，戴好眼镜，坐在里头用简单的易携设备做鞋面。军绿色的鞋面被裁剪好，他聚精会神开始在鞋面侧边绣一个"工"字。整个人连同鞋子都特别朴实。

长辈们陪同领导走到这里，停驻下来，一直看着张盛把"工"字绣好，问身边的人："这是解放鞋？"

不待那边寻人，江湖就已经毕恭毕敬走了过去，在陈列柜上拿了一双军绿色"工"字解放鞋成品送到领导跟前。领导细细鉴别了一遍："嗯，做过改良了？"

江湖答："用了国内一家权威机构新研发的防水面料，加了除臭除汗剂，胶底的形状也改变过，可以修饰脚形。这样就很时尚了，限量版加了手绘和手工绣字。"

领导点点头，笑着对身边人讲："他们工厂我还记得，当年把鞋子送到前线去过，现在换这么年轻的孩子来管理了。"他说着掏出钱包，"我要买那位师傅手里做的一双留作纪念。"

张盛战战兢兢地走出透明工作间和领导握手致谢，镁光灯又闪成一片。

一切都在原定方案内进行。

莫向晚喜不自禁："刚才拍照摄影的记者里有某著名电视台的记者，说不定可以上新闻黄金档。"

江湖说："这是最理想的。"她始终笑得很矜持，但在心内大呼万岁无数遍，很想立刻掏出手机给徐斯打个电话。她笑自己痴傻。

第一天展会结束时，几乎人人累瘫，但是成果很圆满，已有J国的经销商打探情况，表示出签约代理商的意向。

第二天，腾岳众人仍是准时抵达现场，先来一场精神抖擞的武术表演。穿老款腾岳鞋的学生们英姿飒爽地打咏春拳，引来乌泱泱的一群人围观，时不时喝两声彩，又拔了会场的头筹。

莫向晚正为学生们准备茶水，又安排化妆师们为即将上台的女模特们吹发化妆，忙得有条不紊，江湖很想感谢徐斯为她介绍了这样落力的人才。

一位戴眼镜的斯文男士悄悄走到莫向晚身后，她一转身，脸上的惊喜落进江湖的眼内。

一旁的江湖也不禁笑了起来，笑着笑着眼内一热，她衷心祝愿人人家庭美满，并且充满爱情的芳香。她放莫向晚提前下班，和先生享受二人世界。自己则在会后领了一群学生夜游 D 市六本木新城。

大家先是在森大厦前合了影，接着逛到六本木。电子大屏幕上正播 D 市电影节特辑，齐思甜在大屏幕上巧笑倩兮，穿电影中的运动服出场打了一套咏春拳，有板有眼。大家都看到她脚上那双腾岳鞋，于是又是一阵激动地抱团合影。

由江湖请客，一众年轻人吃饱喝足以后，又逛了逛，有个男生指着路边一家店叫："馒头店。"

可不是？正正宗宗五字的中文招牌——"老张馒头店"。大家都记得这个牌子，是国内的老字号，可惜国内已是凋落，谁知墙内开花墙外香了。只见店内人头攒动，生意热火朝天，门口挂的小黑板上头还用中、日、英三国文字写着外卖电话，二十四小时送货上门。

有人叫："用我们的小笼包赚外国人的钞票。"

年轻人都哈哈大笑起来。

这时，馒头铺里走出来一位秃顶凸肚的中年男子，把门外这群年轻人仔细打量了一番，被江湖瞧见，对方点头含笑致意。江湖觉得他十分和善，也礼貌含笑致意，然后跟着大伙又嘻嘻哈哈地奔向下一处景点。

这天夜里，江湖回到酒店时已近凌晨，和江湖同屋的莫向晚没有回来过夜，她梳洗完毕后，一个人寂寞地坐在窗前，用手机打游戏。一边打一边想，徐斯会不会像莫向晚的先生一样突然出现？他是花花肠子，一切皆有可能。

想得有些多了，江湖逼着自己赶紧睡觉。


最后一天的展览，众人更加不会松懈，对腾岳鞋有兴趣的海外经销商代理商们正式来接洽。江湖和莫向晚轮流拿着资料在会馆外的咖啡馆里接待，连厕所都来不及上。

等午饭时间过了，江湖装了一肚子咖啡，正想去厕所，不巧被一位从新加坡赶来的客户缠住。对方问得殷勤，又是男士，她实在不好意思打断人家，不得不死命掐着自己的虎口，企盼会谈快快结束。

忽然，有人在她身后用英文讲："对不起，有什么具体细节可以问我，这位小姐还有个会。"

如果说这一刻的江湖没有惊喜，那是骗自己的，她笑意盈盈地回转过头来。徐斯拍拍她的腰，示意她赶紧撤。

从厕所回来时，新加坡的客户已经走了，徐斯坐在原位等着她。江湖趋前，学 J 国人躬身："欢迎老板视察工作。"

徐斯执起手里的资料做一个要抽她的姿势，可哪里舍得？

瞧她这一副模样，同所有工作人员一样穿腾岳自产的中国红系列的运动服和胶底鞋，把刘海捋到头顶，用一枚银色发卡别住，留出光洁的额头，更加显得眉尾飞扬，眼波流俏，双颊映辉。

人，是精神焕发的人，春风得意得毫不谦虚。同上一回在此国相遇的她早已判若两人，脱胎换骨了一般。

徐斯想狠狠拥抱她，但这里是公共场所，真煞风景。他问江湖："带了礼服吗？"

江湖答："带着一两套简陋的小礼服。"

她的精细在他的意料之内，笑说："乱哭穷！今晚就请穿着你'简陋'的小礼服再办趟公事。"

江湖话头醒尾："大领导要宴请？"

她的神态都透出聪明活泼劲儿，徐斯想即刻就亲到她的脑门儿上："大领导今晚要宴请在这的中资企业大老板们，想不想去轧一脚？"

江湖孩子似的把声音拖长："想——"

她穿得这样孩子气又这样孩子气地撒娇，就如百只猫爪在他的心尖上挠。徐斯瞅住她老半天没回过神来，很不想就此离开，可又不能忘记下午的重要会谈。

道别的时候，徐斯握住江湖的手，吻在她的手背上。江湖的手微微发着颤，他的吻就像一把羽毛搔动着自己的心，很痒，但是需要以矜持噤口。

徐斯临走前体贴地帮她在附近的料理店叫了一份定食，嘱咐："再忙也要吃午饭。"

需不需要像父亲似的这般提醒？江湖被感动着，但她知道不能太形于色了。她把这份感动暗压入心底，目送他离开的背影，待到看不到时，就开始盼着晚上的见面。

最后一天会馆提前关门，三天来的回报让大伙士气很高昂，闭展的铃声响起，大家高喊"胜利"。莫向晚同张盛都催江湖快些回去准备晚宴。

江湖对现场外援劳力莫北笑道："那只能请外援莫先生代班了。"外援莫先生笑着应承，一副好好先生的样子。

莫向晚告诉她今晚同先生去伊豆泡温泉，江湖当然放行。今晚大家心照不宣地各自行动了。

江湖与大家道别后，火速回到酒店，洗了澡换了装，又去酒店附设的美容中心吹了头发，让刘海蓬蓬地偏向右边，发尾微微翘起来，颇显俏皮。再回到房内化妆，狠下了一番功夫，出来的效果把自己也惊艳到了。她想，真是太久太久没有这番出挑靓丽，拿出必得艳冠群芳的势头了。

然后她翻了翻带来的小礼服，白色的小短裙过分素淡，于是便选了另一条黑色的紧身 V 领长裙。

徐斯在酒店大堂看着一袭长裙的江湖，差一点儿窒息。

他一直知道江湖盛装时有娃娃般的娇憨美，有时加上她天生的任性和高傲，还会很有一股子逼人的嚣张气焰。但是，他从不知道她其实也可以在娇憨中有逼人的性感。

这条长裙剪裁实在得体，V 领边缘紧贴胸线敞开，她的锁骨、她的胸沟恰到好处地露出来，但绝不暴露，腰部的褶皱收得很好，裙线流畅而下，紧贴臀线，自小腿处再散开去。分明的曲线，告诉别人她是如何曼妙。

徐斯的眼在江湖的身上流连好一会儿才抬起来看向她的脸，修饰过的发风情万种，修饰过的眉眼明艳照人，修饰过的唇色热烈如火。他不晓得该如何反应，只好呆呆看住这一只欲振翅而飞的娇艳蝴蝶。

但"蝴蝶"却对自己一身穿着不太有信心，江湖走到徐斯跟前问："这是前些年的旧款，会不会太过时了？我很久不买新款了。"她自嘲笑了笑，"没什么钱买新款。"

徐斯挽起她的手，真心说："怎么会？"他看到她的手指上戴着山茶花戒指，和身上的裙子相得益彰，一点儿细节都没有放过。他将她的手挽到自己的臂弯里，想，这样的她去到任何场合，都能让聚光灯照耀过来。

事实上的确如此。

徐斯携江湖齐齐出席在宴会厅的晚宴，引起的瞩目绝对在他的预料之内。

他们一进场便有人窃语："真是士别三日，刮目相看，老江的女儿气势不减当年。"

也有人知晓些内幕的："据说把个鞋厂搞得起死回生了，也算虎父无犬女吧！"

当然也免不了闲言碎语："还不是借到好风入青云？徐家的青年才俊春风正得意。"

江湖统统不放入耳内。

觥筹交错，衣香鬓影，是非黑白，羡妒敬贬是这一出出折子戏交际场永不落幕的戏码。上场下场，有时是弹指一挥间的得失，其间冷暖也再说难免，所以不必在意。

江湖的笑容得体，应酬得也得体，完完全全宠辱不惊。这便是自出生起便跟在江旗胜身边浸淫了这么多年的气势，她始终没有堕掉江旗胜千金的名头。徐斯想。

他领着江湖走到大领导们跟前打招呼。

场内几个记者闻风望向这里，徐斯向江湖使个眼色，她知其意，朝记者点点头，对方得到鼓励，过来想要抢个民营企业年轻创业人和领导们的交流心得的采访。于是，江湖别过领导们，随着记者坐在僻静处答了一通场面话，末了还同记者又邀了个回国后的饭局。

待再次回到场内，却见徐斯正被另一位漂亮小姐截住讲话。江湖想，是不是要煞煞那边的风景呢？可这两日还要倚靠老同学齐思甜把事情办好。他们谈兴颇浓，徐斯脸上露出好神气，看来话题很得他的心意。

江湖留给徐斯和齐思甜交流的时间，自己从布菲台拿了一份抹茶冰激凌，走到宴会厅的落地窗前，一边悠闲地品尝着，一边看向窗外霓虹点点的夜之城。

张文善的身影倒映在月色下城市光影之间，江湖不禁皱了皱眉。她没有回头，因为不想应付他。

偏偏对方就停在她的身后，没有想走的意思，见她没有回头，便油腔滑调地吹了声口哨，迫着她转过头来。

江湖皱了皱眉，她向来不吃这一套，就算转过头也不准备搭理这张文善。

江湖丝毫不给面子，张文善当然察觉到了，不禁心头无名火起，皮笑肉不笑地讲："我和徐斯老搭子了，老想最近他怎么不同我们要乐了，原来另寻了乐子。江小姐，站在朋友立场要劝你一句，你的旧属刘军总说你还是当千金大小姐比较合适，何必胡打海摔抛头露面，还得放下身段趋迎奉承。老江董给你留下的保障应该很够的吧？你何必呢！"

江湖在踏入今日这样的场合那一刻，就想象得到必定会有人做出如张文善一般的判断。不能说，别人如此想她，她不会产生任何尊严上的隐痛，但由张文善这么个专门落井下石拈花惹草的草包来揭，却是伤不了她分毫。

江湖笑了笑，笑容妖媚，张文善观之竟有一瞬失神。她满不在乎地说："做企业当然要'胡打海摔抛头露面'，不然怎么为社会做贡献？刚才领导还再三告诫我，年轻人创业需勤勉谨慎。张先生，我爸留给自由麒的保障，你可别辜负了，今年缴的税比不过往年，那就太丢你们张家的人了！"说完颔首离去，独留面色紫涨的张文善愣在原地。

但这么一停留，又不见了徐斯，齐思甜倒还在原地同几位领导攀谈。江湖望见了她，持着香槟杯款款走过来。她今日一身银色中裙，款式大方，态度也大方，倒没像江湖打扮得那样嚣张。

江湖用冰激凌杯同她碰杯："我已经看到你们到了 J 国的通告节目，你非常出色，祝你成功。"

齐思甜礼貌地笑："托福。鞋子我已经收到了，试了试确实舒适，希望芳汀女士会喜欢吧！"

江湖道："她一定会喜欢，也会喜欢你的表演。"

齐思甜把眉毛一挑，想要说些什么，到底没说出来。江湖已自离去。

她在场内转了一周，碰到不少熟人寒暄，就是没有找见徐斯，心里渐有些不爽快起来，忽看到有人往门外聚去，便也好奇趋前。

门口有两位酒店服务生正扶着捂着眼睛的张文善，向前来询问的酒店保安回答着什么，现场有人懂日语，马上就有一个段子流传开了，都说这位服装行业新贵张先生在酒店男厕所跌了一跤，眼睛撞在了门框上头。

江湖暗自琢磨，这酒店的厕所里怎么可能没有递手巾的小童服侍？哪会让客人遭这样的意外？大家都在议论纷纷的时候，她随身的手机响了起来，徐斯发来的微信言简意赅，"来车库"。江湖拎起裙摆，悄悄从边门溜了出去。

　　这一次来 J 国，徐斯租了一辆车解决交通问题，可巧还是雷克萨斯，与他先前开过的是同款。江湖没费多大力气就找到了车，才走到车门前，车门就被里头的人打开，她的手被里头的人伸手拽住，那只手的手指上似有乌青，她还没看个清楚，整个人就被拉着顺势坐进车里去。

　　门关上时，徐斯整个人也趋近过来，对住她的唇狠狠吻下去。他想撬开她的牙关，可她一时突然倔强，不肯就范，他就亲到她的脸颊上，她的脸颊扑了粉，触感并不好，他又移到她的脖颈处亲吻。

　　这处细腻柔软，是他想念已久的。他一点一点吻下去，知道她在用手推拒他，但他不会再放开她，就这么一点一点膜拜一般地吻下去。

　　不轻不重的力道，足够让江湖的心跳开始紊乱，她想要往后躲，但徐斯的双手紧紧扣着她的后背，就像是要箍紧了她，让她永远不能逃离。江湖叹了口气，将手插入他的发内，终是抱住了他。

　　徐斯把头抬了起来，让江湖看清楚他眼中倒映着她，还盛着他明明白白的渴望。他的唇贴到她的唇上说话："让我吻你——好吗？"

　　他那股淡淡烟草气息也停留在她的唇齿之间，是那样痒。也罢也罢，江湖的牙关松了开来，徐斯再度吻了上去。

　　她勾搂住他的颈，她的胸膛紧紧贴住他的胸膛，一样狂烈的心跳，全身的血液仿似腾腾岩浆缓流，把身体一处一处燃过，不知何处才是出口。也许根本不需要出口，这一刻这一秒，就此时间停止，瞬间成为永恒。

　　也许过了很长的一段时间，也许只是很短的一个间隙，他们以为天地之间只剩下彼此。

　　江湖喘息时想，怎么最后会这样？怎么会是徐斯？一个吻就让她意乱情迷，猛一激灵，她电光石火般地回想到刚才齐思甜同他的亲昵片段，这刻他还这么如火如荼地同自己接吻。这煞风景的想法让她的热情顿时冷却，猛地就把徐斯推开去。

　　徐斯正在全情投入，不妨她这么大力地一推，一阵错愕，清醒过来先是瞧见她的唇膏花了，像一只小花猫，指了指她的唇忍俊不禁。

　　江湖见他笑得如此促狭又开怀，赶忙掏出随身带的化妆镜，瞧见自己不但唇膏花了，身上更是有一万分的狼狈，全部拜他所赐。她拿出湿纸巾把嘴上唇膏抹干净，心头很是气恼，将湿纸巾甩到徐斯身上。

徐斯不以为意，伸手拉住她的手。她看清楚他这只手的无名指和中指上头确有乌青。他说："我们去买件衣服逛逛夜市？"

江湖没有好气："这边风景无数，我还有公事缠身，没心情陪老板赏风景了。"

徐斯佯装皱眉研判地看她："你这是生的哪门子的气？刚才我不过和齐思甜敲定了下季产品广告代言费的事情。"

江湖在肚子里说，此人素行不良，他又不是不知道。

他又说："还说和我交往压力很大，明明压力很大的那个是我，新账老账三不五时被翻出来。"

江湖叫："哪有三不五时？"

"这不就开始了？"他人又凑过来，"大小姐，你不会对自己这么没信心吧？"

江湖叹气，伸手摩挲着眼前人的脸，清楚自己真的把感情投入给这么一个一开始她坚定认为不可信任的男人了。至此投入之后，她又有了满心的苦恼："我不知道。"

徐斯把额抵到她的额上。直到这一刻，当这段感情真正开始的时候，她生出来的另一种彷徨和拘谨又让他不知道如何来说情话了，他只想紧紧拥抱她。

江湖抓起徐斯有乌青的指节，狠狠捏了一下。他呻吟一声，按住她的手："干什么？"

她说："我讨厌你，一开始就讨厌你。"

他反而笑眯眯地问："什么时候开始讨厌我？说来听听。"

她指控："从你不给我买麦当劳开始。"

他张大嘴"啊"了长长的一声："原来那时候你就对我有意思了。"在她想要伸手捆他前，又堵住了她的唇，然后贴着她的唇说，"那时候你有多嚣张，现在还是一样嚣张。"

江湖推他："我都快见不了人了，你还折腾！"

徐斯流氓似的扫她一眼："这样的就算折腾啊？"

江湖一口咬到他的下嘴唇。

这时他们隔壁的车打了灯，缓缓驶出停车位，唬得江湖目瞪口呆。不知隔壁车主何时进的车，不知那位车主有没有看到他们刚才那出天雷地火。种种担心让江湖立刻用手掩住面孔。

徐斯只是笑，摸摸她的发，哄她像哄小孩子："乖，我们去买衣服，然后去吃宵夜，刚才我可什么都没吃。"

徐斯先把车开去附近一家大牌专卖店，江湖遮着胸口死也不肯下来，徐斯二话不说脱了自己的西服遮到她身上，连拖带推把她拽进了店内。好在店员很专业，目不斜视，反而江湖做贼似的速速选了衬衫和长裤，又速速换好，连镜子也不照一下就催徐斯付账走人。

店员很贴心地为江湖把吊牌剪了，又把换下的小礼服叠好放进购物袋，双手递给江湖，最后九十度鞠躬送他们出门。

出了店门，徐斯问："想吃什么？"

江湖看了看手机上头的时间："都十点了。"她没忘记这些都难不倒徐斯，不过她有更好的主意，"去六本木买包子拿回酒店吃。"

徐斯问："到你的房间吃？"

江湖闹个大红脸，气恨恨地反问徐斯："你没订酒店？"

他用可怜巴巴的口气说："我早上十一点才下飞机，马不停蹄租车办事儿，现在行李还在后备箱。"

江湖冲他脑门挥拳头，对他无可奈何，也知道他心存觊觎念头。然而讨厌的是，她也有觊觎念头，是因为在他乡见到他，还是因为刚才的那个过分激烈的吻，抑或是因为这段吹了很久的徐徐微风终至酿成了席卷全身的风暴？现下现刻，只看他一个眼神，一个手势，她竟马上就有一份难以形容的牵动在心头滋生，浑身过电一般的酥软。

太令人面红耳赤了。江湖偏过头没好意思接腔。

徐斯很自然地自进店内起就拖着江湖的手，现在还是拖着。他很不舍地放开江湖的手，自刚才那激烈一吻至此时此刻，他必须对自己承认，不论之前他经历过多少风月情债，但却从未尝试过在心灵的顶端呼之欲出的跃动的感觉，瞬息之间就能没顶。

两人手拖手，站在霓虹闪耀、车水马龙的街口，没有讲话，都在理着心头的万千情绪。

"快去拿车。"江湖终于先开口说话。

徐斯才惊醒，去停车点拿车开了过来。他依旧不太习惯 J 国的右驾驶位，开了好半天方才抵达目的地，结果望着已经闭门谢客的"老张馒头店"大失所望。

江湖拿出手机按照门口黑板上的号码打过去，有位声音温柔的接线小姐接听起来，江湖用英文提问，对方也能应答，于是江湖点了蟹粉虾仁小笼、虾仁烧卖、酸辣汤、太白醉拉糕、醉鸡、炸猪排，还问有没有啤酒，对方答有朝日也有力波啤酒，江湖选了力波啤酒，约定一个小时以后送货到酒店。

徐斯哭笑不得："'老张馒头店'？我还以为到了城隍庙。算你有创意，跑J国吃小笼馒头。"

江湖扮个鬼脸："我心是中国心，我爱吃中国馒头。"

他们回到酒店里歇息半刻，外卖就送到了，竟然多了一份牛肉粉丝汤。送货员用中文解释："我们登记江小姐姓名时就猜测是同胞，果然是这样的。他乡遇老乡太让人高兴了，非常感谢惠顾。"

徐斯塞了小费给送货员。

江湖说："真仔细，知道我们少点一人份的汤。"她接过徐斯递过来的小笼，使劲儿地吃。

徐斯瞧她吃得香，非要抢她的小笼，江湖用手挡住："去去去，那边有虾仁烧卖。"可他就是同她抢着平分了小笼，然后又要抢她爱吃的拉糕，最后幸亏他的手机及时响起来才作罢。

徐斯起身走到窗边去接电话，江湖听到他对那头说："真够速度的，已经到了伊豆了啊？……不，我们不去了……祝你们夫妻玩得开心。"

他收起手机，她正抬起脸，唇角还挂着小笼的肉汁，眼睛盈盈地望着他。

伊豆——天城山——都是往事里的一段不大好的记忆，他没有代她决定去加入这个旅行。江湖无法不细细体味徐斯的这份体贴，她把小笼全部推到他面前。

于是这顿宵夜两个人都吃撑了，还剩下最后一碟醉鸡。江湖把盘子推开，躺倒在床上捂着肚子："我实在吃不下了。"

徐斯让江湖先去洗澡，但她一躺下就连脚指头都懒得动一动。他没有办法，只好自己先拿了衣服洗澡，出来后换了那套他穿过的黑色丝绸睡衣。

江湖已累得眯缝了眼昏昏欲睡，冷不防从眼缝中瞥到他这样熟悉的形象，一个激灵醒过来，脸颊火辣辣地烫。她像火烧了猴子屁股一样从床上弹起来，抄了衣服钻进浴室。

徐斯用过的浴室很干净。地砖上、洗浴池内、盥洗盆里、镜子上、马桶上的水渍全部被擦干了。排风开着，卷筒纸被仔细地卷好了折口，用完的浴巾被整齐地挂在栏杆上，干净的浴巾被体贴地放在了洗浴池一边。

他可真够爱干净的，她想，顺手拿起喷淋，上头尚留水珠，银色的手柄微温，她想到是徐斯才用过的，脸上又如火如荼地烧起来。

把自己清洗了个干净，卸掉妆容后，江湖把镜子上的雾气擦干净，她看着镜子里毫无武装的自己。

双颊酡红得不成样子，不知是热水熏染的还是因为其他。江湖用双掌捂住脸颊，对着镜子里的自己说："怎么就让他跟着登堂入室了？应该让他再去开一间房，不然是要出事情的。"又念及那一份存在心底的旖旎念头，她暗骂自己是在发痴发昏，太不够冷静了。

江湖吹干了头发，调整出一个冷静的表情走出卫生间，决定好好同徐斯商议商议现在下去再开一间房。可是徐斯已经躺在另一张单人床上睡着了，人微侧着，右手摆在被褥外头，拇指和食指上有老大两块乌青。

她走到他的床前，俯下身唤了两声。他没理她，连睫毛都不曾扇动一下。

他比她要冷静得多。江湖嘘了口气，厘不清楚是放心还是有些其他难为情的情绪。她努力把注意力转移到写字台上的吃剩下的一次性碗筷等杂物。徐斯没把这里一并收拾了，看来他是真累了，一洗完澡倒床上就睡熟了。

于是江湖把桌上的一片狼藉全部清理好，按了服务铃找来客房服务收了垃圾，又推开窗透透气，过半刻关好窗拉好窗帘，摸出随身带的香水往室内喷了一圈，把食物残留的香腻味道全部盖住。

躺在床上时，江湖笑着摇摇头，之前还暗暗咋舌徐斯有洁癖，然自己也是此道中人。她想着想着，眼皮渐渐沉重，扭灭了灯，拉了被子蒙了头，很快安然进入梦乡。

已经很久没有做过这样的梦了，江湖在梦乡中清楚地知道自己在做梦。可是她不愿醒过来。

梦境里是温暖的，身边是成片的花海，令箭荷花和海棠在朗日清风下摇曳生辉，斑斓的色彩让她满眼舒畅。她徜徉其间，分花拂叶，看到花海那一头的人，就立定在那边，身披万丈阳光，向她伸开双手。她向那头飞奔过去。

"徐斯。"江湖喊。

有人在她身边说："我在。"

江湖悠悠地睁开眼睛，床头灯被打开，晕黄的光照在脸上暖洋洋的。隔了床头柜的另一边，徐斯半坐起来，正侧身望着她。

江湖转过身来，也望着他。

徐斯问："做梦了？"

"嗯。"

"梦到我了？"

"嗯。"

他伸右手在额头做了个童子军礼："我很荣幸，大小姐。"

江湖又看到了他手指上的乌青。她问："不是去打架了吧？"见他但笑不语，她"嗤"地一笑，心内明朗，用调皮口吻讲，"张文善连架都打不过你，太弱了！他今晚得纠结死。"

一句话把徐斯逗笑，极其开心。他也想逗她：问："小屁孩儿，明天有假期不？"

江湖龇牙："讨厌，谁是小屁孩？"她想了想，明日全体出差同事均有旅游节目，而她很想就偷这么一个懒，同徐斯在一起，于是就点点头。

"明天奖你去游乐园。"

这是个绝好主意，而江湖绝没有想到，她笑呵呵地露出可爱的小虎牙。

可惜隔了一个床头柜，徐斯遗憾不能就势吻上去。


第二天才微露晨光，徐斯就把江湖推醒。江湖一看手机，才六点半，怨声载道着直赖床。

徐斯知道江湖偶尔会在一些重要事件上要个小无赖，没想到在早起上头也能要个小无赖。他抱胸说："要是不起来，咱们就干点别的事儿？"

江湖一下把被子扔到他脑袋上，翻身就下了床，跑进浴室洗漱。

徐斯知道她听懂了，乐呵呵地靠在浴室门口，看着她强装不害羞，管自利利落落风风火火地刷牙洗脸上护肤水抹护肤霜刷睫毛膏涂口红，不过一会儿的工夫。她是做什么事情都有效率的，但他很想她慢一些，不期然地想，就这样看一辈子也是有意思的。

等到两人洗漱完毕吃了早餐整理好行李，都换了休闲服运动鞋，把车开到游乐园门口，正好是园门大开的时刻。

徐斯把车停好，问江湖："你爸以前带你来过不？"

"去过美国和 B 市的。"

"玩了几天？"

"一天啊，他那时候多忙呀！"

"那好，我们玩两天。"

江湖掏出手机看日历："今天可不是休息日。"

徐斯说："我给你订了后天的回程机票。"

那她还能说什么呢？这徐斯完全是有备而来的。

等进了园区，江湖再一次确定，徐斯确实是有备而来。他把他们的行李先寄存在游乐园旁的大使饭店，办理好入住手续。他还在异国他乡请了"黄牛"，对方不知用的什么法子打好了好几个项目的"快速通行证"等在园门口，还随手附送两份宣传小画册，一份是中文版公园地图，另一份是中文版的娱乐日程，详细介绍了游览当日所有游行和演出的时间、地点和路线。

虽然有违公平原则，但是——太周到了。江湖情不自禁奖励徐斯一个吻。

他们随着人流涌进这快乐之园。

清晨的游乐园本来是座静默之城，阳光渐渐普照，好像魔法就要解开静默之城的封印，闸门一开，童话欢乐迎面开启，卡通人物满场飞奔迎客，园内瞬间就热闹非凡起来。

江湖的心情跟着热闹起来，想捉一只"小猪"来合影，可"小猪"为了逃避"大灰狼"跑得飞快，让她追了大半个广场，终于气喘吁吁揪住两只猪耳朵，让徐斯拍了好几张照。

她的精力可真是旺盛，昨晚明明睡得比他晚，徐斯想，但如果不这样旺盛，怕根本走不到这一天。他一路给江湖拍了许多照，她表情俏皮，动作夸张，在他眼里，是只和满广场卡通人可爱得不相上下的娃娃。

江湖在游乐园铜像前才终于肯站直了拍照，一副恭恭敬敬的样子。她告诉徐斯："我现在特别尊敬创造出一个王国的神。"

徐斯能够理解她的想法。

一队旅行团走到他们身边停下来，巧的是都是中国人。团员准备和铜像合影，导游正在做介绍："游乐园对J国人意义非凡，一生中一定要去三次——小时候和父母去，谈恋爱就要带着女朋友去，结婚生子以后带着小孩去。"

江湖拖着徐斯往"太空山"跑，他说："小时候我倒是没捞着被爹妈带来玩一次，第二次来倒像是第三次来似的。"

江湖没听清楚："什么？"

徐斯当然不会告诉她，只一路小跑跟着她到了"太空山"。他们竟然是第一车玩客，得到工作人员的特别祝福。

只是徐斯实在想不通江湖怎么就对这些危险系数高的游艺器那么感兴趣。好在这室内过山车的设计考虑到大多数游客的承受力，并不十分危险。

坐了过山车的江湖显然意犹未尽，脸上红扑扑的，兴奋不减，看得徐斯直发笑，说："真是小毛丫头。"

江湖果然又兴致盎然地拉着他往"巨雷山"方向跑了，徐斯边跑边快速扫了眼手中的说明——好家伙，竟然又是过山火车。

不过此时园内游客已多，处处都排开了长队，"巨雷山"下头的通道也不例外。江湖唉声叹气："亚洲人怎么这么多呀！岛国人也这么多呀！"

徐斯指着前方绵延几十米的蜿蜒人蛇："这儿是快速通道？那得排队到什么时候？"又望一眼立在前边的一块牌子——"此处向前需等待 60 分钟。"

两人一致决定换一个游艺项目，结果是就算有"快速通行证"也要排老长的队。江湖咬咬牙，随便选了一处排着。

徐斯趁排队的空当又给她拍了不少照片。

江湖老时不时出神地望着乐园里开开心心的大家子小家庭，一开始并没有发现徐斯偷偷拍她，后来发现了就抢过照相机反要给他拍。徐斯在镜头前有一段天生的倜傥风度，江湖连拍十几张，再一格格看下来，心想，自己怎么竟为男色所迷？罪过罪过。

这样一闹，时间过得飞快，终于轮到他们上游乐船，完成一段可爱美妙的旅程，而后自高处往下坠落，溅起水花扑满面。回到地面，徐斯掏出纸巾替江湖擦干头发。

已经很久没有被人这样照顾了，江湖决定好生受用这一刻这一天。

徐斯也决定好生受用这一刻这一天。

其实他自小就对游乐场的兴趣不大。原本莫北建议一起去伊豆泡温泉静休几天，上一回他带着太太来过，因太太正怀孕，故没有玩得尽兴，这一回自当补偿一下。可徐斯却毫不意外地记起了天城山上冰冷的月亮，于是婉拒了好友的好建议。

他在飞机上翻了两小时的 J 国观光导览手册，看到游乐园的宣传，相片上有一个游乐器同人民公园里的那个离心力游乐器很相似。

徐斯下飞机时就给 D 市的朋友打了电话，委托代为弄几张游乐园的游乐项目"快速通行证"，好让江湖在这两天玩个尽兴。

现在看见江湖能快乐成这样，证明他的决定是个好决定。

徐斯随江湖又玩了三个游艺项目，从最后一个游乐区出来后，两人已是饿得前胸贴后背，也懒得再到处寻餐厅吃饭，只随意地在就近的小卖部买了热狗和饮料胡乱吃了，还打包了一只火鸡腿。然后江湖建议找好下午乐园巡演游行的路线，先去占地皮。

徐斯揉她的发，她终于良心发现找来借口让他休息了。

游行路线的两边早有游客三三两两地聚集，他们找到一处离下一个要去的游乐项目较近的空地。徐斯发现四周的游客都拿出报纸铺在地上席地而坐，他用日语同前头的游客商议，匀来了一张报纸，也铺在地上。

江湖笑道："多学一门语言就是好，处处有的情面讲。"

徐斯盘腿坐在报纸上，拉住江湖的手，使了一把劲拽她坐下来："江总，可否不讲体面地随便坐坐？"

江湖学不了男人们粗放的盘腿，蜷了小腿到身后，学 J 国妇女席地跪着。音乐响起来时，她把徐斯的相机抢过去摄影，举累了就放下来，把鸡腿肉一条一条撕下来吃。

不妨徐斯突然握住她的手腕，她的手指正捏着鸡腿肉。他笑着瞅着她，她自然就把鸡腿肉喂到了他的嘴里。

他们和这里所有的黄皮肤黑头发小情侣没什么两样。

一辆辆卡通花车徐徐开出来，江湖兴高采烈地拍照摄影，徐斯一直看着她。《狮子王》的彩车开出来时，她却停下了手上的动作，发了一阵呆。

他问："怎么了？"

她告诉他："那年我爸爸要做华中市场，一个暑假都没有回来，可我就是想让他带我去看《狮子王》，一直打电话缠他，还被他骂了。没想到他回来的第一天刚下飞机就去大光明买了两张票，领着我去看了这部电影。辛巴的爸爸死的时候，我哭得死去活来的。"

他环住她的肩膀。

好在紧接着是白雪公主和王子出场，他们站在高高的花车上向人们致意，那样幸福。他们跳舞、他们歌唱、他们接吻，虽然历经坎坷，但因爱情的美妙，所以人生变得圆满。花车散发芬芳，正如生活。

游客们都看得心满意足。

下午的游乐项目并不怎么累人，无非是旋转木马和几场童话表演。江湖一直兴致勃勃，徐斯也就不会感到太过无聊了。

接近傍晚五点时，他们理智地决定先去游乐园旁边大使饭店的米奇主厨占位吃了自助餐。出来时，整个乐园华灯初上，城堡的尖顶矗在夜空之中，漫天繁星成为点缀，美得如梦似幻。城堡区正在进行加冕典礼的表演，烟花伴随着华丽的音乐"砰砰"地射向空中。

江湖翘首，空中鲜花怒放，她的手不自觉地握牢身边人的手。徐斯的手很温暖，她一扭头，他就吻住了她。

他们的身体贴近着对方，但还不够。他领着她回了酒店的客房。

那间客房的名字叫"爱丽丝梦游仙境"，门、镜子、柜子、沙发、窗帘全部都是童话的仙境里的翠绿色彩。徐斯把大幅的碎花窗帘一把拉开，他们一起看到了远处的城堡下，公主和王子登上马车，他们正在接吻。

烟花把天空照得更亮，把此处也照亮了。

江湖仿佛看到昨日梦境中的花海，她把房间内的灯熄灭。

徐斯拉起江湖的手，环住她的腰，贴住她的脸，他们在绚烂烟花下滑出两个舞步。彼此已经熟悉对方的步伐，那就够了。

烟花忽然熄灭了，世间顿时沉寂。他们在黑暗里额头抵着额头。

徐斯慢慢地吻了上来，江湖不再拒绝，也不想拒绝。她是知道的，她身体深处有一簇莫名的小小的火焰被点燃了，会越烧越高，越来越旺，几乎要把全部的理智焚烧殆尽。

她把自己的热度传递给了徐斯。微弱的火焰刹那点燃，欲望在一瞬间噼噼啪啪爆出热烈的火花。

但是，徐斯却珍之重之地在江湖的耳畔问："江湖，可以吗？"

江湖轻轻点头，她同意的那一刹那，她明白自己已经不是一个人，不用在一片苍天茫野中孤身独行。

徐斯伸出一只手拂开她垂在脸上的发，然后用两只手温柔地捧住她的脸。她望到他的眼睛里，他们在对方的眼内烙下自己的痕迹，彼此交织，不舍得分开。

透过徐斯的发隙，江湖看到的窗外月亮，恰似一团火球，可以把自己焚烧至灰烬。原来月亮也可以是温暖的，让她可以安心地、满足地、没有任何牵挂地沉沉睡去。

第二天起床费了江湖很大的力气，徐斯正在浴室淋浴，她对着卫生间的门恨恨做了个挥拳的姿势。

徐斯在里头叫："能站得起来不？游乐园可没轮椅借。"

江湖用被子围着身体"咚咚"冲过去，被里头的徐斯一把拉了进去。

他们出来时，天已大亮。江湖把窗帘一把掀开，阳光正明媚，宛如一把把碎金洒遍恢宏的童话城堡。她"哗"了一声，指着远远的游乐园铜像："他看到这样的城堡一定觉得自己是神。"

徐斯自她身后拥抱她："你信有神？"

江湖颤了一颤。

他说："我就是神。"

她微微侧脸，同他的脸相碰。她在心里说："你信不信有神？——我就是神。"

他们用完早餐，再没力气像昨天那样排队玩游乐器，只手拖手在世界市集信步闲逛。但是江湖什么都没有买，徐斯不禁说："我以为你对这些挂件绒毛玩具都会有兴趣。"

江湖说："都是中国制造，如果在这里买了，未免灭自己威风长他人志气。"

徐斯看牢江湖，她同她的企业家父亲应该有着同样的万丈豪情，对于女性来说，多么不易。他说："我婶婶曾经讲过类似的话。"

江湖难得听到徐斯讲起家人，又是自己心存亲近的那位，就很想听下去。

徐斯见她脸上露出打探的意思，便有了继续讲的兴趣："我是我妈和婶婶一起带大的，我爸和叔叔去世早，她们俩妻代夫职母代父职，把我和徐风当作毕生事业经营，辛苦了大半生。"

江湖喟叹："她们都是坚强的女性，都很出色。"她想起洪蝶曾讲过的那段尝尽冷风的凄苦往事，没有来由地缩了一缩肩膀。

徐斯微笑："坚强通常是和苦难联在一起，如果可以选择的话，谁会需要苦难之后的坚强呢？"

一句话触动江湖心底。他看出她的怅惘，亲亲她的脸："小蝴蝶。"

江湖推开他的脸："讨厌，公众场合注意影响。"

徐斯拉住她的手："你暗示我再回酒店吗？那敢情好，我还没退房呢！"

他们嬉笑打闹，好好地逛了一上午，最后一计算时间，还是理智决定下午就把房退了，提早离园。

从游乐园离开的刹那，江湖心头掠过一阵不舍。童话城堡保留了一段如梦如幻的记忆，让她几近沉醉。太久太久不曾这样放松，不用被世间凡事骚扰。

但是上到高架上头，随车河静淌，渐渐沿河而上，江湖想，终究她还是需要重新进入凡世生活。有点不舍短暂的快乐，可更多的却是对凡世生活生出的流连。她偷偷看着身边的徐斯，这就是她现在对凡世生活的流连。她在想自己究竟是怎么了，这两天情难自禁得不像是自己。

徐斯看到了江湖黏在自己身上的目光，捉住她的手，吻了吻。他的多情手段好像一团烈火，可是她的内心深处却尚存着一汪不确定的海潮。

江湖不知道掀起的波澜会将自己如何覆没。

他们驱车至成田机场附近的酒店办了入住手续，再回到市区吃晚饭。江湖为岳杉和一班同事选了礼物，仍建议晚饭光顾那家"老张馒头店"，徐斯当然没有意见。

这天的馒头店生意仍然极好，江湖进去才发现不过三百多平方米的地方坐得人挤人。装饰是极为简单的，墙壁上挂着老 A 城月份牌，用老 A 城建筑画吊顶，桌椅都是老 A 城条桌条凳。门边有个展示柜，出售礼盒装的小笼包，白色的环保包装盒，封面上手绘两只小笼包，相当可爱。

他们拿了号，队伍已经排到了外头。徐斯烟瘾犯了，去吸烟点抽烟，拖着江湖一块儿去说说话。

江湖只感叹："怎么国外做得这么好，国内做得一塌糊涂呢？可惜可惜！"

徐斯吞云吐雾一番，才笑说："江总，怎么？整合营销的瘾头又上来了？要不回去找他们集团的老总聊聊？"

他口气是一贯的洒脱自信，派头惯得老大。江湖翻个白眼："我哪里有别人家财雄势大？"

徐斯"嘿嘿"一笑："别这么指桑骂槐呀？多不像你，你想说我是仗势欺人的大爷对吧？"他的手机响了起来，他接起答复对方时，不知有意抑或无意，用手遮挡了一下话筒，往旁边走了一步。

江湖见状，知徐斯有私话要讲，先独自排到队伍里去。待终于等到位子，徐斯那头正好把电话讲完了，走过来时满脸抱歉，说："明天这里有个紧急会议要开，不能和你一起回国了。"

江湖别转过头，存心口气含怨："老板事忙，我很理解。"

徐斯的手敲在江湖额头上，江湖避开，他顺手用力环抱住她，在她耳边说：

"回去以后搬我那儿住好吗？就在浦东，你上班也近。"

江湖的心动了动，同他这两日的耳鬓厮磨，他们俱都习惯彼此的亲昵举动。某一个瞬间，她不是没有想过就此尘埃落定。

然而，这里等待座位的队伍能排到头，服务生会拿来菜谱，而落定之后是什么？她心里没有谱。心底海潮起伏，这两天的快活，快活得不似真的，好几个瞬间，她真的想放开怀抱，可是又有几个瞬间，她反而更加害怕了，有一种摸不到岸边的惘然，或许是情深了才会情怯？

在这个瞬间，江湖的这个害怕的情绪冒出了头，生出了片刻的动摇，摇摇头答："不好。"

徐斯只是抱了抱她，没有再多说什么。

次日一早，徐斯把江湖送到成田机场，帮她办理好托运，即刻告别。

徐斯心头无端冒出的抑郁，江湖体会到了。他们都不是会轻易迁就的人，细微的摩擦立刻就生出敏感。但，正是因为有着万缕的情丝，才生出这万缕的惆怅。

江湖坐在候机室里心不在焉地看着电视。电视里播着电影节特别节目，齐思甜落选最佳女主角，但是大方地将一双别致的胶底鞋送给评委席的法国影后芳汀女士。芳汀女士十分惊喜，对媒体说，她相信这个女孩有更好的未来，早有法国的导演盛赞她的表现。规规矩矩用优雅姿态站在影后身边的齐思甜，表情不露声色。

江湖看后会心一笑，有得有失，患得患失，才叫五味人生。但大家都不想教别人把自己看得太穿。

回到 A 城，江湖给岳杉打了电话，请她将齐思甜的广告费提早付过去。

岳杉答允，又关切地问："一切还好吗？"

江湖答："很好。"

岳杉说："这就好。"又报喜说，"浙江的经销商要和我们重新谈合同，想要增加进货量。"

江湖这才畅快地笑出来："他们消息真灵通，这么快就听到市场风声了。我们下午开个会讨论一下。"

岳杉劝道："别急，你还是休息两天再说。"

江湖说："我现在心急似火！"

她直接回到腾岳，岳杉等着她。

她把买好的礼物拿给岳杉，岳杉展开，羊毛大衣款式时尚，触手极软，版型极好，又是自己老早想托人买的牌子。她笑着说："天也冷了，我一直想要买一件大衣呢！"再仔细端详江湖，女孩气色红润，眉眼半分春意半分愁绪，她心下刹明，但终还是什么都没说。

江湖处理完几件公事，便上网浏览这两天的国内新闻。

法国影后拿中国球鞋的新闻已经被很多媒体争相发布，给腾岳鞋打了老大一个软广告。而大领导鼓励民族品牌快速成长的展览逸事也有不少博主转载，张盛做鞋时大领导俯身观看的照片在网上流传很广，当然张盛手上的鞋子商标在照片上都是清晰可辨的。

成绩是喜人的，江湖看得越发喜上眉梢，于是拨了电话给上一回邀过的媒体人，想请他们再吃一顿饭。对方好好恭维了她一番，又告诉她："最近整理去年的资料，找到几张江董的照片，正好一起带给你。"

江湖感激不尽，没有想到还能意外得到父亲的旧照片，心情又激荡了很久。

她处理完工厂里的一切回了一趟家。

或许是徐斯的刻意提醒，钟点工在她归家之前过来打扫过了，里里外外都很干净。江湖打开父亲卧室的房门。父亲的卧室简简单单，放置的也是红木家具，古朴老旧。长久以来，她终于有了坐在父亲床边的勇气。

她坐了下来，又躺下来，这晚在父亲的床上睡了个好觉，仿佛又回到父亲的怀抱中。


徐斯在两天后才回来。这两天里发生的事情和两天前产生的莫名情绪，让他没有主动联系江湖。可是一下飞机，熟悉的城市气息扑面而来，他还是憋不住打了电话过去。

这日正是星期六，这刻只有八点半。江湖的声音迷迷糊糊，听到是他，埋怨问道："怎么才给我电话？"

徐斯笑起来："在哪儿呢？"

"厂里。"

"还在睡觉？"

"嗯。"

她娇慵的声音似魔音，让他的心头他的身体都有点点不自在。徐斯才不让自己不自在，立时说："我来找你。"

他挂掉电话时，江湖还在混沌状态。

不知是不是成功使人自满，江湖回 A 城以后，接连两日都睡得极好，少梦了，也能坦然赖床了。她挂上电话，并没有把徐斯的话听清楚，就翻个身又睡了过去。

这一睡直到有人敲了老半天的门才又醒转过来。江湖先看一眼手机，确定好当下的日期和时间，休息日一般不会有同事无缘无故打搅她。她应了一声，换好 T 恤牛仔裤，理了理头发才开的门。

徐斯站在门口，挟进一股凉风。

她嘟囔："你咋老喜欢大清早来扰人清梦。"

这次也是一样的，他侧身进来，甩手把门关上，劈头就是一个绵长的吻，等到两人清醒，已在她的床上纠缠。他什么都不管，一个劲儿吻到她无法自持。

江湖心里有些害怕，这里到底是工厂，不知道外面有没有员工路过，不知道他们会不会猜测他到底是来干什么的。诸般猜测让她又惊又怕，可是又情不自禁陷入他带来的激情里。

这番被迫，让江湖有些气馁，她忍不住咬了徐斯的耳垂一下。徐斯一颤，亦忍不住又多加了些力道。他们互不相让地彼此拉扯和接近，好像比赛，非要胜过对方。

然则，比赛结束，并未能有胜负。徐斯死死抱着江湖，不愿意起来。他说："江总，显然你还没做好跟我长期携手作战的准备哪，计划是怎么做的？"

江湖闷闷低头："我感到压力很大。"

徐斯哭笑不得，她又拿这句搞笑话出来，算不算在搪塞他？她怎可以老是搪塞他？他没好气地："行了，就这么说定了。主动权都在你手里，我压力都不大，你压力大什么？"

在他身体诚实的反应下，江湖所有的异议和反抗均被视同无效。她彻底闷掉。


徐斯就是徐斯，他既然已有决定，所有言行均如计划进行。江湖虽然仍旧不肯与他真正同居，介入他的生活，但他总有办法，让江湖在他的浦东小别墅里待的时间越来越长。

而江湖呢？等她反应过来，自己早已步步陷落，入了徐斯的各种套时，她的生活用品早就在徐斯的别墅里占了一席之地。

既然已经走到这一步，江湖也就只好让自己去习以为常了。习惯确实是个强大的心理暗示，江湖慢慢习惯和徐斯共同生活的状态后，兴致来时，居然还会在徐斯从没有用过的厨房里简单做几样西式小食。

她向来不擅长家务和厨务，拿着菜谱做出来的东西口味自然放不上台面，徐斯倒是能二话不说全部吃光，但总忍不住会损她两句。二人都是口齿伶俐的人，你一言我一语逗来杠去，辩到最后笑作一团，倒营造出一种别样的家庭氛围来。

江湖不得不承认自己越来越沉迷这样的家庭氛围。一起下班、一起做饭、一起洗漱，晚上再一起同榻而眠。

似乎快要有一个温馨小家庭的雏形了，但江湖知道，自己心里仍有道防备的障碍。这体现在她和徐斯明明睡在一张床上，清晨二人醒来时，却是各据一边，楚河汉界，分得很清楚。这一点上，他和她，有一种不自觉的相似，在各自内心里，同对方仍保持了一段安全距离，这算不算是保护自己的行为？


不过，徐斯还是按照他计划中的流程，带着江湖进入他的私人生活，与他几个好友频繁聚会。他的挚友不多，就那么几个，除了江湖认得的莫北，还有两位：一位在广告界内很有些名头，名叫关止；另一位是有名的珠宝品牌负责人，名叫于直。与徐斯不同的是，他们都是已婚的身份，每次出来饭局都会带着妻子，人口众多热闹非凡。

后来大约是徐斯觉得饭局无趣了，就近择了大家都得空的十一假期，组织起远途游。他告诉江湖："于直的太太高洁是珠宝设计师，正巧去 C 城办个展，我们干脆一块儿凑去看看景爬爬山。他们都会带孩子去。"他问她，"江总可否拨冗同去？"

江湖兴致老高："老板放心，同去同去，一定同去。"

对徐斯的安排，江湖不是不领情的，尤其是在认识了他最亲近的朋友们后，她很有些结交之心。她看得出来徐斯和他的朋友们感情亲厚，由此开始默默反省着自己。她从小到大只在父亲的堡垒里称王称霸、争强好胜，二十多年来竟未能真心结交一个半个真正知心的好友。这样的人生原来寂寞得很，她从徐斯对比到自己，不禁惭愧，也生出渴慕。

在议定假期出游计划后，江湖雷厉风行地调整了工作时间，将一些必要的会议预先开完。下班后的她开始钻研厨艺，因为想着届时可能有郊游野炊需要。她每晚照着菜谱操作得格外认真，几日下来，烤蔬菜和鸡翅膀等简单操作已经难不倒她。于是她请来徐斯试吃。

徐斯一边吃一边表扬："很有进步。其实你可以跟关止的太太蓝宁学学，她有一手淮扬菜绝技。"

江湖抽了几张擦手的餐巾纸丢到徐斯腿上："别得寸进尺，本小姐生来就不会伺候大爷。"

徐斯擦了手，搂着她坐到自己腿上，嘴上还油腻腻的就亲了上来，江湖慌忙推着他的脸逃开，他嘘她："我是为你好，免得以后应对家务压力大。你做什么事情都好，就是家务做不好，太丢人。"

江湖一边躲他一边嚷："丢人？丢什么人？"

徐斯笑："丢我的人。"

"呸。"

她终于被他捉住按到墙上，彼此之间不留一丝缝隙。江湖推着徐斯嚷："你才得寸进尺。"


在约定出发的那日，徐斯的友人们全都准时到了，每一个都带齐了家属。江湖是头一回和这么多孩子处在一起。

因为人多，因为有孩子，所以在飞机上的时光不会很闷。莫北和莫向晚的大儿子莫非生性活跃，时不时说两个自编的笑话，逗笑大人们。

关止和妻子蓝宁生的是一对龙凤胎，不过一岁多的宝宝，已经能看出不同的性格。女宝宝很沉静，大人逗她，她就笑笑，若是不逗她，她也能安静地看着大家。而男宝宝就活跃得多，根本不怕生，一路不停伸手向不同的大人要抱抱，就是不肯独自待着。

而江湖的目光一直与她只一条走廊之隔的于直父女身上。于直的女儿和龙凤胎差不多大，喜欢笑，笑起来漾开唇角，和她的爸爸有相似的梨涡。她的性格和龙凤胎里的男宝宝一样活跃，一路上在她爸爸的身上攀爬翻滚，她爸爸的 T 恤被她拉扯揉捏，却丝毫不以为意，只一直爱怜地瞅着她。她也是爱她的爸爸的，她在爸爸的手掌心上站立起来，扶着爸爸宽阔的肩膀，和爸爸脸对脸，嘟起小嘴朝她爸爸的脸上吧唧一口亲上去。

江湖眼睛一热，她忍不住想起有关于她自己的孺慕之情，她曾经得到过同样的宠爱。她偷瞧着这对父女，一眼又一眼。

徐斯全部看在眼底，他对江湖说："这个小球球最喜欢亲人。"他对着球球拍两下手，球球被吸引过来，朝徐斯伸出小身体，歪着小脑袋。徐斯笑眯眯说："球球啊，你好可爱啊！徐叔叔很喜欢你啊！"球球像是听懂了夸奖，开心地拍起小手，徐斯把脸歪过去，凑近球球，用手指指脸颊，"来，亲叔叔一下。"

球球果然嘟起小嘴，朝徐斯凑过来，还没碰到徐斯的脸颊，就被她的爸爸于直捂住小嘴抱了回去。

徐斯嗤笑道："忒小气了。"

于直凉凉地说："我生的女儿当然只能亲我，你要找人亲自己去生一个。"

球球的妈妈高洁忙不迭地打圆场，她拉着女儿的小手朝江湖打招呼："阿姨是不是很漂亮呢？"

球球"呀呀"叫了两声，朝江湖伸出小手，她的爸爸只好依依不舍把孩子递给满心亲近的江湖。

江湖小心翼翼地抱过球球，球球伸出小手捧住她的脸，嘟起嘴巴一口亲上来，弄得她一脸的口水。她从来没同这么小的小孩子相处过，虽是被亲了一脸口水，可还是很开心。

徐斯掏出餐巾纸替她擦了脸，转头嘲笑于直："看到没看到没，你姑娘比你友爱多了。"

于直凉凉地说："那自然是我教得好。"

江湖早已习惯徐斯同他这几个朋友互相抬杠，她也存了点心，想要同他的朋友们相处得更熟悉亲睦些，待下飞机时，她已收获了每个孩子的亲吻。

徐斯悄悄同她讲："你从没在两个小时里亲我这么多次。"

江湖反唇相讥："你又不是未成年人。"

徐斯口上哀怨道："小气了。"但脸上却挂着宠溺的笑。


他们在 C 城的第一夜宿在日月潭边的酒店。房间是江湖自告奋勇为出游团队早就订好的，全都选了面对日月潭大好风光的湖景房。在办理入住时，徐斯才发现江湖给他们各自订了一间单人房。他不满地瞥江湖一眼，江湖只当没看见。

众人在酒店休息一夜，次日天气晴朗，万里无云，于是按照原订计划游览了几个景点然后去野炊。江湖终于得以大展厨艺，将烧烤料理得当，口味上、外形上都没有出错，受到小莫非的大力夸赞。她头一回因为这看上去根本不足为道的小小夸赞有了得意和满足。

用完餐后，年轻的妈妈们带着孩子去水上船屋小憩，男人们则在附近的打靶场小试身手。莫北因近视并不太擅长此道，干脆换了江湖去玩。

江湖其实也不擅长此道，先旁观了一阵，发现于直的打靶命中率远胜徐斯和关止。她忍不住嘲笑徐斯："行不行啊你？"

徐斯不以为忤，指指于直："比他这个专业水平我是比不上。"把江湖揽到身边来，"不过教你我还是绰绰有余的。"

江湖没有躲开徐斯当着他朋友们面的亲近，一心在想，他是个乐于享受生活的人，把人生过得比她要有趣味得多。她跃跃欲试起来，认真跟着他学着如何给子弹上膛，又如何瞄准。

徐斯贴着江湖的身体，手把手一招一式教她如何射击，在她即将扣动扳机时，他存心在她耳边低语："今晚我去你那儿。"

结果江湖每一枪都没中靶，徐斯在她身后看得直乐，她愤愤地朝徐斯挥挥拳头，然后撑不住自己也笑得前仰后合。

徐斯问她："怎么笑成这样？"

江湖一边抚着胸口一边答："就是想笑。"

她想，与徐斯相处几月，她在拾取以前父亲带给她的一些快乐，家常而又温馨，她应当好好享受这一切。

于是，江湖玩性大发，干脆同徐斯和关止一起组队，与于直较量起来，但总败北在于直。江湖有点气馁，兴头却更甚起来，耍起小姐脾气，要求行家于直退出，可她倾尽全力仍旧赛不过半业余的徐斯和关止。

待赛到夕阳西下，三人协议休战。江湖佯装气愤："你们一点儿都没有绅士风度。"

关止赶紧耍赖摇手："不关我事儿，徐老板有令不准放水。"

江湖气恨恨朝徐斯挥舞拳头，徐斯用手握住她虚张声势的粉拳："对你这样的人，放水反而是不尊重。"

江湖抽回手："还不如说你徐老板从来不肯做亏本买卖呢！"

徐斯对她笑得意味深长："就是做了亏本买卖才觉悟到不能一直亏下去呗！"

这时莫北赶来，通知大家："太阳都快下山了，吃饭吧各位。"

江湖四下一张望，不见徐斯的另一位好友于直，便问："球球爸爸人呢？"

徐斯再次握住江湖的手："他自然有他重要的事儿得办。"

一行人迎着夕阳沿着石径行向船屋，与其他朋友会合。行近潭边，江湖遥遥望去，半片霞光洒在日月潭中央的拉鲁岛上，小小的只有约六十六平方米的拉鲁岛整个好像被云霞笼罩着，散发着莹莹的红光。再走近些，江湖才发现原来那不是霞光，而是小小岛屿的东面，排列着十来艘的将树干挖空做成的独木舟，独木舟上的人均提着一个小小的红灯笼，像是在迎接着什么。

江湖瞧着有趣，有心探险，问大家："是不是当地的邵族在做什么祭祀活动？我们包艘船过去一看究竟？"

徐斯制止了她的跃跃欲试："拉鲁岛上以前有个月老祠，一九九九年地震以后迁走了，但是月老住了上千年，还是会过来办点事儿的。"

江湖把脸板住："又打什么哑谜啊你？"

关止笑着问徐斯："你怎么不在今天和于直一起请月老把事儿办了？"

徐斯撇唇："正后悔着呢，谁晓得于直是打这个主意？本来这创意就是我想的。"

江湖大摇其头："这哑谜打得不舒服。"

莫北对江湖说："你看那里。"

江湖再遥遥一望，有一艘快艇驰向拉鲁岛的码头，停下后，快艇上走下一名女子。这时，呼啦啦围上去好几个身穿当地邵族服饰的女人，她们手里握着杵一样的长木头，在那女子身边击石而歌。

夕阳渐渐随顿重的杵音而落，月亮渐渐随高亢的歌声而升，晕红的昏色之下，独木舟上的红灯笼愈加喜庆而明亮。江湖看清楚了，下船的女子用手捂住了嘴，因为自击杵而歌的人群里排众而出的男子单膝跪在了她的裙下，歌声愈加激越起来了，像是欢呼，像是祝贺。渐渐地，独木舟上的红灯笼连成了一片圆满。

江湖的心随着那里的杵歌一跃一跃，也许因为杵歌激越，也许因为看到了一份圆满，她的眼睛模糊起来。

徐斯在她的耳边说："邵族人以前在拉鲁岛供奉月老，所以这是个 C 城人求婚的好地方。球球的妈妈和爸爸在 C 城曾有一段美好的回忆。唉，我想到了这个好主意，可惜被于直这小子用了去。"他揽住江湖，叹一声，"头一回这么后悔给兄弟办事。"

但是江湖并没有听出徐斯口气里浓浓的遗憾，她正在目醉神迷地喟叹："这样——真是美好啊！球球一定很幸福。"

是的，江湖又陷入了感伤又怀念的美好回忆。她很久没有想到父亲了，更久时间没有想到母亲。父亲和母亲都围绕着她的日子，在她的脑海里一帧一帧像老电影回放一样出现。

她也曾经像今日的小球球，有一个懂情调识情趣的父亲，为秀丽端庄、可亲温柔的母亲制造一出一出的浪漫。她是旁观的快乐的小女儿，就像今日的小球球。

可是——江湖黯然下来。往日不可追，她曾经拥有的，一项一项离她而去，终究只留下一个她形影相吊。

江湖在这个感动、感念又感伤的夜里辗转着，久久不能入睡，干脆爬起来拉开窗帘，走到阳台上，伏在栏杆上。潭水边竖着一杆一杆的圆形路灯，好像一把珍珠洒在激滟的湖面上，衬出一片波光粼粼。月亮在粼粼波光上颤抖，就像她的心事。

隔壁阳台有人问她："在想什么？"徐斯正靠在栏杆上，笑着望着她。

江湖沉吟一下，终究把最慨叹的心事隐藏起来，只道："真好，你可以参与你朋友这么重要的时刻。"

"怎么比被求婚的还感慨？"

"发现我的人生真是孤独又乏味。"江湖说。

徐斯安慰："别这么说。"

江湖说："我小时候一直是一个人玩儿，长大了也是一个人玩儿。从来不参与别人重要的事，也觉得自己重要的事不需要别人参与。"

"你爸一定不放心你和别人玩儿，你是女孩，又有这样一个厉害的爸爸，对吧？"

江湖把下巴轻轻搁在手肘上，慢慢蹲了下来，高度就和一个小女孩一样。

"我小时候也来过这样的地方，跟着爸爸参加这个研讨会那个颁奖典礼，这个签约仪式那个合作会议，他总把我一个人留在酒店里，不管酒店是面对高山还是大海，我只能站在阳台上看看风景。他说，如果我一个人出去，跑丢了的话，就会很麻烦。我既不想麻烦他，更不想麻烦别人。久而久之，也就只有我自己和自己处，从来不会参与别人重要的时刻。"

徐斯说：“我的朋友于直和关止，你也看到了，只要女儿在身边，就一定抱着不放手。女孩儿是要娇惯一些的。”

江湖点点头，笑起来，她又想起了于直和他的女儿球球，然后，再度想到了父亲。她定了定神，伤感地说：“从小到大，我只有一个玩伴，爸爸也只放心把我放在他身边。他会尽心尽力地跟着我，不让我有任何危险，但是他从来没有在乎过我到底喜欢玩什么不喜欢玩什么。他都是随我的便而已。”

徐斯知道她说的是谁，他承认自己心里有些许不是滋味。他往外看了看，这里是两楼，江湖那边的阳台比这里突出半米，有扶手相连。徐斯就忽而在这边的扶手一撑，跃上栏杆，矫健地跨到那一边栏杆上头，顺手一拉扶手，跃进了江湖的阳台上。

整个动作虽然一气呵成，可也把江湖吓得够呛，这里虽然只有两层高，但这个高度也是有些危险的。她站起来抚着心口，叫：“你做什么？”

徐斯走过来，伸手把她抱在怀里，说：“你大了，也该换个伴儿一起玩了。老是缅怀往昔，对我这个男朋友太不尊重了。”

江湖把头低下来。

徐斯轻轻吻她的发：“小蝴蝶，我很高兴我带你经历的这些，是你爸爸没带你经历过的。”

江湖伏在徐斯的怀里：“徐斯，因为这些都是我没有体验过的，所以我才不容易确定——”

“确定什么？”

“一些情绪。”

“你想的太多了。”

“也许吧。”

她仰起头，他吻住她，然后稍稍离开，又抬头望望月色，说：“今晚的一切都不错，不要辜负。”

徐斯掏出手机，拨动几下，竟响起一串悠扬的曲调，江湖熟悉的嗓音缓缓响起。

“Maybe I hang around here

A little more than I should

We both know I got somewhere else to go

But I got something to tell you

That I never thought I would

But I believe you really ought to know

I love you"

江湖怔一下，才想起来是奥莉维亚·纽顿－约翰的歌，自己那张奥莉维亚·纽顿－约翰的碟被徐斯借走至今未还，原来他都听过了。

徐斯把手机搁在地上，调整了一下姿势，一只手环抱着江湖的腰，一只手执起她的手。

他们不是第一次在月光下跳舞了，他们的舞步已很协调，身体已很亲密，一贴近就能找到自己在对方怀抱里最合适的位置。

江湖贴近着徐斯，双手慢慢改为环抱住他的颈，他抱着她的腰，轻缓随意地舞动，让她安心地闭上自己的双眼。这一刻这一秒，她满心所想的，只有眼前的男人。

月光洒在她身上，山风在她的耳边拂过，这个夜晚，她所感受到的只有他的气息。


这一次的活动结束之后，徐斯又稍稍改变了他同江湖的相处方式，他开始不避讳在腾岳与江湖同进同出了。

好在工厂内其余众人都不敢讲老板是非，高层这儿岳杉同莫向晚都不是多事的人，也绝口不提。倒是裴志远老怀甚慰地讲了一句："女孩子家家一个人在商场摸爬滚打总是不好的，有人撑着，你爸也能放心不是？"

江湖只好干笑，但有点怕这个一贯市侩的舅舅会去四处炫耀。

这一段感情，于她而言，虽然徐斯给予承诺，她仍旧战战兢兢不敢欣然将之全部接受下来。诚然，她越来越依恋他，依恋到已经想要完全融入他的生活。可是，他是何等样人？她心中早就做下定义了。她还有她不可言喻的畏怯之处，是她作为江旗胜的女儿与生俱来的本能带给她的判断。他们是否真会有一个锦绣未来呢？江湖自小到大从来没有过这样复杂而难以决断的情绪。

但是，徐斯的拥抱一如既往火热，私下相处时的耳鬓厮磨，总会让她忘情。江湖时而会叹息，女人毕竟比男人多了那么多软弱和那么多的情。


徐斯反而毫无江湖这样纠结的情丝，他的念头既定，就没有了犹豫。在腾岳接送江湖时，偶尔碰到来接送妻子的莫北。

莫北问他："看样子是真的打算定下来了？以前从没见你带女朋友跟我们一块儿聚过这么多回。"

徐斯对朋友毫不隐瞒："是的，天时地利人和。我没看出这个选择有什么不好的地方，我总不见得一辈子打光棍不是？"

莫北忍不住笑起来。

徐斯说："我们处了挺长一段时间了，一切都很合拍。一开始我也没有想到最后会是她。"

莫北深有感触，说："缘分总是以你意想不到的方式来找你，能理解。"他拍拍兄弟肩膀，"想好就好，只不过这些日子看下来，有些地方你要斟酌斟酌。"

徐斯挑高眉毛。

"不要一味以己度人。你这个人办事情独断专行惯了，在感情里其实独断专行不好。"莫北说。

徐斯问："你这么看我？"

莫北耸肩："以我对你的了解，有这样的感觉。当然我的感觉不一定准确。"

徐斯笑起来："也许，我一向主观能动性强，不轻易被外界改变想法。不过既然我想到的，一定会是最好的办法，于公于私都会有益。"

徐斯在心内又把全部的念头转了一遍，再次确认是不是于公于私都会有益，他的经验告诉他，他的决定应该是正确的。他依旧决定按照他的计划继续安排后面的事情。


头一桩是洪蝶的生日会。徐斯是第一次想在家庭聚会中携伴出席。他同江湖说："下个月婶婶要过生日了，我们家几位长辈，生日的时候总要聚聚，偶尔会请三四亲朋好友。"

江湖心内一触，问："洪姨下个月过生日？"

徐斯答："所以请你用你的眼光挑个礼物，顺便拨冗列席。"

江湖一点即明，徐斯带她出席这样的家庭聚会意味着什么。她忍不住了，追问："徐斯，你是真的想好了吗？"

徐斯搂住她的肩膀："江湖，你是对我没信心还是对你没信心？"

"都有。"

又是这样坦白，徐斯不是不气结的，恨不能掐她两下才解恨。他何曾对一个女孩用心至此？

但是江湖抚摩他的眉头："徐斯，我是觉着现在这样去参加你们徐家的家庭聚会，好像一切都快了点，那就有那么点——那么点——"她斟酌了一下，"不真实。"

徐斯叹气："江湖，在你眼里，我是怎样的人呢？"

江湖讲："你是做什么事情都会有计较的人。"

徐斯笑，江湖是了解他的，因为了解他才生出万般的不确定。他喜欢这个女孩，也许正因她的犀透和她对他的了解。他把下巴抵在她的头顶，加深对她的拥抱："小蝴蝶，我可真喜欢你。"

直白的爱意表达，徐斯不是第一次说，这一次说，才让江湖真正心旌荡漾。她不禁暗骂自己：为何要对自己这样没有信心？是否父亲的离去，让他的女儿面对感情的勇气都没有了？

然而转念，她又想到了高屹。是的，生为江旗胜的女儿，自小要风得风要雨得雨，唯独感情，一直求而不得。因为求不得，于是更不解。真正的爱情是什么样子？如高屹之于海澜，还是像如今的徐斯待她？

若她同徐斯一如最初只是一场游戏，她亦有游戏态度可待之。但，江湖知道自己变了，不知道从什么时候开始的质变，也许是徐斯让她清楚看到了他的感情在升温，于是也就逐步瓦解了她原本以为很坚固的心防，她早没有了最初的铿锵决定。可是，在享受欢愉的最初的欣喜冷却以后，她却开始害怕失败。

这不是江湖想要的情绪，但现在开始无时无刻不在捉着她不放。她常常暗自叹息自己引以为傲的那些冲劲和自信全部丢到哪里去了。

她明明只在想到高屹时，才会丧失自信和勇气的。

就在前几日，江湖在一个特殊的场合又遇见了高屹。


那是在父亲的墓前。

江湖一直没有提醒徐斯，父亲的忌日和洪蝶的生日是在同一个月。这也是她一开始听说洪姨生日时惊讶的原因。而徐斯呢？只是稍稍提了一下是否可以一起扫墓，但是江湖婉言拒绝了。这是她对徐斯有所保留了。

这样时节，有人庆生有人祭亡，真真实实的生死两重天。

江湖还是习惯自己独自一人和父亲待着。她每隔两三个月就会去墓园祭拜，一开始只是在父亲的墓前静坐，看云卷天舒，什么都不想。进入腾岳后，她想的就多了，会把她的捷报禀报父亲，告诉父亲自己在日日进步，不会玷辱先人名声。

江湖在这天也是带了近些时日的业绩过来，她走过父亲墓前的一排雪松时，看见有人一身黑色素服地立在父亲墓前，双手握成拳，垂在身前，头也垂着。

她在雪松后头停住，想，为什么高屹会出现在这里？

这时候，高屹做了一个让江湖惊讶的动作。他慢慢蹲了下来，轻轻抚着墓碑，表情肃穆，而嘴唇微动。

他在同父亲说什么呢？是宣泄，还是忏悔，抑或是念旧？可他当年处心积虑做出那样的圈套。

江湖很想走过去问出这个疑问，但不敢跨出这一步——她一如既往地怕着这个男人，渴望接近而又不敢接近，不知是愧还是恨，是爱还是怨，世间有太多难解的情绪了。

江湖最终仍是没有跨出这一步。一直等高屹走了以后，她才走到父亲的墓碑前。

遗像上父亲的模样并不慈爱，不是在她面前的那个爸爸的样子，而是他的一张杂志采访照，那是曾笑傲江湖，睥睨天下的企业家江旗胜。

江湖拿出手绢，把父亲的照片擦拭干净。再把供饭、供酒一一摆好，学老人那样焚香烧纸，下跪磕头。这样最俗气的祭拜，才能表达自己的哀思。

然后她坐在父亲墓前的草皮上，望着父亲的照片，默默和父亲说话：爸爸，你走了以后，我遇到一个男人，他为难过我，后来追求我，当然也帮助了我，他说他喜欢我，可我不知道是不是能相信他，选择他。

照片内的父亲余威仍在，目光炯炯，仍是那个笑傲江湖的王者霸主。江湖痴痴地望着父亲，父亲永不会再给她指点了，她只能自己选择。但她知道父亲从来是催自己前进的，因为父亲的目光永远向前，蕴含力量。江湖把脊背挺了挺。

从墓园出来，天空碧蓝，门前一条宽阔大道直通通与天际相连，也是另一种海阔天空。

江湖给徐斯打了电话："什么时候给洪姨买礼物？"

徐斯在那头笑了声，江湖自我排遣自我疏通以后，就可以迅速站起来做选择，这段日子以来，她的这一点是顶顶吸引他的。他说："你有什么好建议？"

江湖倒真有个主意，问："洪姨属什么？"

"马。"

江湖道:"OK,我知道了。"

这天晚上,她就把徐斯约出来,一起去了老凤祥,同店家谈妥用花丝镶嵌的老工艺定制一件千里马造型的金器。

徐斯笑:"虽然很俗气,但也不乏新意。"

江湖也笑:"徐老板,何必损一半赞一半呢!"

徐斯说:"下周六早上十点,我来接你。"

江湖没有犹豫就答应了。


徐斯一直以为,自己目前对感情以及感情所将涉及的事业所做的决定都合情合理,没有任何地方会让母亲感到不合适。但方墨萍的态度显然出乎他的意料。

当她听徐斯讲完在洪姨生日会上会携伴出席,且那个伴侣是江湖时,毫不掩饰地表现出她的惊讶:"一直以来我们的家庭聚会,你都不会把处的朋友带回来,这会造成家人的误解,这不合适。"

徐斯答:"妈,那是因为没有到合适的时候,也没有合适的人。"

方墨萍满脸不以为然。

徐斯很是意外,母亲的话内隐含着拒绝的意思,他不是听不出来,这不符合常理。于是他半开玩笑半认真地说:"妈,你和姊姊不是当年还想让我做江董事长的女婿吗?"

方墨萍捏捏眉心:"那都是老早以前的事情了,你不是一贯看不上小姑娘的大小姐脾气?虽然她如今已非昔日可比,但你们才相处多久?这太草率了。"

徐斯说:"妈,此一时彼一时。"

方墨萍摆摆手,她不会同儿子再争执下去,说:"既然已经请了人家,那就带回来招待一下吧!就这样吧。"

母亲既然这么鲜明地表明了立场,徐斯就没有再争执下去,那样做实属无益,他自有他的方法继续同母亲磨下去令她最后妥协。

只是,他想不明白的是,为何母亲对江湖会有这么大的排斥反应?

母亲对他的未来妻子的要求几乎条条都符合江湖的情况——有家世,有样貌,有能力,能助到徐家事业。她也曾惋惜过江家遗孤的不易,而暗示他们给予帮助。他实在想不出母亲有什么理由反对。

姊姊洪蝶似也听闻了徐斯母子的争执,但并没有像以前那样多加询问,也没有向徐斯表达自己的立场。

在她生日会这天一早，徐斯至江家把江湖接出来，先提醒了一句："我妈这个人脾气比较古板。"

以徐斯女友身份觐见徐斯的母亲，对于江湖来说，不仅仅是对自己感情的一重确认，也是真正遭遇参与到另一个家庭的问题了。徐斯用这么俗套的方式给予他们关系一个肯定，她是不该再彷徨后退了。

也许这又是一个新的开始。江湖给自己鼓了鼓气，说："你说过的，她们坚强惯了的。"

徐斯撩了撩她的发尾。江湖今天的打扮没有大意，黑色无袖裘绒中长裙，裙子只到膝盖上头，所以下面穿了一双黑色长靴，外头再罩一件兔毛大衣。他看到她的裙子边上滚了一圈手工绣制的小碎花，端庄又不掩俏皮，不会让长辈们觉得扎眼。

显然江湖是用过心思的，这心思让徐斯很满意，她是对徐家长辈怀着至大的敬重了。他笑着亲吻她："到时候不用紧张，一切有我。"


江家老宅离徐家老宅并不太远，半个小时的车程就到了。徐家的派头也完全在江湖的意料之内。

她见过他们佘山的别墅和浦东的别墅，佘山的别墅做任何晚宴都派头十足，浦东的别墅简约清净，很适合徐斯这种乱讲究的人独居。

而这座老宅又是别有另一番风情了，虽是在弄堂深处，但门前有道拱门雕刻着"建于1930"，里头座座都是前天井后花园俱全的独立小洋房，徐家是最里头气派最大的一栋。建筑是老建筑，屋内也是老洋派的。柚木的门，英国款的深棕真皮沙发配同色柚木家私，客厅地上铺一条羊毛地毯。摆饰却全都是传统的明清瓷器，相当有气派和格调，和江旗胜是一个品位。

江湖颇有亲切之感。

徐斯解释："全都是姆姆的手笔。"

江湖侧头："洪姨很有一套。"

家政服务员过来接过江湖脱下的大衣，方墨萍就出现了。

能生下徐斯这样的儿子的女性，当然会有其独特的美丽。她面对着江湖时，脸上带着和蔼客气的笑容。但江湖望向这位长辈时，还是被对方周身那股不恶而严、不怒而威的气势镇住。

方墨萍说："江小姐，很高兴你能来。"

太过客气了，反而让江湖迟疑了一下，才说："阿姨，您好。"

她和方墨萍握手，对方习惯性将手压在她的手上方。这个习惯同父亲的也很相似，都是强势的长辈。江湖感到有一点点压力。而徐斯只是随和笑笑，没有说话。

应该说徐斯所有的气焰在他的母亲面前全部收敛，完全恭顺儿子的模样，事实摆明在这栋宅子内，谁才是王者。

方墨萍说："徐斯姐姐在二楼，今天徐斯的两个舅舅都来了，他们正聊着呢。"

江湖一想到二楼都是徐家的自家人，没来由地尴尬起来，忙说："那么先不打搅长辈们了。"

方墨萍往晒台边的小沙发坐好，招手让江湖过去，又吩咐徐斯："你上去吧，舅舅有些话要问你，让我先招待江小姐一阵。"

徐斯望望江湖，给予一个鼓励眼神，江湖回报一笑。

他们的眼神交流都落进方墨萍眼里，她清清喉咙，唤家政服务员泡两杯咖啡。她还问江湖："江小姐喜欢喝什么咖啡？"

江湖知道这个问题要给个明确答复才够磊落，便答："卡布奇诺。"

方墨萍笑道："真是个孩子。"

很快，咖啡就被送了上来，香气醇厚，江湖轻轻抿一口，知道是手工现磨的。方墨萍喝的是清咖。江湖放下咖啡杯，暗觑方墨萍，她的态度神情同洪蝶相比，毫无风情可言，但举手投足自有她的独特风度。

方墨萍说："现在的孩子都喜欢喝卡布奇诺。"

江湖笑了笑。

"肯花心思做好事情，是个肯进步的好孩子。"

江湖细细琢磨着"肯花心思"四个字，不知该如何作答，她甚至开始揣测这四个字经方墨萍讲出口到底是褒还是贬。

"这段日子你应该很辛苦，我听公司的同事说过腾岳能够重新立起来，是自由麒江小姐的本事。"

"自由麒江小姐"六个字，无疑是江湖曾经有的荣光，现经由企业界的长辈之口讲出，一时之间，她有了些许的激动，讲："我还有很多不足的地方，需要向前辈们好好学习的。"

方墨萍笑了笑，淡淡讲道："你们这帮小辈都长大了，徐斯能招揽到这么好的人才，是我们的荣幸。我一直尊敬江董，可是要他的千金做我们徐斯的下属，这实在太委屈了。徐斯没有考虑周到，因着故人之谊，也不该让女孩子出来抛头露面。"

一直到现在，都是江湖在听方墨萍讲话，长辈的声音很轻缓，不疾不徐，也有关爱的口气，但是意思是在层层递进的。听到这里，江湖的呼吸就急促了点儿。长辈还是有下文的，而她这个小辈并没有什么好的预感。

还来不及做什么心理准备，长辈的下文很快就来了。方墨萍说："其实你只入个股，让徐斯找一群合用的管理层，就用不着这么操心了。趁着年轻，出国念念书，也好有空交个男朋友。"

这总算是方墨萍最终的全部意思了。她讲完，江湖的心如预料的那样扑通扑通乱跳起来，不知是生气还是气馁。徐斯的母亲摆明枪马地对他们的感情给了个否定的答案，而这个答案，不是江湖意料之中的。

说实话，江湖虽然对徐斯的情感还是有些迟疑和彷徨，但对是不是能取得徐家上下的认同，是很有自信的。这是身为江旗胜女儿天生的自信，却一上场就遭遇挑战。她像哽到块骨头一样堵着一口气，不知如何整理好自己被打乱的思路。

对方迤迤然又喝了口咖啡，江湖把咖啡杯转了一圈，仍决定开口了。她说："我爸爸一直教导我要趁着年轻多做实事，用自己双手争取来的比父母给的都要宝贵。在腾岳工作的这段时间，对这点我尤其有体会。我想我是应该多做做的。"她将唇倔强地抿了抿。

她不知道的是，阳光正匀匀洒在她的眉梢上。

她也不知道的是，方墨萍正在心内感叹，年轻真是好，有饱满的脸庞、水润的皮肤、满腔的勇气和不肯退缩的心。

江湖继续讲道："我和徐斯合作得比较愉快，彼此也很谈得来，观念——至少合作到现在还挺一致的。阿姨，您放心，我想我可以和他继续愉快合作下去的。"

她讲完全部的话，嘘出口气，心上的阴霾暂时扫落一半。这是无可避免的，方墨萍开始这段话题，就带给了她们之间一点点开战的火药味，而江湖不想让自己铩羽而归。

方墨萍是把她自下而上又观察了一遍，笑道："真不愧是江董的女儿。"

徐斯不知什么时候下来了，走到她们跟前来，问："聊什么聊这么久？可以开饭了。"他当着他母亲的面,俯身亲了亲江湖的脸颊。不但江湖被吓一跳,方墨萍也有一丝不好意思。

江湖想,才以为此栋小洋楼内,为王称霸的应该是徐氏的董事长,适才看来,徐斯也自有他的手段应对,并不一定束手就范。

她瞥一眼徐斯。他神态自若,对母亲微笑:"妈,婶婶一定要等你一块儿吹蜡烛。"

方墨萍对江湖仍展开和蔼笑容:"不要见怪,我们家中历来的习惯。"

不管她如何在话头话尾令江湖难堪,或者说暗示江湖知难而退,但一番长辈的礼貌和周到,还是做全了。

江湖随他们一起去了朝南的饭厅。徐斯一一介绍了今日请的几位客人,除了血缘亲眷,就是徐风集团的高层。徐家的两位亲眷都是徐斯的亲舅舅,其中一位身着军装,看来是在军中有任职,这一回带着女儿女婿一同来了。

寿星洪蝶姗姗来迟,众人起立迎接。

江湖转身看去,不禁赞叹,洪蝶不管何时出现在何种场合,都绝对是场内的唯一焦点。

这天是她的生辰,她着一件绛红色锦缎旗袍,右襟处刺绣有一只挣翅欲飞的蝴蝶。整个人喜庆又矜贵。而这不是她身上最醒目的地方,最醒目的是她的右手手腕上戴着一只 K 金钻石手镯,镶了三排碎钻,钻石之间有螺帽饰纹,非常耀目生辉,华彩熠熠,衬得她的手腕更加洁白如玉。

江湖仔细辨别了这款螺帽的设计,她的记忆很好,尤其因为家学渊源,对一些奢侈品牌颇有研究。她怎么会忘记她曾买过这款品牌的同款 K 金的腕表?她知道这款螺帽的经典设计表达的意思是爱,是延续爱的传奇。

洪蝶从江湖身边走过,江湖的眼睛一直盯着她手上的这只手镯,想把每一个细节都看清楚,想把心中的每一个细节都拼起来。但是这太费力了,她越想越心烦气躁。

这顿饭,江湖是味同嚼蜡,食不下咽,好容易才挨到结束。

徐斯问:"是不是很累?早点回家?"

江湖点头。

洪蝶亲自过来送别,感谢道:"送来的小金马我很喜欢,好孩子,谢谢你!"

"小金马"三个字又让江湖眼皮一跳。洪蝶握住她的手。她又看见她手腕上的手镯,每一粒碎钻都闪出灼痛双眼、灼乱脑壳的芒刺。她下意识地惊怕似的把手抽了出来。

洪蝶不以为忤，她美丽的面庞永远都有玉观音似的圆润的跨越了岁月的美丽，多么令人观之而心生敬慕。也许对于男人来说，是心生爱慕。

江湖的眼皮又惊跳了下，只知道自己心里很乱，她匆匆向徐家长辈道了别。

徐斯把她送了回去，江湖一路上都很沉默，徐斯也很沉默。仿佛彼此之间刚刚燃烧起来的热情受一阵两阵的风吹，就打了一个折扣。

江湖先开了口："我——今天有点不在状态。"

徐斯伸手过来，抚摩她的后脑勺儿："我妈算是遇到了对手。"

这个折扣对于徐斯来说，并不算太大，他满不在乎的表情说明他有十足的信心。但，徐斯的折扣和江湖的折扣不是发生在同一件事件上的。到最后，江湖还是什么都没有同徐斯说，把怀疑全部压到心底，她需要冷静地想一些事情。


并非江湖敏感，而是她太难忘一些细节。

她怎么会忘得了呢？当初在卡迪亚的专卖店内，她亲自买下一对腕表当作馈赠给高屹、海澜的新婚礼物，代表了她的一份酸甜苦辣俱含于内的祝福。

她怎么忘得了这份礼物外形霸道又优雅，符合她承自父亲的审美观。店员说父亲曾经预订过一只同系列手镯，而银行的保险箱里并没有这款手镯。

洪蝶怎么也会有同款的手镯？

江湖自问自己是否想得过多了，可是心中的疑惑一旦生成，就不容易抹杀，她无法不去多想。

尤其，几乎是很快地，她就受到另一重石破天惊的重击，把她所有的怀疑落到实处去。

也就是同媒体记者们一起吃饭时，答允将父亲旧照给她的主编没有食言。那些都是父亲参加该媒体去年举办的企业家俱乐部年会时的宴会照，在那些照片上，父亲和各行业的企业家相谈甚欢，是他一贯的态度。

可是其中夹了两张相片。其中一张是和父亲有过合作的现已被收监的房产大亨沈贵和一位老牌歌星的合影，父亲在背景中出现，远远站在镜头焦距外，一只手轻搭在一位女士肩上，另一只手搭在女士胸下三寸的地方。女士的美丽就算在相片上也能笼出一团淡淡艳光，吸引着看相片的人。男人和女人的距离这么近。

江湖忽然呼吸就困难起来。

她继而翻到另外一张：笑靥如花的女人和风度翩翩的男人相携面对镜头。他们虽然年华已逝，但累积的财富和阅历在他们的眉头眼尾刻下了无比的自信，而女士手腕上戴着的钻石手镯，点点晶光璀璨，更加渲染了他们的气势。他们彼此之间的身家和气度是如此般配。

主编说："好巧，原来江董和洪女士合影了两张。"

江湖一怵，手里的相片掉落到桌面上。她弯腰捡照片，手肘又碰翻了酒杯，洒了自己一裙子的红酒。

这正好，她借机去洗手间清理，顺便可理清自己的情绪。

此间餐厅的卫生间内用镜子做幕墙，明晃晃一片，她游目四周，只能看到自己，自己脸上的表情只能用心惊肉跳来形容。她在想什么？她下意识已经想到了什么，可是意识却是混沌的，她无法厘清。

江湖离开卫生间，在餐厅里走了好半天，一下竟找不到自己的包房，正要找个服务生问，手机响了起来，舅舅裴志远的声音异常嘹亮，劈头就问她："江湖，你是怎么搞的？这么好的事情你怎么不通知舅舅？你是不是想跟徐斯独吞红利啊？你这丫头怎么什么都不跟舅舅商量？把长辈摆在什么位置？你不要以为有徐斯撑腰，就真的不把我这个舅舅放在眼里了。"

裴志远连珠炮地发问，个个问题又矛盾又奇怪，但他的口气却是既喜悦又生气。江湖迷糊极了，乍听之下一个都没有听懂。她问："舅舅，你在讲什么？"

裴志远狠狠地啐了一声，道："江湖，你还要跟舅舅装蒜？！"

江湖憋不住涵养了，冷着声音问："舅舅，我刚才没听懂你的意思。"

裴志远连着"哎呀"了两声："徐斯不是决定把腾岳给卖了，卖给老外的什么投资公司，再转手给欧洲的麦富宝。麦富宝这么大户的集团都被你们搞定了啊？人运动品牌可是全球排名前三。"

江湖的耳朵中"嗡"地就轰开了，心脏扑通扑通比刚才看到那相片还要跳得急，她急急问："什么什么？到底怎么回事？"

裴志远在那头听出江湖的声音有异常，也起了警觉，问："你真的什么都不知道？"

"我根本没听明白！"

裴志远说："早上我来浙江招人碰到了刘军那浑蛋，丫觍着脸颠颠地跑来恭喜我，说徐斯在J国谈好了大生意，通过什么欧洲投资公司的运作，麦富宝要收购咱腾岳，帮咱们进欧美市场，而且他们也想扩大在中国市场的份额。他说麦富宝本来看中的是自由麒的运动牌子，但张文善那废物没与人家打好交道，被徐斯一忽悠就忽悠过来看上腾岳了，这可不是大发展？刘军说，他们麦富宝买了什么牌子都是派自己人去管，我们这堆老人就能坐在家里数钱了。"

江湖耳中的"嗡嗡"声立时响成了惊雷，她下意识地撑着墙。这间餐厅的墙只是用一格一格的木条做成的栅栏，看起来漂漂亮亮，其实很脆弱。她狠狠握住一条栅栏，四方的棱角一下刺痛她的掌心。

那边裴志远还在讲："江湖啊，你好好问问徐斯，这事情怎么连刘军都知道了，我们还不知道？他到底什么意思？他到底卖了多少钱？我们股东能分到多少股？以后我们是不是真不用操心鞋厂这些烦心事儿了？"

又是一串的问题，突然地让江湖由迷糊至清醒，把前因后果一一理顺，她差点儿一阵眩晕。

徐斯——她在想，好个徐斯！这么长的一段时间，他一边同她浓情蜜意，另一边早已心存异心在她的背后部署妥当。

江湖气愤得腰肢一挺，抽回手来。她不知怎么回的包房，怎么又同那些媒体主编记者继续寒暄，怎么喝下了许多的红酒，怎么结完了账出了门开车上了马路。

她不知道要开到什么地方去，但是心里的一团火跟着灌下去的酒精，愈烧愈旺。她打开手机，找到"败类"的号码，拨了过去，等一接通就厉声问道："你在哪里？"

徐斯明显一愣，很意外她的声音充满了愤怒，他说："我还在公司。"

江湖说："我去找你。"讲完就挂断了电话，风驰电掣一般把车开到徐风大厦下头，摇摇晃晃就冲了进去。

这时是晚上九点半，大厦里绝少有单位加班了，只有徐斯所在的第二十八楼还灯火通明。江湖根本不待前台留守的保安通报，径直冲了进去，用力推开徐斯办公室的大门。

任冰满脸惊诧地正要走出来，江湖踉踉跄跄就撞了上去。她把任冰用力一推："我有话要跟你的新老板说。"

徐斯就站在落地窗前，江湖撞进来时，他就抿紧了唇，她又喝酒了，一身酒气，且一进来就对任冰毫不客气。大小姐脾气犯起来，并不那么好看。

任冰望他一眼请他示意，徐斯点个头，任冰没有说什么，避开江湖走了出去，还帮他们带上了门。

徐斯上前扶住江湖："怎么又喝这么多酒？"

江湖摇摇晃晃地站直了，甩开徐斯的手，微微冷笑道："你是不是有什么事情没告诉我呢？"

她死死盯着他，不放过他一丁点儿细微的表情。她的心里在想，这个男人定力该有多好，同她温柔缱绻，却又半丝口风都不露。

徐斯诧异地看着表情近乎有点狰狞的江湖，她像一只被踩了尾巴的小雌猫，浑身的毛都竖了起来。这样的江湖，他见过两次。一次是在 J 国天城山的旅社花园内，江湖用这样的表情和态度想要掴高屹的耳光，还有一次是在他的雷克萨斯外，她冲过来就对着他的车门来了一脚。

他仔细思考了让她回到这种状态的可能性，很快就想到了缘由。他说："江湖，你听我说。"

这就说明一切都是真的。

江湖差点儿把银牙咬碎，恨声说道："徐斯，你好大的本事，好高明的手段，把我蒙得团团转！"

徐斯眉头蹙拢："江湖，你冷静一下。我一直在考虑怎么和你说这件事，并不是你想的那样。"他指了指办公桌前的沙发，沉声命令："你坐下。"

一声低喝竟也有镇定作用，江湖果然坐了下去，可是双眼还是灼灼地望住徐斯。她在等他的解释。

徐斯摁了摁太阳穴。这就是他独自留在 J 国两天中一直到目前为止都非常头大的一件事。

他先问江湖："江湖，我最早投资了小红马，就是为了重新整合把它卖给更合适的人，你是知道的，对吗？"

江湖冷冷地沉默着。

徐斯继续讲道："一直和徐风有合作的投资公司在我收购了小红马的一开始就帮助我寻找合适的买家，在我对小红马重新整合、重新包装品牌、投产和打开通路以后，他们给了我回复。我去 J 国是和他们开会讨论这件事情。"

江湖咬了咬牙。

她怎么不知道，身处这二十八层高楼上的徐斯，一开始处心积虑，筹谋划策，不就是做的"趁低买入，逢高卖出"的投资生意吗？他图谋的不正是徐风集团的资产增值吗？他们那起趁着自由麒事发，用实惠价格买下自由麒产业的各色人等，多半是打了同样的主意。

这个现实她心知肚明，站在他们的立场，以他们所处环境和位置来讲，不失为一个正确的商业战略布局。江湖以为自己可以不任性、不无知，大度坦然地为父亲为自己接受下这个惨败分裂的结局。然而，心里明白和听人明白讲出来，分明是两回事情。徐斯这席话恰如在她的头顶猛地一拍，她赫然警醒。她怎么就在他感情的天罗地网中，主动地慢慢地忽略了这么一回事呢？

江湖死死瞪着徐斯，徐斯在她的面前蹲了下来，目光和她的目光相平，他说："他们按照原订的计划会安排小红马的相关事宜，同时也给了我一个利好消息。"

江湖牵了牵唇角："利好消息？"

"他们欧洲市场的大客户麦富宝在中国市场的份额一直做不过安奈达，希望在中国收购一个运动鞋品牌扩大市场占有率。本来他们一直在和张文善谈收购自由麒运动品牌的项目，所以一直在中国市场做调研，后来，他们看到了腾岳一系列的动作和市场上的良好反馈。他们认为腾岳比自由麒更合适，还因为腾岳不属于自由麒休闲服的副牌，容易独立，又有着很悠久的品牌历史和消费群认可的拳头产品。"

江湖霍然立起来，这便是徐斯。她可以不任性、不无知，徐斯可以更理智、更冷静、更世故。

徐斯跟着她立起来。江湖面对着他，咄咄逼人道："所以他们就和你达成了共识，没想到卖小红马的顺风车又多赚一笔好生意？"

徐斯握住江湖的手："江湖，你别任性。认真想一想，如果麦富宝收购了腾岳，以他们的运营实力，对腾岳来说是好事还是坏事？"

江湖猛地咬住唇，不出声。

"你离开 J 国后，我留了两天，是希望和他们就这个事情再沟通沟通。麦富宝一贯的作风是由集团总部组织管理层进驻收购企业任董事会主席和总经理等高级职位，中方股东和管理层全线退出。"

江湖又望着徐斯了，徐斯这个人讲起公事来，除了口吻刻板，连表情都会很冷淡。这像二十八层高楼上应该有的无情。所以，她想她知道答案，她说："结果是，他们还是要求我出局，由他们的人来管理腾岳。而你——"她看到徐斯垂下了眼，那就够了，她已知道答案，"你已经和他们达成共识了，是吧？"

徐斯还是握着江湖的手，说："我老老实实告诉你，我一直没想到该怎么和你开口说，因为我猜到你肯定反对。"

江湖叫："我的态度是很激烈，但是我的反对有效吗？"

徐斯说："江湖，在商言商，我和他们谈下来的收购金额是三亿元，这是一桩很好的生意，若不是他们急于在这两年要和安奈达争取中国市场的份额，也许谈不到这个数。我希望你理智对待。"

江湖把自己的手从徐斯的手里抽了出来。

她说："从开始到现在，你一个人有条不紊地把事情一桩一桩都办好了，事前不征询我的意见，事后也没有在第一时间通知我。那是因为你已经认定这是一桩好生意，任何人都不能破坏，也不能反对你的决定。你唯一烦恼的是，如何来应付我的反应，在没有想到万全的办法之前，能拖一天是一天，是不是这样？"

江湖说得都对，所以徐斯没有讲话。

江湖又说："你们徐家的人都一样，都这么喜欢安排别人的生活，希望别人照着你们的想法做事做人，希望你们自己的路没有人能阻挡，谁要挡了你们的路，你们是不管三七二十一都要把人劈死在路边。"

徐斯把手插进了裤袋里，他承认自己也听不下去了，他素来不喜欢他人讲话里夹枪带棒扩大伤害范围，于是声音硬起来："江湖，我们应该客观地就事论事。"

他还是把自己摆在绝对掌控的位置上，何等霸道！江湖一下就想到下午看到的相片，想到相片就想到洪蝶那位徐家的美人儿，她的温言软语，原来是步步设陷，把自己一步步引入温柔迷障中，他们徐家的人都擅长这一套。她又想到徐斯的母亲在那天讲的话，那些关于劝她出国进修的建议。原来他们姓徐的早就什么都知道了，只把她一个人蒙在鼓里，要她按照他们的意志来行事，把她掌握在股掌之间。

从小到大，不管是在父亲这边，还是在高屹那边，江湖何曾受到过这样处心积虑的瞒骗？她心底的愤怒再度涌上心头，用力一推徐斯："我为什么要就事论事？难道我还得谢谢你为我想得周到？我不知道是谢谢你一声不吭卖了我家产业，还是谢谢你妈让我留学的好建议！"

她的声音里带了些哭腔，尤其是说到"我家产业"。是心疼或许还有些许心虚，徐斯叹了气，说："我没有跟你说，是因为我认为你应该好好休息，而且不应该放弃更好的生意机会。把腾岳给麦富宝，你可以做其他投资，或者参与徐风旗下任何你有兴趣的业务。"

江湖厉声打断他："徐斯，你别把我看成你以前那些承你恩惠受徐家福荫的女朋友！"

徐斯不禁气结，自己为了顾及她的情绪烦恼了好多日，此时又是好说歹说，但此女分明不肯领情，也没有明说她到底想怎样。但他的心内是有决断的，如果江湖要求拒绝麦富宝，那是绝对违背了他一贯秉持的行商原则。他重重哼声道："简直没法和你说。"

"对！你还想说不识抬举对不对？！"江湖叫道。

人的神经一旦被撩动，就如同箭在弦上，不得不发，势必要刺伤对方才可罢休。徐斯用手松了松领带结，压抑着自己，烦躁得两手叉了腰："烦死了！"

江湖冷笑三声："徐斯，好你个徐斯！我算认识你了。我是被你卖了还要帮你数钱的蠢蛋！"

徐斯从小到大，又何曾同女性这样争吵过，江湖软硬不吃，言辞犀利，早已让他头脑发涨，只恨她怎么就卯在一个问题上怎么都说不通。他在自己尚能克制的前提下，说："我们今天可不可以不说这个话题？你需要冷静。"

他话音刚落，江湖"腾"地转头就跑，出门时把他办公室的门狠狠关上。巨大的撞击声，让徐斯又一阵头疼。


江湖踉踉跄跄地进了电梯下了楼，站在大厦门口大口喘着气。

夜色已深，车流稀少，偶有路人路过，一瞥大厦门口站着个双颊红得不成样子，发也有些散乱的女孩不住喘气，都会感到奇怪。但也只是一瞥而已，路人仍旧顾着走自己的路。在都市夜路里，每个人也只能顾得了自己。

江湖上了车，胡乱地择了个方向往前开，头脑依旧涨痛，分不清是同徐斯争吵过后的疼痛，还是酒后犯的痛。

黑夜里，云暮一层层压下来，淅淅沥沥下起了小雨。打在玻璃上，世界变得模糊而冰凉。她的头脑也跟着变得冰凉，心头也变得冰凉。她以为她可以把握自己的命运昂首阔步走下去，没想到在父亲离去之后，主动权就已经不在她的手上。

想到了父亲，她的心几乎立刻剧烈地疼痛起来，她清晰明白地知道这样的疼痛是源于——恐惧。她的这片天这片地似乎又被劈裂了，自今日下午到晚上。

江湖的泪水终于肆无忌惮地流淌下来，她原来是这么害怕，害怕着被一轮一轮的命运驱使着，必定会伤心，必定会屈服，更害怕没有资格去伤心自己的屈服。

她还有着一层伤心，伤心着以为找到了一个很好的伙伴，把往事撇开，可是这个伙伴，却如父亲一样，让她心惊胆战。

江湖悚然一惊，一踩油门，把车开回了家，几乎疯了一样上了楼，冲进父亲的房间，把所有的抽屉和柜子都翻了一遍。父亲的抽屉和柜子里有不少文件，最重要的都被有关部门的调查组拿走了，剩下的东西都是无关紧要的，一些老资料老照片都是江湖看惯的。

江湖颓丧地坐在一片狼藉之中。她怎么还以为父亲会剩下什么东西？自从高妈妈的事情发生后，父亲已经警觉到不会把重要的东西放在家里。

江湖倒卧在冰冰凉凉的地板上，仰首看着天花板。周围一片漆黑。她好像回到了天城山那晚，黑魆魆的夜，冷淡的月光，鬼影一样的山影，睡在身边的无情男人。

一夜又回到当初。江湖觉得冷，肩膀微颤，她抱搂住双肩，回想起那夜自己必死的决心，那时候死了，也不过是一个糊涂鬼，糊涂地来到这个世上，再糊涂地离开。

江湖怅然一醒。她想，她是不可以再糊涂的，可是清醒过来，看着这原本熟悉的家，竟开始陌生起来。这处那处，都是熟悉的，又是陌生的，因为她不知道父亲还藏了哪些秘密，在家里，在外头。这些秘密在黑暗中越放越大，慢慢擒住了江湖，冷意裹挟着她，而她不能动，只能被封禁在这冰冷的黑暗里。

不知过了多久，有人不停地摁门铃。但是江湖没有动弹。接着响起了敲门声，她的手机和座机也轮番响了起来，好像阵阵催她警醒的警铃。江湖只好爬了起来，从猫眼里望了望。

徐斯板着面孔站在外头，也是一副没有睡好的模样，领口开了两粒扣子，领子皱巴巴地耷拉下来。

江湖看了眼墙上的石英钟，已经是早上六点半了。她一夜几乎没怎么睡，再看到徐斯，竟能平心静气地问自己，是打开门再和他谈吗？可是又有什么好谈的呢？

她望望父亲的房间，房门大开，地板上遍地都是她翻出来的父亲的衣服、资料、信件、相片等等，乱糟糟的如她此时的心。她不记得自己到底看了多少，有什么结论，也知道现在面对徐斯也无法给出结论。

手机又响了起来，江湖还是接了。

徐斯在外头说："我们再谈谈。"

江湖说："我们彼此冷静一下吧！"她把手机挂了，靠在门框上缓了好一会儿神，再往猫眼里张了张，门外已经没有了人影。

江湖扭头，清晨的阳光洒了进来。她擤了擤鼻子，逼着自己再度走进父亲的房间里。再乱，再惊惶，再恐惧丛生，也要把所有的头绪理一遍。

江湖把全部的资料又顺了一遍。找出二十世纪七十年代的几封信件，仔细核对信件上的往来地址。


至少有一点，江湖知道自己进步了——就是不会再武断地伤害自己。在一切疑点未能解除之前，她需要弄个明白。

江湖给岳杉打了电话，说自己要请几天假。岳杉有些奇怪，问："是不是有什么事情？"

江湖说："没什么，自 J 国回来以后没怎么休息。"

岳杉道："你之前可不是这样。"

她有些担忧，江湖听了出来，她把话题岔开了，问："岳阿姨，你什么时候开始为我爸爸工作的？"

说起这么个关于当年的温情话题，岳杉的心思果然被转移走，她把当年的事情记得很牢，讲："你爸爸从温州进货开小专柜的时候，那时刚把腾岳还给你外公家。他从温州进了一批衣服，想新做一个牌子，就是后来的自由麒。街道里分配我去了他的小加工厂做女工，我学过会计，又给他兼出纳。"

江湖问："为什么要第一个品牌叫自由麒，而后面会给子品牌取名小红马呢？"

岳杉说："这个我就不知道了，这些名字都是你爸爸想出来的，小红马什么的，也许是有着自由麒生出的千里马跑得快的意思吧！"

千里马的意思？江湖晒笑，也许。

江湖想了点办法，托了父亲的故交，去见了那位以前只打过几次交道，却和父亲关系匪浅的沈贵。本来江湖以为探沈贵的监应该很容易，没有想到沈贵一案又牵连出一些其他领域内的经济犯罪，故对要探监沈贵的人员做了十分严格的审查。

江湖心急如焚地等了两天，才收到通知可以去探监。

又是一个下雨天，冬风瑟瑟，冷雨潇潇，刺人心骨。

江湖进监狱看守室的时候，外套的肩膀处淋湿了一片，出来时，淋湿的地方没有干，而天气倒是放晴了。只是天空仍旧阴沉，世间万事万物都变成了灰色。

江湖漫无目的地在马路上走着，这天她没有开车出来，手里擎了伞，伞倒是慢慢地干了，她才发觉自己竟一路走到了家附近甲级医院门口。她抬头看到医院大楼上鲜红的十字，就像一座凛然的十字架，刺入她的双目。

江湖撇开头，慢慢走了进去。她不知怎的就进了乳腺科的病房，正是探病的时间，人进人出的，没有医生和护士来拦阻她。她一路走到海澜的病房门口，门微微敞着，海澜的声音传出来。她零零碎碎听懂她唱的是粤语，歌词是这样的：

> "越过高峰，另一峰却又见
> 目标推远，让理想永远在前面
> 路纵崎岖，亦不怕受磨炼
> 愿一生中，苦痛快乐也体验
> 愉快悲哀，在身边转又转"

她的嗓音还是这么动听，江湖记得海澜有一把好嗓子，做过酒吧的驻唱。这是她旁观过的苦痛人生。

江湖停驻在门外，听着海澜把这首歌唱完，一直到里头的人问了一声："谁在外面？"

有个剃了光头脸色苍白穿着病号服的小朋友跑了出来，看见江湖，笑眯眯地拉住她的手，说："姐姐，你也觉得海老师唱得很好对不对？"

江湖再要回避也不得时了，只得被小朋友拉进房内。

海澜比上一回还要清瘦，整个人像是被抽干了精髓，随时都会枯亡。江湖见之一惊。

但是海澜转过脸来，面对江湖的表情却是充满了善意，显得她的脸庞有一种美丽的光辉。

海澜房内还有两个小朋友，都穿着小病号服，乖乖地坐在海澜病床前的椅子上。

海澜说："你们快回病房吧，爸爸妈妈都要来看你们了。"

门外有护士进来，说："孩子们，可以走了。"

小朋友们都依依不舍地同海澜道别，看得出来，海澜很有些孩子缘。她也是依依不舍地看着孩子们。此情此景，太令人难过了。

江湖心下恻然。

病房里终于只剩下她同海澜两个人了。

而海澜招呼她："江湖，这里坐。"

江湖骇异地望住海澜。

海澜只是慈蔼地看着江湖："上一次我一下没认出你。你长高了，人也漂亮了，就是娃娃面孔没有变，不过也比中学的时候显得长了些。"

江湖默默地走到海澜病床跟前，她还挂着点滴，旁边放了座什么检测仪器，这一切让海澜的病况看起来并不乐观。江湖不晓得自己该说什么，她暗暗懊恼一束花、一个果篮都没有买。

海澜只是很温和地说："我很高兴你还能来看我。"

江湖嗫嚅了一声："海老师。"

"也很高兴你还叫我老师。"海澜轻轻喟叹，"我实在不怎么配这个称呼。"

江湖的心一抽，她突然在想，高屹的一些事情，海澜到底是知道呢，还是不知道呢？于是，她试探地小心翼翼地开口："海老师，你会不会怪我？"

海澜仍是温和地瞅着她："为什么要怪你呢？你当年和我说的话都很对，人做错了事情，是要付出代价的。没有做错事情，就不用有任何的愧疚。"她伸手过来，握住了江湖的手，她的手很僵冷，但是却很有力，"我后来听高屹说，这些年你的心里也不好过。其实我一直想找你，想跟你说，高屹妈妈的去世和你是没有关系的，那都是我的错。高屹也没有怪过你，他怪的其实一直是我。"

江湖心自一沉，几乎脱口而出："不——那不关你们的事！"可余下的话哽在喉咙口，怎么也说不出来。

海澜笑了笑："所以你是个善良的孩子。把别人的错揽在自己的身上。不要这样，这样不好。"

江湖望住海澜，她温婉的笑容还留着昔日的影子，让人望之平静。她想，她有点儿懂了为什么高屹会爱她。高屹一直无法平静的内心，需要这样的眼神来安抚。

海澜同她讲："我没有资格来怪你，或者其他任何人。在这件事情上，我的年少轻狂和不知轻重，造成了无法弥补的伤害，对高屹、对他的妈妈，还有——对你。得到任何惩罚，都是应该的。而因为这个病，让高屹重新回到我的身边，已经是我今生最大的幸运了。"

江湖不禁泪盈于睫。

原来每个人都在用他（她）的方式为自己的错误偿还代价。海澜说她没有资格责怪任何人，因为所有的错误是她造就的。可是——整个事情不是这样的。江湖很想这么说出来，但她知道自己无法说出真相。她甚至要掩盖这个真相。这让她的眼泪终于夺眶而出，实在是太纠结太自疚了。

海澜被江湖吓到了，抽出餐巾纸递给她说："真的，江湖，你不要难过。我听说你家里出了很大的事情，你一个人挺过来很不容易。但是但凡站了起来，就不要再跌下去。人生是一道一道坎，过去了也就过去了。"

江湖只是一边抽泣一边不停点着头。

出医院时，天已经擦黑了。海澜本来想留江湖等到高屹，可江湖却在想，还要见高屹吗？她哪里有立场去见呢。她找了借口慌忙离开。

江湖又回到了社区里的小花园，坐在石凳子上，独自一人，无神地看着暮色落下，路灯一处一处亮起来。有老人吃完了饭，在花园里下棋聊天，身边放着收录机，播着故事广播。她的身边多了人气，毕竟人还在现实生活之中。

她捧住脸，重重地叹了口气。海澜说没有资格怪任何人，她在心内想，我又有没有资格怪任何人呢？

故事广播内的播音员抑扬顿挫地播着老故事，这么巧，是金庸先生的《神雕侠侣》。柯镇恶在向杨过讲述他的父亲杨康曾经的恶贯满盈，于是杨过面对有杀父之仇的郭靖，再也无法下手。

江湖不小心咬到了舌头，她慌乱地站起身来，不愿意让自己心内的怀疑加上沈贵留给她的只字片语连成连贯的情节。可是这一切仍是要面对的。似乎是片刻之间下了个什么决心，江湖坚定地走出了小花园。

大楼的门口停着辆老别克，徐斯斜靠在车身上抽着烟。他这一次衣衫齐整，人也精神了很多，只是不知道是不是因为等得久了，整个人有种萧索的落寞。

江湖叫了一声："徐斯。"

徐斯把头转过来："怎么都不开机？把电话线也拔了？"

这几天，江湖只想让自己头脑安静，所以把家里的电话线拔了，手机也关掉。看起来，徐斯对于他们的这一段感情，用的是一种较为认真的态度。

江湖心内不是没有起一波翻涌。

然则，不过几天，他们之间除了本身的误会，还有那些夹缠不清真假不明的怨怼。她感到很累，在想，罢罢罢，也许一切该就此终结，若不终结，她早晚也无法抑制自己的怨怼，不知会做出怎样的事情来。

江湖说："我想休息几天。"

徐斯掐灭了香烟，问："你想好了吗？"

江湖平心静气地讲："我已经全都想明白了，我们的开始本来就是从交易开始的，这是一场博弈，我技不如人就应该愿赌服输，现在鸣金收兵，以后我们桥归桥路归路吧！"

徐斯只静静地看着她。

江湖自嘲地笑了笑："徐斯，我知道你也觉得委屈，明明很正确的商业计划，被我搅和成一团乱麻。好好谈个恋爱，也会无端生出许多烦恼。好了，我不跟你争了，就这样吧。"

徐斯狠狠地盯着江湖，见江湖说完就要进楼房，他及时伸手过去拦住了她："江湖，你是什么意思？"

江湖又笑了笑："我只是想，我们这样你猜忌我我猜忌你，你算计我我防备你有什么意思呢？要不了多久我们都会怨恨对方，何不现在做个了断，大家都免除后患。"

徐斯忽然也笑了笑，缩回了脚，眼神犀利："原来你是这么想的。"

江湖平静地看着徐斯。

徐斯抬手扶了扶额头，再放开手："我倒是真不该费这个心。"

江湖说："是的，我们都不是第一次分手了。"

她说完，徐斯已经摔门坐进了别克，一踩油门，飞驰而去。他没有看到江湖呆呆地站立在原地，过了好一会儿，伸手摸了摸脸，原来是泪，不知何时落下。


夜深了，又是冬季，这个城市的夜变得更加凄清寒冷。

徐斯的车犹如迷途的马，莽莽撞撞地在马路上盘旋了好几个路口，都没有离开江家的小区太远。

他在一个红灯亮起时，刹停了车。

不是不窝火的。那位任性大小姐，从一开始，就根本不理会也不了解他的立场、他的退让、他的隐忍，更无从付出她的体谅和她的退让。

何曾有一段感情会让自己颠倒让步至此？

就在同她冷战的这几天，他都惯性地去拨打她的电话，无果之后，按捺不住寻了过来。最后得到如此结果，只能说是自作自受。但是，他真的没有想到她会如此决绝，果真是有架势敢担当的江旗胜千金。

只是——徐斯想，如果刚才自己一个箭步上前，对着她吻下去，用抵死的缠绵是不是能化去她的决绝？他摇了摇头。江湖有刀锋一样的刚烈，一时的欢愉无法融化她的决绝。

徐斯握着方向盘，差不多要懊恼自己的优柔寡断和牵肠挂肚。天底下不是谁少了谁就活不下去。尤其他徐斯更不会是。来来往往的感情，不过是过眼的烟云，吹一口气就可以散了。

他的手机响了起来，对方讲："徐斯，今晚有没有空？我同你们的代理公司已经签署好下一季广告合同，是不是可以过来庆祝一下？"对方还温柔地补充，"大家都在等你。"

瞧，只一会儿工夫，就会有人主动来缓解他的寂寞，纾解他的郁闷。

徐斯重新握紧方向盘，把车子开动起来，终于远离这处闲气地。

在另一处世界里，他自为王，人人唯他是从。齐思甜仍是温柔可人地，小鸟依人地在他的身边，为他排解烦恼。仿佛又回到毫无烦恼，没心没肺的从前。

徐斯不知同多少个广告圈娱乐圈的伙伴碰了杯，最后他们都从齐思甜的香闺散去，剩下他们两人站在落地窗前对着浦江景对酌。

齐思甜一直比江湖漂亮，徐斯是清楚的，尤其一头长发光可鉴人，非江湖的短发可比。他伸手摸摸她的发。

齐思甜也一直比江湖善解人意，在这个时候，她是这么说的："你看上去好像很累，要不要试试我的按摩手法？"

齐思甜还有一手很好的按摩手艺，她告诉过他，她的父亲是个老中医，她这手是家传绝学。她也是有良好出身的。

徐斯就势坐在落地窗前。齐思甜使用的力度很巧，每一下都能让徐斯舒缓紧绷的神经，跟着就有一股暖意涌进心里。

她连抚慰他的手法都比江湖的亲吻来得温柔。

徐斯伸手捉住了齐思甜的手腕，他知道这个女孩曾经的心思，也明白她现在的心思。在那个时候，他在她和江湖之间，选择了江湖，那么现在呢？

徐斯一愣神，看向落地窗外浦江两岸的黯然夜景。因为节电节能，如今的两岸霓虹夜景并非日日都能见着。他猛然想起那夜在滨江大道，江湖倒卧在他的膝头，他看着江面对岸的万国建筑璀璨耀眼，她馨甜的气息在他身边萦绕。

就这一刹那，徐斯仿佛被人兜头狠泼了一盆凉水，全部热情迅速退却。他捉住齐思甜的那只手，把她缓缓推开。

齐思甜的眼内瞬间就蓄满了泪，盈盈望住徐斯："你真的一点机会都不给我了吗？"

徐斯放下推开她的手，站起来整理了一下衣服，他说："谢谢你，不是你的错。"

齐思甜是个好演员，她知道什么时候该哭，什么时候不该哭。这个时刻事关尊严，是绝对不可以哭。她把泪生生逼回，说："好吧，我愿赌服输。"

今天两个女人都对徐斯说了"愿赌服输"这样的话，徐斯不由得啼笑皆非。

他出了齐思甜的香闺，开着车又在马路上转了几圈。他嘲笑自己，"愿赌服输"，原来输光的那个人是自己，然则，口不能言，冤不能报，只能自己哑巴吃黄连。

接下来，是不是该让步的还是自己？

徐斯懊恼地回到浦东的小别墅里。

然而这里处处都有江湖的痕迹。就在前一阵，他们还时而在这里做饭看碟。江湖没有好厨艺，只会炒个鸡蛋做个面包吐司，他抱怨两句，她就把眼睛一瞪："爱吃不吃。"她实在是有太多的缺点了，可是，每一个都让他印象深刻，难以忘怀。

徐斯打开电脑，把所有的工作邮件看了一遍，然后抽着烟思索到半夜。

他是在一周后，私下招来任冰，交给他一份计划书。

任冰看了第一页就皱了眉头，再看第二页，他不禁问："这样好吗？董事长会不会答应？"

徐斯摆手："你照办就是，所有的制度包括薪酬都不会更换，对你个人的职业发展也不会有任何影响，只是看你是不是愿意再跟着我这个门外汉继续干。"

任冰笑："对我这样的打工仔来说，只要老板足够稳定，又给足够的投资，都无所谓。"他试探地问，"江湖知道不知道？"

"我还没来得及跟她说。"

"她这两天去哪里了？"

徐斯惊骇地站起来："什么？"

"江湖这两天没和你在一起吗？"

"没有。"

"天哪。"任冰亦觉事态有些严重，"裴志远这两天在传你和江湖好事近了，要卖了腾岳。岳杉着急得不得了，前天去找江湖，没想到扑个空，江湖留了个口信给她，说要出去旅游一阵。我以为你知道。"

"我不知道。"

任冰想了想，还是问了出来："徐总，你和江湖在谈恋爱吧？是不是为卖腾岳的事情闹矛盾了？"

徐斯苦笑："是，所以才做出这么不理智的决定。"

任冰由衷地说："虽然我一开始也建议你不要过早告诉江湖要卖腾岳的事，她是大小姐脾气，又为腾岳付出很多精力，在心理上一定不能接受。但是我又想，其实你们两人合作，也许结果不会比把小红马和腾岳卖给老外行家差。"

徐斯讲："那得先找到她再说，诚如你所说，她是大小姐脾气，闹起来很让人头疼。"

让徐斯头疼的事情还不光这一件，方墨萍得知徐斯更改之前高层管理会议决议过的提案，把徐斯叫到跟前严厉问道："项目一直是你在跟进，我相信你不会意气用事，而且你也从来没有这么做过。"

徐斯把腾岳和小红马的财务报告递给方墨萍："半年来，两个品牌销售业绩都可圈可点，作为集团的多业务战略，也可以算是成功案例了。"

母亲重重唤他："徐斯——你已计划卖了小红马和腾岳。我们整个集团的目标是增加奶粉生产线，如今奶业恶性竞争，两大巨头正斗得你死我活，我们正可以用这个时机扩大市场份额。"

"妈，让我试试两手抓。"

方墨萍没有好气地指着大门："给我出去。"

徐斯一一收好资料，走出门外，Jane过来垂头丧气地汇报："腾岳的岳总监还是说没时间。"

徐斯点个头。他寻了好几回岳杉，对方对他根本不理不睬。他能够理解。

Jane说："莫先生约你晚上吃饭。"

晚上在约好的餐厅里，莫北见到徐斯，愣着打量了他好一番，而后笑了："是个失恋的样子。"

徐斯不耐烦地骂了一句："滚。"

莫北说："我老婆找过好几个江湖的旧同事和旧同学，他们都没有江湖的消息。"

徐斯怅然地坐下来。

莫北笑着说："早知今日又何必当初。"

徐斯摇头叹了气："是，我是自作孽。"

"你当时就应该把你的计划告诉她，一般的女孩谁受得了感情里的欺骗？"

徐斯把莫北讲的"感情里的欺骗"琢磨了一两遍，才说："这点我想到了。我当时想了不少办法，用怎样的方式告诉她，怎么避开她的命门。她有商业头脑，也极能理解一般的商业行为，孰赚孰亏，她自己心里都清楚。"

"你是太高估了她的清楚。如果她真清楚理智，那就不叫谈恋爱了。"

徐斯摊手："反正现在亏大的是我。"而后又问莫北，"帮我介绍个靠谱的私家侦探吧！"


同莫北吃完了晚饭，徐斯怅怅地回到浦东的别墅，把橱内衣衫稍作整理，翻出了江湖曾经买的那套白衫白裤。

这套衣衫并不符合他的商务衣着需要，故穿着机会不是很多。但是衣服舒适而服帖，色调和款式也合他的风格，这是他第一套收入旅行箱的衣服。

徐斯在徐风大厦的办公室内给自己辟了一间单人房，买好简单的床具。自这日后，他肩头的担子百上加千，恐怕不去费个九牛二虎之力，母亲不会满意，自己也不会满意。

洪蝶都纳罕了，直说："似乎并没有什么卧薪尝胆的必要？"

徐斯笑笑："奶粉的市场份额达不到妈妈的期望，我是需要有个卧薪尝胆的决心的。"

洪蝶笑笑也就罢了。

方墨萍不曾想对儿子厉言一番，他就发下这样的志向，再多责难也不能出口了，对洪蝶叹道："也许真是孩子们的世界了，我想我是管得宽了，好也罢，歹也罢，也该是他自负盈亏了。"

洪蝶不知发了什么呆想着什么事，好半会儿没有回她的话。

方墨萍端详着洪蝶。

从小叔子徐向云第一天把洪蝶带回家中，她就从有着无比美貌的洪蝶的眼中看出一种同自己相类的坚毅。那时她想，很好，将有个好臂膀了。胼手胝足这么多年，再美丽的洪蝶也经不住岁月的流逝，眼角唇尾被岁月刻下痕迹。曾经乌黑的眼睛也不若年轻时明亮，一头乌发更因岁月而清减了，不能如她年轻时那样扎粗粗长长的麻花辫。

她拍拍洪蝶的手，说："是该放手了，是他们的世界了，我们这批老人老的老，死的死，以前似乎是我想得不够开。"

洪蝶自自己的冥想中反应过来，笑道："大嫂，明年春天我们去地中海吃海鲜好不好？我看徐斯踌躇满志，应该给他空间，他会处理好自己的问题的。"

方墨萍长叹一声："希望如此。"

妯娌二人互相安慰一笑。


确实也可安慰，自徐斯搬入办公室三个月，一天工作足足十五个小时，除非应酬媒体和商业合作伙伴，否则活动范围绝不会跨出办公楼、工厂和旗下投资的各企业。这是自他入徐风集团任职之后，从未有过的勤奋。

徐斯按照自己的计划，将小红马和腾岳合并为全新的服饰事业部，由任冰兼任总经理，又挖了一两位自由麒的旧日大员来充实人力资源，这样他的精力便可腾了出来处理徐风集团的事务。

全新事业部的新管理团队也是颇有建树，不过三个多月，任冰就做好关于腾岳鞋往北方市场拓展的商业计划。他讲："江湖开了一个很好的头，芳汀穿腾岳鞋的照片最近火爆国外各时尚媒体，已成明星街拍时尚焦点。我们正好乘胜追击。这个计划是同 H 市的大学生运动会合作的。"

徐斯很爽快地给了个批复，而后任冰报告说："岳杉提出辞呈。"

任冰这样汇报，已说明他尽过全力挽留，然，结果令人遗憾。徐斯只是问："她有什么新的打算吗？"

任冰答："她说想出去旅游。"

江湖走后的这三个月，岳杉对待公事仍可算兢兢业业认真负责，但此心已志不在此，徐斯就不强人所难了。他说："这样也好，她这一年多来帮助江湖做了很多基础工作，也该好好休息休息了。"

接着又是谈公事，徐斯布置了任冰新任务："去 H 市的时候，联系联系远大购物中心，听说他们招商部开始新一轮的工作，对我们也许有益。"

任冰得令。

徐斯起身，站在二十八层的高度俯瞰这个城市，窗外寒风凛冽，但马路上依然如故的车水马龙是不因任何节气的变化而改变的。

这个城市的人们，依旧以自己的快速节奏跟随城市运转。不管怎么说，冬季总是要过去，而春天仍然是要来临的。

我要逆风去　必须坚忍

六

我要逆风去

*Rising*
*with*
*the wind*

自然，换到了又一季的春天，这个城市依旧复苏很快，新条绿枝，仿佛一夜就铺满大地。

生机勃勃，商机也勃勃。

北区烂尾许久的百货楼，重新更换承建商和产权方，多方努力之下，总有好的结果，日夜努力赶工，新建了主楼，烂尾的副楼也得到修缮，有望在初夏来临的时候，正式开业。招商部的人已经迫不及待，接待一拨又一拨的商户查访和询问。

江湖一个人在百货楼里逛了一圈，同招商部的一位林先生接上了头。

她对此处的规划是颇为满意的，尤其是地下一层的餐饮区规划做得很好，正餐、快餐、面包、甜品、冷饮店的区域划分得十分规整而得体。江湖看中的是主楼地铁口上来的那一个铺面，三百来平方米，符合她的开店方案。

招商部的林先生颇有难色，说："这里有快餐店看中了。"

江湖问："是哪一家？"

林先生答："做日式拉面的那家。"

江湖笑："我知道，他们是国内快餐的翘楚，想必你们的老板是很看重的。他们的要求也不低吧？一定压价压得厉害。"

林先生面上难色不减。

江湖沉吟一阵，讲："其实你们的租金对我们来讲，是偏高的，这是我们重新包装后的新牌子，具体的生意会怎么样都不好说，不过我们很有诚意重新包装这个牌子，对你们的租金我们回去会好好考虑的。这里地铁一通，我相信客流会很可观。如果我在这一周给你答复，你是不是能够通融一下？"

林先生一拍手掌："江小姐这么爽快，我倒是不好说什么了。那一家名气大，老板很想让他们进来，可是他们压价太狠，所以合约迟迟未签，如果江小姐这里签合同的速度可以快一些，我想老板那边是能去说说的。"

江湖跟着讲："那么我们讲定了。"

要分别的时候，林先生提醒道："江小姐，如果你要再逛逛，可以看看我们的主楼，一楼是名牌专卖店，二楼是运动城，都初步规划好了。只是当心别往西边走，那边副楼还在整修，工地上比较危险。"

江湖蹙眉："这样的话，你们来不来得及在夏天竣工开业？"

林先生用手做了个横刀抹脖子的手势："如果来不及，老板就要发飙。不过放心，副楼要做写字楼，不着急开幕。"

"没想到你们接手新建的主楼倒是比前任留下的副楼造得快。"

林先生只干笑两声。江湖同林先生握手分别。

她还是走到副楼看了一看，根据百货楼的计划书，副楼同主楼形成一个双子楼，只下面两层同主楼相通，现在用广告板一围，同主楼倒真是不相干的。


江湖在百货楼里转了两圈，才上到二楼，然后，她看到了熟人。

莫向晚正好转身同百货楼招商部的人道别，她见到江湖，赶忙上前，头一句话是："我来这边谈腾岳的专卖店。"

江湖笑："上一次在 H 市的远大购物中心碰到任冰，他也用这句话来打招呼。"

莫向晚抓住她的手："找个地方聊聊吧？一年多没有见你了，现在这么巧，可见老天也在帮我们重遇。"

这可怎么拒绝？

江湖同莫向晚寻了百货楼外的咖啡馆坐定，各自叫了饮料，莫向晚迫不及待问："什么时候从 H 市回来的？"

江湖答："去年三月就离开 H 市又到别处旅游了。"

"任冰都同你讲了吧？"

江湖轻轻点了点头。

莫向晚仍是不会追问她各种私人问题，一如任冰。

他们连告知她信息的话语都差不多，莫向晚接着讲道："我们和 H 市的大运会主办方一起联合办了个手绘活动助兴，这个方案很受学生族群关注。后来我们就同远大购物中心谈了个专卖店。"

江湖只是微笑着说："我都知道。"

"芳汀女士回法国后用各种衣饰搭配鞋子穿着上街，又送了几款给圈内好友，被记者当成时尚街拍作了报道，一如你当初的计划，墙内开花墙外香了。"

江湖还是微笑："我也知道。"

"腾岳和小红马都没有卖掉。"

江湖的笑容稍稍滞了一滞，仍说："我知道。"

莫向晚没有把话题继续停在这个问题上，她问："岳总和你联系了吗？"

江湖点头："她说她也去北方旅游，只是我们一直没碰上。"

"我们都希望你们能回来。"

江湖递上一张名片。

莫向晚默默在心里念了一遍——"张鼎餐饮管理咨询有限公司"，不禁疑惑地看向江湖。

江湖说："我从 H 市直接去了趟 J 国，也真的很巧，遇到那边一家中国点心铺子的老板，谈得很投机，于是决定一起做点事情。"

于是莫向晚便问："谈了怎样的好项目？有些什么好计划呢？"

江湖很简单地把在 J 国的经历讲了一讲。

她去了之前去过的 D 市六本木的那家"老张馒头店"，从中午一直坐到下午，把店内供应的一壶花果茶喝到淡而无味，人也无聊得好像思想发了淡。她听到有两位服务生用中文交谈，便凑过去同他们闲聊。

江湖问："为什么老板不把店开回国内？这里的内装和国内的包子铺大相径庭，完全可以做 A 城茶餐厅了，概念是很好的。国内倒是有个相似的例子，他们成功了，说明这样的模式大有可挖掘的地方。"

有几位中年人在旁听她同服务生的对话，恰好也是中国人，他们不禁问道："A 城茶餐厅的概念怎么说？"

江湖也是即兴发挥，没想到有人感兴趣，也就具体讲了一讲："广东人做茶餐厅，用港式小菜和点心打平民价格的天下。A 城菜和 A 城点心也是可以的，只是一直以来没有好的环境陪衬，只能走低端路线，稍稍拔高未尝不能够。这里这家店不就正是吗？"

对方都笑起来，其中一位眼熟，江湖辨认了一下，想起来曾经在馒头铺外有过一面之缘的秃顶中年男。后来江湖才晓得他们正是"老张馒头店"的控股方，之前的几个月投资了原"老张馒头店"隶属的餐饮企业，正逐一梳理旗下的品牌。就是这样巧，遇见了江湖，双方一拍即合，决定重新包装这个老品牌。

江湖说得很简略，莫向晚听了个大概，她又仔仔细细望了望江湖。

她想，眼前的江湖和丈夫的挚友徐斯都是很会打理自己的人，不管在怎样的环境里都能自强自立，绝不会失礼于人前，也不会失礼于自己。

江湖把这一年来的一小段经历讲完，自己也颇为感慨。在更早前的一年，她遇到挫折时唯一的选择是用最蠢钝的方法逃避，但那种方式试过一次，就绝不想再来第二次了。

江湖不知自己是懦弱了，还是坚强了。但看如今，日复日，月复月，年复年，只要狠下一口气，就能挺下去。父亲是这么过来的，还有很多人也是这样过来的。

莫向晚看了一眼时间，心里有个想法，她邀请江湖："是不是回腾岳看看？一切还是老样子。"

江湖把话题岔开了，又同莫向晚聊起了她的丈夫和孩子。一直到她们聊够了分手道别，莫向晚都没有再把这个建议重提。

江湖是婉转但又直白地拒绝了莫向晚的邀请，只因她有着把这段前尘全部抛却的决心。不想，不在意，也许良心才可稍微安定。

可是她把车从北区开出来的时候，还是没能忍住往过江隧道的方向驶去。

这条路她太熟悉了，离开 A 城以后，时不时就会梦到自己从这样一条路上一路气喘吁吁奔到腾岳的厂房门口，挽起袖子，埋头在厂内苦干，而后一抬头看到腾岳的厂房已成一片废墟。

她头一回做这个梦，是在去年二月的严冬季节。她从漠河县回到 H 市，整个人都被冻成了冰棍。当晚，她就做了这个梦，吓出了一身汗，冷得直发抖。

第二天，她去了远大购物中心，准备多买一件羽绒服。北方的冬天比她预计的要寒冷绵长，她有点受不住。

她在购物中心逛了几家商店，就被任冰叫住了。她蓦然一惊，在他乡遇到故知，是她没有做好的思想准备。

任冰同她讲了今日莫向晚讲的话。当时他们坐在购物中心六楼的美食广场，气氛暖烘烘的。江湖感到脸上和身上都热了点，罐面很有嚼劲，汤汁很烫，江湖一边听着任冰说话，一边把一碗罐面吃完了，而后出了一身细汗。

她起身同任冰告别，任冰见挽留不住，只得说："江湖，你爸爸也会担心你的。"

她低低地说："爸爸已经安息了，他再也不用花很多心思来辛苦营役了。"

任冰一时讲不出话来，便没有再挽留她。

出了购物中心后，迎面又是一阵冷风。江湖想起来忘记买羽绒服了。她在大街上走了一阵，脸上冰得犯了疼，一摸，又不知不觉流下了泪。

她把任冰的话全部听了进去，关于徐斯的，关于腾岳的。她想，在这么冷冰冰的城市里听到这些，只有更加地难过。

如何再面对往日种种呢？自从她接触了如烟往事的一角，已经注定无法再去面对。尤其是从漠河县回来以后。

岳杉一直关心着她的情况，自从联系上她以后，隔三岔五会打电话给她。她一直没有把自己的去向告诉岳杉，这天，她在 H 市的街头接到岳杉的电话，和岳杉讲了很久的话。

最后岳杉问她在哪里，她侧头想了想，走过一处夹道，穿堂的寒风直直地灌进了她的领子里，她的身体哆嗦了一下，心也跟着哆嗦了一下，她在刚才的话尾补充了一句，说："我刚从漠河回到 H 市。"

岳杉问："你去那里做什么？"

江湖没有答。后来岳杉也就没有继续问。

这是她自离开 A 城以后，最后一次和岳杉联系。

她在 H 市买了机票去了北京。

关于首都的记忆，全是同父亲有关的。七岁那年，母亲去世，父亲也在同年拿了行业内的大奖。颁奖典礼在人民大会堂里举办，她是现场年纪最小的观众。父亲走到领奖台上，从一位重量级人物手里接过奖杯，很是感慨地在台上讲道："此时此刻，我最想念我的爱人。她为了支持我的事业，付出了很多。"

江湖听到父亲提到了母亲，在台下呜呜地哭了出来。身边的大人俯身安慰着她，父亲走下舞台以后，把她抱在自己的膝头，包括接受采访，都把她牢牢地抱在怀里。

那样小的江湖，靠在父亲坚实的怀抱里。镁光灯咔嚓咔嚓响了起来。可是，须知站得高，跌得才会更加地重，镁光灯背后的阴影会是这么重。

江湖坐在北京机场的候机大厅里，一直没有动，知道自己没有勇气再回到人民大会堂那儿去缅怀。

她随意地找了一家经济酒店住下，看到酒店楼下有旅行社的广告宣传单，第一张的封面就是 J 国的名山。她拿起宣传单，拨了旅行社的电话。报自助游的手续办得十分顺利，她很快就到了 D 市。

来到 D 市也只不过是白天漫无目的地在大街上游逛，不知去向何方。她责怪自己头脑发了热，跑来这异国他乡，把每一道景，都看成一种思念、一种渴望、一种幻想。

这是她第一次承认，她在想念徐斯。

江湖会把对徐斯的情愫反复与对高屹的比对。她同徐斯明明只有不算长的一段相处时间，甚至双方一开始并非实心实意，还有着许多的隔阂和算计。

她呼气，是的，算计。

徐斯这么一个惯于享受生活也惯于精细算计的男人，在和她交往的那段不算太长的日子里，为了她是有所改变的。

她也在变。当时并不知道，在矛盾迸发后的那几日，她才感受到了这种痛楚，仿佛是不知不觉之间，心里被凿开一个小洞，突然就空了。

这同她对高屹的愧疚不一样。这滋味更难受。差不多每个清晨，每个晚上，只要她的心一静下来，这个心内的小洞就开始被人敲打，耳边有千万种声音告诉她一些话。具体是什么话，江湖不太记得了，只是到最后不得不承认，徐斯已不知不觉侵蚀了她的心，他带给她的影响力超出了自己的想象范围。

只有让自己忙碌起来，才能甩脱这样的感受。江湖尝试与别人交流，坐在六本木的广场上，用英语和蓝眼睛的外国小朋友聊天，进了"老张馒头店"，坐在曾和徐斯坐过的位置上，吃着一人份的小笼包，越吃越孤独。她听到有人用中文聊天，便很自来熟地加入了他们。

因为那样，就能让自己忽略心内的小洞。人糊涂一点，会更有勇气面对未来，然后继续活下去。

是的，这样才能支撑自己继续把路走下去，不能再倒，只有前行。


腾岳已经近在眼前，相隔一年，既熟悉又陌生，把车开到大门对面，江湖才确定工厂没有太大的变化。唯一的变化是厂区口竖了旗杆，飘扬着大大的印着腾岳标志的司旗。

工厂的大门敞开着，保安正指挥四五辆运货车依序缓缓开出来。这些都应该是经销商的提货车。江湖摇下车窗，遥遥望过去，看见厂区内一片繁忙，工人们正帮忙搬运货物。

世界上确实是不会少了某个人就不会运转的。没有了她的腾岳，似乎越来越繁荣。她的鼻头一酸，把窗摇起来，踩下油门，掉转了车头。

这时还没有到下班高峰，所以马路上没有什么车。开过两个路口，江湖从后视镜里看到了车后不紧不慢跟着一辆老式的别克，不紧不慢跟着她又开过两个路口。

她的手心慢慢沁出了汗，不听使唤地把方向盘往另一个计划外的不知通向哪里的路口转去。后面的车子跟着她转到这个路口来。

两辆车从宽阔的国道公路开到满是灰尘的建筑工地，又穿过一片田埂，再度开回宽阔的公路，上了桥，又下了桥，又穿过一片工地。这片工地不太平坦，一路颠颠簸簸，差点儿把江湖的一颗心震出来。

开过了工地，就是过江大桥了，江湖想也没想就开了上去，加快了速度，风驰电掣一般"飞"过浦江，可惜下桥的时候遇上了拥堵，又被别克不紧不慢地追上了。

好不容易等前头的车一辆一辆开走，江湖紧跟着开过一个路口，又掉转车头，重新开回到大桥上，等到下了桥，再转个头，就是临江的滨江大道了。江湖把车停了下来，她摔门走了出来，准确无误地走到跟着她停下来的老式别克车边，对着车门重重踢了一脚。

里头的人把车门打开。

徐斯已把头发剃成容易打理的板寸头，身上一套再普通不过的纯黑西服配白衬衫。他一把就扳住江湖的手，双眼紧紧盯着她。他的眼睛像深不可测的湖底，不知蕴藏了怎样的情绪。

江湖拼命想要挣脱，可是他的力气很大。她终于嚷了出来："徐斯，你干什么？"

徐斯蹙住的眉头松了一松，说："兜了快三个小时，都能从 A 城到苏州了。"

江湖放弃挣脱："我喜欢 A 城一日游。"

徐斯撇了撇唇："好吧，那么接下来去吃晚饭吧，我饿了。"

江湖又开始挣扎："我不饿。"

"我请你吃。"

"不必客气。"

徐斯猛地拉近了她。江湖看到了他的眼底，深不可测的湖底似有波涛，她似乎有预感他会做什么，在他要俯下脸之前，说："好吧。"

徐斯放开了她，抽了抽唇角笑了笑。这是在嘲笑他自己的不够冷静。

一年多的工夫了，他以为时间是最好的滤瓶，能把所有的情绪都滤淡，然后逐渐回到自己原先的生活轨道上。

在一开始，他确实因为她的离去而冲动和焦虑，托了莫北寻来私家侦探，去了解她的行踪。他知道她失踪的那天直接去了 H 市，然后马不停蹄地赶往漠河县，接着又回到 H 市直飞北京，在北京才住了两天，就报了旅游团去了 J 国。

徐斯没有请私家侦探再查下去。

他在她去 J 国的时候，把腾岳和小红马的专柜开到了 H 市，也为腾岳谈下了法国的代理商。母亲已不认为他是决策失误，他也成功执行了跨行业的集团发展的策略。徐风集团内部的新老交替正式开始。

可是江湖依旧杳无音信。

徐斯把曾经送给她的令箭荷花和竹节海棠搬到了自己的办公室。海棠是她走之前带到办公室存放的，她还请保安特别注意浇水护花。

在江湖去了 D 市，但继续两三个月及至半年的杳无音信之后，徐斯开始晒笑自己的态度真可谓痴汉的自作多情，低级错误犯下一个接一个。她的所作所为，完全是要斩断一切联系的态度，连商务场面上的一封辞职信都欠奉。他怎么就看不透呢？他何必用尽心思地紧追不放？

这委实太屈尊了。

徐斯偶尔开车放碟，听到了李宗盛的老歌——

"曾经真的以为人生就这样了

平静的心拒绝再有浪潮

斩了千次的情丝却断不了

百转千折它将我围绕

有人问我你究竟是哪里好

这么多年我还忘不了

春风再美也比不上你的笑

没见过你的人不会明了"

徐斯一边听一边就在想，她既然要斩断一切，又去 J 国做什么呢？

他想换张碟，却翻到了从她那里拿来的奥莉维亚·纽顿－约翰的 *One Woman's Live Journey*。徐斯跟着念了一遍："One Woman's Live Journey." 笑，她是孤身旅行，自来就没他什么事。

在所有失望和气馁主宰了自己的情绪以后，徐斯坚信时间会让一切平静，届时再回想种种，也许只是一段模糊的回忆。

就这么过了一个冬季，徐斯是在开春的一个企业家年会上，听到投资一家餐饮集团的投资公司合伙人同人闲聊时，说起了"江湖"这个名字。

对方讲："没想到江旗胜的女儿确实很有些家学渊源，她现在已经是我们的开发副总了。"

这位已经聘到江湖做开发副总的幸运儿连连夸奖江湖，徐斯就再也没能在这场年会上听进去任何话了。看起来，江湖是下定决心又找到一个新的起点，重新开始了。但是，她既然已经回来了，且还在这个市场上混，那就总有见到的一天。可如果见到了，他会跟她讲什么呢？她又会跟他讲什么？

徐斯没有结论，于是下意识地回避了这个问题。


然而，就在今天，他去腾岳视察，开车出大门时，看见眼熟的红色保时捷正在掉头。他的动作比他的意识的反应更迅捷，他立刻就跟着车驶去的方向开过去，一路跟着她过工地，上桥，掉头再上桥。

现在她就站在他的面前，擦去了他几乎模糊的念头。他锁了车，一路拖着她的手走到她车前，拉开她的车门，把她塞到副驾驶座。再绕过车头，在她反应过来要锁车门之前，钻进车里。

"你没车吗？"

"去了趟'苏州'，没油了。"

江湖赌气别过脸。

徐斯在发动汽车之前打了个电话，吩咐他们公司的司机来这里取车，接着就发动了车子，一路又过了江，钻入熙熙攘攘的车流里。

许久许久，两人都没有讲话。

又隔了许久，徐斯忍不住了："去博记吃饭？"

江湖没什么意见。

他们在路上开开堵堵，终于抵达目的地时，已经天黑了。小饭店的生意依旧很好，排队排了十来分钟才轮到他们，竟然还是他们原先坐过的那个小小的两人位。徐斯点的还是那些点过的招牌菜，菜很快就上来，沙姜鸡依旧鲜嫩美味。

他们都低头吃着东西，过了好一会儿，徐斯问："怎么不说话？见到前男友也不至于这么陌生吧？"

他的声音冷冷的，听不出以往那种戏谑或者玩笑的味道。江湖莫名有些心疼，可是口气是直板板的："不知道该说什么。"

徐斯说："那就说工作吧！"

江湖递上来一张名片，她的商务态度开始了。这是徐斯最熟悉的她的态度，她曾经用这个态度和他周旋了好半年。他不想打断她，心想，让她说这些也比两人都无话说要来得好。

他问："怎么想起来入这行了？"

江湖又把同莫向晚讲过的往事讲了一遍，也许发觉之前讲得太过简略了，不够杀时间，故而又增加了很多细节。徐斯一直听着，时不时插句话问两个问题，她就会耐心地给他解释。这样说了两个小时，饭也吃了两个小时。

在江湖的眼里，徐斯还是当初的那个徐斯，他的一切，除了剪短了头发，似乎没有太大的变化。不对——江湖凝神暗觑徐斯，他的眉宇之间有淡淡的疲倦。不管是任冰的口中，还是莫向晚的口中，江湖所知道的是，徐斯在这一年有多辛苦。

徐斯是不会知道的，她刚才自他一开车门，重新看到他那张脸，整颗心脏似被一股极微弱的电流击过，其中的震颤和难受只有自己知道。

这是江湖第二次坦白承认这个男人带给自己的巨大影响力。她的声音也低下来，说到最后，把头慢慢低了下来，不再看他的脸。

徐斯招来服务生结账，领着江湖走出饭店。他说："我没车，送我回浦东吧。"

而江湖说："送你去地铁站吧？前面到静安寺就可以换二号线去浦东了。"

他说："不好。"

他径自把她的车开了出来，叫她上车。

江湖坐到车上又重新说了一遍自己的建议。徐斯沉着脸不作声，一路把她的车开到他浦东的别墅。

这一路顺畅极了，只用了半个小时就到了目的地，车就停在他的别墅的外头，他们在车里沉默着坐了一会儿。

徐斯把手放在方向盘上，整个人都没有动。他转过头来，发现江湖正看着他。

这一年多来，江湖也有了一些变化，她的发留长了，外形更接近他最初认识的她，只是人清瘦了，眉眼却更坚毅。

徐斯伸手过去抚摩她的发，江湖没有反抗。他用手指轻轻抬起她的脸，他们互相凝望着对方。

并不久远的往事毫不意外地侵袭，让他们各自的心头都颤了颤。徐斯终于倾身俯下，吻住江湖。久违的缠绵，让他们身体里潜藏已久的潮水顷刻淹没理智，只愿用更亲密的交缠来倾诉自己的内心。

江湖是在半夜里才悠悠醒转，望着枕畔的男人望了很长的时间，才能让自己清醒起来。

在 J 国游荡的时候，她已经清楚意识到，在这个男人身上，她所经历的、她所付出的，和任何一位前男友都不同。她是自高屹的泥淖抽出，魂魄尚未归位，又陷入了徐斯的泥淖，再度失魂落魄。

但是拖泥带水，是会终受其害的。不管是对她还是对徐斯。

江湖悄悄翻身下了床，轻手轻脚把衣服穿好，再回头望一眼徐斯时，悄悄印了印眼角的湿意，再悄悄出了门。

外头凉风一吹，江湖快速跑入自己的车内，翻出手机，翻到"败类"那条联系人，用最快的速度发了一条微信——"徐斯，再见"。

她把车启动起来。她想，她要离开此地，速速。


这天以后，徐斯没有来找江湖，连个微信回复都没有。也许这就是一个真正终结的结局，他们藕断丝连了这一阵子，终于寻到一个最合适的告别仪式。

接下来的日子，江湖沉湎于全新的工作之中，新的开店计划把她全部的时间侵占。

有工可开总是好事。努力之余，也能受到额外的眷顾，竟有两家知名百货楼的铺位到期，对方来主动联系了江湖。北区的百货大楼主楼招商合同也抢先一步签好了，接下来的装修事宜又让江湖忙得无暇分身。

她偶尔会在晚上快收工的时候，上二楼的运动城看看腾岳专柜的进度，时而会遇见来现场的莫向晚，两人就会结伴一起去附近的小吃店吃顿简易的晚餐。

莫向晚没有再提关于徐斯的种种，莫北偶尔出现了一两次，看到江湖会温和地打招呼，然后揽着妻子的腰一起回家。

这样平凡的幸福叫她忍不住羡慕。江湖没有让他们发现她艳羡的目光。

这个城市当真不大，江湖跑商圈时总能看到腾岳的专柜或者专卖店。一群群的少年围拢在柜台前挑选自己心仪款式的胶底鞋。

不管身在何方，这一年多来，她是无时无刻不在关注着腾岳，她清楚地知道腾岳的直营专卖店在 A 城开了五家，在江浙地区开了五家，在北京、天津和 H 市各开了一家。拓展速度不可谓不快，徐斯的商业风格即是如此，迅捷而精准。

与之相较的是，麦富宝最终把自由麒收购了，投资巨大，一年来动作频繁，华东和华南地区已经布下几十个网点。

徐斯当初对腾岳的计划，从商业角度的选择来说，并没有错。江湖想到这里，心弦为之一颤。在这一年当中，她想得极为明白的一点是——他对她的瞒骗也许是源于对她的在乎。至最后，他选择了退让。但是，她走到如今这一步，已经让自己无法再去回应这一份情意了。

每晚回到家中，江湖一定要把脸浸在冷水中，才能完完全全地镇静下来，然后抬起头，一脸湿淋淋，眼前一片迷茫。

她看不清镜中的自己。

江湖问自己："你信不信有神？"再摇摇头，"这个世界上没有神。"

把脸抹干，扑到床上，一觉至天明，再度投入重复而机械的工作。人生就将以此延续。


在北区百货楼的店面装修了一半的时候，"老张馒头店"在东区闹市的旗舰店已全部精装完毕，头一天开业就来了个满堂彩，吸引了好几家媒体的关注。

其中有一家是同江湖合作过腾岳手绘大赛的，他们的主编见到江湖很熟络，把自己的一个新计划吐露，原来他们的一个播客想做一个老 A 城老品牌的专题，还准备办个有特色的颁奖晚会，整个活动命名为"老 A 城新时尚"，已经择了好几家老字号合作。

对方说："已经有服饰衣帽日用品的老字号了，还缺食品方面的，要知道 A 城的老食品牌子不少，要选几个在二十一世纪有新发展的却比较难。"

这是老伙伴送上门的好机会，江湖立刻领情。

对方媒体举办类似活动已经不是一次两次，很有些经验，流程也编排得有声有色。江湖配合他们的活动组织了初次的广告投放，效果非常好。"老张馒头店"的投资方们非常满意。

江湖在媒体提供的品牌清单里看到了腾岳胶底鞋，这是意料之中的。这一年多，腾岳这个牌子重新获得了新生，几乎成为民族品牌崛起的楷模，各项类似的评选总也少不了它。

徐斯在腾岳上是花了心思的，她感到欣慰。

主编问江湖愿意不愿意亲自参加活动收尾的野外时尚宴会，各品牌都会安排展位模特走台，也有明星来捧场。而且是 C 城的赞助商来赞助，活动就办在日月潭边上。

江湖想了想，想不出理由来拒绝，只能如期参加。

又是一场旧地重游，此地又什么都没变，打靶场、烧烤场和拉鲁岛都还是旧时模样，环着日月潭一路的圆形路灯，白天看起来也像珍珠。宴会就在江湖和徐斯及徐斯的朋友们曾经比赛过的打靶场附近的草坪上搭了棚举行。

江湖在宴会上意外地遇到了徐斯。

其实他没有什么必要来出席，这个活动虽然声势很大，但都是由各品牌主管市场方面的经理或副总和媒体接洽，最后列席的也是这个级别的人物。徐斯作为腾岳控股方老总出席，抬头有些过高了。所以他一出席，就引起不少关注。

而江湖正同媒体朋友闲聊。

她一年多前从腾岳出走，媒体圈不少人是知道的，但是对于她和徐斯的关系，鲜少有人了解，外界相传是企业内部高层动荡，徐斯清除异己。这不是空穴来风，徐斯自母亲与姊姊外出旅游之后，正式接管徐风集团，目前职位是代理总裁。新董事长登基，总有一朝天子一朝臣的事件发生，徐风集团内部也更替了两三高层。外界便将江湖的离去同这层事件视为等同。

这样一来，一些同江湖打过交道的旧交见两人同时出席，不免有些看好戏的心态。

但徐斯进场以后，眼睛都没有朝江湖瞧过，他同一些熟人攀谈，一派镇定自若。

反而是江湖同人聊天时不时走神。他来这里做什么呢？难道不是任冰或者莫向晚过来出席会更加合理一些吗？

心乱了，江湖讲话就会心不在焉，同她聊天的人也觉得无聊，这么几个回合，她就落了单，干脆拿了瓶小瓶黑啤，坐在一角看舞台上的表演。

今晚亦有腾岳的表演，年轻靓丽的模特穿着运动服走台，脚上手绘如意的腾岳鞋煞是惹眼。

有人在江湖的耳边讲："这个款式已经是畅销的经典款。"

太阳已经西下了，又是熟悉的繁星点缀暗蓝的夜空，远处是熟悉的连绵的山峦。而江湖知道这里不像天城山脉那样险峻，这里曾经有一次热烈的求婚仪式，让她感到圆满，所以这里吹来的风是曾经让她感到欢悦和温暖的。

江湖望着夜色中的山脉，长久沉默。身边的人也在沉默。

一直到有人打开香槟庆祝，众人拍手鼓舞，如雷的欢呼让江湖终于回过神来，缓缓回头看着身边的男人。他身上的衣服是她买的，隔了一年多，他仍然穿得很有型。黑夜里，一袭白衣的他，不会辱没翩翩佳公子这样的形容词。

徐斯脸上的表情很温和，看不出什么脾气，也看不出什么好神色。他见她终于看了过来，说："我在等你说话。"

"我没有什么好说的。"

他讥诮地一笑："是吗？你难道不应该给我一个解释吗？"

江湖心里难过至极，她在想，解释？这么多这么多的因缘又如何解释得清？她说："你就当我是个任性的女人，兴之所至地做了很多让人感觉烦恼的事情，以后我不会再给彼此惹来麻烦。"

她讲完就想即刻离开，仿佛再多待一秒，就会在这个男人面前全线崩溃。可是她的手被他扯住。

徐斯暗暗牵住她的手，没有人看见他的动作，也让她没有办法在大庭广众之下有所挣扎。他很低声地，也是掷地有声地问："真的不会再给彼此找麻烦了吗？"

江湖的心头无端一震，继而一股疲乏困倦浮上心头："我也希望如此。我们一开始就是一场事关成与败的交往，并不单纯也不值得我们双方投入太多。如果权当一场游戏，我想，参与者你我双方能更加释怀一些。你这样的人，真的要忘记一段过去，并不会很难。"

徐斯牵着她的手的力道紧了一紧，接着就猛地松开了她："你说得对，放不下的是我，从最初到现在，被你放了几次鸽子了？我没有那么容易释怀。但是，江湖，该放下的是你。只要你愿意，就可以回到一个单纯的起点。"

江湖摇摇头，再摇摇头："徐斯，还是算了吧，你不要为难我，也不要为难你自己了。你看你以前的日子多好过，那样不好吗？"

徐斯只是看着她，看得江湖心里有点发了毛，她难堪地别过头，他问她："那晚你离开的时候，为什么哭了？"

江湖转个身，寻到一处不引人注目的出口，拔腿就跑。

风吹乱她的头发，冲入她的鼻腔，让她呼吸困难，让她流泪也困难。她就这么没有目的、没有方向地狂奔，也不知道能跑到哪里去，似乎远离人群就能远离尘嚣，就能远离一切的烦恼和心魔。

徐斯还是追上了她，就在山脚的潭水边。他从她的身后抱住了她，把她揽入自己的怀里。江湖挣扎着要离开，可是被他死死抱着不放。两人一路踉跄，双双倒在草地上，徐斯翻身压住欲起身的江湖，双手箍住她的头，狠狠吻了下去。

江湖从来没有被徐斯这么霸道地吻过，他的唇舌灼热，简直可以把她整个地吞噬，压迫得她几乎窒息。她无法躲避，只能承受。双手在纠缠中逐渐无力，瘫在草地上头。

徐斯慢慢抬起身体，望着她的眼睛。江湖又哭了，眼泪从脸颊滑过，他伸手拂去她的泪。

他心疼地问："为什么又哭了？"

她的声音带着哽咽，一字一字很清晰地说："徐斯，放过我，也就是放过了你自己。"

徐斯把头埋在她的脖颈之间："江湖，你什么都不愿意跟我讲吗？"

江湖的身体逐渐僵硬了，她的双手慢慢搁在他们之间，把他轻轻隔开。他挺了挺身子，坐了起来，她跟着也坐了起来。

夜幕下，他们都坐在草地上，彼此看不清对方的眼底到底流露的是怎样的情绪。

徐斯先开了口："我们要把这个哑谜打到什么时候呢？"

江湖慌忙地截住他的话："我知道你很聪明，你会猜到我心里头最大的秘密，最大的困惑，或许——或许还有其他事实，我还不知道的。可是，不要说出来，不要点破它，我们可能都负担不起。"

"你什么时候才能认为自己有足够能力去负担？"

"如果一直无力承受，我宁愿就此一直回避下去，远离这一切。徐斯，我是我，你是你，我的情况——不允许做成像你这样，请你——请你成全。"

徐斯霍然起身，无声离去。

江湖已经记不清她是第几次用这样的拒绝把徐斯推拒到心门之外，这是一种伤害，成为他自尊上头的一道伤痕。这也会是她心头的伤痕。多少个辗转难眠的夜晚，碧海青天夜夜心的情怀，已将她折磨到无力。这种凄凉无助的苦果，唯有自吞。她不能够向任何人倾诉，也没有资格倾诉。

江湖站了起来，就在清风明月之下，无论如何，接下来的路，她也要一个人走完。


回到 A 城以后，日子得照旧过下去。

江湖接到高屹的电话，是在海澜的葬礼之前。她很意外，高屹打电话过来时，声音很冷静，用她自小就熟悉的语调说："海澜的葬礼定在周日。"

江湖心内一恸，半晌说不出话来，最后才晓得安慰一句："高屹，节哀顺变。"

高屹说："我很好，你放心。"

江湖在心内无声唤了声："高屹哥哥。"

每个人有每个人的江湖，每个人有每个人的坎，海澜走完了自己辛苦的一生，这么短暂，又这么多难。

江湖买来纸箔，跪坐在那张全家福前，叠了一晚上的元宝。

她记得高妈妈葬礼之前，父亲命下属往丧葬用品店买了香烛纸箔放在家里，在家里烧过一阵纸箔，火盆里红红的火舌，蹿得很高。江湖害怕地躲在自己的房里。

她抬头望望相片中年轻时意气风发的父亲，对父亲说："爸爸，很多人都走了，也有很多人败了，如果一切都不存在了，那该多好！"

年轻的父亲笑着望着他。

江湖叠了三个晚上的纸箔，在周日那天，全部带到了海澜的葬礼上。

海澜的葬礼在北区的殡仪馆举行，仪式很简单，很多老同学都参加了。大家脸上都有着深切的哀痛。海澜教他们的时间虽然很短，可是她留给不少人一段美好的回忆。

江湖走进灵堂，恭恭敬敬朝海澜的遗像鞠了三个躬，高屹以家属位还礼。她把手里的纸箔递给高屹，高屹轻声说了一句"谢谢"。

一年多未见高屹，也未联系他，他又瘦了很多，但眼神依然镇定，一如既往。

江湖转头看着海澜的遗像，这个女人明眸皓齿，心地善良，被内疚和病痛折磨，也依然保持着淡然的神采！她同高屹，原来这么相像。

江湖心头一酸，眼泪掉了下来。高屹拍拍她的肩膀，江湖一震，她没有想到高屹居然还会对她做出这样爱抚关心的动作。

高屹反而在安慰她："不要难过，她走的时候很安详。"

他的手抚在她的肩膀上，她想起母亲去世的时候，他走到她的身边，抓住她的手，无声地安慰她。江湖默默地站到了他的身后。

紧接着，齐思甜戴着一副墨镜走了进来，也是恭恭敬敬行了礼，同高屹交流了两句，就站到了江湖的身边。

她讲："世间是不是真的很不公平？"

江湖答："关于这个问题，我们已经讨论过了。这个世界也许只有相对的公平，没有绝对的公平。"

齐思甜说："江湖，我还是说不过你。"

"在这个场合，我们不适合再谈论这些问题。"

"我明年就要结婚了。"

江湖一愕，但在灵堂里也说不出"恭喜"之类的话。

"海老师病危前，我来看过她几次。她总是劝我，做人要珍惜幸福。她自己这么辛苦，总是把好的建议无私地给予别人。"齐思甜哽咽，也拭了拭泪。

江湖喃喃重复："珍惜幸福。"

"如果当年海老师能够得到多一些的机会，就算寿命还是这些年，但却能得到更多的幸福。"

江湖的心揪了起来。她想起了这个当年，悲剧一再地上演，直到无法遏制。她狠狠闭上眼。

很久很久，有人拍拍她的肩，她睁开眼睛，竟是洪蝶温柔的脸庞。

洪蝶说："好孩子，你瘦了不少。"

江湖本能地往后退了步："你——洪姨，您怎么会来这里？"

洪蝶一身素服，鬓角平添了几分霜色，好像也憔悴了，没有了当初的光鲜夺目。她不以江湖的见外为忤，只是随和讲道："我来参加海小姐的葬礼。"

江湖狐疑地望了一眼高屹，高屹的目光停留在海澜的遗像上，他心无旁骛，世间的一切仿佛同他无关。

很快地，来祭奠的宾客都到齐了，按照流程悼词致祭，送死者火葬。高屹一直很木然地站着，最后跟着海澜的灵柩往火葬室走去。他的步履、他的仪态，一如既往，波澜不惊。

当高屹再回到灵堂时，现场只剩下江湖和洪蝶两个人。江湖蹲着，在殡仪馆提供的火盆里烧着纸箔。

她没有再同洪蝶讲话，也讲不出什么话。洪蝶应该也没有心情同江湖讲话，随意地拉了椅子坐下来，望着蹿高蹿低的火焰发呆。见到高屹回来，洪蝶立了起来，又望了望江湖，终究不曾说出什么来。

这副奇怪情状看在江湖眼内，她心里做了另一番计较。

她没有在仪式结束时即刻离去，是有些话想跟高屹说说的，可是洪蝶也没有走。她们俩耗在这里，等到高屹回来，又各自不知该讲些什么好。

反是高屹对她们说："多谢你们来送她一程，天不早了，早点回去吧。"

洪蝶先走了，江湖迟疑地看着洪蝶的背影，又望了望高屹，她鼓起勇气："高屹，我很难过——"

高屹眼色温和，是江湖从来没有见过的温和，他从来都没有用这样温和的眼神望过她。他说："江湖，我做了一些让你难过的事情，直接导致你面临极度窘迫的境地，我很抱歉。"

江湖只是摇头："虽然我以前也幻想过要你向我道歉，或者说认罪，可是，那是自私的想法，我想——"她试探地小心地问，"你和我都明白是什么意思？"

高屹说："我知道。"

江湖苦苦一笑。人人心中都心知肚明着蛛丝马迹的真相，这些真相让她没有办法再理直气壮地面对一些人一些事，其中自苦，只有自明。

高屹说："江湖，这两年多来你很辛苦，可是你做得很好。你要好好走下去。"

江湖望牢高屹，这个她少女时期就牵挂的少年，他们一起度过了并不算愉快的青春期，中间还发生了不能挽回的伤害。她已分不清对他到底是初恋的爱慕，还是夹杂着青春岁月的遗憾。

只是他这样一句安慰，好像是春风拂过她被严冬几乎冻僵的心房，暖暖地回了回气，酸涩又涌上鼻头，她呜咽了："高屹哥哥，对不起——"

高屹说："江湖，你不必向我道歉。"

"我知道，来找我的两家百货公司，都是你介绍的吧？"

高屹笑了笑："什么都瞒不了你。"

"我一直受着别人的照顾，一直过着很舒适的生活，我以为一切是理所当然的，从来不知道道谢，也不知道感恩，更不知道别人在生活中会历经的艰难。我从小到大一直是个很讨人厌的孩子吧？"

"因为你有一个爱你的爸爸。"

"是的。"江湖苦笑，"他很爱我，很爱我。"

高屹说："早点回家吧。"

"那你呢？"

高屹把海澜的遗像取了下来，说："我明天开始会放个长假。"

"也好，你太辛苦了。"


这一晚，江湖把纸箔全部烧给海澜，才回到家中。近一年来，她又没法在晚上安然入睡了，她从自己的房间，踱到父亲的房里，抱着抱枕，蜷缩在父亲的床上，昏昏蒙蒙地才眯了一会儿，就被电话铃声惊醒了。

电话是岳杉打来的，她在那头说："江湖，你让我查的事情有点眉目了。"

江湖的昏蒙被遽然驱散，她猛地坐起身来，猝然的用力不禁让自己有心惊肉跳的感觉。她急急地唤了声："岳阿姨——"

那头的岳杉答："当年环宇利都一案里，代表国内头部企业表示收购环宇金融在澳大利亚房产的办事处就在 B 市。"

江湖慢慢地几乎本能地屏住了呼吸。

"当时高屹设局让你爸爸入局，还有两个重要的助力。利都百货计划以高价向环宇金融出售百货大楼和附带的写字楼，其中百分之七十五是用换股的形式交易，环宇金融用自己的股票作价售给利都，余下的才用现金支付。如果环宇本身的股价稳定，利都虽然冒了些风险，但也未必赚不到利润。因为环宇金融在澳洲主要投资房产和畜牧业，股价一直很稳定。

"你爸爸收到这个内线交易的信息时，还没有贸然出手，但是这时候集团内部重新讨论了自由麒的股权问题，搅乱了你爸爸的计划。就在这个时候，国内有大型企业想要购买环宇在澳洲的房产作厂房自用，出价颇高，进一步哄抬了环宇的股价。

"一开始，市场因为这个利好消息喧哗了，利都的股票被炒起来了。你爸爸就坐不住了，我当时劝过你爸爸谨慎，谁知道他像着了魔一样，根本就不听我的。他一入局，整个情势就急转直下了。我们都知道，高屹当时代表利都和环宇的相关代表一起向监管机构说明两家的换股计划，只有环宇金融肯担保合同的作价金额在三年内不会滑落，利都才会签下这个买卖协议，如果环宇的股票下跌了，损失的这笔数额，利都有权向环宇追讨，这样利都的董事会就很难同意签订合同。这个时候，偏巧金融风暴袭来，澳洲房产迅速贬值。所有事情一起发生，趁这个时机投机的大户全部损失惨重，你爸爸也未能幸免。"

江湖紧紧揪住自己的胸口，气息堵在喉咙口，不上不下，煞是难受。

"江湖，那家国内大型企业驻港代表处的负责人，从前是徐风投资的高层，洪蝶的心腹。就是他和环宇接洽购买厂房的事情。"

江湖整个背都挺直了，意料已久的凉气从脚心缓缓贯入。所有发生过的事实如同她所猜测到的一样，像车轮一轮一轮滚到自己的面前，再重重压到自己的心上。她狠狠地呼出了一口气。

岳杉继续讲道："自由麒旗下的投资公司和沈贵合作的项目也有第三方入股，那家公司注册地在 B 市，法人也是洪蝶。"她问江湖，"孩子，你现在能不能告诉我，你为什么要我去查洪蝶的事情？在整宗事件里，我原来都不知道存在洪蝶这么个人。是不是她一手策划了这些事情？"

江湖支吾无言。从央求岳杉重新整理自由麒的财务资料，重新查询父亲过往的那些投资的项目开始，她就一直在矛盾，在犹豫，是不是将知道的怀疑的统统毫无保留地告诉岳杉。这样的岳杉，为了江家父女，可谓不求任何回报地付出了。

可是，她又该怎么说呢？她知道的那么一星半点，同现今查出来的这些资料联系起来，简直是个有如惊涛骇浪一般的过往。一个浪头过来，足以将建立在岳杉心中二十余年的江旗胜的丰碑一把推倒。

不可以，她不能够这样做。江湖的掌心冒出了细汗，她闭紧嘴，不发任何声音。

而岳杉继续说道："江湖，你这孩子——唉——当你找我去查这些事情的时候，我的心里就有数了。你对你的爸爸——唉——不管怎么说，不管你爸爸曾经做过什么——他对我来说，都有他特别的意义。"

江湖难过地唤："岳阿姨。"

"我进自由麒的时候，你爸爸才三十多岁，风华正茂，雄心万丈，事业刚刚起步。我的丈夫是个不成器的酒鬼、赌鬼，把我每个月的工资都花到了麻将桌上。有一次我不肯给他钱，他揍了我一顿。第二天，我带着脸上的伤上班，被你爸爸看到了。我不知道他从哪里知道我家里的事情，他找到我老公，给了我老公一笔钱，对我老公说：'是个男人就不应该拖累老婆，如果再让我知道你打老婆，要你好看。'

"就因为你爸爸这样一句话一个动作，我决定再难也要离婚。我鼓起勇气，终于赢回我的自由身。后来你妈妈去世了，他没有再婚，一个男人带着你这样一个小女儿，过日子难免是辛苦的。江湖，我对你爸爸真的没有任何的痴心妄想，我只是觉得这个男人这么有本事，却又能对你妈妈做到这一步。你妈妈真是一个幸运的女人。

"后来，我爸得了脑梗死，我弟弟又在留学时意外伤到腿部，伤情很严重，医生要他截肢。治疗费、住院费和两头奔波的旅费让我花光了所有积蓄。你爸爸很慷慨地出了医药费，还为我联系了美国的医生。那时候我是真的想过以身相许来报恩。我也这么做了，我在他的面前，把外套脱了，他却轻轻为我披上，我还记得他对我说：'岳杉，你不是那种随便玩玩的女人，就不要轻贱自己。我没有办法给你你想要的名分和感情，就不能来占你的便宜。'

"是的，江湖，你爸爸他不占我的便宜，对我来说，也许是我的遗憾。我再也无法回报他为我所做的一切，可我记着他，我记着他一辈子。"

江湖握着话筒，只带着千般的幽怨，万重的惆怅。她望牢相片内的父亲，英挺的男人在年轻时，面对柔弱女子的困境伸出援手的无意的英雄之举，就羁绊了女人的一生。

江湖十分于心不忍和自疚。

岳杉又是重重叹气，她说："江湖，我是女人，你也是女人，你的心情我明白。世间的事情就是这样难，特别是感情，我知道你心里的结。你和徐斯——我只希望，你可以真的让自己好过一些。你因为徐斯不忍心亲自来查这些事情，我是可以理解的。孩子——我知道你一定还知道一些事情，你不告诉我没有关系，因为对我来说，不管是好的还是坏的，都影响不了你爸爸在我心目中的地位。他已经走了，我也活了大半辈子了，一切都不能改变了。可是，孩子——你接下来怎么办呢？"

江湖哽着声音答："阿姨，您这些年是怎么过来的，我是知道的，理解的。也许，我也会像您一样过下去。"

岳杉在那里难过地流下了眼泪，她的声音也颤抖起来："江湖，你不应该承担你爸爸留下来的坏影响。你去国外吧，远远地离开这个地方，时过境迁之后，一切都会好的。"

江湖的泪跟着滑落下来，她未曾体会过这样一份无私的关爱，全心付出，根本不奢望回报，更加不会怨怼。这个女人，对她，对她的父亲几乎是付出了一生最美的年华，而根本不在乎父亲所做过的一切，只将父亲最好的一面保留在心中。

她哭了出来，讲："岳阿姨，谢谢你，谢谢你。"

挂了岳杉的电话，江湖伏在床上哭了很久，外头明明明月当空，可映入室内，却是一地死灰，没有半分光彩。

她的整条生命，从看到洪蝶手上的那只手镯开始，变得摇摇欲坠，整颗心内充满了猜疑、埋怨、愤怒、犹疑、怅惘、愧疚，最后痛彻心扉的是，身为江旗胜的女儿，她竟然找不到立场让自己能找到一个确切的出口，把这些情绪全部发泄出去，只能把头埋进沙子里，不断地回避。

岳杉为她打开了这个出口。

她盯着窗子，她就是这么怯懦，不敢明明白白地打开这扇窗户，管它是怎样一个不堪的真相，应勇敢地探出头去看个究竟。

江湖跑进了卫生间，用凉水狠狠地冲脸，冰凉的痛感能镇静她的神经。她抬起头来，望着镜子里的自己。

那眉眼，承自父亲，有父亲的坚毅，可是一看到父亲的影子，她就会猝然地避开双目。

她自问："爸爸，如果是你，也许不会有我这些烦恼，对吧？"

自然无人答她。

她自答："爸爸，我做不到，我已经撑不下去了，我总是要面对这一切的。"

江湖回到房里，翻开手机，找到通讯录，往下翻到 H 行，她找到了洪蝶的号码。

这时是夜里三点半。江湖看好了挂钟，理智地把手机停在这一行，拉了被子盖在自己的身上，然后在手机上设置了闹钟，设成了清晨七点半。

然后，她闭上了眼睛，把双手交叉放在腹部，做了几个深呼吸，对自己说："不管怎么样，一定要有一个了结了，我不可以再这样下去。"

在这个城市，虽然暖春如馨，但有时候会有猝不及防的倒春寒。江湖一出门，就被一阵寒风呛住，她咳嗽了两声，紧了紧身上的风衣。

自江家驾车去徐家老宅并不远，这条路江湖已经熟悉了。这次二度走上这条路，同第一次走的时候有了天上地下的差别。自天堂堕入地狱，也不过如是。

而一切，终须去正式面对。

江湖把车拐进那条弄堂，开到终点，在徐家的停车库把车停好了，深深吸了两口气，才下了车。

徐家的弄堂边的一座小花坛不知何时栽了桃树，江湖不记得第一回来的时候看到过这样的景致。

此时艳春三月，桃树风华正盛，一朵一朵缀于枝头的粉红小花开得分外妖娆，远远看去，仿佛一簇一簇的蝴蝶翩翩飞于其中。

江湖在桃树下站定片刻，想起徐斯送给她的竹节海棠，也是有着这样俨然的花姿。只是海棠花小，不若桃树壮观，拥有这样壮观的花团锦簇的蝶飞之态。

江湖轻叹一声，摁下了徐家的门铃。

很快就有家政服务员过来开门，江湖说："我和洪女士约好了今天十点的，她回来了没有？"对方点点头，把她引上了二楼。

第一次来这里的时候，徐斯的母亲就给过江湖一个出乎意外的下马威，而后她又乍见洪蝶手腕上让她联想万千的手镯，导致并没有将徐家好好看看。

徐家的一楼客堂间还是上一回来的模样，几乎没怎么改变，也许这个模样被维持了很多年，已是徐家的一段不变的历史背景。这同江家一样。父亲从不轻易改变家内装饰，老式的家具老式的摆设万年不会更变。这是属于他们的历史。

江湖上了二楼，靠东的一间客厅正是上一回吃饭的那间，再往西还有三间房，家政服务员把江湖引进靠左边的一间。

一进去，原来是间花房。内室全部用透明玻璃塑顶，阳光透进来，暖暖的，姹紫嫣红，满满的一室花香，让人说不出得通体舒适。

洪蝶穿了一身白色便装，提着水壶，正给一盆海棠浇水。阳光在她身后，花红在她身前，洒出的水珠好像起了一层轻雾，人在缥缈之间。

江湖在门口静静站着，家政服务员不知何时已经退了出去。

洪蝶把头抬了起来，脸庞如玉一般白润。因为阳光的普照，江湖几乎看不出来她脸上的岁月风霜。她的笑容依旧和蔼，朝江湖招了招手："你来了，这里坐。"

江湖绕过门口的两盆花，一步踏进花房，才恍然发觉门口摆着的是两盆令箭荷花。春天的令箭荷花尚未开花，翠绿的茎叶却有十分的精神。

洪蝶笑道："很熟悉这花吧？徐斯前年叫人特意搬了一盆出去。"

她指了指跟前，江湖走过去，那边放了一条藤木长凳并一座方木茶几。

洪蝶说："这里还和徐斯的外公当年布置的一样，没有在花房里加舒适的桌椅，老人艰苦惯了。"

江湖小心翼翼地坐在长凳的一角。

洪蝶放下了手中的水壶，落落大方地坐在另一角。

方木桌上放着一只英式的骨瓷茶壶并两只茶杯，她伸手翻转茶杯，倒了茶，再推到江湖的面前。

茶叶很好，一股清香扑鼻，在花香四溢的花房内竟没有丝毫被冲淡。江湖执起杯子来，轻轻吹起，又轻轻抿了一口。

洪蝶只是一直看着她，等她放下了杯子，才慢慢开口讲道："好孩子，真不错，再困难难堪的情形，都能挺住。"

江湖定定地望着杯中的茶叶，旋转，及至尘埃落定。

洪蝶笑："我一直在想，你什么时候会来找我。"

江湖仍望住茶杯内的茶叶。

洪蝶朝门口令箭荷花的方向点了一点下巴："那只花盆，本来是一对，有一只被徐斯搬走了，现在又被他放在他的办公室里。现在这一只上头写着一句话。"

江湖是有着极好的记性的，她马上就可以讲出来："想人生待则么？贵比我高些个，富比我松些个。呵呵笑我，我笑呵呵。"

洪蝶笑："你果然是天分极高的孩子，江旗胜有你这样的女儿，应该可以瞑目了。"

江湖凄然地又抿了一口茶，安抚住自己蠢蠢而越发激越的心。她问："富贵确实只如浮云，呵呵一笑，人生就过去了。不是吗？我爸爸已经不在了。"

洪蝶侧头，好好看了她一会儿，想要抚一抚她的发，被江湖一个瑟缩躲开。

江湖把头抬了起来，她努力让自己的声音听起来能平直坦然一些："洪姨，今早我很冒昧地给您这个电话，是想向您讨您还欠我的下半场故事。我想，您心里是有数的。"

洪蝶收回了手，也顾自抿了口茶："下半场，是呵，我还欠你下半场的故事。"她问，"江湖，你知道了些什么呢？"

江湖毕竟还是输给了自己的定力，手微微发了颤，她说："我去过漠河县，我打扰了爸爸的老同学，知道你和我爸爸早就认识了，他们都说你们以前谈过朋友。我想起了你在天城山给我说的故事——"江湖绞紧了双手，这个她存在心里的问号，令自己午夜梦回都会忍不住战栗的问号，这一刻，终于即将揭晓，"我在想，一直在想，这个故事和我爸爸的关系——"

洪蝶把目光从江湖的脸上移开，不知落在花房内哪簇花团之中。她说："我上次的故事讲到哪里了呢？"她捶了下额，"对了，讲到丫头从监牢里出来了。"

洪蝶的神色慢慢变得凝重："情人不讲钱，奸人不讲义，任何倒过霉吃过亏的人都应该记住这些道理。记不住，再摔一次，是自己活该。但是，十八岁的丫头不懂这个道理。"

被放出来的丫头，再也没有一天睡实过，每日每夜备受煎熬。她大病了一场，整整三天烧得天昏地暗，等到她清醒过来，只觉得眼前满是蝴蝶飞舞，抓不住现实世界的边际。

她起身，艰难地给自己倒了一杯凉茶，杯子里都是茶垢和灰尘，她已渴不择杯，全部喝个干净。坐在炕上，所有的神志回归以后，她只想问个为什么。

她不知道小荣为什么就这样走了，闲言碎语中，得知父亲的离世与小荣有莫大关系。

丫头在四壁贴满剪纸蝴蝶的家中枯坐了一整晚，心里只是反复转着同样的念头——一定要寻到小荣问个清楚，也许，也许一切只是误会。

多次央求，她才从高氏夫妇那里拿到了小荣在 A 城的地址。

从漠河到 A 城，这是一条迢迢崎途。

丫头把全部家当都变卖了，买了车票，自漠河到了 H 市，又买了火车票到了首都，在首都的火车站排了好几天的队，才买到去 A 城的火车票。

坐在从北向南的火车上，丫头强迫自己挺着腰，一直看着火车窗外一座接着一座的山峦，好像崎路永无止境。

她终于到了 A 城。

丫头从来没有到过这么大的城市，马路这样地宽，车子这样地多，她害怕极了。

A 城的弄堂又这样窄，弯弯曲曲，交叉纵横，她一条一条地找，都没有找到她要找的地址。而身上的钱越来越少了。

丫头没有办法再住招待所，只能在火车站的雨棚下临时给自己铺了个床铺。有捡垃圾的流浪汉见她漂亮，几次三番想欺负她，她战战兢兢地躲到车站的岗哨亭边上。岗哨亭的老头看她可怜，给了她热水和点心。

A城有种点心叫生煎，丫头吃着生煎，就在想，为什么要叫生煎？难道这不是活生生的煎熬吗？

老头问她要来了地址，帮她问了问人，小荣竟然搬至了浦东。又要坐车又要坐轮渡过江，那边一片芦苇茫茫。丫头咬了咬牙，凌晨时分就起身赶了一个早，坐轮渡过了江。

她第一次看到浦江，昏暗的天，黄荡荡的水，江风阴冷阴冷的，直吹到人的骨头里。

她下了船，不知道该坐什么公车，只好一路问着人一路走，还是走不到那个遥远的地方。

终于走到这个地址的时候，太阳已经高高升起。

她永远都忘不了这天的朝阳如血，老旧的工厂旁边是一片一片的农田，田埂上满是随风摇曳的黄金花，荒凉而萧索。

工厂的门口挂着红绸，有一个工人模样的人走了出来，手里挑了一杆长长的鞭炮，又有好几个工人跟着走了出来，他们说说笑笑，其中一个掏出了自来火，擦一下，一星火点，巨响冲天，震耳欲聋。

有一辆黑色小汽车从远处开了过来，如一只黑黝黝的怪兽，里头钻出一个健朗的身影。

丫头捂住胸口，看着那边工人又兴高采烈地拿出几支高升，放在马路中间点燃。"嘭"的一声，高升在半空中炸裂，仿佛一颗炽热心脏被活生生炸开。

所有的工人都簇拥着那个身影，往工厂里走去。

丫头站在这头，盯着那个身影，怎么这样熟悉？他穿了一身触目的黑西装，要多体面有多体面，他还把头发留长了，有了点刘海，不像以前那样总是剃出青青的头皮。

他——他的胸前还别了一朵大红花。丫头摇摇欲坠，伸手就抱住身边的电线杆子，她在想，胸前别着大红花是个什么意思？她软软地坐在了电线杆边上。

丫头在工厂附近徘徊了三天，才终于又看见了小荣。小荣的身上没有穿西服，而是穿了一身工人的蓝布装。工人的蓝布装没有那么触目，让她能大着胆子在他身后叫了他一声。

小荣回过头来，眼中既没有惊慌，也没有失措，只是微微皱了一下眉头，用熟悉的怜爱的口吻说："傻孩子，怎么跑这里来了？"

他把她领到了工厂附近的招待所，一路上遇见不少熟人，他同他们打招呼，他们都狐疑地看了看丫头，小荣没有多解释什么。

到了招待所里，小荣又出去买了一袋苹果，回来给丫头削了个苹果。丫头拿着苹果，小荣把她抱在怀里，一手抚摩着她的脸。他的气息温暖，让丫头把什么话都哽在喉咙里讲不出来。

小荣是半夜离开的，之后始终没有出现，而丫头回到漠河的时候发现自己已经有了三个月的身孕。

此时的丫头，竟然有了无比的坚毅，她抚摩着肚子，心想，这个孩子是一定要生下来的。她已经什么都没有了，不能再失去唯一的至亲。

吃了许多苦头，丫头生了一个皱巴巴的婴儿，小得跟剥皮的老鼠一样，她抱在怀里，号啕大哭。


丫头养了大半年身体，然后决定带着孩子离开家乡。日子很难，丫头只想找到一个合适的能够安身立命的地方，让自己和儿子有个相对安稳的环境，但也并不是那么容易。

丫头爱看报纸，小县城的报纸上也写着"效率就是生命"这样的标语，成千上万的人涌向南方的那个特区城市。她下了决心，打点好行装，带着儿子，又一次开始流浪。

丫头去了深圳，几经周折进了一家工厂打工。她很卖力地干活，很用心地结交朋友，很快就升了职，当上了车间主任。她以为她会靠着这家厂慢慢回到恬静的生活，慢慢忘记过去的一切。

可是命运不让她清净。

那天，丫头如常地下班回家做好了晚饭，去幼儿园接儿子，但是还没有出门，儿子的老师急匆匆跑来找她，领着她赶到医院。警察等在手术室外，把情况简短地告诉了她。

孩子们下午被幼儿园组织去看电影，经过工厂厂区前的十字路口，有辆货车失控了一样冲过来，轧伤两个孩子。

丫头在手术室外一直坐到天黑，手术灯终于灭了，医生走了出来对着所有人摇了摇头。

孩子弥留的时候，张着小口，只微弱地说了一句话："妈——妈，我想爸——爸。"丫头陪了孩子整整两天，不吃也不睡，整个人几乎已经木掉了。一直到孩子没有了任何气息。她痴痴地望着孩子，俯下身抱起孩子，把脸贴在孩子冰冷的面孔上。

她决定休个假，把孩子的遗物整理了一遍，又去了 A 城。在繁华的 A 城，她已经不像当初那样无助，她在这几年里积累了些存款，也交了些能帮上忙的朋友。她费了些周折找到了小荣的新地址。

那是一个老式石库门区，用 A 城人的话说，属于上只角。蜿蜒的弄堂，让她分不清从哪里进去可以找到她想找的人。

就在这个时候，她听到一串银铃般的笑声飘过来，小女孩娇憨而稚嫩地叫着："爸爸，爸爸。"

丫头躲到了房檐下。从另一条弄堂里驶出一辆自行车，年轻的父亲推着自行车，前头载着小女儿，身边跟着美丽的妻子。

他的妻子问："为什么要我们一起去挑轿车？你自己看着办就好啊。"

他答："还是你看看，你觉得好，我们就买。"

弄堂口有绑绒线的老婆婆，撇着没有牙的嘴对这一家人说："你们好福气啊！"

年轻的父亲上了自行车，等妻子坐好了，飞也似的冲出了此地。

丫头从房檐下出来，站到了太阳底下。她想起来这个年轻的妻子好面熟，好像在那座田埂间的工厂门口见到过，当时小荣穿着西服，还戴着大红花。

原来她是他的妻子。丫头抬头望望太阳，太阳都不能让她的全身暖和起来。

她在这条弄堂附近徘徊了好几天，住在附近的小旅馆里，甚至还买了一辆二手自行车。她每天都悄悄地跟着小荣。

他们每天清晨六点半起床，七点带着小女儿出门，到马路对面的小吃店吃早饭。早饭很丰盛，有白粥、油条，还有生煎。然后妻子留在家里做家务，小荣则用自行车载着女儿去幼儿园，再自己去上班。他上班的地方就在丫头去过的那家工厂，门房间里的老头儿叫他"江厂长"。

小荣工作时，丫头会在工厂旁的稻田埂旁坐一天，对着碧蓝的天金色的稻田发一整天的呆。

小荣下班以后，会先去幼儿园接小女儿，再在路边的小吃店里给小女儿买一个鸡蛋饼，小女儿会吵着要酸奶，他就很听从地又买了酸奶。这是一个很疼爱孩子的父亲。丫头心酸地想。小荣从小就父母双亡，原来他会把全部疼爱都给自己的孩子。

到了第三天，小荣没有去上班，他去了一家工厂，然后开出了一辆黑色的小轿车。丫头跟不上小轿车的速度，等到她骑回到那条弄堂口，看到黑色小轿车炫耀一般地停在路边。

小荣送了两位朋友出来，丫头认出来其中一位就是小虎。小荣和小虎关系还是这样好。他想维护的，可以维护得很好，他想抛开的，也可以硬起心肠抛开。

丫头感觉冷。她想跟踪些什么呢？她又能再做些什么呢？她把自行车又卖了，打点好行李，去火车站买车票，路过一家洋快餐门口时，很多人在排队。她记得儿子一直渴望可以吃一顿这样的洋快餐。她没有很多钱，没有办法满足儿子的愿望。她想，她应该替儿子尝尝这洋快餐的炸鸡是什么味道。

店里的客人很多，丫头和一个陌生的年轻人拼桌。年轻人有很好的长相和和善的脾气。丫头看着觉着他面善。他大口吞咽着汉堡，吃着吃着就流下了眼泪。

丫头怪异地又望了望他。她想了起来，在小荣的弄堂口和小虎在一起的就是这个男人。她递了一块手绢过去。

年轻人转过头来，能看清眼前女子的脸上有一种少见的惊艳绝伦的神采，眼睛里满满盛着的都是忧伤。他突然就有了倾诉的欲望。他前言不搭后语地说着话，他说他的兄长在国外开会时遇到地震意外去世，他很想念兄长。

说着说着，他发现坐在身边的美丽女子哭了，而她眼睛里的忧伤满满沸腾起来，渐成了火焰。

丫头在胡思乱想，这个年轻人有个工厂，这个年轻人认识小荣，她没有了父亲，也没有了儿子，在这个凄冷世界里等于什么都没有了。

走出快餐店时，她对年轻人说："我一直想找个工作，你能不能帮帮我？"


江湖捧起茶杯，茶杯里只剩下茶叶，一滴水都不剩了。她牵挂已久的因由，她也早知道会是一道霹雳，把她的世界劈得支离破碎。她捧着茶杯的手不住颤抖。

而洪蝶继续说道："我后来又去老家查过当年的卷宗，我父亲的死与江荣脱不了干系。"

江湖抖着双唇，问："当——当你再出现在我爸爸面前的时候——那——那——"

洪蝶抿唇一笑："叫江荣的时候，他见到我都不皱一下眉头，叫江旗胜的时候，他见到我又怎么会动容？此去经年，江湖风浪早就把他的狠心肠炼成了石头。每一件损人的事情都干得利利落落，何来良心上的不安？从他出卖了我爸爸的那一天开始，江旗胜就在枭雄之路上一帆风顺了。"

江湖说："他见到了你，然后——然后——你们就——"

洪蝶蹙了蹙眉尖："他重新遇见了我，旧情复燃是再自然不过的事情了。而锦上添花的是，我是徐风集团的副总裁，我的丈夫在多年前就病逝了，当时的我孑然一身。他在我身上投资多少又能得到多少回报，他心里早打好了算盘。他甚至打过你和徐斯联姻的如意算盘。只可惜那时候的徐斯心不在你，只是敷衍了他一番。"

江湖不禁揪着自己的领口："你是，你是处心积虑，一个回马枪杀得我爸爸措手不及。"

洪蝶温柔地瞅着江湖："要杀你爸爸一个回马枪，不是这么容易的。伤人八百，自损一千。"

"环宇和利都的事情，那个大型企业插了一脚，是不是——你指使的？沈贵的项目，是你安排我爸爸加入的？"江湖一连串地发问。

"利都的那件事情不过是举手之劳。而沈贵，呵呵，江旗胜早就不满足卖衣服赚钱，他投资房产不是一天两天的事情了。"洪蝶微笑，"你去见了沈贵，问到了关于我的事情，才去的漠河吧？这一整个故事和你自己猜的差了多少？"

江湖揽了揽自己的双肩："我是去见了沈贵，他告诉我你和我爸爸都准备结婚了，你们是三十多年的旧识。我想到了你告诉我的那个故事——那个故事——"

洪蝶笑："我就知道只要一点点线索，你一定能自己串起整宗事件，也会清楚应该是你爸爸对不起我。"

"一切的线索都是您给的，或者——"江湖定定地看向洪蝶，"洪姨，您本来就想让我知道一切的，是不是？"

"江湖，我没想到你这么善良。"洪蝶的语气柔软，怜悯一般地，"你查到漠河以后竟然不敢再查下去了，是不是怕亲自查到这些一下承受不住？我想，你一定是日日反复想着你爸爸到底做过哪些伤天害理的事情，才得来这些不爽的报应。你这丫头甚至避开了徐斯，这太辛苦了，孩子。"

江湖闭了闭双目："我只是——我只是——没有立场责怪您、控诉您、埋怨您。"

"你是江旗胜的女儿，你比谁都了解你的父亲是个怎样的人。我能想象得出你的煎熬。"

江湖咬住了下唇，几乎要咬出血来。

"你心里清楚可能没有立场责怪我、控诉我、怨恨我，可最后还是忍不住借了岳杉的手，帮你查明真相，对不对？"洪蝶说。

江湖别过头，可是忍不住讥诮地说道："洪姨，原来你的天罗地网还包括一直盯着我的想法我的行为。"

"你还是太年轻了。如果换作你爸爸，他绝不会因为受不了内心的煎熬来给我打这个电话问出全部的真相。"洪蝶拍了拍江湖的手，"在这个世界上，欠债还钱，欠命还命，是应该的，这样才有公理。江旗胜欠了我爸爸，欠了高氏夫妇，也许还欠了很多人，是你和我都不知道的。"

江湖真正地无言以对了。世间至大的难受是自己的亲人被指责被控诉，而自己找不到一丝辩解的理由。她战战兢兢问："你——是什么时候和高屹合作的？"

洪蝶沉默了一下："很奇怪，你爸爸一直很照顾高屹，也许他心里还有'愧疚'这个词，也许——"她怪异地顿了顿，"我并没有和高屹合作，我发现市场上竟然有人和我一样要整你爸爸，而且选了个好时机，我是有意外之喜的。我早就怀疑是利都里头有人设计和环宇金融串通，唱这出双簧炒高股市从中获利。我很乐意推一把成其好事。为了让你爸爸相信，请旧下属用些关系做些动作催谷此事并不是件难事，为了让你爸爸深信不疑，我自己名下的投资公司也入了不少利都的股票。"

"但这个方案并不能完全打动我爸爸。"江湖反驳道。

洪蝶颇为赞许地朝江湖笑了笑："当然不能，要扳倒你爸爸哪里这么容易！多管齐下才能万无一失，也是老天要亡他。沈贵的项目用的承建商资质不够和偷工减料是出了名的，那块地土质疏松，本来要做绿地之用，而他们贪心造楼，此刻不倒楼，他日也会倒。楼倒得也正是时候。

"而且，我和你爸爸重逢以后，你爸爸利欲熏心，一直希望和我强强联手，不停鼓动我出钱和他一起在海外成立个公司。我自然顺了他的意思。这个公司很隐蔽，你的爸爸利用它做了很多私下的不法交易。在关键时候，也能切中你爸爸的命门。在利都的投资上，在沈贵的项目里，这个公司的介入都让你爸爸的损失十倍于明面上，而得罪的人就更加是得罪不起的了。"

洪蝶明明有一张柔美绝艳的面孔，可如今看在江湖的眼内，她生出了十分的惧怕，每一个毛孔都渗出冷汗来。她花了多少精力和时间，编织出这样一张网，四面八方铺天盖地而来，要置人于死地。

江湖几乎是叫了出来："那么——我爸爸——我爸爸为什么会突然心肌梗死？"

洪蝶仰头，看了看玻璃墙外明媚的阳光，她被阳光刺到了眼睛，用手挡了一挡，转而看向杯中茶叶许久，才缓缓开口："只有抓住你爸爸的命门，他才能就范，只有万力齐发，才能让他万劫不复。你爸爸很精明，事情一发生，他就来质问我，我也问了他这些年来折磨了我很久的问题。他全部都承认了，如何陷害了我爸爸，又如何陷害了我。所以我把你哥哥的照片拿给他看，告诉他，他曾经还有个可怜的儿子，但是还没有长大就被车撞死了。他看到你哥哥的照片，整个人都蒙了，你知道为什么吗？"

洪蝶的声音，忽然飘忽起来，有种凛冽的寒意。

"高屹在十岁的时候就到了你家，你爸爸记得高屹小时候长什么样子。"她又笑了笑，"如果我的小儿子能长大，应该和高屹长得很像。"

江湖不由自主地就往后跌去，手中杯子也被抛在了地上，发出清脆的响声，响声如同惊雷，震得她满脑子"嗡嗡"作响。

幸好洪蝶伸手扶住了她，她甩开洪蝶的手，跌跌撞撞地退到一角，脚边的东西绊了一下，正是那盆令箭荷花。

洪蝶也立了起来。

"环宇和利都的事情之后，我打听到高屹原来是漠河旧友高氏夫妇的遗孤。我当然查过高氏夫妇是怎么死的。高屹一直在利都工作，而你爸爸一直有投资利都的股票。这之间的联系一看即明，连我都一下就看出高屹包藏祸心，你爸爸又怎么可能看不出来。他是从来没有把高屹这点复仇的小心思放在眼内，他太自负了，根本不屑回避小辈的暗箭。很好。关键时刻，我就助了高屹一程。高屹也真是背水一战了，他和我不约而同做了同一个举动，我们都把自己的财富投入这场赌局中，哄你爸爸深信不疑。你爸爸最大最大的一个缺点，就是以为别人和他一样唯利是图。"

说完，洪蝶突然仰头大笑，笑声透出苍凉的凄厉，听得江湖难受极了，只看着她身体软了一软，整个人都摇摇欲坠起来。

洪蝶勉力支撑住自己的身子："这都是报应，报应！是对他的，也是对我的。后来我无意中得知当初我生的是一对双胞胎，我生下老大时昏昏沉沉，接生婆贪念一起，把老大抱走了，不知为何最后被高氏夫妇收养了。他们夫妻俩到死都不知道自己替江旗胜养大了儿子。

"我立刻回到东北查了高屹的出生记录，他根本就没有出生证明，我找到高家的亲戚，他们证实了高屹是抱养的，他们给我看了高屹小时候的照片，和我可怜的小儿子小时候一模一样。"

江湖颤着手，指着洪蝶，出口却只能傻傻地喃喃："爸爸——高屹——爸爸——"

"你爸爸看到了小儿子的照片，我也告诉了他，他可怜的小儿子是怎么死的。我还告诉了他，他本来可以有一对聪明伶俐的儿子，他的大儿子这么年轻就有这种心计设局，还有这种狠劲儿。你爸从我这里离开回了自由麒，最后能倒在他的办公桌上，而不是监狱里，是他的福分了。"

花海之中的洪蝶，声音还是那样平静，仿佛这些飓风巨浪都是过眼的一缕灰尘，那样地轻。她在花海之中，又像是在巨峰之上，只手为风覆手为云。

江湖不住颤抖。这个女人，竟然有着这样的手段，这样的方法。她背靠着花房的门，萎靡虚弱地滑落到地上，用微弱的声音问："高屹知道不知道？"

洪蝶说："孩子，你从小就生活幸福，从来不知道世间疾苦。这是你的幸运，江旗胜作为父亲，是个好父亲。高屹作为哥哥，也是个好哥哥。他们不想让你知道的事，就绝不会让你知道。"她走到江湖的面前来，"可你也有和他们同样的洞察力，你只要想知道，也总能知道的。"

江湖用手背捂住嘴，死死地，想要把哭泣的意图堵住。

洪蝶慢慢蹲在她的面前："在 J 国见到你的时候，我就在想，你这么伤心，这些磨难就把你打倒了，你是不是能站起来？如果是江旗胜，一定能遇神杀神遇佛杀佛的。"

江湖憋住了这一口气："所以，你告诉了我半段的故事，其实，其实你一开始就想把我爸爸的——恶贯满盈全部告诉我，是不是？你只告诉我一半，就好像给我喝了一半的毒药，留我个活口，日后再流疮流脓。"

洪蝶往前倾着身子，只是微笑，那么善意的笑容，看不出一丝一毫的恶意来，她说："孩子，你不应该来找我的。"

江湖往后缩着肩膀，双手反在背后扶着门框站了起来。花房里光影缭乱，她看不清眼前的是天使还是恶魔，接踵而来的真相已超出她的神志，她心理所能承受的范围。她慌不择路地往后退，一直退一直退，一直到有人在她身后扶住了她。

徐斯面对着姊姊，沉声说："您别再说了。"

他被江湖猛地推开了。江湖根本不去想为何徐斯会出现，就踉踉跄跄一路奔下了楼，夺门跑了出去。

徐斯脚步一动，洪蝶忙在他身后说："别追了，追上了你们也不知道要对对方说什么。"

徐斯定在原地，他慢慢转身过来："您真的不能改变主意了？"

洪蝶又回到花房内，坐了下来，徐斯跟着进来。

她仰头看着窗外热烈的太阳，说："我的大半生好像都在期待着这个结果。"

"叔叔会很难过。"

"他临终的时候，让我放弃过。但是我停不下来了。"

"婶婶——"徐斯伸出手来。

洪蝶避开了他的手，说："你已能保全徐风，其他的都统统不关你的事情，我也不会再牵累你们。"

徐斯收回手，转过身去，走了出去，最后回头，他说："婶婶，您的心里真的好过吗？为什么不把这些都忘了呢？"

洪蝶幽幽叹了一口气。

徐斯跨出一步，快速下了楼，也出了门。


江湖跌跌撞撞地冲出徐家大门，上了车，发动了汽车慌不择路地开了出去。

从在漠河知道了洪蝶和父亲曾经恋爱的过往后，她敏感地联系到洪蝶曾说的那半段往事，这段过往可能牵连出的事实，就像生在身体内的癌细胞，每分每秒都在折磨她，让她顾虑，让她挣扎，让她战栗，让她痛不欲生，让她不忍面对。

而真相，就是这样一个鲜血淋漓的狰狞伤口，丑陋无比又疼痛无比。而所有的疼痛又是不可宣泄的，正如她在之前隐隐然已经预料到的。洪蝶有着这样一段不堪的过往，她的父亲正是这一切的罪魁祸首。

江湖的全身都在发抖，她以为自己有足够的勇气面对，没有想到还是不行。世界就在脚下碎成了碎屑，她不知自己身陷何处。

她想到了高屹，她在想，高屹知道了这一切之后，又是怎样面对的呢？而他，什么都没有对她说。

江湖掉转了车头，一路疯了一般地飞速赶到了利都百货，把车停好，她就开始打高屹的电话，对方一直是忙音状态。江湖穿过她做过活动的大堂，坐上员工电梯。她记了起来，小红马旗舰店开业的时候，她在这里见过和高屹并肩而立的洪蝶。

他们说过些什么呢？她已来不及细想。她匆匆进入百货楼办公区域的前台，问前台小姐："我找高总。"

前台小姐犹犹豫豫答："高总离职了。"

江湖蓦地一惊，扭头就想往高屹家中赶，突然惊觉自己根本不知道高屹住在哪里。她略略镇定，问前台小姐："能不能告诉我高总的住址？"见对方十分警觉，她又补充道，"我有个项目一直是同高总接洽的，请您帮帮忙，真的很紧急。"

但是前台小姐不管江湖如何哀求，就是不愿意告知高屹的住址。最后，江湖垂头丧气地走出了办公区。

外头是热闹的商场，对面就是小红马的旗舰店，年轻的父母带着可爱的孩子在里头开开心心挑选衣服。门头上跳跃的红色马驹，有一种浴火奔跑的姿态。

江湖看到徐斯迎面朝她走来。

他说："我知道高屹住哪里。"他抓着她的手，不容分说地拉着她坐电梯下楼，进地下车库拿车。他把她塞进车里，自己坐在驾驶位上。

江湖的眼圈红着，头发也凌乱着，就一会儿的工夫，又回到了天城山那夜的样子。徐斯把车前的餐巾纸盒递到她的面前。

江湖哑着声音说："我不会再哭了。"

徐斯放回纸盒："一切都会过去的，只要你愿意，就没什么不可能。"

江湖拼命摇头，她说："徐斯，我不是你，江旗胜是我的爸爸，我的爸爸。这些事情，这些事情——"她狠狠抿紧了唇。

但徐斯说："江湖，你最后选择了主动找姊姊，应该做好心理准备去面对一个最坏的真相。"

江湖抓着胸前的安全带，过了一会儿，她问他："今天你既然在家里，我想，你应该是知道了这些事情。你是什么时候知道的？"

徐斯叹了气："我和你一样，一开始知道的都是一些蛛丝马迹。最早应该是在叔叔临终前，他和我聊了好几次姊姊。他说，姊姊有极高的管理能力和资金运作能力，能和我妈配合得很好，她们可以成就徐风的事业。但是，他又很慎重地提醒我，要我一定要注意姊姊的投资方向和交际圈。除此以外他就什么都没有说了。我猜他应该非常了解姊姊的过去，但是他爱她，所以不忍心在任何人面前说她的旧伤。

"叔叔去世后几年，婶婶和我们家关系圈里的某位重要人物一度走得很近，我妈以为这样的交情对我们家的生意会有好处，也就没有在意。一直到你爸出现在她身边，他们的关系过分亲近了。我开始觉得奇怪。尤其是沈贵的项目和利都的项目都很可疑，我试探过婶婶，搅黄了和沈贵的合作。后来，我才发现婶婶在 B 市早就有了自己的投资公司，还和你爸爸在海外注册公司。她对徐家毕竟是有感情的，没有让她的私仇影响徐家的产业。

"我找的私家侦探把你在 H 市和漠河的行踪汇报给我，我就去查了你查过的资料，比你查得更彻底。然后我瞒着我妈私下找婶婶谈了，她把一切都告诉了我。"

徐斯转头望了望江湖："你为什么一直不肯把你知道的这些告诉我呢？干吗非要一个人承受？我建议婶婶和我妈去国外旅游，她们都去意大利好几个月了。现在只要高屹是安全的，她作为一个母亲就有可能把过往全部抹掉，安心生活下去。我希望她可以放下过去，也不要再牵涉其他人了。当然，这也是我的私心，她毕竟是把我从小带大的婶婶。婶婶回来参加完海澜的葬礼，又被我哄走了，可我没想到你最后终于还是打电话给她了。"

江湖扭头望着窗外，低喃："你在怪我，是不是？"

徐斯只是唤："江湖——"

她一直看着窗外，于是他选择暂时沉默。

徐斯把车开到了离百货公司不远的一处酒店式公寓前停下来，他们并肩进去，到服务台询问高屹的房号，得到的答复是高屹前天已经退房并且结算了租金。

他们从酒店式公寓出来，天空一反常态地阴了大半。风挟带着尘土飞扬起来。

走到车前，江湖拦住了想上车的徐斯，她说："你回去吧。"

徐斯俯身过来，一把将江湖抱在怀里。他说："江湖，你不应该再用这些事情折磨你自己了。"

江湖把头扭开，不能面对他的眼睛，她说道："徐斯，我不知道该怎么面对你，也不知道你现在对我的爱和怜悯会不会因为这些前尘往事而终有一天变质，你——本来也不是容易妥协的人，如果你因为今天的妥协，而在日后生出加倍的后悔，我也是不情愿的。"她又一次慢慢推开了徐斯，"我们都没有办法——没有办法把这些发生过的事实全部抹杀。我的亲人，你的亲人。徐斯，我过不去。在今天之前，我在还不知道全部真相的时候，只要一想起我们两家之间可能存在的恩恩怨怨，就没有办法再坦然地面对你。你之前追问我，我都没有勇气告诉你这些事情，告诉你我能猜到的难堪往事，告诉你我的爸爸——我的爸爸——我——我不知道该如何再面对你的婶婶，你的妈妈，你的家庭。新的矛盾旧的矛盾，每一个矛盾都是我们之间的一道鸿沟，我没有办法跨过去，真的没有办法。"

徐斯就站在她的对面，凝神望牢她。他从来不曾有过这样无辜而深情的表情，她也终于相信了他对她的情之所钟。可是错的时间错的对象，只有千般悔恨万般遗憾。

徐斯沉沉出了一口气，他缓缓地说："江湖，这一年多来，我一直反复想着一个问题，我没法再骗我自己——江湖，我爱你。"

江湖忍了很久的眼泪，没有办法面对这样的徐斯再忍住："可是，可是我没有办法再跨到你这里，用一句重新开始，开心地接受你的爱，再过以前的轻松富贵的生活。你的婶婶她——在今天之前，我只是凭借猜测就已经没法面对了。但是今天，就在刚才，一切都落实了，我连回避的机会都没有了，我更加没有办法回到以前了。是的，这都是我自找的，我是可以回避的。可是我没有办法，那是我的爸爸——他——他再怎么样——也是我的爸爸。你心里也是有数的，我们——就不要再互相欺骗了，别的人——也绝对不会允许我们这样互相欺骗。与其继续痛苦下去，我们——不如不见。"

她说完，狠下心，咬下牙，钻进车内，把车门重重关上锁住，踩下油门，将徐斯远远抛离，好像也能将所有有关的甜蜜的、悲伤的回忆全部抛离。

当在父亲的命轮轨道内延续父亲的命运时，江湖想，自己就已经失去了很多自由。她流下了眼泪，天空也落下了雨。


江湖是在两天后，才从岳杉那里得知原来高屹去了 B 市，向 B 市商业罪案调查科自首，环宇金融和利都百货在两年多之前的内幕交易正式浮出水面。

江湖问岳杉："我想去 B 市一次，能不能见到高屹？"

岳杉说："原则上是不可以的，他还在被调查期间，除了律师，谁都不能见。但是我听说高屹根本没有找律师。我想不通他到底是怎么了。"

他是无法再承受陷害生身父亲致其死路的良心谴责。江湖没能把这句话说出来。

这晚，她跪坐在父亲的相片前，望住父亲。她对着相片说："爸爸，爸爸，你到底是怎样的一个人？"

无人答她。

她说："爸爸，我很累。"她伏在了沙发上，看到了橱上摆设的那些奖状，昭示着父亲曾有的煊赫。

他可以豪掷千金，帮助那些生活在贫困之中的人；他也可以极尽君子之道，温柔体贴，用男性特有的豪情和细心关爱女性，解救其困其窘而不乘人之危。

可是，另一面——

他用尽手段获取利益和荣耀，他忘情弃爱置恩人、恋人于死地，最终，他踏上巅峰，而山峰下头早已堆积了累累血债。

念及此，江湖几乎再度心碎。父亲泉下可知他的儿女为他吞下的苦果、偿还的苦泪？天网恢恢，疏而不漏，昭昭日月，谁都不能幸免。

江湖抱紧了自己，缩成了一团。留在记忆中的父亲，只能在相片里抓牢着她的两条小腿，在现实的路途上，再也不能带给她一片庇荫。


江湖还是在第二天动身去了 B 市，同岳杉约好碰面。

隔了好几个月之后的再相见，岳杉几乎大吃一惊，江湖整个人不是清瘦了，而是曾有的神采走了大半，仿佛经历过什么浩劫一般。

她摇摇江湖的手："你到底怎么了？"

江湖镇定地对岳杉讲："阿姨，我很好。您放心。"

她已下定决心，不管岳杉问还是不问，她都绝对要维护好岳杉心中的父亲形象，不能有一丝一毫的损伤。江湖咬住这个关口，什么都没有向岳杉透露。

她们在 B 市走访了一些江旗胜旧时留下的人际关系，终于得到在合理范围内的通融，可以同高屹通个电话。只是需高屹同意。

正被拘留调查的高屹很快给了回应。江湖可以在调查科的办公室里，同拘留所内的高屹通电话。

当拿起话筒，江湖的手不自禁地颤抖，她紧紧握住话筒，贴到耳朵上。

那头传来高屹稳稳的，熟悉的一声——"江湖"。

她唤了一声："高屹——哥哥。"

高屹在那头沉默片刻："你已经都知道了？"

"哥哥。"江湖又唤了一声，突然之间，胸中有万语千言，只不知这一切该从何说起。

高屹说："不要难过，就像之前那样，倒下去你还是可以站起来的。你已经做到过了，不是吗？"

江湖问："你是什么时候知道的？"

那边的高屹没有答，停了一会儿却说："小时候在你家里，看到你爸爸对你百般疼爱，你提的所有要求他都答应，到哪里都会带着你。纵然是在开会，也把你安置在身边。有一次他把我叫到工厂给你补课，我看到你坐在他的大腿上趴在他的办公桌上做作业。他在打盹儿，但是双手还没忘记抱着你。我知道他是一个好父亲。他的孩子是他最大的弱点。"

江湖握着话筒，只是听着。

"我的爸妈也很疼爱我。在黑龙江的时候，我爸每天到学校接我放学，回到家里，妈已经烧暖了炕，我写作业的时候，她坐在炕头给我焐脚。爸被判死刑的那天，妈旧疾复发得了肺水肿。你爸出现在我的面前，我妈后来对我说，是这个人害死了我爸，要我记住。"

"她——"高屹迟疑了一下，"她来找我合作时，我以为是个好机会。这个机会我等了很久，你爸爸的强大超乎我的想象。我不知道这辈子能不能真正超越他，但是我做的这些选择和他当年的所作所为，却是不分轩轾的。"

江湖难过地说："不，这——也不是你的错。"

高屹继续讲道："她说得很对，每个人都要为自己的账买单。我按照我的账本走下去，这怨不了别人。"

江湖问："你恨不恨——她？"

高屹轻轻笑了声："如果我处于她的境地，和她的选择应该会一模一样。我哪里有资格恨她？"他停了停，"她——对我来说，不过是一个可怜的母亲。在J国的时候，你来质问我时，我就已经觉得奇怪了，事情顺利得不可思议。回到A城以后，我查过当时的一些线索，查到了她。她——那时常常会出现在我的公寓楼下，出现在海澜的医院里。

"其实——我一直知道我是我爸妈抱养的。这世上没有不透风的墙。小时候我们家亲戚之间就传过风言风语，为此爸妈才决定迁居到深圳去。但是他们一直把我当亲生儿子看待，我才更要帮他们讨回公道。我回老家给爸妈扫墓时，老家的人告诉我有两拨人来打听过我。一拨就是当年把我抱来的接生婆；另一个，就是她。再回A城的时候，我直接去找了她。"

江湖泪盈于睫："哥哥，你太辛苦了。"

高屹说："江湖，你经历的苦难不是因为你的错，你一定要好好保重。"

江湖的眼泪如泉一样涌了出来。

时间已经到了，高屹挂上了电话。

调查科的警官上前问道："江小姐，可否核对你的证件？"

江湖把随身带的身份证、港澳通行证和护照都交给警官，警官一一核实，然后说："关于高先生私人账户的经济调查已经结束，清算工作也已完成。他拜托我们交付一些物品给你。"

警官把一个纸包递上来并打开。

"这里是高先生在内地银行的存折和密码，股票账户，所有的金额在这张申请单上已经由他本人和律师签字确认，他希望他在本案以外的财产全部由你保管。"

桌面上放着的是薄薄的几页纸和几个小本子，警官为她核对金额，剩余的金额并不是很多。高屹在恨与爱之间，几乎倾覆了自己的所有，而剩下的他全部给了她，给了他高屹在心里已经认下来的亲妹妹。

原来她从小对他的倾慕和依恋，是源于他们牢不可破的血缘。她从小到大，一直想要亲近他，走进他的世界，当她终于跨进了他的世界，却是因为这样一个惨烈的真相。

高屹在知道了真相以后，又经受过怎样的一番挣扎和纠结呢？在这个过程中，他不动声色地竭尽所能地在暗中助她一臂之力，他把全部真相隐瞒，宁愿背负她的怨恨，也绝不向她吐露半个字。

江湖把高屹留给她的东西一一塞进了纸袋，用心扎好，抱在胸前。仿佛这是她过去的一切，现在的一切，未来的一切。


再次回到 A 城，江湖仿佛是走过了长云，跨过了山岳，万里迢迢崎岖道路，让她身心俱疲。

岳杉没有陪着她一起回来，只是把她送到了机场，然后握紧了她的手，说："江湖，我就陪你到这里了，以后岳阿姨不能再帮你了。"

江湖拥抱岳杉。

岳杉拍抚着她的肩膀，就像对自己的小女儿那样："岳阿姨走了太多的路，再回去只怕会胡思乱想的。只有往外走，才能开阔心胸。我一直怀念着和你爸爸一起创业的日子，我会一直怀念下去，这是我毕生的财富。"

江湖在她的肩头流下眼泪。

飞机准时起飞，穿过云层，在云巅之上翱翔。朝阳堪堪升起，海岸线如此美丽。

江湖整个人靠在机窗前，望着窗外。她不由自主地想象着当年洪蝶是怎么从中国最北面的漠河县一路到了 A 城，又一路到了深圳。风餐露宿，孤寒凄冷，绝望在她身边如影随形。

从浦东机场出来，一望无际的田野，碧蓝的天，世界依旧广阔。江湖抬眼四顾，生出微微的晕眩。

任冰打了电话过来，声音有些犹豫，他说："江湖——徐家出事了。"

江湖的心里"咯噔"了一下。

任冰说："洪总向检察机关自首了，供认曾经和你爸爸一起参与的经济案件和境外的非法交易。"

江湖往后重重一靠，她几乎是下意识就把手机翻到了"败类"这一条目，但是望了很久都没能够摁下拨号键。


隔了一段时间，江湖才从电视里看到徐斯。他穿着一身庄重的深色西服，接受财经媒体的访问。他说："我对这次事件给大众造成的困扰感到很抱歉，徐风集团的投资公司早已和洪女士管理的投资公司分拆，洪女士涉入的经济行为和徐风投资没有直接的联系。有关部门已经查实。关于未来，徐风依然会立足本业，做好实业，再图发展。立志为中国的消费者提供优质的产品，一直是徐风坚持的经营准则。这个品牌成长了二十年，我们的目标是期望继续朝着中华老字号的方向可持续发展……"

电视里的徐斯瘦了些，脸颊生出些胡楂，并没有剃干净，这样让他看起来更加成熟。他代表这个实力雄厚的集团，就最近发生的事件向公众道歉，态度诚恳，说话实在，证据也是确凿的。他用沉稳的气度力挽狂澜于势危。

人人都会对年轻、英俊、气派、实干、敏锐、谦虚、严谨的企业家产生好感。他还交出了良好的销售业绩和更多的市场份额，让市场对他的能力充满了信心。在风雨飘摇时刻，徐风的股票不降反升。

也许人们都认为更新换代才会有更快、更高的发展。也许过不了多久，人们就会忘记徐风曾经的二女称霸的历史，把洪蝶的过往抹杀，徐风真正进入一个新的时代。而洪蝶，她的经历，她的过往，她所做的，终不会长久地被人们记住。

江湖决定再去看一次洪蝶，是在打听好有关洪蝶最重要的调查已经结束，原则上准许外人探视之后。

她带着满心的惶惑和最后一点谜团，进入了拘留所。

这天天气很热，烈日灼烧得江湖流了一脸的汗。已是初夏时分，锐不可当的扑面热气，真是逃也逃不掉。

在探视间坐定以后，洪蝶被女警带了出来。她的第一句话是对女警说的："麻烦找一张餐巾纸给这位小姐。"

江湖赶忙从裤兜里掏出纸巾来，说："不用了。"

洪蝶笑看着她把脸上的汗抹净才坐下来。她说："你长得像你爸爸多一点。高屹和他的弟弟长得似我多一点。"

江湖把手垂下来。

"我没想到你还会再来找我。"洪蝶说。

江湖手里捏着纸巾，说："洪姨——"

洪蝶抬手："你爸爸欠我的，你赎不了，所以请忘记这份歉意。"

她的姿态依然潇洒，依然坦然，依然美妙。她清丽的面孔有一种超越了年龄的美态。江湖几乎是痴痴地望着。这样的美丽，父亲当年是如何狠心离弃的？

她敛了一敛心神，说："我去探过高屹了。这些日子来，我一直在想你说的那句话，伤敌八百，自损一千。你——"

洪蝶微微闭上双目，几乎经年累积的疲惫由此被拂扫。怎么会是这个女孩，跨越岁月、跨越血缘、跨越仇恨，在倏忽之间，竟理解到了她的内心深处？江旗胜怎么生得出这么一个女儿？

江湖把声音放得很低很低，像是在内心深处的自述："您，是不是一开始就想好了用同归于尽的办法来为自己讨回公道？"

洪蝶舒缓了双眉，温和地微笑着。

"如果我爸爸没有去世，最后，您也会亲口指控我爸爸，陪着他一起坐牢。是吧？"江湖又问了一句。

洪蝶开了口："你爸爸的猝死，确实在我的预料之外。"

江湖吸了口气，深深地，她说："洪姨，你通过这么多年的苦心经营，资本积累和收集证据，甚至不惜放下身段引诱了小虎，分化他和我爸的关系。你利用了人性中的贪婪把他们一网打尽。也许，沈贵也是你布下的一颗棋子，最后——"她直直地盯住洪蝶的眼睛，"你计划好当一系列事件发生以后，你就有了足够的证据可以自首，彻底扳倒我爸爸，让他倒台。可是，你没有想到高屹是你的儿子，所以你心软了，不能按照原来的计划进行下去，你要保住高屹。"她停下来，想了想，又继续说下去，"你一开始忍住没有告诉高屹真相，但是控制不住一个母亲对儿子的思念而频频出现在他的面前。最终他开始怀疑了，自己查出了真相。你——一定是一直在阻止高屹自首，可是高屹过不了自己的良心关。而高屹自首了，所以——所以你也——"

洪蝶"哈哈"大笑出来，仿佛这辈子都没有笑得这么畅快过，她说："小江湖，我真是没有想到你竟然会是我的知己。高屹的弟弟死了以后，我已经死了一半了。世间所有的公义于我来说，都已经死了。"她唇角的笑纹渐渐舒展成一抹苍茫的笑意，"可是，上天安排我见到了高屹。"

江湖缓缓地握紧了双手："洪姨。"

"高屹一直后悔当年用和海澜的分离惩罚自己对养母的歉疚。"

江湖有气无力地说："那——都是因为我爸爸。"

"有一点，高屹像你的爸爸。当他认为自己的人生有更重要的事情时，他可以毅然决然抛弃其他。这样的绝情，可是又有绝对的情痴。大仇得报后，他找到海澜想要弥补曾经的亏欠。"

江湖渐渐有了因血缘而生的直觉，说："高屹，他知道一切真相以后，早就做好了自首的准备，如果海澜没有生病，也许他会安顿好海澜就去自首。海澜生病了，治不好了，他就照顾着海澜，陪她走完人生的最后一段路。"

洪蝶的笑容隐没了，她作为一个母亲的忧伤浮上面容。她摇摇头："江旗胜他这么冷血，怎么竟生得出你们这样的儿女？"

江湖说："洪姨，可你还是把江旗胜的女儿从悬崖边上拉了回来。"

洪蝶抬起了双手，望着眼前的双手，说："当我选择这条路的时候，我就不可避免地和你爸爸走上同一条路。要达到这个目的，需要踩着多少人？环宇和利都一案，还有我为了取信你爸爸跟他合作的那些不法勾当，让无数人血本无归。沈贵的楼盘项目，我是明知道其中的许多猫腻，但是仍撺掇了你爸爸和他成了此事。那楼一倒，砸死了正在施工的民工，还有许多人一辈子的身家搭在里面。我早就欲洁不能洁了。"她长长地叹出这口气，放下手来，"江湖，不是我想救你，曾几何时，我恨你和你妈妈恨得咬牙切齿。可是那晚你在徐斯的房间里，苍白的面孔面对月光，我好像看到了当年在监牢里无助的我——一夜之间，什么都失去了。我把你救回来，也没有安太大的好心，我想看你的热闹和你的好戏。你能够重新站起来，确实靠的是你自己，你不用怀疑。你——毕竟血管里流的还是江旗胜的血。我并不意外你能逆境逢生。"

江湖按紧了虎口，狠狠按着，想着，想着，最后把心一横，说："洪姨，我一直不明白爸爸为什么把腾岳做起来以后还给外公。后来，我渐渐想明白了，因为腾岳不是他的，没有他的血液。只有自由麒，只有自由麒才承载了他的血液和他的情怀。我爸爸，他有很多不对的地方，他害了很多人。可是——他爱你。我以前一直都不明白自由麒这个品牌之下，又取了小红马这样和主品牌并不成套的品牌名的含义。但我现在明白了，小红马的含义，我的名字的含义，我小名的含义。现在，我全都明白了——他把你的姓、你的名、你的生肖全部刻在了他的生命中。"

洪蝶的脸上不出江湖意外地浮现出一种痛苦，使得她的神态格外凄迷。她说："所以，你爸爸并没有全然输尽。我讨回所有的公义，但没有办法否认的是，我怨他最深最深的，是他对我一片情意的辜负，而我早已为他花光了我的每一寸爱和每一滴精血。我远远看着他，他的富贵他的荣耀，让我愤怒，让我仇恨。可是，我也彻彻底底地忘不了他。我根本没有办法从这个枷锁里解脱出来。"

说完了这些话，洪蝶又凄然地苦笑一阵，继续说："同样爱着你的爸爸的裴志坚和岳杉要比我幸福太多了。重遇你爸爸以后，他对我说，纵然他自负可以赢尽天下人，没有任何人在他的眼内，可是，我一直在他的心中在他的梦中，让他每日每夜都不能安眠。"

江湖的脸上，也不住地扭曲而悲伤。

洪蝶潇洒地站了起来，居高临下地对江湖说："没有关系，我这辈子已经背负了太多的枷锁，再加一道将自己毕生钟爱的男人置之死地的罪行也没有关系。这盘棋从开盘开始，就不可能是活局。江湖，你这个聪明的姑娘知道这是我的命门，你替你的爸爸有再多的愧疚，可还是怨我对他下了狠手的。"

她示意女警要离开了，可是临出门时，又回过身来，对江湖最后说道："我和你爸爸已经盖棺定论。接下来的路，是好是坏，是你们小辈去走的。江湖，祝你好运。"

讲完以后，她昂起头来，姿态仍是那样优雅。她仍保持着苗条的身段，白皙的肌肤，根本不是她这个年龄的女人该有的，甚至，她的发也如缎一般厚密光滑，一身的风华仍是摄人。

江湖坐在原处，一动也不能动。

尾声

我要逆风去　迎面向朝阳

我要逆风去

江湖在清晨醒来时，才发现外面下了雨。秋雨淅沥，打在玻璃窗上，噼噼啪啪的声音很扰人。

窗台放着一盆竹节海棠，开得正盛，红红小小的花朵，好像蝴蝶在飞舞，衬着窗外的秋色又是热闹的。

江湖在花前立了会儿，外面的世界已经是湿漉漉的，她胡思乱想着，可惜海棠无香，可惜这个城市总有这么多的雨，秋风秋雨使人愁。

手机响了起来，是工地现场的工程部经理打来的。北区大楼的分店装修已将近完毕，开业在即，物业方的煤气管道竟然尚未开通。

江湖利索地洗漱好，前去解决这桩麻烦事情。

火红的保时捷老马识途一般在马路上奔驰，江湖把车窗调低，清新的秋风夹杂凉丝丝的雨丝渗进来，正能给车内带来清远而使人清醒的新鲜空气。但过了一阵，雨却越下越大了，仿佛从天空横泼而下，她又不得不摇上了窗，把车速减慢，小心翼翼地行驶。

人生就是如此，只要还存口气，就需妥协现实，亦步亦趋于现实，努力而惯性地过下去。

江湖把车在百货大楼的地下车库停好，轰隆隆的不知是什么机器开动的声音炸得耳鼓膜发颤，双子楼另一边的办公楼还围着脚手架拉着绿色纱网，灰尘满天，仍未竣工。

江湖走进地下停车库的电梯，有两个戴着安全头盔的工人也过来搭电梯，一边还骂骂咧咧。

一个讲："原来造楼的沈老板都判了十年，这烂尾工程还搞不定，整天出问题，累死人了。"

另一个讲："听说大老板请了建筑专家过来又看出钢结构有问题，要加固地基。过了大夏天的黄梅天，又碰上这个秋天雨下得多，这两天下面开工，上面有几道墙都裂了。"

江湖听着有些担忧，到了地下一层自家的工地上，看到亚克力制的招牌已经通上了电，亮起来很是瞩目，又觉着挺有满足感。

她跟着工程部经理一起找了物业方周旋好半天，终于逼着对方再跑一跑煤气管道的事情。从物业办公室出来时，她看到了二楼的腾岳专卖店已经开了。

想忍住想忍住，终究还是忍不住。江湖告别工程部经理，上了自动扶梯。

从春天到夏天再到秋天，又是一段挺长的岁月，江湖一直在恍惚着，从这一年开始，她不像上一年那么蚀骨蚀心地想念一个人了。也许这就是时间的魔力，他们纵有很多的不舍、难受、思念、爱恋，也会在时间沙漏的磨蚀下，最后化成一缕清风。

她再看到徐斯的消息，只能通过各种媒体了。他一向很会利用媒体，在非常时刻为他的事业服务。

江湖不知不觉会在手机浏览器的收藏夹目录下保存一些网页，也不是存心收集的。只是偶尔看到关于徐风集团的只字片语，她就会下意识地保存下来。

从这些网页上的文字、照片和视频上看到的徐斯，不是在机场里就是在会议上。他在这半年里到处跑，大江南北的，还去国外谈了合作，不是不忙碌的。好在整个人又恢复了最初的神气，干净整洁，穿着时髦，不会让徐风集团失礼人前。

所以，当江湖看到腾岳专卖店门口站着的那个人，她迟疑了一下，想，这个人怎么比印象中又高了？难道是因为瘦了？他怎么还这么爱穿白色的衣服？可又把挑人挑得很的白色西服穿得空空荡荡。也许是她离他远，没能看真切。

自动扶梯到了顶点，江湖觉得自己不太想去看真切了。隔壁一条自动扶梯正好可以下楼，她转了个身，准备下楼。她撑在栏杆上的手，被按住了。江湖瞪大眼睛看着按住自己的那双手，手指修长，骨节清晰。她抬头看向手的主人。一下那么近的距离，她的眼睛花了一花，有点儿迷糊不清，可是，他温暖的气息是清晰的。

"江湖。"这声音也是熟悉的。

江湖想要往后退一步，这样能看清楚一些，好让自己晓得到底是不是在做梦。这些日子以来，她不曾梦到过这个人。

她被他拉着走上了扶梯。他们随着电梯缓缓下降。到了地面上，江湖的一颗心也落下来，问："你怎么在这里？"

徐斯答："这家店明天开业，会办一个活动。"

江湖说："我知道。"

他们身后有人催他们闪开，原来两个人停在扶梯口就这样说了起来。徐斯提脚先走了一步，江湖也心不由己地跟了上去。

徐斯还是用那样轻松的口吻说："我当了好几个月的空中飞人。"

江湖微笑："我知道。"

"这阵子够忙的，我们上了个新的健康饮料，打算和那个国际大牌再拼下市场。"

"我知道。"

"小红马又开了五家分店，B市店也准备开业了。"

"我知道。"

"还记得小球球吗？她都快过三岁生日了。她的爸妈去年在巴西办了婚礼，我是伴郎之一。"

江湖知道这场婚礼，不是因为有些婚庆类媒体报道了著名国风珠宝设计师和其丈夫在巴西印第安部族的祝福下举办迟来的浪漫婚礼，而是她在搜索徐斯时，搜到了这场婚礼的现场照片，徐斯站在新郎身后，捧着婚戒盒，望着好友夫妻幸福地互相亲吻，脸上露出快活的笑容。

江湖鼻子一酸："是的。"

"婶婶的案子也判下来了。"

江湖沉默了。

她不知道这一路怎么就跟着徐斯来到了这无人走近的工地附近，也许是由远及近的"轰隆隆"的响声更大了一些，让她麻痹了。当这声音骤停，当面前入眼的是三面用白花花的防水布扎成的隔离墙时，江湖才恍然惊觉随着徐斯走得有点远了。

徐斯停了下来。他望着她。

这里很隐蔽，没有顾客也没有工作人员，连工作的机器都适时地停下来，就像一个白茫茫的安静的无人打扰的世界。而他们的情绪在微妙地激荡着，他们互相望着对方，又各自稍稍别开了脸。

周围的空气都是凝滞的，实在有太多太多的情绪要吐露了。脑海里浮现的一幕一幕，好像是一部老电影，把过往的甜蜜和悲伤慢慢回放。他们又忍不住再度望向对方。

徐斯语气很平静地开了口："我第一次见到你的时候，根本对你没什么好感。见到你就像见到另一个令人讨厌的我——自大，主观，随心所欲，从来不在乎别人的感受。在 J 国的时候，你是这么可怜，可是又这么自大这么随心所欲。从 J 国回来以后，你天天缠着我要买腾岳，我就想看看，你这个千金小姐能做到什么程度。你要么是随心所欲惯了，搞不清楚轻重；要么就是生活没了重心，想找个寄托。我没遇到过一个女人整天烦我是为了要我帮她创业的。

"江湖，我是低估了你。你步步为营地算计我，只是为了认真投入一项事业。我的想法反而醒醍了，你到底是个什么样子的人，我很想看看清楚。我很乐意和你多接触接触。

"可是，不知道从什么时候开始，我有了个奇怪的念头，我似乎觉得我好像可以代替你爸了，他给过你什么样的生活，我也可以。这想法真的挺单纯的，我就是想让你重新过上这样的日子，就像你最初过的一样。"

江湖抬起眼睛，盈盈地望向他。

"我想把腾岳卖了，是因为这是一笔好生意，还因为你为了这个厂太累了。我想，你爸在的时候，不会让你这么累。我没有跟你说，是因为我似乎没有我所知道的那么了解你，我以为我能拿捏好分寸，让你顺从我的所有决定。这是一个愚蠢的想法。

"你是了解我的，自大、主观、随心所欲，从来不考虑别人的感受。你走了以后，我才了解我的这些缺点。我在想，活了这些年，最后倒是从你身上看清楚了我自己。

"我承认在 J 国遇见你时，我没什么同情心，也没安好心，把那次邂逅当成一场艳遇。可是越接近你，我就越矛盾。我这辈子都没有过这样的情绪，我想我是真喜欢上你了。你去 H 市和 J 国的那段日子，我想了很多，我上网找过你写的帖子，我知道你心里一直有高屹，那时我还不知道他是你哥哥。你对十来岁发生的事情记得这么牢。从你在帖子里写的那些往事，我知道你小时候对高屹任性胡为，可也对他千依百顺，从来不对他用心计。你在我身上用尽了心计，到最后却什么都不肯付出。我长这么大，除了父亲早逝，几乎没遭遇过什么挫折，一向要风得风求仁得仁。可是我没法让你像牵挂高屹那样牵挂我。

"你离开的那段日子，我是既想彻底忘了你又想彻底留着你。重新见着你，我就只想留着你，不管那些陈年往事了。可你在我面前哭了，江湖，我第一次看到你为我哭了。可你还逞强非要一步步推开我。你心里的这个疤如果好不了，就像你说过的，也许我们以后有一天会互相埋怨对方。"

江湖就这么看着徐斯，看着他的眼睛，他的眼睛从来没有像今天这样明亮若星辰，深深映在她的眼里，她的脑海里，她的人生里。

"徐斯——"

"江湖，我一直想让你休息休息。这几个月来我挺累的，我妈病倒了，现在我们家只剩下我和她，她受的打击够大了，我得照顾好她。有时候我会到你们家楼下逛逛，我看到你在窗台上养的海棠，我一直没找你，我想让你平平静静地生活。可是今天这么巧就碰到了你。江湖——"

"徐斯——你要我怎么做？"

"你什么时候收拾好你破碎的勇气呢？你那时候欲跳天城山，我把你抓下来后你用多大的力气抓我打我？后来你鼓起勇气，再也不寻死了。我在想，这回你要多久才能鼓起勇气来？"

徐斯讲完了，看着眼前的江湖。她娃娃一般的大眼睛含着水汽，却显得她有峰有角的眉形更加坚毅。这是他渴念的，渴念得太久，心上都生出隐隐的瘫痛。他俯下身去，吻住了江湖的唇，用尽了力气的，仿佛要通过这一个吻，把他的力量和他的思念全部传达给她。

他松开她的时候，看到她又流了泪。她流泪的样子让他心疼。他紧紧拥抱着她。

江湖埋在徐斯的怀里，她说："我——"可是这句话还没有说完，突然一声轰然的巨响，震耳欲聋，仿佛天摇地动一般。

在惊恐之前，江湖只觉得有一股巨大的推力将她猛地推了出去，跟着起了一片尘土，轰隆隆地倒下一片，分不清是防水布还是砖墙。她眼前一黑，摔在了地上，碰到水泥地的手肘一阵剧痛，剧痛加速了她的魂飞魄散。

江湖惊叫了一声："徐斯！"

紧接着一阵阵的巨响由后方叠次传来，隆隆不断。

江湖的脑中先是一片空白，茫然地不知道发生了什么，只等巨响歇声，尘烟散尽，才看见倒塌的防水布水泥板后有徐斯的衣角。

她疯了一样冲了过去，只是一心想着，徐斯有没有事？有没有被落下的水泥板砸到？如果徐斯受伤，如果徐斯出了事情——那边水泥板和防水布拢成一座小山，她看不见徐斯到底在哪里，只能不停地疯狂地叫喊着："徐斯！徐斯！"

莫北走进病房的时候，病房里早已人头济济。

于直早就到了。如往日一样，他到哪儿都带着他的宝贝女儿球球。关止就坐在于直的身边，也意外地带着女儿佐佐一块儿来了。两个小闺密碰到一起，正交头接耳亲密地说着只有她们才能听得懂的话。徐斯的秘书躬身近前听徐斯吩咐着什么，任冰手里也拿了一沓文件等着请示，徐家的家政服务员也在现场，正在搅动保温桶里的汤，护士在病床的另一头帮着徐斯换点滴，主任医师巡床后走出来，身后还跟着一群住院医生。

病床上的徐斯腿上打了石膏，手臂上也打了石膏，整个人看着肿了半圈，十分惊悚。

两个小女孩很怕见到这样的情景，看一眼徐斯，马上把头别开，不敢抬起来。关止逗她们："看，徐叔叔像什么？"

小女孩们摇摇头，答不出来。关止于是说："像木乃伊。"

小女孩们异口同声学着说："木乃伊。"

徐斯同秘书 Jane 把话说了一半，听到关止在编排他，于是抽空甩了一句："要早教别堵我这儿，滚外头去。"

关止马上抱住女儿和球球的小脑袋："我们不听徐叔叔的脏话，我们是文明人。"把徐斯气得差点儿翻白眼。

莫北上前笑着说："关止说你没事儿跑施工重地，被倒下的水泥板砸成了半残，我看还行，还有力气骂人。"他又对着任冰笑了笑，"也有力气指导工作。"

于直跟着笑道："精神的确不错。"

任冰也笑了："徐总可以拿劳模了，我们的高层会议都能改在病房里开。"

家政服务员端着一碗大补汤说："你妈妈一定要你喝了。"

徐斯一脸的不乐意，把汤放在了旁边，碰也不碰，倒是同房内的一众人讲了几回笑话。


病房的门又开了，方墨萍走了进来，看到一屋子的人，皱皱眉头。

关止和于直分别抱着女儿站了起来，于直对徐斯说："我们先走了。"

众人都会意。

莫北临走前对徐斯轻声说了一句："我在楼下看到江湖了。"

徐斯点了点头。

屋子里一下就只剩下母子两个。方墨萍看到满满的补汤，亲自端了起来，徐斯立刻半坐起身，说："别，妈，你要是喂我，还让不让我活了？"

于是方墨萍把汤放下，正色说："你让不让我活了？家里出了这么多事，你还要再惹些事，昨天医院给我打电话吓得我差点儿心脏病发。要是你有个什么事情，我该怎么向你爸爸交代？"

徐斯忙说："我这不是没事吗？小腿就是骨折，手这儿是骨裂。"

方墨萍望一眼徐斯的秘书留下来的卷宗，稍稍顺了顺气。病床上的儿子精神倒是还好，伤情她也具体了解过了，不碍大事。

倒是百货楼的物业方吓得魂飞魄散，亲自登门向她谢罪解释。原来那里原本的副楼地基就打得不稳，钢筋也是劣质的，正是那位出了名造楼楼倒的沈贵当年接的项目。但新的承建方并不想投入巨资推倒重造，只是不断在外围加固，可是因为连着几个月的雨季，终究防不了这烂尾工程的崩塌。

水泥板倒下来的时候，正好和下头的围栏形成一个夹角，才没砸到徐斯身上。不过他人高腿长，小腿闪避不及被另一头倒下来的石块压住，手肘也被防水布的架子砸到。

方墨萍看着儿子手上腿上打的石膏，想起他这些日子的辛苦，心头一软。

她人生场上的接力赛，由她的丈夫起跑，至小叔，再由她同洪蝶妯娌接棒，一棒传一棒，辛勤耕耘，才能积累到如今的成绩，要想延续荣耀，就要看接下来接棒的徐斯是不是能承大任。要成就徐风集团的下一程功勋，也只有靠徐斯了。

她对徐斯说："我撑了几十年，才不负你爸爸的嘱托，把徐风的基业建起来。我把它交到你手上，它就是你责无旁贷的任务。当然，这几年你做得很好。但是一项事业的成功，有所付出，有所牺牲，那是在所难免的。"

徐斯皱眉听着母亲的这番话。

昨日江湖跟着救护车一起送他到了医院，就没有再出现过。而母亲出现之后，眼中一直有怪责的意思。他想，母亲是有她的话要讲的。这几个月来，她过分的沉默已让徐斯明白了她的伤心实难愈合。

方墨萍接着讲道："我不是没察觉你婶婶存了这么多年的心思，也不是不知道她和江旗胜的那些恩恩怨怨。你婶婶实在是个很好的人才。你叔叔病的那几年是徐风最困难的时候，销售萎靡，债台高筑，竞争对手又凶狠。那时，我做产品她找资金，我们力排众议做纯净水，做碳酸饮料，从三线市场重新进军二线市场，才一步步走出绝境。她在商场上骁勇善战，私下里没有丝毫瓜分徐氏集团的私心，待你又像亲生儿子。正因为这样，我对她的所作所为放任自流，只要不侵犯到徐风的利益，我可以用一个女人的心体谅她、包容她，我甚至钦佩她有这份坚毅和坚忍，可怜她曾经遭受的伤害和不公。

"我以为江旗胜死了，一切就可以完结了。我和她能放心把徐风交到你的手上，人生的下半场就是安然度个晚年。时间过去了，我们老了，她心头的仇恨也就消解了。可是，江湖一个电话就让我的好念想彻底完了。

"我这才惊觉到，我对你姐姐的纵容和容忍，是在身边放了一颗定时炸弹，早晚会引爆。她控制得再好，那爆发的破坏力仍可能把我几十年的心血毁于一旦。这样的风险，我不会再冒第二次。"

她说完，严厉地看向了徐斯，徐斯心头先自微微一凛，而后清了清嗓子，说："妈，这一页已经翻过去了，我不会是江旗胜，江湖也不会是第二个姐姐，纵然她父亲之死和我们家有着脱不了的干系。我们两代人的生长环境不一样，这要感谢你们，为我们创造了幸福的、宽容的、健康的天地让我们成长起来。每一代人都有自己的行为准则和商业语言，我和江湖或许原先还有些背道而驰，可是不知从什么时候开始，我们的行为和语言开始统一起来。"

"徐斯！"方墨萍重重地叫他。

"我是经过长时间的考虑才跟您讲这些话。"徐斯说，"一项事业的成功是得付出和牺牲，但只有付出和牺牲过，才会知道什么该放弃什么不该放弃。恰好这个过程我也经历了，所以我了解了爸、您和姐姐的付出及牺牲。姐姐一生太辛苦了，她始终不能放过自己，日日把苦难在身上加倍。妈，您和姐姐就不一样，您和爸爸是自由恋爱，您这样的出身，也没嫌他家境贫寒。虽然爸去得早，但这份感情仍是您回忆里最珍贵的遗产。它让您坚强，一生不会再寂寞。妈，您说对吗？"

方墨萍从未同儿子倾谈过关于感情的话题，也未向儿子描述过自己同丈夫的幸福婚恋和悲绝伤逝。儿子却是全都知道的，如今娓娓道来，犹如春雨洒入干涸大地，唰唰的巨响就在她耳边轰鸣，震撼到心灵深处的每一丝缝隙。经年的孤单压抑着的对爱情的怀恋，就在这一瞬间涌上了她的心头，再坚强的盔甲也不住地抖动，要掉落下来。

她转过身，冷着声音强声强气地对儿子说："你是昏了头了。"

没想到儿子皮皮地说道："我是昏了头了，请您成全。"

方墨萍把脚一跺，转身就摔门出去。

江湖怯弱弱地站在病房门口。

但是女孩衣衫得体，白色翻领衬衫，衬衫外头套了一件黑色船领上衣，下头是同样黑色的呢裤，一身穿着搭配得天衣无缝。这说明女孩出列任何场合，都会维持好自己的礼貌和尊严。她的双眼很明澈，坦荡荡地望向自己，充满了朝气和勃勃的希望。方墨萍想，她不会忘记女孩和自己曾经过过招，而且并没有落在下风，念及此，她将额际的发拢了拢。

江湖开口称呼她："阿姨。"

方墨萍只是点点头。

江湖继续道："我来看徐斯。"

如此开门见山，方墨萍只得回道："你有心了。"

女孩的腰板笔直，是经得起风浪的样子，也是有备而来的。方墨萍略作轻松地笑了笑，也决定开门见山了："所有的事情从你打电话找我弟妹非问个究竟时就变得糟糕透顶，以我的立场，我心里没有芥蒂是不可能的。你这孩子——"她叹了口气，"做事情不留余地。"

江湖用一副恭敬的态度听着，然后向方墨萍鞠了一躬，她说："阿姨，对不起。您没有办法理解我，我能理解。我向您说'对不起'，是因为在这件事上，如果再给我一次选择，我可能还是会这么做。还因为，您在我最困难的时候，同意了徐斯给予我支援，让我得到了腾岳。因为这两方面，我对我所做的带给您的伤心和不快，感到很抱歉。"

方墨萍叹气一笑，此女这等的悟性、灵性和敏慧，又怎能怪儿子会情之所钟呢？

她有些累，扶了扶墙，江湖见状想要搀扶她，被她伸手制止。她迅速地挺直腰板，扬起头颅，用礼貌的语气回复江湖："那好吧，再见。"

她离开时的脚步还是坚毅和果断的，雷厉风行了一辈子，有些习惯已不能改变。

江湖目送她离开，再回头，只见徐斯一手一脚都打着石膏，不知何时又不知用了什么法子挪动到了病房的门口，脸上似笑非笑。他实在是有佝傥公子哥的好形象，周身肿上一圈，还套着蓝白条相间的病号服，都能有这种优哉游哉的闲情气质。

徐斯说："转了半天怎么还不进来？我这儿都没手喝汤了。别跟我说你压力很大，端个汤总没问题吧，大小姐？"

他病房的门大开，有一线阳光从那里泻了出来，把徐斯的影子长长地照在地上。

虽然已近黄昏，但那一线光亮却很温暖。江湖突然想起了在天城山上，那一轮在逆风之处升起的朝阳，也是这么温暖。

春天很快就要来到了。

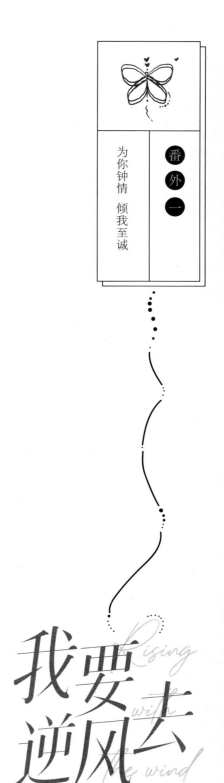

番外一

为你钟情 倾我至诚

我要逆风去

Rising
with
the wind

徐斯通知他的老友莫北、关止和于直，要开个联谊会，就在本周末佘山的徐家别墅。那儿有块大草坪，还有个游泳池，徐斯的建议是"游游泳，再搞个户外烧烤"。

关止听后起了一层鸡皮疙瘩。四个男人在荒郊野外游泳烧烤看星星，这未免浪漫得有些不合时宜和莫名其妙。

徐斯反问："那去西区夜总会？"

关止怅然地叹了口气，说："这么多年了，我都忘了西区的夜总会的门是往哪边开的了。"

那么也只好四个男人去荒郊野外聊聊天想想柴米油盐了。对于这种建议，莫北和于直是一向没什么意见的，只是都说要向家里那位告假。

徐斯拉着莫北："不管怎样，你一定要来。"

莫北点头，他也知道徐斯有些话想同他讲讲。

前几日，莫北的妻子莫向晚向任职五年的公司提出辞呈，这是同莫北仔细商量后的决定。莫北夫妻俩都晓得这话要是一出口，江湖同徐斯都会有反应。故此，莫向晚把下家工作敲定以后，才去同江湖谈这个话题。

江湖虽然难过，但这也绝对在她意料之中。挽留是她必定会做的，谁愿放弃莫向晚这样尽职且能力出众的下属？但莫向晚性格硬朗，已经做出的决定是势在必行的。

莫北很能理解妻子的决定，所谓冰冻三尺非一日之寒，整件事情的经过是层层叠叠的事件累加，以至需要以此方式来解冻。

莫向晚一直认可江湖是一位出色的老板，待下属也极其诚恳和慷慨。两人最初联手重振老厂老品牌，在业内很是声名大噪了一番。在这五年内，老牌披荆斩棘，连创佳绩，江湖在业内也渐渐闯出名头，她又是极霸道的一个老板，近乎工作狂状态的工作方式，传染全公司，非要全体职员均同此心，把企业战略定得老高，准备用三年时间扩充运动服产品线，使整个公司的管理层连着好几年都在超负荷的工作状态中。

若是早两年，莫向晚还可承受这样的工作量，但自从大儿子上了初中，小儿子进了幼儿园，莫北近年又接了很多大项目，常常天南地北地出差，公婆年纪也渐渐大了，而她又不放心请保姆。于是衡量再三，觉着一大家子总要有人抽空好好照料，她需要一份朝九晚五加不再加班的工作来转换自己的状态。

莫向晚同莫北讲了自己的想法。莫北自然没有反对，一来，他确实心疼妻子隔三岔五加班出差；二来，他也知道莫向晚对职业有自己的规划，实业的市场营销工作，并不是她打算长久发展的领域。对此，他也委婉地向江湖透露过自己的立场。但江湖那泼辣惯的性格，只会丢莫北一句："你要支持支持向晚呀！你也可以多照料家庭的。"

莫北性格温和，被江湖戳到脉门，觉得她说的确也有道理，于是又和莫向晚商议了几回。莫向晚思考再三，还是认为不宜再在自己无心恋战的行业里浪费时间，她有她更想发展的事业。

当莫向晚正式同江湖讲这件事时，江湖愣了一下，才无奈地讲："我知道迟早会有这么一天的，只是没想到会来得这么快。难道女人最后还是要回归家庭？"

莫向晚忙说："我确实要先顾下两个孩子，而且，我也需要积累一下，想想重新创业的事。"

江湖却一根筋轴得很，赌气说道："总之还是结婚和生孩子这两件事太麻烦！"

她同徐斯恋爱多年，始终没有正式步入婚姻殿堂。同徐斯家里头的往日恩怨是原因之一，徐斯母亲方墨萍始终对他俩关系不置可否是原因之二，而乘着好风上青云让事业更上层楼才是最重要的原因。

腾岳鞋业这五年的发展势头太好了，她根本不愿意浪费一分一毫的时间让机会稍纵即逝，她想用她的努力再建父亲的昔日王国。

然而，徐斯未必这么想。

实际上，徐斯明里暗里求婚不下十次，而江湖一想到结婚那种种烦琐，以及婚后面对徐家亲戚们又要一个头两个大的苦恼就开始胆怯，也明里暗里同徐斯打着马虎眼。

徐斯只好旁敲侧击，时不时领着莫非小哥俩或关家龙凤胎或活泼可爱的小球球玩耍，甚至带回他们同居的小屋过把带孩子当家长的瘾。

莫向晚家里那一向观察力敏锐的大儿子莫非就对徐斯说过："徐叔叔我看着您挺累的，其实您想当爸爸就直接和江湖姐姐说吧，当男人当得这么婆婆妈妈干吗？太没意思了。"

徐斯为此噎得一个礼拜脸没晴过。

不过，徐斯倒是确实被莫非这个初中生的一句话给开了窍。

好友一个一个婚后生活过得蜜里调油，孩儿们绕膝耍得扬扬得意，他还强自撑着黄金王老五倍增光的面子过着剩男的苦日子。尤其是，业内人士老早把他和江湖当成一对，就连先前强硬的母亲也渐渐摆着"随你们怎么样吧，我不管了"的态度。

甚至于母亲同江湖总还有些时不时站在统一阵线的时刻。譬如她们都很反感徐斯搞并购这类投机取巧的投资业务，譬如母亲有时候看到报道讲到江湖总要评点若干句，暗示徐斯转述给江湖听，譬如江湖也时而会研究他母亲陈年所做的企业战略规划来取经。

两个事业型女强人明明老早对对方欣赏有加，却总是避着对方行事，而且都对成为一家人存着防备之心。这真是苦了他这个三夹板，甚至还得被初中生奚落。

太没面子了！徐斯想，由着她俩如此这般让自己落不到半点儿好处，这不是自己一贯的作风，做男人是不应该婆婆妈妈的。

江湖被查出怀孕以后，消沉了好几天。

徐斯状若大度地讲："这样，你把公司授权给我，我对你们那套还是很熟悉的，管个一年半载不是问题，总不会让你亏本。"

江湖狠狠瞪他："凭什么我得生孩子？你们男人就能生龙活虎爱干啥干啥？"

徐斯皮笑肉不笑："总之你放心，我还是绝不干涉你事业的立场，让你自由翱翔自由发挥，腾岳做到世界五百强，我也是你背后的男人、幕后的支持者。"

但是江湖的大小姐脾气发作起来，不论他如何求恳，就是不愿意去领证。

徐斯策略成功，执行失败，急得像热锅上的蚂蚁，只好请来朋友们出谋划策。但目前的情况，让他有点傻眼。

譬如目前坐在自己面前的于直，说是过来给创意，但实际上捧着手机和他家闺女说了无数甜言蜜语，而且没有要挂电话的意思。

徐斯无奈地对莫北说："这家伙一日不见他女儿简直如隔三十秋。"

于直宠爱女儿球球是出名的，但凡能带女儿出来的活动，他一定会把女儿贴身边带出来，但凡带不出来的，就一定电话粥煲个没完，说的也无非是吃饱了没、又学会了唱什么歌、今天有没有想爸爸。没少让徐斯嗤之以鼻。

但是现在没人能和他一起取笑于直了，那边的关止也在给家里通电话，好像是他的儿子佑佑接起来的，隔着老远，徐斯就听到佑佑在电话里奶声奶气地大声哀求："最最好的小爸爸，给我带个巧克力回来吧！"

关止哄着儿子说："你爸我没空啊！"

佑佑在那边说："那你在干吗呀？"

关止继续哄着儿子："我在你徐叔叔这里呢。徐叔叔马上要结婚了哈！"

那边佑佑好像兴奋起来了："啊哦！那我要当伴郎！！伴郎是分巧克力的。"

关止说："欸，你这年纪只能当花童。"

佑佑的小脑袋瓜思索一阵："花童有巧克力吃吗？"

于是乎，关止也陷入每日和儿子绕话术圈子里暂时没法出来。

最后徐斯只好拉着莫北讲话。

"向晚辞职，我压力很大。"他愁眉苦脸。

莫北拍拍他的肩膀："我理解。"

"有没有转圜余地？"

"没有。"莫北斩钉截铁。

"江湖因为这，一个礼拜没搭理我了。我连求婚都没有机会，也没什么好创意。"徐斯恨恨地瞄一眼和女儿甜言蜜语讲电话的于直，"最好的创意都被他用了，我冤不冤？"

莫北耸耸肩，表示爱莫能助。但是徐斯说："所以你得给我负责啊！解决我这一大难题。"

和儿子逗完绕口令的关止凑过来说："那还不容易，公开示爱，没有回头路。"

和女儿甜言蜜语结束的于直也在一旁说道："我看也只有这个解决办法。"

徐斯患得患失："万一她还是不同意呢？"他把目光投向莫北，"你好好想想，这可是你和你爱人欠我的。"

莫北很是无语，他想了半天，说："也只有俗气一点来了。"

在浦东郊区的南段，隔着主干道的两边，有总计占地一千亩的巨大建筑群矗立，气派依旧非凡，尤其隔道两边主楼间还修了封闭式天桥重新安装了新的玻璃幕墙。幕墙外挂着巨幅 LED 广告屏，成为张江至南汇段，最受人瞩目的一块广告牌。

这栋曾经辉煌的工厂建筑在五年前被分拆拍卖给四间中型服装厂和两间外资鞋业品牌做加工厂，产权二十年。只是这一座横跨两地的封闭式天桥，因为归属两边工厂群一边一半，产权分属三家企业，近些年三家企业为广告位争得不可开交。但就在近期，这个问题解决了，三家企业的负责人统一了意见，作价将这天桥的广告位卖了出去。

江湖每次路过这条路，看到这座天桥，就觉得是在跨越自己心上最后一座难以跨越的心桥。尤其现在沿路段工厂渐多，这一段也会在高峰时段堵车了，因为客观因素，延长了她通过这段天桥的时间。

今日就是这样，她是参加南汇的展会归程赶上下班高峰。路上不可避免地通过这段天桥，也意料之内地在天桥前的绿灯闪停前被堵住，待到红灯闪过绿灯又起，前方车辆依旧毫无挪动的余地，江湖还是被堵在原位。

看来今天路况实在是糟糕了点。江湖百无聊赖地又看向天桥。

今日的天桥有一点儿不一样，江湖仔细地看了看，和她印象中的原来的样子有点儿不一样。因为天桥分属三家，所以从来缺人打理，一直灰头土脸又孤孤单单地架在这里。但是今天，天桥被清理干净了，玻璃幕墙像是新的，还多挂了一块 LED 广告屏，正在播放着两边企业的品牌广告。

两个广告过后，猝不及防地，江湖看到了徐斯出现在 LED 屏上，她被吓了一跳，心想徐斯什么时候去给他们徐风的饮料拍了广告片？

屏幕上的徐斯，穿着江湖眼熟的白色西服西裤，他对着屏幕外的人笑了笑。

挺帅的，江湖不由得有点得意，比徐风集团的其他男明星代言人要帅得多。

屏幕里的徐斯对着屏幕外的人开始说话了，但是江湖听不清屏幕上的徐斯说的话，只能看屏幕下方的字幕。

"五年，你可以做一份很有激情的事业。五年，你也可以彻底融入另一个人的人生。徐太太——"徐斯在屏幕里张开了双臂，一臂指南，一臂指北，"再等一个五年，你就可以重新从这里的南边走到这里的北边。但是现在，这里已经属于你，以后这里都会属于你。这是我对你一生的承诺。"他潇洒地把手指一指，指向后方——正是天桥所在的方向。

江湖根本反应不过来，她只是惊讶地望住大屏幕，她向来灵敏的头脑在这个时候宕机了。

而屏幕上的徐斯将手收回来的时候，捧上了一大束洁白得像漫天星辰的碎花，捧着花的他，低头片刻，似乎有点儿脸红，但他很快抬起头来，对着屏幕微笑。

这时候江湖的手机响了起来，她接通时，才发现旁边车道上并行着一辆老式别克。她和对方几乎同时摇下车窗。

徐斯正拿着手机对着她微笑："你知道这是什么花？"

江湖嘟嘴："你知道我不懂花。"

徐斯说："这是最普通的荠菜花。"

江湖问："所以呢？"

"花语是'为你献上我的一切'。"

江湖不想脸红，可是忍不住脸红，就像屏幕上捧着花的徐斯一开始那样。她又望向屏幕，屏幕一瞬暗下来，然后渐渐起了一层云雾，幻化成一匹奔腾的麒麟的形状，麒麟蹄下扬起的云雾之间缓缓浮现出一行广告语，占据了整个屏幕——"我的城市，我的生活：属于你！"

江湖一震，熟悉的广告词，就此时，就在这里，用这样的方式，再一次出现在她的眼前。而且写着——"属于你"。她眼前浮起一层水雾。

"我把天桥的广告位买下来了，以后天天播腾岳鞋的广告。五年后，我们一家就可以把左、右两边的工厂再买下来给腾岳用。"徐斯用声音蛊惑着她，"嫁给我吧？"

江湖忍着盈睫的泪意，低斥："求婚求得这么市侩也只有你了。"

徐斯笑了声，说："这是我们共同的风格不是吗？"

江湖握着手机不语。

徐斯只好继续无奈地大吐苦水："为了让你看到这广告，我可是横算竖算你的经过时间，做了无数方案，跟着你走这条路走了十来次，终于抓住了今天千载难逢的时间差。这可不比你当年做腾岳方案花的时间少！"

江湖依旧不语。

徐斯继续动之以情："我今天跟着你开了很久，等你在南汇看完展，一路跟过来，掌握时间，安排机会，就怕错过了最好的时间，紧张得我午饭都没吃。"

江湖着急了一下："你这家伙做事还是这么糊涂，不吃饭你想饿死啊！"

徐斯借机再接再厉："怎么样？江总觉得我这个方案可不可行？能不能签合同？"

江湖"扑哧"一笑，正要回答，这时，红绿灯下的交通警察朝着他们这个方向走过来，并且吹起了警哨。江湖和徐斯不敢怠慢，都坐直了身体。

交警走到他们俩车中间，公事公办地说："驾驶机动车拨打电话，妨碍安全驾驶，一次记 2 分，罚款二百元，麻烦两位把驾照给我。"

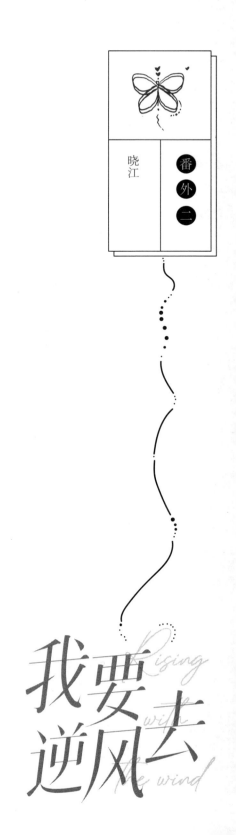

番外
二

晓江

我要
逆风去

Rising
with
the wind

凌晨四点半，徐斯等在产房门前。他保持了十个小时的站立抱胸的姿势，一直没有太大的改变。

　　就在三十个小时前，他电话咨询过各位老友相关经验。

　　莫北说："如果早知道生孩子是这样，我不会想生第二胎。"

　　关止说："别问我，我当时晕了。"

　　于直说："我的经验和你们都不一样，对你没有参考价值。"

　　三个电话后过了十八个小时，也就是十二个小时之前，江湖非常冷静地走到客厅告诉他："我想我们应该去医院了。"

　　十个小时前，护士问他们："需要陪产吗？"

　　"要。"

　　"不要。"

　　江湖瞪着他，把他撵出去。

　　"大小姐，你不会想说生孩子也是你一个人的事情吧？"他无奈。

　　"你晃在我眼前会影响我的情绪，我压力很大的。"她吸着气，坚持。

　　她的情绪一向是他的首要照顾目标，他认了："那我能做什么？"

　　"等着。"她想了想，"顺便把名字想了。"

　　江湖怀孕三十七周，工作满三十六周，最后一周才得空，把精力放在孩子的名字策划上。作为一位极尊重妻子的丈夫，徐斯没有强制干涉江湖的常规日程安排，虽然他的内心时常在崩溃，不过他也习惯了自相识起，他的妻子带给他不走寻常路的崩溃。

　　在孩子的名字问题上，他和他的妻子都犯了选择困难症。他们并不知道孩子的性别，所以按照男女性别，用七天的时间各取了五十个名字，结果还没有讨论出共识，孩子就来了。

　　现在他的脑子乱糟糟的，已经把那一百个名字都忘光了，他保持着十个小时的站立姿势，就是在回忆这一百个名字。

早上五点半的时候，天空露出一丝晨曦。江湖的两个表姐妹，裴霈和元宵趁早赶到。她们俩都是昨晚给江湖例行问候电话，被保姆告知江湖已经进了医院。

元宵急急匆匆地问："还没有生出来啊？急死人了。"

徐斯看向当编剧的裴霈："帮我们想个名字吧。"

裴霈一愣："啊？名字都没想好？"

她和元宵面面相觑，实在不想吐槽表姐夫。

时钟跨过六点半，徐斯站不住了，在产房门前来回移动。窗外太阳渐高，产房的门终于打开了，助产护士抱着小小婴孩笑着走了出来："是个女孩。"徐斯已经健步如飞地冲进了产房，留下不知要把婴儿递给谁的助产护士。

元宵凑过来，不敢抱，只敢好奇地摸摸婴儿的小手小脚："皱巴巴的，看不出像谁耶！不过脸圆嘟嘟的，比较像大姐。"

裴霈瞅了瞅窗外升高的朝阳："晓江。"

"什么？"元宵问。

裴霈把小婴儿抱到怀里："这是爷爷很喜欢的一个名字，晓江，有姐姐的姓，小宝宝可以叫'晓江'。"

元宵歪脑袋想了想："不错，蛮好的。"又想不明白，"外公喜欢这个名字吗？好像有什么我不知道的情况？"

裴霈摇摇头："具体情况我也不知道，我小时候看到过爷爷用手指蘸着清水，在八仙桌上写过这个名字。他第一次教我写的就是这两个字，'破晓'的'晓'，'浦江'的'江'。"

元宵不满地撇撇嘴又咋咋舌："我们家里这么巨大的八卦我竟然不知道？"

裴霈抱着已经被命名的徐晓江，对元宵说："我们进去吧。"

在产房里，她们的表姐夫几乎是跪在产床前，不住地问："江湖，你还好吧？还疼吗？饿不饿？要吃什么？名字我让裴霈去想了，她是编剧比我靠谱。要不要喝点水？吃水果吗？还是喝牛奶？"

她们只听到她们的表姐无奈地咕哝："你能不能别说话了，我已经累死了，让我再睡会儿。"

**图书在版编目（ＣＩＰ）数据**

我要逆风去 / 未再著 . -- 北京：中国友谊出版公司, 2023.2（2023.11 重印）

ISBN 978-7-5057-5579-6

Ⅰ . ①我… Ⅱ . ①未… Ⅲ . ①长篇小说—中国—当代 Ⅳ . ① I247.5

中国版本图书馆 CIP 数据核字 (2022) 第 185907 号

| | |
|---|---|
| 书名 | **我要逆风去** |
| 作者 | 未　再 |
| 出版 | 中国友谊出版公司 |
| 发行 | 中国友谊出版公司 |
| 经销 | 新华书店 |
| 印刷 | 嘉业印刷（天津）有限公司 |
| 规格 | 700×980 毫米　16 开<br>19.75 印张　340 千字 |
| 版次 | 2023 年 2 月第 1 版 |
| 印次 | 2023 年 11 月第 2 次印刷 |
| 书号 | ISBN 978-7-5057-5579-6 |
| 定价 | 49.80 元 |
| 地址 | 北京市朝阳区西坝河南里 17 号楼 |
| 邮编 | 100028 |
| 电话 | （010）64678009 |

如发现图书质量问题，可联系调换。质量投诉电话：010-82069336

春天应该很快就会来了。

江湖抬起头，果真迎风可见朝阳，一线一线的光在黑幕下探露出头，坠落的星子已经不见了。

上架建议：畅销·都市言情

ISBN 978-7-5057-5579-6

9 787505 755796 >

定价：49.80元